이근영
중·단편 선집

이근영
중·단편 선집

유임하 엮음

현대문학

〈한국문학의 재발견-작고문인선집〉을 펴내며

한국현대문학은 지난 백여 년 동안 상당한 문학적 축적을 이루었다. 한국의 근대사는 새로운 문학의 씨가 싹을 틔워 성장하고 좋은 결실을 맺기에는 너무나 가혹한 난세였지만, 한국현대문학은 많은 꽃을 피웠고 괄목할 만한 결실을 축적했다. 뿐만 아니라 스스로의 힘으로 시대정신과 문화의 중심에 서서 한편으로 시대의 어둠에 항거했고 또 한편으로는 시대의 아픔을 위무해왔다.

이제 한국현대문학사는 한눈으로 대중할 수 없는 당당하고 커다란 흐름이 되었다. 백여 년의 세월은 그것을 뒤돌아보는 것조차 점점 어렵게 만들며, 엄청난 양적인 팽창은 보존과 기억의 영역 밖으로 넘쳐나고 있다. 그리하여 문학사의 주류를 형성하는 일부 시인 · 작가들의 작품을 제외한 나머지 많은 문학적 유산들은 자칫 일실의 위험에 처해 있는 것처럼 보인다.

물론 문학사적 선택의 폭은 세월이 흐르면서 점점 좁아질 수밖에 없고, 보편적 의의를 지니지 못한 작품들은 망각의 뒤편으로 사라지는 것이 순리다. 그러나 아주 없어져서는 안 된다. 그것들은 그것들 나름대로 소중한 문학적 유물이다. 그것들은 미래의 새로운 문학의 씨앗을 품고 있을 수도 있고, 새로운 창조의 촉매 기능을 숨기고 있을 수도 있다. 단지 유의미한 과거라는 차원에서 그것들은 잘 정리되고 보존되어야 한다. 월북 작가들의 작품도 마찬가지이다. 기존 문학사에서 상대적으로 소외된 작가들을 주목하다보니 자연히 월북 작가들이 다수 포함되었다. 그러나 월북 작가들의 월북 후 작품들은 그것을 산출한 특수한 시대적 상황의 고려 위에서 분별 있게 이해되어야 할 것이다.

이러한 당위적 인식이, 2006년 한국문화예술위원회의 문학소위원회에서 정식으로 논의되었다. 그 결과, 한국의 문화예술의 바탕을 공고히 하기 위한 공적 작업의 일환으로, 문학사의 변두리에 방치되어 있다시피 한 한국문학의 유산들을 체계적으로 정리, 보존하기로 결정되었다. 그리고 작업의 과정에서 새로운 의미나 새로운 자료가 재발견될 가능성도 예측되었다. 그러나 방대한 문학적 유산을 정리하고 보존하는 것은 시간과 경비와 품이 많이 드는 어려운 일이다. 최초로 이 선집을 구상하고 기획하고 실천에 옮겼던 한국문화예술위원회의 위원들과 담당자들, 그리고 문학적 안목과 학문적 성실성을 갖고 참여해준 연구자들, 또 문학출판의 권위와 경륜을 바탕으로 출판을 맡아준 현대문학사가 있었기에 이 어려운 일이 가능하게 되었다. 이런 사업을 해낼 수 있을 만큼 우리의 문화적 역량이 성장했다는 뿌듯함도 느낀다.

〈한국문학의 재발견―작고문인선집〉은 한국현대문학의 내일을 위해서 한국현대문학의 어제를 잘 보관해둘 수 있는 공간으로서 마련된 것이다. 문인이나 문학연구자들뿐만 아니라 더 많은 사람들이 이 공간에서 시대를 달리하며 새로운 의미와 가치를 발견하기를 기대해본다.

2009년 11월

출판위원 염무웅, 이남호, 강진호, 방민호

　　평소 해방 이후 남북한 소설에 관심을 가진 국문학 연구자로서 북한 문학의 실체를 어떻게 규정할 것인가에 관해서 고심해오던 터에 작가 '이근영'을 만났다. 처음 그의 작품을 접할 때까지만 해도 그는 평범한 연구대상의 한 사람에 지나지 않았다. 남한에서 그가 발표했던 작품들을 설핏하게 읽은 뒤라서 그러했는지 모른다.

　　하지만 북한에서 발표된 작품을 하나둘 모으고 읽는 과정에서 그의 소설에 대한 관심은 점차 높아져 갔다. 근대소설사에서 이기영이나 한설야, 김남천과 이태준과 같은 반열에는 못 미칠지 모르지만 그의 작품은 오래 남는 인상이 있었다. 그 인상의 강렬함이 무엇일까 하는 생각과 함께, 남한의 문학사에서 오래도록 방치되었다는 안타까움이 고개를 들기 시작했다. 아마도, 그가 문학사에서 주변화되었던 것은 당대의 문단과는 거리를 두고 기자 생활과 창작에만 몰두한 작가였기 때문이다. 그에 대한 부당한 평가와 대우가 80년대 후반 무렵부터 활발하게 논의되기 시작한 연구 성과들에 의해 보상받게 된 것은 분명 다행스러운 일이다.

　　지식인의 관점에서 식민지 조선 농촌에 대한 이해와 관심을 고집스럽게 지켜온, 1930년대 후반에 등장한 신세대 작가의 한 사람이었던 이근영은 해방기의 노작인 「탁류 속을 걸어가는 박 교수」외에는 별로 기억되지 않지만, 작품집을 준비하면서 「당산제」를 비롯해서 30년대 농민소설이나 해방기에 창작된 소설 자료를 찬찬히 읽고 그 진가를 확인해볼 소중한 기회를 얻었다. 이 과정에서 이근영의 소설 세계가 제대로 평가

받지 못했다는 생각이 점점 더 굳어졌다. 월북 후 북한에서 창작된 작품을 하나둘 읽어가면서 편자는 근대소설의 전통이 북한문학의 장으로 옮겨가 분화된 것은 아닐까 하는 느낌을 갖게 되었다.

월북 후에 발표된 이근영 소설에서 북한 농촌의 깊은 이해는 크게 돋보이는 부분이 있다. 인물과 사건, 농촌에 대한 세부 묘사는 영락없이 30년대 후반에 왕성하게 창작한 그의 농민소설에 뿌리를 두고 있기 때문이다. 「농우」나 「당산제」, 「농촌사람들」 같은 작품에서 접할 수 있는, 시대의 비극과 맞물린 농민들의 심리와 시대현실에 관한 작가의 저력이 50년대 중반에 전개된 농업협동화 문제에 대한 세부 풍경을 만들어내고 있기 때문이다. 생동감 있는 사건 전개나 개성적인 인물 형상은 탄탄한 서사와 균형을 이루며 북한문학의 병폐로 지목되었던 도식주의의 틀에서도 벗어나 있어서 하나의 전범이 되기에 충분하다. 이근영 소설의 미적 성취는 체제문학으로서 사회주의적 근대를 지향하는 이데올로기적 정치적 제약을 감안한다고 해도 그다지 훼손되지 않는다.

이는 근대소설의 전통이 사회주의 근대를 표방하는 현실 속에 성공적으로 안착했다는 의미로 읽어볼 여지가 충분하다. 이 같은 사례는 30년대 후반 프로소설의 경직된 이념성을 극복하며 등장한 안회남과 현덕 같은 신세대 작가들의 참신했던 역량으로 보아도 그리 틀리지 않다. 50년대와 60년대에 가장 활발했던 그의 소설적 공과는 그러므로 재론할 여지가 충분하다.

또 하나, 이근영의 소설을 주목해야 하는 까닭이 있다. 그의 문학은

1950년대 중후반부터 60년대 중반까지 이어진 정치적 숙청의 회오리에서도 벗어나 있다. 그의 문학은 북한문학사에서 거론되는 위상으로 미루어볼 때, 남북한의 문학으로 분화되기 전의 근대소설 양식이 사회주의 근대를 표방하는 체제문학 안에서 어떻게 적응하고 분화되어 갔는지를 가늠하는 문제적인 사례라는 점에서 적지 않은 의미를 갖는다. 그만큼 북한에서 창작된 그의 소설은 이데올로기적 제한이나 표현상의 제약을 감안해서 읽더라도 미덕을 충분히 구비하고 있다. 그의 소설은 농촌 공동체에 대한 애정과 농민들에 대한 인간 이해를 천착해온 1930년대 중후반에 창작된 온정적인 리얼리즘에 기반을 두고 있다. 이렇게 보면, 이근영의 소설은 향후 북한문학을 외국문학으로 보려는 관점을 불식시키고 근대문학의 일부로 볼 수 있는 중요한 사례다.

책이 나오기까지 여러 인연들의 수고로움이 있었다. 자료를 찾기까지 선행연구에 빚진 부분도 많았다. 특히 작품집의 발간 필요성을 충분히 헤아려 기회를 주신 선정위원들께 깊이 감사드린다. 또한 책이 나오기까지 도와준 동국대 김민선 예비박사와, 꼼꼼하게 원고를 교열하고 편집해준 현대문학사에 고마운 마음을 전한다.

2009년 11월
유임하

1. 이 작품집은 이근영의 소설에서 대표성을 갖는 작품을 대상으로 선별하였다. 처녀작 「금송아지」(《신가정》, 1935년 8월), 「농우」(《신동아》, 1936년 6월), 「당산제」(《비판》, 1938년 10월), 「최고집 선생」(《인문평론》, 1940년 4월), 「고향 사람들」(《문장》, 1940년 12월), 「소년」(《춘추》, 1942년 8월) 등은 단편집 『고향 사람들』(영창서관, 1941년)을, 「탁류 속을 가는 박 교수」는 《신천지》(1948년 6월)를 저본으로 삼았다. 중편 『첫 수확』은 《조선문학》(1956년 10월~11월호)에 수록된 작품을 저본으로 삼았다.

2. 작품 뒤에 표기된 잡지 이름과 창작일자는 작가가 표기한 점을 감안하여 그대로 명기했다. 다만 일왕의 연호年號인 '소화昭和'는 해당 연도로 바꾸어 표기했다.

3. 표기는 현행 한글 맞춤법과 외래어 표기법에 의거했으나, 대화 부분이나 사투리를 구어적으로 표현한 경우에는 이를 작가의 개성적인 표현으로 간주하여 미감을 살리는 관점에서 그대로 두었다.

3. 오자, 탈자와 같은 명백한 오식은 바로 잡았으며 각주에는 원문의 본래 표기를 밝혔다.

4. 중편 『첫 수확』은, 북한에서 발표된 점을 감안하여 북한에서 널리 사용되는 표기(예: '뜨락또르ー트랙터')는 그대로 두었으나 띄어쓰기는 우리말 규정을 따랐다. 하지만 두음법칙이나 우리 어법과는 상이한 표현은 가능하면 최소한으로 고쳤으며, 주석에 원문 표기를 명기하였다. 예: '례로(원문)→예로', '령감(원문)→영감', '하였을가(원문)→하였을까', '치안대원'이였던(원문)→ '치안대원'이었을, 숫한(원문)→숱한 등.

차례

제1부_ 단편소설

제2부_ 중편소설

해설_ 농촌 사회의 천착과 공동체 윤리의 모색 • 409

제 **1** 부 　단편 소설

금송아지

"선히 씨."

하고 남편이 부르는 것보다도

"장미 부인."

하고 부르는 것이 마음에 당겼다.

어떤지 자기의 본명을 부르면 남편과의 사이가 범연하게 생각되지만 '장미 부인' 하면 남편의 가슴에 안긴 것만치나 아늑한 맛을 느끼는 것이다.

그러나 남편은 단둘이 있을 때나 또는 술이 취했을 때가 아니면 '장미 부인'이란 소리를 좀처럼 내지 않는 것이 좀 불만이었다.* 그리고 단둘이 있을 때라도 남편의 심정에 좀 거슬리는 일이 있으면 씨 자도 안 붙이고 그냥 "선히" 하든지 밑도 끝도 없이 "여봐" 하고 부르는 것이다.

어떻든 '장미 부인'이라고 지어서까지 부르는 것은 육십이 가차운 남

| * 원문에는 '불만하였다.

편으로서 여자를 취급하는 데는 젊은 사람 이상으로 열정적이고 능란한 까닭이었다. 만일 늙어가는 남편에게* 이러한 정열마저 늙어 없어졌다면 장미 부인의 불꽃은 하늘을 찌를 것이라고 자기도 생각하였다.

지금의 남편은 마흔다섯에 상처를 하고도 자기가 재산 있다는 것을 밑천으로 하여 지식계급의 젊고 미인의 처녀를 맞아들이겠다고 서두른 지 일 년이 채 못 되어서 장미 부인을 만나게 된 것이다.

선히는 여고보를 졸업하고 가세도 극난한 편은 아니었다. 그래 어느 점으로 보든지 남의 후처로 들어갈 신세는 아니었지만 지금의 남편은 큰 재산가로 우수한 회사의 사장이고 또 가정에는 딸 하나밖에 없다는 데서 마음이 끌렸던 것이다. 즉 그를 남편으로 삼으면 자기에게는 안하무인의 세계가 벌어질 줄 알았던 것이다.

선히가 결혼하기 전이다. 결혼일을 한 달 앞두고 두 사람이 삼방으로 피서를 갔었다. 하루는 남편이 뜰 앞에 우거진 장미꽃을 물끄러미 쳐다보다가

"여보 선히 씨. 나는 젊었을 때부터 장미꽃이 몹시 귀엽더니 늙어서도 저 꽃만 보면 젊어지는 것 같구려. 사내가 더구나 늙어가는 사람이 장미꽃을 좋아한다는 것은 일종의 변태인지도 모르지오. 그리고 당신의 얼굴빛이 장미꽃같이 엷은 분홍빛을 들인 둥 만 둥 하고 또 당신의 얼굴을 보면 볼수록 장미꽃같이 귀엽단 말이요."

하고 상기된 얼굴에 웃음을 띠면서** 말하였다.

"호호호."

하고 선히는 웃고 나서

"어쩌면요, 저도 장미꽃을 제일 사랑해요. 그래 우리 집에도 장미꽃

---

* 원문에는 '남편에'.
** 원문에는 '띄워서'.

을 그중 많이 심었답니다."

하였다.

"그러면 우리 장미 부인이라고 부릅시다. 내 좋아하는 꽃이 장미인데다가 당신이 장미 같고 또 당신도 장미를 사랑한다니 되잖았소?"

이래서 '장미 부인'이라는 이름이 생기게 된 것이다.

어느 날 아침 장미 부인은 타오르는 화나 잊을까 하고 '카이다'*를 푹푹 피웠다.** 그것은 그의 눈앞에 산더미같이 쌓여 있는 전실 소생***의 딸 양숙이의 혼수가 눈에 거슬렸던 것이다. 단순히 그의 남편이나 자기가 마음에 당겨서 사준 것이라면 그렇게까지 거슬릴 리야 없었을 것이다. 그러나 H백화점의 경품 금송아지를 뽑을 욕심으로 남편에게 양숙이의 혼수를 핑계 하고 오백여 원 어치의 경품을 뽑았어도 최하등급인 육 등과 오 등을 오르내릴 뿐 금송아지는 만져보지도 못한 것이다.

H백화점에서 중원 매매출로 특등에 금송아지를 준다고 대대적 선전을 하자 대번에 장미 부인의 욕심이 바둥거렸다. 금송아지만은 보통 때는 깊이 넣어두었다가 사흘 만에 한 번씩 공개시키었다. 이러니 사람들은 그놈의 금송아지가 세상에 다시없는 보물인 줄로만 알고 그중에도 장미 부인은 자나 깨나 생각나는**** 것은 금송아지였다.

금송아지를 공개시키는 날 장미 부인은 아침 일찍이 H백화점으로 가서 보았다. 금송아지가 순금 칠십오 몸메*****라고 하니 한 몸메에 십일 원만 치더라도 팔백이십오 원이나 된다는 것을 산술로 풀어낸 장미 부인은 우선 금액상의 횡재에 흔들렸다. 그리고 그 금으로 만든 것이지만 손으

---

* 카이다: 일제 시기의 담배 이름.
** 원문에는 '피었다'.
*** 원문에는 '전실의': 前室, 죽은 전처.
**** 원문에는 '생각키는'.
***** 몸메: 귀금속의 무게를 재는 단위로서 '돈쭝'을 가리키는 일본어.

로 만지면 보들보들 할 것만 같은 것이라든지 금방 "엠메―" 하고 사람에게 따를 것 같은 표정이 더욱 귀여웠다. 아직까지 아들딸을 낳아보지 못한 장미 부인은 금송아지만 자기 손으로 돌아온다면 아들과 같이 귀여워하고 소중히 하리라고 생각하였다. 그리고 또 너나 내나 할 것 없이 금송아지를 뽑으려고 물밀듯하는 사람 중에는 홀로 자기가 뽑아낸다면 그야말로 천병만마千兵萬馬를 모조리 물리친 개선장군이 아닌가 하고 승리감도 느껴보았다.

장미 부인은 정월에 토정비결을 보았더니 금년에 횡재수가 있다는 것을 알고 이번에야 그것이 이루어질 것 같아 그 금송아지가 틀림없이 자기 손으로 들어오리라 믿었다. 그래 장미 부인은 남편에게 자기의 필요한 물건을 사겠다고 돈을 청구했다가 주면 좋거니와 거절하는 때에는 양숙이의 혼수가 부족하다는 허울 좋은 핑계를 하는 것이다. 이렇게만 하면 남편은 대개 들어주었다. 그러다가도 마침 가진 돈이 없다고 후일로 미루면 그동안을 못 참아서 장미 부인은 자기의 일용 돈으로라도 물건을 사고야 만다. 그러니 물건은 필요하건 않건 자꾸 사들여서 장롱 속도 좁아 한편 구석에나 싸놓기까지 하였다.

이 날도 이 싸놓은 물건 더구나 양숙이의 혼수가 눈에 띄자 빠지라는 금송아지는 나오지 않고 남의 좋은 일만 시키는 것이 마음에 아렸던 것이다. 마치 자기의 생 살점을 떼어서 남의 살에다 붙여주는 것 같은 아깝고 쓰라림을 느꼈다. 보면 볼수록 화가 나고 금송아지에 대한 욕심이 물컥물컥 솟아올랐다. 그리고 육 등으로 빠진 하찮은 비누가 사방에서 데굴데굴 하는 것이 눈에 가시와 같이 미웠다. 그래

"야 이년아."

하고 하녀를 불러서

"저 비누 나부랑일랑 어데로 치워버려라. 망할 놈들 쓸데없는 비누만

준다니깐."

하고 역증을 내었다.

이때 양숙이가 생긋생긋한 웃는 얼굴로 방에 들어오더니 윗목의 삼층 의거리*에 기대어 섰다. 장미 부인의 미모도 어덴들 내놓아 떨어짐이 없을 만하지만 양숙이의 백옥 같은 살결에 새파란 하늘빛과 같이 시원한 눈이 언제든지 샛별같이 빛나고 조그마한 입술은 바람에 나부끼는 꽃잎과도 같아 장미 부인과 백중을 다툴 만하였다. 장미 부인과 양숙이의 관계를 모르는 사람이 본다면 한결같은 미모로 태어난 형제간으로 볼 것이다.

양숙이는 얼마 동안은 말을 내놓기가 저으기 난처한 모양으로 머뭇거리다

"어머니 저 하부다에**로 양복 하나 해 입을 테에요."

하고 장미 부인의 안색을 살피었다.

장미 부인은 물었던 담배를 바른편 손가락 사이에 끼어들고

"무엇? 얼마 안 있어 시집갈 년이 양복을 팔랑거리고 어델 쏘다닌단 말이냐?"

하고 소리를 버럭 질렀다.

이 말에 양숙이는 놀래면서 몸을 멈칫 하더니 다시 조심성 있게 입을 열었다.

"아녀요 더운데 집에서 입으려고……."

양숙이의 말이 채끝나기도 전에

"어째? 집에서 입으려고? 넌 참 팔자도 좋다. 집에서 입을 걸 하부다에로 한다면 밖에 나갈 건 뭣으로 할 것인고? 느 어머니 살어선 그랬을

---

* 의거리衣ㅌ里: 옷걸이.
** 하부다에: 얇고 부드러우며 윤이 나는 흰색 비단.

19

는지도 모르지만 난 그런 꼴을 못 보겠다."

하고 장미 부인은 담배를 한번 길게 빨더니 연기를 화(?)의 불덩이나 토하는 듯이 내어뿜었다.

양숙이는 장미 부인에게 당한 모욕도 분하려니와 죽은 친어머니의 생각이 가슴속으로 돌덩이같이 치밀어 올라왔다. 기쁠 때나 슬플 때나 조그마한 변화만 있어도 생각나는* 어머니가 이번에는 몹시도 눈물 속에 어리었다. 그래 양숙이는 참으려 하면서도 흑흑 느껴지는 것을 어찌할 수가 없었다. 차라리 장미 부인의 곁을 떠나 울려 하나** 장대같이 퍼붓는 눈물에 지척도 분별할 수 없어 그대로 서서 울었다.

"너 왜 우니."

하고 고개를 쳐드는 장미 부인은 양숙이를 비웃는 태도였다.

"글쎄 왜 울어? 시집도 안 간 계집년이 방정맞게시리 왜 울어? 느 어머니를 잡어 먹고 또 누굴 잡어 먹을랴고 그러니? 응."

하고 고래 고래 소리 지르는 장미 부인은 서슬이 퍼래졌다.

양숙이는 두 눈에 치마를 대었든 손을 떼고 장미 부인을 노리었다.

"뭣 땜에 죽은 어머니를 들먹거리는 거야요? 뭣 땜에, 글쎄 뭣 땜에 그래요?"

처음으로 반항하는 이 짤막한 소리나마 북받치는 울음에 도막도막 끊어졌다.

두 사람의 이러는 통에 침모가 모여들고 안잠재기***와 행랑어멈 하녀가 줄달음으로 모여들었다.

그래 결국 침모가 앞장서서 타말리어**** 양숙이는 자기 방으로 가고

* 원문에는 '생각키는'.
** 원문에는 '울어도 차라리 장미 부인의 곁을 떠나려 하나'.
*** 안잠재기: 안잠자기. 남의 집에서 기거하며 가사를 돕는 여자.
**** 타말리다: 떼어내어 말리다.

장미 부인은 자기 분을 참지 못해 담배를 한 개 두 개 거듭 피다가

"이것도 사주팔잔가 봐. 글쎄 사지가 멀쩡한 년이 뭣 하러 후처로 왔다가 이 폭폭수*를 당허는구?"

하는 말을 몇 번 되씹고야 조금 가라앉았다.

장미 부인의 얼굴에 아직도 푸른 독기가 사라지지 않고 있으니 여러 사람들은 누구 하나 말을 내놓는 사람이 없고 무안한 듯이 얼굴만 서로 쳐다보고 있다.

"참 아씨 오늘이 금송아지 내놓는 날 아녀요?"

하고 안잠재기가 침묵을 깨뜨렸다.

장미 부인도 이 말에는 귀가 솔깃한지

"음 오늘이구면."

하고 대꾸를 했다.

비로소 말이 오고가고 하매 다른 사람들도 제각기 지껄이었다.

"아씨 저 뒷집 마님도 어저께 오십 원 어치 물건을 했는데 모조리 육등만 나왔대요."

하녀의 말.

"경품도 꿈 잘 꾼 날 때면 잘 나온다는뎁쇼. 왜 아씨 저 박람회 때 쌀 열 가마니 탄 사람도 꿈 잘 꾸고 그랬다고 허잖어요?"

안잠재기의 말.

"아니 내 엊저녁에 별 이상한 놈의 꿈도 다 꾸었어."

하고 과부로 마흔한 살까지 늙은 침모가 혼잣말로 하자

"무슨 꿈을 꾸었는데?"

하고 장미 부인이 대뜸 물었다.

| * 폭폭수: 팍팍한 운수.

"참 꿈도 망측허지. 아마 언짢은 꿈인가봐."

이때 허리가 굽기까지 늙은 박물장사가

"아이구 날도 깜직하게 더웁다."

하며 마루로 올라선다.

"그간들 평안하셨습니까."

하며 방물장수는 어깨에 짊었던 보따리를 내려놓더니

"그런데 이렇게 더운 날 어찌 방 안에들 계슈?"

하고 부채질을 활활 한다.

"참 오랜만에 오셨구려."

하고 장미 부인이 대청으로 나오자 다른 사람들도 뒤따라 나왔다.

팔월 대청이 보기만 해도 시원한데 게다가 앞뒤로 터진 데서 바람이 불어오고 체경 앞에 놓인 선풍기는 웅웅 하며 돌고 있다.

"어이 꿈 이야기나 해요."

장미 부인이 침모에게 재촉을 하였다.

"어쩌면 내 박물장사 꿈 이야기를 하는데 박물장사가 들어올까."

"아니 내 꿈 이야기를 허다니?"

"당신과 같은 박물장사란 말야."

"글쎄 꿈 이야기나 얼핏 하라니깐."

장미 부인은 대단히 궁금한 듯 서둘렀다.

"내 방에서 어떤 사십 가량 되는 박물장사와 같이 잤는데 아침에 일어나 보니 빳빳허니 죽어 나자빠졌겠지."

"아이 저런."

하는 안잠재기의 말에

"꿈에 송장을 보면 존 것입넨다."

하고 늙은 박물장사가 경험 있는 듯이 말하였다.

"글쎄 들어봐요. 그래 내가 혹시나 잠이 들었나 하고 배를 흔들어봤더니 아 배꼽에 꽃이 피어 있단 말요. 그리곤 박물장사는 영 죽어버렸소."

"참 이상도 헌데."

하고 장미 부인은 박물장사의 해몽이나 들을 양으로 그를 빠꼼이 쳐다보았다.

"참 정말로 좋은 꿈입니다. 내가 해몽도 수없이 해봤지만 이 꿈같이 좋은 꿈은 처음 듣는데 정말로 횡재를 할 꿈입니다."

"글쎄 꿈에 송장만 봐도 좋다는데 송장 배꼽에 꽃이 폈으니 좀 좋겠다구."

하고 안잠재기가 거들었다.

"그럼 꼭 횡재를 하겠단 말요?"

하고 장미 부인은 자기가 꾼 것만치나 반가운지 박물장사에게 다짐을 받았다.

"그럼 횡재를 하구말구요."

박물장사는 조금도 서슴지 아니하였다.

"그렇다면 됐구료 됐어. 저 침모가 금송아지 경품을 뽑아보슈."

장미 부인은 이날의 침모가 꼭 금송아지나 뽑을 자신이 있는 것같이 서둘렀다.

그는 학교 교육을 받았으면서도 미신 방법의 신념과 감각이 남보다 예민하여 동무끼리의 이야깃거리가 되었었다.

"참 아씨 그렇게 해봐요."

"글쎄 혹 맞는지도 모르지."

장미 부인의 말에 안잠재기와 침모가 이렇게 찬성을 표하였다.

그런데 문제는 적어도 삼사십 원 가량의 상품을 사야 할 텐데 손에 쥔 돈이 없는 것이었다. 남편이 있더라면 돈을 타내겠지만 이날이 마침 공일이라 아침에* 의미도로 놀러가서 밤중이 되어서야 올 테니 안 될 일이었다. 가운데 손가락에 낀 금강석 반지를 전당에 놓을까 하고 생각도 해보았다. 원가가 삼백 원이니 적어도 백 원은 받을 것이로되 신혼여행으로 하르빈까지 가서 산 결혼 푸레센트**를 전당포 창고 속에 처박아 두기는 정말 안타까운 일이었다. 그 외에 전당포에 넣자면 금붙이 등속이 없는 것도 아니지만 자기의 몸뚱이에 단 물건을 전당에 넣기는 싫었다. 그래 돈 만들*** 구멍을 찾지 못하여 여러 가지로 궁리만 한 나머지 남편이 맡기고 간 시계를 생각해내었다. 금척**** 회중시계로 유리가 깨어져서 맡겼던 것이다.

장미 부인은 이 시계를 아범에게 맡겨서 잡혀오도록 하였다. 남편의 승낙도 없이 잡히는 것이 안 된***** 짓인 줄을 번연히 알면서도 장미 부인은 그까짓 문제쯤은 자기의 수단 여하로 넉넉히 발라****** 넘어가리라고 생각하였다.

전당을 잡히러 갔던 아범은 헛걸음으로 돌아왔다. 전당포 주인이 시계의 출처를 자세히 추궁하는 등 망신만 톡톡히 당하고 왔다는 것이다. 그래 장미 부인은 급한 마음에 염치 불구하고 가정교사로 있는 성대 대학생에게 부탁을 해서 사십 원을 내오게 되었다.

장미 부인은 보통 때면 인력거를 타고서 나가던 것을 피하고 침모와 같이 걸어 나왔다.

"그런데 침모가 금송아지를 뽑아도 내게로 주야지."

* 원문에는 '아침'.
** 푸레센트: present, 선물.
*** 원문에는 '만들을'.
**** 금척: 금줄.
***** 안 된: 잘못된.
****** 원문에는 '발러', 곧 '입발림 소리로'.

장미 부인은 H상점이 가까워질 때 이렇게 다짐을 받았다.

"암 그렇구 말구요. 아 아씨 돈으로 뽑은 걸 어찌 내가 갖겠습니까. 그건 걱정 마세요."

장미 부인은 안심된 마음으로 H상점에 들어서니 어쩐지 전보다 기운이 나는 것 같았다. H상점의 점원들도 장미 부인이 오게 되면 친절히 인사할 만큼 잘 알게 되었다. 더구나 그중에도 여점원들은 장미 부인이 금송아지 뽑기를 자기 일같이 바랬다.

"오늘은 꼭 뽑으셔야지요."

하는 것이 보통으로 하는 인사가 되었다. 그리고 장미 부인이 경품을 뽑을 때면 와서 지켜 서서 보거나 보지 못한 여점원은 나올 때에

"금송아진 못 뽑으셨세요?"

"오늘은 어떻게 됐어요?"

하고 너도 나도 묻는 것이었다.

장미 부인과 침모는 물건을 사기 전에 경품 진열장으로 갔다. 의거리 양복장 축음기 등의 여러 가지 경품이 빡빡하게 진열되어 있는데 한 중앙의 오동나무의 상자 속에 금송아지가 놓여 있다. 빨간 판 우단 속에서 찬란한 화색의 주먹만 한 금송아지가 내보이는 것은 사람의 눈을 더 한층 끌었다.

경품을 다투어 뽑으려는 사람들은 진열장 앞에 열을 지어서 서 있다. 그래 악기부와 약품부는 교통이 차단되고 돌아서밖에 갈 수 없는 정도였다.

"오십니까. 어찌 오늘은 뽑잖으십니까?"

장미 부인이 진열장 앞으로 가까이 가자 일 보는 계원이 인사를 하였다.

"아직 물건 사잖었어요."

하고 장미 부인은 약간 웃어 보였다.

장미 부인은 열을 지어 있는 사람들을 유심히 보았다. 그중에서 어느 누가 금송아지를 뽑아내는지도 모를 일이다. 맨 앞에서 셋째로 서 있는 하얗게 늙은 부인이 여우를 연상할 만큼 되어서 꼭 금송아지를 뽑을 성싶었다.

중간쯤 해서 서 있는 일곱 살 가량 보이는 어린아이가 그 뒤에 서 있는 어머니께

"어머니 나도 뽑을려우."

하고 칭칭거리니까

"그래라 넌 석 장만 뽑아라."

하고 어머니가 대답하였다.

이것을 보고 들은 장미 부인은 하필 저런 어린아이의 손에 뽑히느니 하는 생각이 들어서 갑자기 불안해졌다.

끝에서 넷째쯤 서 있는 청년 두 사람이

"경품은 통 우의 가상*에서 뽑아야 해."

"그럼 뒤적거려야 소용 있나."

하고 말을 주고받았다.

장미 부인은 '옳아 모두들 속만 뒤적거리니까 정말 좋은 놈은 맨 우로 밀릴 거야.' 하는 생각이 들자 불안한 맘은 더하였다. 그래

"우리도 얼핏** 뽑드라구."

하고 물건을 살 양으로 사방을 둘러보았다.

바른편의 양복부 유리장 속에 걸어 논 여름의 부인양복이 장미 부인

* 가상: 모서리.
** 얼른.

의 눈을 끌었다. 양복 깃에 보석이 번쩍거리고 빛깔이 시원하고도 가볍게 보이고 전체로 고상하게 된 것이 마음에 들었다. 삼십육 원이라는 정가표가 붙어 있다. 장미 부인은 서슴지 않고 이 양복을 사기로 하였다.

장미 부인이 십 원짜리 넉 장을 내어주자 남자 점원은 허리를 굽실하더니 양복을 갑에 넣어서 스트롱 종이*로 싼 다음 거스름돈 사 원과 경품권을 가지고 왔다.

"오늘은 꼭 뽑으십시요."

하며 장미 부인에게 주었다.

금액으로 따진다면 경품권 일곱 장밖에 안 되는 것을 열 장이나 주었다. 그러나 장미 부인에게 있어서는 이것이 처음 있는 일이 아니다.

"고맙습니다. 그런데 이따가 경품과 함께 배달해주시요."

"네 그러십시요."

장미 부인은 침모와 함께 경품 추첨장으로 걸어오면서

"침모가 다섯 장 내가 다섯 장씩 뽑드라고."

하고 침모에게 경품권을 다섯 장 주었다. 그랬다가 추첨장에 이르자

"아냐 침모가 두 장을 더 뽑구려."

하고 두 장을 주었다.

금송아지는 그대로 놓여 있다. 먼저 여우 같은 늙은이는 벌써 가버렸다. 그런데 문제는 남보다 먼저 뽑아야만 할 것인데 열을 진 사람들은 더욱 많아졌다.

장미 부인과 침모는 맨 앞에 뚫고 들어섰다. 계원은 물론 아무 말도 없으리라고 믿었지만 뒤에 선 사람도 아무 불평을 말하지 아니하였다.

"자 침모가 먼저 뽑우."

| * 스트롱 종이: '빳빳한 종이 포장지'라는 뜻.

하는 장미 부인의 말에 침모는 경품표의 통속을 뒤적 헤치고 난 다음 맨 밑바닥에서 한꺼번에 다섯 장을 뽑았다.

이것이 어쩐지 장미 부인에게는 자신 있는 행동으로 보였다. 그러나 한 장 한 장을 펴볼 때마다 장미 부인은 숨을 죽이고 있었는데 다섯 장이 모조리 육 등으로 뽑히자

"거봐 맨 밑바닥만 뒤적거리더니 되간네? 그리고 웬놈의 걸 한꺼번에 다섯 장이나 뽑는담?"

하고 혀를 찼다.

다른 사람 중에는 깔깔대어 웃는 사람도 있었다. 그러나 장미 부인은

"어이 또 뽑으라구."

불퉁스럽게 말하였다.

이번에는 침모는 먼지같이 뒤적거리지도 않고 맨 우에서 달랑 한 장을 집었다. 이것 역시 육 등이라는 글자가 보이자 장미 부인의 가슴은 덜컥 내려앉았다. 단 한 장 남아 있는 것을 어찌 믿으랴. 침모는 자못 미안한 듯이 얼굴을 좀 붉혀가지고 장미 부인을 쳐다보았다.

"어이 마저 뽑아버려."

인제 마지막 한 장이다. 침모는 떨리는 손으로 한편 가에서 한 장을 집었다. 이번에는 장미 부인이 경품권을 채뜨려서 자기 손으로 펴보았다. 역시 육 등이다.

"거 안됐습니다."

하고 계원은 세숫비누 여섯 개씩 담은 상자를 일곱 개 내놓았다.

"내나 잘 뽑으얄* 텐데."

하고 장미 부인은 통 속에 손을 넣었다. 손을 넣은 다음 무엇을 생각

| * 뽑으얄: 뽑아야 할.

하는지 얼마 동안 충그리고* 있다가 맨 우에서 한 장을 집었다. 역부러**
침착한 태도를 지어가지고 펴보았다. 또 육 등이다.

"아이구 저런."

하는 침모의 말은 들은 둥 만 둥 하고 장미 부인은 다시 한 장을 집었
다. 인제는 금송아지를 뽑을 욕심보다도 아무렇게나 나오라는 자포자기
로 집은 것이다. 그러나 껑충 뛰어서 삼 등이 아니냐?

"아이고 삼 등이야."

하고 침모는 놀래었다.

"인제 차차로 되어갑니다."

하고 점원도 반가워하였다.

그러나 장미 부인은 그까짓 삼 등 쯤은 백 번 나온들 소용없다는 듯
이 무표정한 얼굴로 단 한 장 남은 것을 마저 집었다. 마지막 한 장을 펴
보는 장미 부인은 "삼 등이 다시 뛰어서 특등으로" 하는 기대가 가득하
였다. 그러나 사 등이다.

"인제 아조 잘 나오는데요."

하는 점원의 말에 장미 부인은 거듭 삼 등과 사 등이 나온 것으로 보
아 금송아지를 뽑을 때도 가깝구나 하는 예감이 들어서 불쾌했던 마음이
좀 풀리는 것 같았다. 몇 장만 더 있으면 금송아지를 꼭 뽑아낼 것 같았
다. 그러나 가진 돈은 단 사 원뿐이니 그 이튿날은 기어이 뽑으리라고 결
심을 하였다.

삼 등은 체경이고 사 등은 찬장이었다. 삼 등과 사 등을 구경하기도
근 백 번이나 뽑은 후 이번이 처음이었다.

장미 부인과 침모는 물건을 배달하라 하고 집으로 돌아왔다. 장미 부

* 충그리고: 머물러서 웅크리고 있거나 머뭇거린다는 의미의 방언.
** 역부러: 일부러, 짐짓.

인은 대문간에 들어서면서 늙은 박물장사가 그대로 있는가 하고 찾아보았다. 있으면 톡톡히 해주려고 했던 것이 벌써 어디론지 뺑소니를 치고 말았던 것이다.

장미 부인의 남편은 저녁 먹기 알맞은 일곱 시쯤 해서 돌아왔다. 장미 부인은 남편의 일까지* 양복과 샤쓰를 벗겨주고 다시 부채질을 하는 둥 손수 세숫물을 떠다 놓는 둥 하녀가 할 일까지 부산하게 하였다. 그의 맘속으로 가장 불안한 것은 남편의 시계를 잡힌 것이었다. 아침 절에는 암스랑치도** 생각되지 안 했던 것이 막상 남편의 돌아올 시간이 가까워지면서부터는 안절부절 하여졌다. 마침내 생각다 못해 장미 부인은 양복을 남편의 눈에 잘 뜨이게끔*** 벽에 걸어두었다.

아니나 다를까 남편이 세수를 마치고 방 아랫목에 자리를 잡고 앉자

"저 양복 언제 샀어?"

하고 물었다.

이 말이 장미 부인에게는 가슴이 선듯까지 했지만 억지로 침착한 태도로

"그 양복이 보매 어때요."

하고 고개를 갸우뚱하면서**** 젊은 아내로서의 애교를 지었다.

"글쎄 양복이 좋아서 묻는 말야."

"호호호 정말 좋지요? 그런 걸 이제껏 안 사주시고."

장미 부인은 원망하는 의미로 눈을 약간 치떠서 흘겼다.

"아 내 눈에 띄기만 했다면 어찌 안 사줬을까."

"우리 저것 입고 언제 삼방이나 한번 가드라구요."

* 남편의 할 일까지.
** 암스랑치도: 아무렇지도.
*** 원문에는 '뜨이게크름'.
**** 원문에는 '개웃둥하면서'.

"저런 훌륭한 걸 입고 어찌 사람이 드문 삼방으로 간담?"

"그럼 어델 가면 졸구요?"

"둘이 팔짱끼고 경성 장안이나 휩쓸고 다니지."

"아이고 망측도 해라."

하고 장미 부인은 웃어대었다.

"그런데 저것이 꼭 H상점에 한 벌밖에 없는 걸 어디든지 있어야지요."

"그래서."

"그래 안 사면 다른 사람이 사갈성은 부르고** 해서 당신의 시계를 잡혔지요."

"머엇?"

하고 눈을 치다랗게*** 뜨고 흘기는 것은 금방 눈알에서 총알이라도 발사될 성 싶었다.

장미 부인은 거의 기계적으로 상체를 뒤로 자빠뜨릴 뻔했다.

"그러기로서니 그처럼 놀래실 거**** 뭐 있으시오. 물론 나도 안 될 일인 줄을 알았지만 주먹에 쥔 돈은 없고 별수 있었나요?"

"뭣이 어째? 누가 돈이 아까워서 그러나?"

남편의 언성은 왈칵 높아졌다.

"글쎄 저도 모르는 게 아냐요."

"알건 모르건 계집년이 남편 물건을 함부로 잡혀 먹어? 그따우 상놈의 버릇을 어데서 배워먹었어? 양복이 아모리 좋기로서니 전당까지 잡혀서 살 게 뭐 있단 말야? 돈이 아까운 것보다도 그놈의 소당이 괘씸허단 말이지."

* 졸구요: '좋을까요'의 구어적 표현.
** 사갈성은 부르고: 사 가겠다는 말을 하고.
*** 치다랗게: '눈길을 치켜 커다랗게'의 뜻.
**** 원문에는 '놀래실 걸'.

결혼 후 처음으로 당하는 이 꾸지람과 무안— 장미 부인은 다만 눈물이 솟을 뿐이고 그의 무궤도적인 발악이 나올 뿐이었다.

"그까짓 시계는 곧 찾으면 그만 아녀요?"

장미 부인의 엷은 분홍빛 얼굴은 푸른 독기가 넘쳐 흐르고 흥분에 못 이겨 그의 눈은 어지러울만치나 깜짝거렸다.

"계집년이 저 무슨 발악이야?"

"발악은 무슨 발악요? 멀쩡한 년이 다 늙은 자한테 시집 올 때는 이런 짓도 못할랬던가요? 글쎄 내가 큰소리한지 뭐 있어요? 뭐 있어?"

장미 부인은 이를 아득아득 갈기까지 하면서 덤벼들었다. 그러나 남편은 하도 어처구니가 없어서 넋 잃은 사람같이 쳐다만 보고 있을 따름이다.

장미 부인은 저녁밥도 먹지 않고 딴 방에 드러누워 가지고 꿈적도 아니하였다. 나중에는 두통이 난다고 머리는 싸매기까지 하였다.

나이 많은데다가 젊은 아내를 가진 사람에게는 이러히 한 가지 약점은 있는 모양이다. 젊은 아내는 아내로서의 권리를 주장한다. 물론 이 권리란 것은 의무를 상대로 한 것이라는 것보다도 아내이니까 무조건 내세우는 조건이다. 게다가 남편보다 훨씬 나이가 떨어지면 아우가 언니에게 대한 어린양*과 아들딸이 부모에게 대한 어린양까지 부리게 되는 것이다. 그러므로 젊은 안해를 가진 남편은 안해인 동시에 동생이나 달린 양으로 대하여주지 아니하면 가정이 온화하지 못하는 것이다.

장미 부인의 남편도 하룻밤을 안해와 떨어져서 새인 그 이튿날에는 도리어 안해에게 안타까운 생각이 들었다. 그래 장미 부인을 불러서 노여움을 풀어줄까 했으나 남편으로서의 위신과 자존심은 그대로 살려두

| * 어린양: 어리광.

고 싶었다. 그래 다만 양숙이를 불러 백 원 지폐 한 장을 주면서 장미 부인에게 전하는데 그 돈으로 시계를 도로 찾고 나머지는 맘대로 쓰라고 이른* 다음 밖에 나갔다.

장미 부인은 전날의 지난 일을 곰곰이 생각하니 자기 역시 잘했다고 내세울 만한 것이 없었다. 그러나 하룻밤밖에 안 지난 다음 바로 남편 앞에 나가기까지는 아직도 마음이 풀어지지 못했는데 양숙한테서 백 원 지폐를 받고 남편의 부탁한 말을 듣고 나니 맘속이 풀리었다. "그래도 남편은 나를 아껴주는구나."하는 생각이 들으니 갑자기 즐거워졌다.

장미 부인은 아범을 불렀으나 나가고 없다 해서 가정교사에게 시계를 찾아오도록 부탁하였다.

장미 부인은 H백화점에 가서 시계의 유리를 박고 금시겟줄까지 사서 끼워 주기로 하였다. 그리고 이번에는 금송아지를 기어이 뽑아낼 것 같은 자신을 느끼었다. 그래 이번에는 자기 혼자 인력거를 타고 나섰다.

장미 부인은 H백화점에 들어서는 길로 시계부로 가서 유리를 박은 다음 금시겟줄을 이십오 원이나 주고 샀다. 시겟줄을 사고 나니 다시 메달까지가 사고 싶어서 역시 팔 원짜리 금메달을 골랐다. 전부 상품은 삼십삼 원 어치 샀는데 경품권 여섯 장을 에누리 없이 내주었다. 시계부는 다른 부와 떨어져 있어서 장미 부인의 소식을 잘 모르는 편이었다.

장미 부인은 경품을 뽑으려고 이층으로 올라가면서 생각하니 이날은 금송아지를 깊이 가두어 두는 날이라 볼 수는 없었다.

아직도 아침결이라 그런지 경품권 뽑는 데는 사람이 전날과 같이 많이 늘어서 있지 않고 단 여학생 셋만 지껄여가며 경품을 뽑고 그 뒤에 어떤 청년신사가 기다리고 있었다.

* 원문에는 '일른'.

장미 부인도 그 옆으로 바싹 가서 여학생들이 물러가기를 기다렸다. 여학생들이 자리를 비키자 청년이 경품표 통 앞으로 대어섰다.

이때의 장미 부인에게 있어서는 이 청년이 가장 무서운 경쟁자와 같았다. 그가 통 속에 손을 넣으려 할 때 장미 부인은 통 속의 경품표 한 장을 눈 익혀 두었다. 그것은 하고많은 중 단 하나가 기러기로* 곤두서 있는 것이 암만 해도 이상스럽게 보였던 것이다. 그러나 청년이 그 경품표를 집을 것 같았다. 그래 장미 부인은 부리나케 손을 통 속으로 넣다가 그만 청년의 손과 마주쳤다. 장미 부인은 손이 불에 단 것 같이 깜짝 놀라고 얼굴이 빨개졌지만 그 눈 익힌 경품표는 무의식중에 잡혀졌다.

청년은 아무 말도 없이 다만 장미 부인을 힐긋 한번 쳐다보더니 경품표 한 장을 집었다.

무안함에 두근거리는 가슴 분명코 금송아지가 빠져나올 것 같은 기대로 경품표를 펴보는 장미 부인의 손은 약간 떨리었다. 그러나 여섯 육자의 첫 대궁이가 보이자마자 장미 부인은 그 표를 집어던져 버렸다.

"맨 육 등뿐이니 대체 특등표는 이 속에 넣었소? 안 넣었소?"

하는 장미 부인의 말은 점원에게 시비를 거는 것처럼 보였다.

그러나 점원은 조금도 안색을 변하지 않고 도리어 미안한 듯이

"특등은 바로 전에 빠졌습니다."

하고 친절히 말하였다.

"뭐요?"

장미 부인은 어안이 너무도 벙벙하였다.

"아조 협수룩한 사람인데 단 한 장 가지고 금송아지를 빼었습니다. 참 손님께서 서운하게 되셨습죠."

| * 기러기처럼.

이런 점원의 말은 장미 부인은 들은 체도 않고 특등 뽑은 사람이 누구인가 하고 어수선하게 내걸은 표지를 찾아보았다. 백색 황색 청색의 여러 가지가 걸려 있는데 이것들의 배나 되는 큰 붉은 종이에 굵직하게 써 걸은 것이 유독 눈에 띠었다. 장미 부인은 자기의 눈을 의심하는 듯 자세히 자세히 볼수록

"특등상特等賞 경성京城 계동桂洞 ××번지番地 김응천金應天."

이라는 것이 분명하였다.

"우리집 아범이 어떻게 뽑았을까."

참 알 수 없는 일이다. 장미 부인의 머릿속은 갑작이 흐리멍덩해지면서 어지러워졌다.

"경품권은 어데서 났을까."

장미 부인은 그대로 서 있을 수 없어 경품권을 손에 쥔 채로 나와버렸다.

"어찌 안 뽑으시구 가십니까."

"오늘은 어떻게 됐어요?"

"금송아지는 다른 사람이 뽑았다는데요."

이러한 남점원 여점원의 말이 장미 부인의 귀에는 한 마디도 알려지지 못하였다.

"빨리 집으로 가세."

"집안에 무슨 일이 생겼습니까."

"글쎄 빨리 가자면 갈 일이지 무슨 잔소리야?"

장미 부인은 짜증을 내었다. 인력거꾼은 두 다리가 찢어지라고 껑충껑충 빨리 뛰었다. 장미 부인은 인력거 안에서 여러 가지 생각으로 머릿속이 난마와 같았다. 만일 내가 빠트린 경품권으로 뽑았다면 물론 내 것이지. 그러나 딴 사람의 것이라면 어떻게 하나? 공으로 뺐을 수는 없으

니까 몇 십 원을 주지. 영영 듣지 않으면은? 여기에 이르러서는 별 신통한 대답이 없었다. 내어쫓으라. 당장에 팔백 원 돈이 생기는 판에 그들이 내어쫓는 것을 무서워할 것인가? 도무지 생각이 나지를 아니하였다. 이왕 내 손에 안 뽑히려면 다른 사람에게로나 뽑히지 우리 집 대문 안까지 들어온 금송아지가 내 것이 못 되다니 될 말인가 결국 이렇게까지 생각하였다. 인력거에서 내린 장미 부인은 허둥지둥 안으로 빨리 들어갔다. 침모 방의 마루 위에 금송아지를 상자채로 놓고서 사람들이 뻥 둘러서 있었다. 제각기 무슨 이야기를 하는지 제법 떠들썩하였다. 그중에도 아범과 어멈은 어쩔 줄을 모르고 이 사람 입을 말하는 대로 쳐다보느라고 정신이 없었다.

"왜들 이렇게 떠드는 거야? 어멈이랑은 왜 일들을 않고 이래?"

장미 부인은 전후사실을 다 알면서도* 이렇게 쏘아붙였다.

"아이고 아씨 행랑 아저씨가 금송아지를 뽑았대요."

하고 하녀가 금송아지를 상자채로 장미 부인 앞으로 가지고 왔다.

장미 부인은 전혀 무표정한 얼굴로 금송아지를 손바닥 위에 올려놓고 욕심나는 듯 쳐다보더니

"경품권은 어데서 나서 뽑았어?"

하고 긴장되게 물었다.

"아가씨가 그저께 주신 것을 오늘에야 뽑았습죠."

"몇 장을 가지고?"

"단 한 장이죠."

"양숙이는 어데서 났니?"

"파라솔을 한 개 사고 생겼어요."

| * 원문에는 '알으면서도'.

여기에 이르러 장미 부인은 할 말이 없는 듯이 말을 멈추었다가 다시 입을 열었다.

"그럼 이것을 아가씨에게 돌리야지. 그러잖나? 아가씨 경품권으로 뽑은 것이니까."

"그란에도* 이것을 그 상점에서 도루 팔라 하니깐 그 돈일랑 아가씨허고 나눠 갖겠습니다."

"그럼 되나. 금송아지를 그대로 아가씨께 드렸다가 아가씨의 처분만 바랄 일이지."

이렇게 꼬박꼬박 말하는 장미 부인은 만일 금송아지가 양숙이에게로 가기만 하면 자기 물건이 되기는 밥으로 죽 끓여먹는 것보다 더욱 쉬운 일이라는 것을 믿었던 것이다.

그러나 양숙이가

"아녀요 금송아지는 전부 아범보고 가지라고 했어요. 내가 뽑았으면 육 등밖에 더 나왔으리라구요? 아범이 그대로 갖건 팔어서 돈으로 갖건 맘대로 하랬어요."

하는 데는 장미 부인으로서 더욱이 실망하였다.

"에라 병신 제 걸 찾어 갖지도 못하는 바보가 어데 있담?"

하고 장미 부인은 혀를 차면서도 금송아지는 그대로 쳐다보고 있었다.

《신가정》, 1933년 8월

| * 그란에도: 그리 안 해도, 그렇지 않아도.

농우

1

보리밭에 거름을 모두 내고 난 서 생원은 해가 큰라산 위에 간당간당 매어달렸을 때에야 집으로 향하였다. 빈 오줌독을 지게로 걸머지고 소를 앞에 몰고 갔다. 길가에서 탐나는 풀을 발견할 때마다 소가 걸음을 멈추면,

"이랴 쪼 쪼 쪼 쫏."

하고 서 생원은 어린애 볼기짝을 두드리듯이 손으로 잘칵 하고 두서 너 번 아프지 않을 정도로 친다.

소가 길을 조금도 서슴지 않고 가는 것을 생각할 때 그는 힘찬 아들 을 앞세우고 가는 것 같은 든든한 마음이 드는 것이었다.

서 생원은 소로 논밭을 갈거나 구루마를 끌거나 할 때 말을 잘 듣지 않더라도 달래서 듣도록 하지 아프게 매질을 하는 법은 도시 없다. 아무 리 삯을 많이 받을 경우가 있더라도 소의 힘에 부칠 성 싶은 일은 절대로

맡지 않았다. 이것은 그가 본래부터 보드라운 성질을 가진 것도 원인이
겠지만, 무엇보다도 서 생원과 소 사이에는 특별한 정이 들었던 것이다.
서 생원은 나이 오십이 넘은 지금에도 장사라는 말을 듣지만 한참 당년
에는 항우라는 소문이 그 도道 내에 쫙 퍼졌던 것이다. 그가 스물네 살 때
부터 금씨름판을 찾아다니게 되어 서른일곱 살 때까지 소를 네 필이나
탔었다. 첫 번 세 필을 탈 때까지는 오래야 삼 년 동안 부리고서는 팔아
넘겨서 주막의 계집과 술 속에 버리다가 끝으로 한 필을 탔을 때부터는
갑자기 마음을 잡고 이번에는 소를 칠 년이나 부려먹은 나머지 돌도 못
된 암송아지하고 바꾸었다. 이 송아지의 손자가 바로 지금의 여섯 살 난
황소인 것이다. 씨름으로 소와 인연을 맺은 것이 삼십 년이나 소가 끊이
지 않게 되자 '서 생원'을 '소 생원'이라고까지 부르게 되었다.

　이런 관계가 있는 만큼 혹 친구 간에 소를 신줏단지같이 위한다고 핀
잔을 주는 사람이 있어도 서 생원은 조금도 고깝게 여기지 않았다. 사람
먹을 양식은 떨어지더라도 소가 먹는 여물과 콩은 지금까지 떨어져본 일
이 없었다.

　"이랴 쪼 쪼 쪼 쫏."

　하고 소를 몰고 가다가 서 생원은 갑자기,

　"소 한 필만 있으면 부자라는데……."

　하는 생각이 나자 소궁둥이가 어리어 뵈면서 꽁지를 찾아낼 수 없었다.

　육칠 년 전만 하더라도 양식 걱정은 그다지 심하지 않았지만 차차로
생활이 쪼들어지자 소를 팔고 빚을 얻어 쓰고서는 그다음 해에 가서 봄
에 논갈이와 가을에 밭갈이와 또 구루마질로 모두 갚는다. 결국 돈을 얻
어 쓴 다음 해는 일 년 내 공일만 죽게 하여주게 된다. 그러니 한 해씩 걸
러야만 빚이라도 얻어 쓰게 되는데 작년에는 가물에 어거지 농사를 짓는
다고 빚만 대추나무 연 걸리듯이 여기저기 걸어 놓게 되어 금년에는 소

핑계로 얻어 쓸 수도 없게 되었다. 빚은 둘째고 우선 급한 것은 보리 날 때까지 갚기로 하고 작년 아내의 병중에 얻어 쓴 빚 삼십 원을 어떻게 갚는가가 큰 문제이다. 더구나 그나마 헌 것이라도 있어서 부리던 구루마까지 인제는 영영 송장이 되어버리고 소를 편편히 놀리는 때가 많았다.

서 생원이 집 안에 들어서니 아들 문경이는 손바닥만 한 마루에 드러누워서 책을 보면서 이따금씩 콧노래를 섞는 것이 전에 없이 흥이 나는 모양이다.

"너 오늘 가마니 몇 장이나 쳤냐?"

이 말소리에 아들이 벌떡 일어나자 부엌에서 저녁밥을 짓고 있는 옥님이가,

"여태 야학당으로 어디로 쏘다니다가 방금 들어왔대요."

하고 얼굴은 내어 보이지 않는다.

서 생원은 오양깐*에 소를 매면서,

"너도 한 길이나 큰 녀석이 야학당만 나다니지 말고 집에서 일 좀 하려무나. 야학당은 밤에나 가는 것이지 머 대낮부터 무슨 지랄들을 하는 거냐? 응."

하고 연해 소리를 질렀다.

아들은 아무런 대답도 못하고 서 있다가 방으로 슬그머니 들어간다. 서 생원은 한쪽 달아난 옹기그릇에 물을 떠 붓고 손과 발을 씻는다.

이때이다. 윤 면장의 머슴이 헛기침을 하며 들어오더니,

"서 생원 뭘 허시유?"

하고 인사하듯 한다.

"응 자넨가? 다아 저녁때 웬일인가?"

| * 오양깐: 외양간.

"지금 나으리께서 곧 오시래유."

"왜 무슨 일이간디?"

머슴은 누구를 찾는 듯이 사방을 둘레둘레 하고 나서,

"알 수 있간디라우."

하고 머뭇거린다.

서 생원은 씻는 둥 마는 둥 빨리 끝내고 덕쇠 뒤를 따라가면서,

"거 무슨 일일까."

하고 궁금해 뵈었으나 덕쇠는 여전히,

"글쎄, 저도 잘 모르지라우."

하고 빨리 걷기만 한다.

서 생원의 궁금한 마음은 더어 꼬치꼬치 캐어물을 만한 여유도 없었다. 해마다 이때면 으레 당하는 논 뗀다는 호령일까 그렇잖으면 소 잡히고 삼십 원 빚낸 것 때문일까. 여러 가지로 머리를 짜아내었으나 꼭 단정할 수는 없었다. 하여간 반가운 일은 아니겠지 하매 맘은 몹시도 초조하였다.

2

아니나 다를까 서 생원이 윤 면장 집 마당에 들어서자마자 면장이 눈을 똑바로 뜨고 눈총을 매섭게 놓고 있다.

서 생원은 가슴이 콱 막히면서 전신이 어디로 사라져버리는 것같이 몽롱하여졌다.

"면장 영감, 저 부르셨습녀?"

하고 서 생원은 손을 마주 잡고 허리를 굽히었다. 면장은 쭈그리고

앉더니 담뱃대를 입에서 빼어 들었다. 담뱃대는 신장대 모양으로 떨리기 시작하였다.

"그런 발칙스런 놈이 어디 있단 말인가."

"제가 무슨 죄 진 일이 있습녀?"

서 생원은 정말 죄 진 것 모양으로 굽실굽실하였다.

"아무리 어린놈이기로서니, 제 신분이 어떤 놈인지도 모르고 아무 데나 그런담? 순' 못 배운 녀석 같으니."

"아 게 무 무슨 말씀인죠. 혹 제 자식 놈이 죄를 진 일이 있습녀?"

"그래 자네는 모른단 말인가?"

"예 예, 혹 철모르고 무슨……."

"철모르다니? 이십이 다아 된 놈이 철이 없단 말인가?"

"……."

"우리집 작은아씨가 방학 때라 내려온 김에 나물을 캐러 갔는데 아 그놈이 함부로 말을 걸고 버릇없이 놀랴고 했다니 그래, 그게 될 말인가! 우선 그런 걸 보고서 내게 말한 사람부터가 남이니 우리 집 망신이 어쩌겄는가?"

하고서는 담뱃대를 마루에 땅땅 치고 담배를 태워 문다.

이 말을 듣자 서 생원은 지금까지와는 다른 충동이 치밀어 올라왔으나,

"예, 제가 단단히 나무라겠습니다."

라고 아니 할 수 없었다.

"한 번만 또 하면 직접 자네가 헌 것으로 책임을 져야 한단 말이네."

하고 면장은 방 안으로 들어가버렸다.

면장 집을 나오는 서 생원은 자기 발이 어떻게 떼어지는지 지금 자기

| * 원문에는 '수원'.

가 어디로 가는지 정신을 걷잡을 수 없을 만큼 그는 불덩이 같은 화가 복받쳤다. 봄날의 석양 바람이 약간 싸늘하게 얼굴을 스치고 지나갈 때에야 얼음덩이같이 굳었던 정신이 풀리는 것도 같았다.

"흥, 제 신분이 어떤 것인지도 모르고 덤빈다고."

서 생원은 면장의 말을 되풀이하여 보았다. 저놈들은 무엇 말라비틀어진 것이냐? 제가 면장이나 하였으니깐 큰소리를 탕탕 하지 바로 제놈 아비는 사령 노릇을 하지 않았는가? 지체를 따진다면 우리가 저놈들 같을까? 우리 증조가 선비였고 조부가 진사 급제를 하였고 바로 우리 아버지는 고창 군수를 지냈는데……. 가문의 영락으로 가산이 치패하고 공부도 넉넉히 못해서 이렇지 아무래도 저놈들 같을까? 서울 일본 사람에게 알랑거려서 사음깨나 하여서 재산 나부랭이나 모였고 그 덕분에 면장까지 하게 되니 바로 제 세상인 줄 아는감? 그저 지금 세상은 재산과 권력만 있으면 똥 친 나무라도 절을 하게 되니…… 목구멍이 포도청이라고 내가 제 놈의 논만 얻어 짓지 않으면 열 살이나 손아래 되는 놈한테 무엇 때문에 그런 욕을 당한단 말인가?

이런 생각을 할수록 서 생원은 두 눈에서 불이 일어나는 것 같았다.

서 생원은 자기 집에 들어서면서,

"문경이 있냐?"

하며 번연히 있는 줄 아는 아들을 성낸 어조로 찾았다.

"예?"

하고 손에 책을 든 채로 나오는 아들은 전에 없이 대로한 부친의 언성에 얼떨떨한 모양이었다.

"너 이놈 면장네 딸에다가 무슨 짓을 하였냐? 응 무슨 짓을?"

이 말에 모든 것을 알아 챈 아들은 얼굴이 확 붉어지면서 양편 어깨가 내려앉는다. 딸은 부지깽이를 든 채로 눈을 휘둥그리며 부엌에서 빨리 나온다.

"왜 속을 못 채리냐? 응."

하는 소리와 함께 서 생원의 솥뚜껑 같은 손은 아들의 뺨을 벼락같이 때리었다.

이 바람에 아들의 얼굴은 한쪽으로 비틀어지는 것같이 홱 돌아간다.

"이 녀석아, 그까짓 ××× 싹뚝 잘라버려라. 왜 남의 계집애들을 놀리다가 애비 얼굴에 똥칠을 허냐? 응."

"제가 먼점 걸었간디우? 보통학교 때부터 잘 지내다가 이런 책까지 사다가 주었는디우."

하고 책 든 손을 간신히 조금 쳐든다.

"어쩌어? 그래 네 모양에 연애를 허는 푼수구나?"

하고 서 생원은 책을 채트리더니,

"지금 당장 연애를 안 끊으면 다리몽둥이를 끊어버릴 것이다."

하고 나서 책을 오양깐으로 팽개를 쳐버린다. 소는 책이 먹을 것이나 되는 듯이 코를 씰룩거리며 냄새를 맡는다.

고양이 앞에 쥐 모양으로 서 있는 아들을 한참이나 노려보다가 서 생원은 방으로 들어갔다. 화가 차차로 식어감에* 따라 아들이 한편으로 가긍스럽기도 하였다. 보통학교를 최우등으로 졸업하고도 남의 자식과 같이 공부를 더어 못 시키는 것이 아비의 죄가 아닌? 사실 생각하면 한 반에서 공부를 한 면장 딸이 자기 아들의 재주 있고 튼튼하고 얼굴 반반한 데서 마음이 쏠린지도 모를 일이다. 여기에 무슨 아들의 죄가 있단 말이냐? 죄가 있다면 부모를 잘못 만난 죄뿐일 것이다. 결국은 모든 것이 돈 없다는 한 가지 이유뿐으로 그런 망신을 당하는 것이라고 생각하매

| * 원문에는 '식어감을'.

도적놈같이 족을 친 아들이 한없이 안타까웠다.

그래 서 생원은 저녁밥상이 들어오자 아들을 불러서 함께 밥을 뜨며,

"다시는 그런 계집애허고는 상관을 말어라. 그저 무엇이구 없는 놈은 없는 놈끼리 해야 허는 게다."

하고 부드러운 소리로 타일렀다.

"예, 다시는 안 만날게요."

하고 아들은 다소곳이 대답한다.

그리고 사실은 이날 밤에 서 생원은 후처의 맞선을 보러 가기로 하였던 것이다.

서 생원은 상처한 지 만 일 년이 되어 오지만 남달리 양기가 좋아 아내 없는 고독을 항상 느끼었고 또 과년한 딸을 정혼까지 해놓고도 살림할 사람이 없어 그대로 잡아 매논 형편이다. 그동안 떠돌아다니는 낡은 여자를 세 번이나 갈아 들였지만 웬일인지 살림은 할 줄 모르는데다가 양식만 구는* 것이 아까워서 오래야 열흘 살고서는 내어쫓곤 하였다.

얼마 전에 송참봉 부잣집에는 어느 행세하는 집안의 과부가 개가를 하고자 와서 머물게 되었다. 이 과부는 나이가 서른일곱이고 언어 행동이 점잖다는 소문이 동리 안팎으로 퍼지자 제일 먼저 서 생원의 귀를 솔깃하게 하고 곧 송참봉의 머슴을 중간에 넣어서 맞선까지 보게 되었다. 그래 피차 합의가 되어서 이날 밤에는 동리 집에서 만나 가지고 정식으로 관계를 약속하기로 하였던 것이다.

그러나 아들의 여자 문제로 자기가 망신을 당하고 또 아들을 꾸짖고 난 지 얼마 되지도 않아서 그 여자를 만나러 간다는 것은 어쩐지 죄를 범하는 것 같은 생각이 들었다. 생각다가 서 생원은 딸을 시켜서 이튿날 밤

| * 양식만 구는: 양식만 축내는.

46

에 만나기로 하고 이날 밤은 아들을 붙들어 놓고 가마니를 쳤다.

어쩐지 이날 밤은 아버지와 아들의 사이가 훨씬 가까워진 것같이 그들은 웃음 섞어 도신도신* 이야기를 하면서 가마니를 쳤다.

3

"날도 참 청성맞다!"

서 생원은 담배를 한 대를 태워 먹고 다시 논으로 들어갈 때 무심코 이렇게 감탄하였다. 그가 젊어서 소 판 돈으로 여자를 찾아다닐 때 자기 맘에 흡족할 정도로 이쁘게 생긴 여자를 보면 으레 하는 말이,

"계집도 청성맞게 생겨먹었다."

하고 도리어 여자한테는 푸념을 받았다.

이렇도록이나 이 날씨는 서 생원에게 좋았다. 며칠 전의 비로 논에는 물이 빼작빼작 괴어서 아직도 발은 쌀랑하고 시리었으나 졸음 오기에 알맞은 따뜻한 봄날이다. 산들바람은 데수기**에 부딪혀서 간지러울 때에야 비로소 바람이 부는 줄 알 만큼 고요하고도 부드럽다. 이 바람이 바로 비단결로 변하여 하늘을 엷게 덮은 것같이 하얀 구름을 통하여 푸른 하늘은 소리 없이 웃는다. 멀리서 달아나는 그 육중스런 기차도 그냥 봄바람에 불려서 가는 것같이 가볍고도 귀엽게 보였다.

"이랴 쪼 쪼 쫏."

하고 서 생원은 주마등같이 생각하는 옛 기억을 떨쳐버리려는*** 듯이

---

* 도신도신: 도란도란.
** 데수기: '어깨'의 전남 방언.
*** 원문에는 '떨으려는'.

갑자기 소리를 커다랗게 질렀다. 소는 영문도 모르고 기계적으로 빨리 달아나자 흙은 한편으로 파 잦혀진다.

이때 서 생원의 뒤편에서,

"여보게 여보게!"

하고 목멘 소리가 났다.

바로 윤 면장의 아비 윤 진사가 키보다도 높은 지팡이를 짚고 걸어오고 있다.

"저놈의 늙은이가 밤새 환장을 하였나."

하며 욕을 하면서도 서 생원은 속으로 불안을 느끼었다. 어제 일을 늦게야 알고서 부랴부랴 야단을 치러 오는 것이 아닌가 하매 전날의 분이 다시 치밀어 올랐다.

"아, 왜 오늘이 우리 논을 가는 날인데 남의 일만 하나? 응."

하는 윤 진사는 숨이 턱에 닿아서 헐떡인다.

서 생원은,

"와― 와―."

하여 소를 머무르게 하고 윤 진사가 가차워지기만 기다렸다.

"오늘 하기로 하였다가 진사 영감이 볼일 계시다고 해서 모레로 미루잖았습녀."

"글쎄, 오늘 볼일이 훗날로 미루었는데 모레가 바로 궁술대회가 있는 날이란 말이네. 내가 꼭 구경을 가야겠으니 그날은 논일을 못헌단 말일세."

하고 윤 진사는 논둑에서 싸움이나 걸듯이 발을 구르며 야단을 친다.

"그런 사정이야 제가 알았습니까? 오늘 못하신다고만 하시길래 딴 사람의 일을 맡었지유. 정 그러시면 영감이 안 보시더라도 저 혼자 잘 해 드리지요."

"안 된다니께 안 되어. 내가 꼭 지켜 서야지."

하고 윤 진사는 좁은 논길을 급히 내려서다가 바른편 발이 논으로 빠졌다. 하얀 버선이 흙물투성이가 된 것이 잔뜩 마음에 걸린 윤 진사는 흙물을 털고 나서,

"그래 정말로 우리 논일을 못하겠는가? 정 그렇다면 여러 말 말고 작년에 고지 내먹은 것은 돈으로 갚고 또 소 잡히고 빚내 쓴 것을 이 당장에 갚게."

하고 몸을 부르르 떨었다.

서 생원은 논 한가운데에서 갓으로* 나오면서 여전히 사정을 하였다.

"오늘 영감 댁 일을 허면 더 좋지만 남의 일을 중판메고** 그만둘 수 있습니까? 늦지 않으니 훗날로 미루지라우."

"그만두게 그만둬. 저— 거시키 소만 내놓게, 그럼 내라두 논을 갈 테니께."

"소를 내면 이 논은 어떻게 갈구유?"

"그럼 내 돈일랑 그대로 떼먹을낭가?"

"그럴 리가 있겠습녀? 어이 구만 돌아가시죠."

윤 진사는 할 수 없다는 듯이 서 생원의 얼굴을 맞뚫을 듯이 한참이나 쳐다보더니,

"세상에는 별 도적놈도 다 많다."

하며 돌아서서 씽씽 달아난다.

"미친놈의 영감!"

하고 서 생원은 헛웃음을 아니 칠 수 없었다. 자기가 내어준 빚만 내세우는 것이 세상물정을 모르는 어린애의 장난도 같았다. 하여간에 서 생원은 어느 것이나 지난해의 빚을 갚기 위해서 여러 사람의 새중간에

---

* 갓으로: 가장자리로.
** 중판메고: '중판매다'의 방언. 하던 일을 도중에 그만두다.

끼여서 이리 내둘리고 저리 내둘리는 자신의 처지가 새삼스럽게도 서러 웠다.

뒤도 안 돌아보고 걸어가는 윤 진사를 물끄러미 바라보는 서 생원은,

"저 늙은이가 무슨 심술을 또 부릴라나?"

하고 불안이 예감되었다.

그러나 서 생원은 이 불안이 바로 하룻밤이 지난 날 닥쳐오리라고는 천만의외이었다.

이튿날이 바로 마누라의 제삿날이라 자기가 직접 가마니 이십 장을 걸머지고 장에 나갔다 전부 중자中字를 맞아 이 원 사십 전을 받아서 서 생원은 제삿장을 보아 가지고 집으로 돌아왔다.

집 안에 들어서자 옥님이는 마루에 걸트려 앉아서 훌쩍거리며 울고 있고 문경이는 이마에 밤덩이만 한 혹이 돋아 가지고 있었다. 서 생원의 눈에서는 불이 번쩍 났다.

"웬일들이냐?"

하고 채 묻기도 전에 아들 문경이가,

"면장네 집에서 소를 끌어갔으라우."

하고 울상을 한다.

"뭐였?"

하며 서 생원은 오양깐을 쳐다본 다음,

"그래 이 병신들아, 소를 끌어가드락까지 내버려두었단 말이냐?"

"제가 밖에 나갔다 오니께 이렇게 되었어요. 그래 면장네 집으로 가서 막 소를 끌어오라니께 윤 진사가 단장으로 치는 통에 이렇게 되었지라우."

하고 아들은 파랗게 먹진 상처를 손으로 가리킨다.

"날보고 도적놈이라더니 원 어떤 놈이 불한당인가 모르겠다. 어디 보

자 소를 뺏기는가?"

하며 서 생원은 불끈 쥐어진 손을 한번 떨더니 힘차게 뒤돌아서 걸었다. 아들도 그 뒤를 따랐다.

오후 네 시가 채 못 된 때이라 머슴들도 모두 일 나간 후였고 면장도 아직 돌아오지 않고 윤 진사만이 방 아랫목에 앉아서 담뱃대 문 채로 마당을 내다보고 있었다. 서 생원과 아들은 대문 안에 들어서던 멀로* 사방을 둘레둘레 쳐다보며 소를 찾았다.

이것을 알아챈 윤 진사는,

"저 어떤 놈들이냐?"

하고 소리를 버럭 지르더니 버선발로 내달았다.

이때 서 생원과 아들은 소가 도야지 울 옆에 매여 있는 것을 발견하고 그곳으로 가는 것이었다.

"이놈들 부자끼리 남의 집을 마구 떨어먹을 작정이냐? 왜 남의 집을 함부로 들어오는 것이여?"

하며 서 생원의 팔을 끌어당기자 서 생원은 입 한번 열지 않고 뿌리쳐버린다.

이때 아들은 도야지 울의 기둥에 매인 줄을 풀고 소를 끄르려 하는 것을 서 생원은 이것도 믿음직하지 않아서 자기가 소 줄을 아들한테서 뺏어 쥐었다.

"도적놈이야 도적놈이야."

윤 진사는 입에 게버큼**을 내면서 이렇게 외치다가 서 생원의 팔을 두 손으로 붙들었다. 서 생원은 있는 힘을 다 내어 앞으로 채트리는 바람에 윤 진사는 넉장거리로 떨어졌다. 서 생원은 소를 뺏었으나 소는 싸움

* 멀로: ~하자마자 곧바로.
** 게버큼: 게거품.

에 놀란 듯이 사람을 쳐다만 볼 뿐 순순히 따라오지 않았다. 그래 서 생원은 소 고삐를 움켜쥐고 끌어서야 소는 따라섰다.

윤 진사는 콧등과 이마가 땅에 스쳐서 피가 나오고 있다. 땅에 주저앉은 채로 사람 죽인다고 소리를 고래고래 질렀으나 며느리, 손자며느리가 달려올 뿐이었다.

서 생원은 소를 자기 집 오양깐에 매어 두고서는 마당가에 서 있는 봉숭아 나뭇가지를 꺾어 들고 소를 때렸다.

"아무리 멍청한 놈의 소라도 글쎄 남의 집에 가서 그대로 있단 말이냐? 응 주인이 가야 주인을 알아보는가."

하고 이번에는 목덜미를 때렸다. 삼십 년 동안 처음으로 소에게 매질을 하는 서 생원의 눈에는 눈물까지 글썽글썽하였다. 그는 말 못하는 소까지가 자기를 업수이 여기는 것 같아서 분하기는 하였으나 매질을 하면서도 느물느물 맞고만 있는 소가 안타깝기도 하였다.

서 생원은 빚 삼십 원을 보리 날 때까지 갚기로 하였으나 어떤 법률을 가지고 오더라도 소를 뺏겼을 리는 없으나 단 한나절 동안이나마 남의 손에 뺏겼던 것이 분하였다. 그는 저녁 밥상을 받고 수저를 쥐었을 때도 손은 그대로 떨리었다.

이날 밤 제사를 지낼 때 아들과 딸들은 서럽게 울었으나 서 생원은 산 마누라에게 하듯 혼자 성을 내가지고 대답을 했다.

"□□□□ 소까지 잡혀서 약을 써주었으면 죽은 귀신이라도 그런 줄은 알아야지, 늘 가야 빚만 더 많아지고 인제는 소까지 뺏기게 생겼으니 허다못해 꿈에 선몽이라도 하야줄 게 아닌가?"

하고 서 생원은 혼자 중얼중얼하였다.

그는 다시,

"제삿밥이라도 잘 얻어먹을랴면 산 사람을 잘 살게 해야지 글쎄."

하고 말을 더 이으려 하다가,

"아버진 허구한 날 다 두고 하필 제삿날에 이러셔요?"

하고 딸의 울음소리가 와락 커지는 통에 입을 다물었다.

4

이튿날 서 생원이 눈을 뜬 후부터 그는 얼굴에 찬물을 끼얹은 것같이 정신이 번쩍 났다.

전날 면장 집에서 한 일이 꼭 화약에 불을 붙인 것만치나 그는 앞으로 닥쳐올 결과가 무서웠다. 정당한 수속을 밟아서 소를 찾아왔더라면 별일은 없을 것인데 하고 후회도 되었다.

이날만은 논갈이를 나가려도 일거리가 없고 집에서 가마니를 치나 머릿속이 뒤숭숭해서 일이 잘 되지 않았다. 이러다가 애써 친 가마니가 모두 불자不字만 맞을 것도 같아서 그는 항상 버릇으로 보리밭 구경을 나왔다. 서 생원의 보리밭은 응달진 곳이라 겨울이면 쌓인 눈이 녹을 줄을 모른다. 보리는 눈이 이불이라고 눈에 덮인 것을 마당 다지듯 꾹꾹 밟아 주어 아무리 혹독한 바람이라도 보리싹과 뿌리를 상하지는 못한다. 작년 겨울의 기후는 근래에 없이 추워서 양달진 곳은 금방 얼었다가도 금방 풀리고 하는 통에 보리가 뿌리까지 상하여 해동을 기다려서 다시 씨를 뿌렸으니 자라려면 아직도 멀었다. 그러나 서 생원의 보리는 일곱 치나 될 만큼 자라나 그 탐스러운 것이 조롱을 부리는 어린아이같이도 귀여웠다.

마음이 상하다가도 보리만 구경하면 재미가 옥실옥실 나던 서 생원이지만 이번은 보면 볼수록 마음이 더 상하였다. 그렇다고 보리 구경을 않고서는 못 배기었다. 금년만은 보리농사를 오시란히 하기 전에는 보리 싹 하나도 남에게 주지 않겠다고 결심하였다. 그러나 윤달까지 들은데다가 양식이 달려서 할 수 없이 송참봉 집에 가 보리농사를 잡히고 쌀 한 가마니 얻어 온 것이 바로 사오 일 전이었다. 무럭무럭 자라나는 보리를 잡힌 것이 꼭 죄를 지은 것만 같고 겨우내 헛농사만 진 것 같아서 가뜩이나 마음이 아픈데다가 전날 밤 일로 서 생원은 더욱 괴로웠다. 그래 보리밭을 풀기없이* 한 바퀴 돌고서 바로 내려왔다.

그는 저녁밥을 먹고도 일이 손에 잡히지 않고 윤 진사 집에서 벼락만이 떨어질 것같이 마음이 조마조마하였다. 그래 서 생원은 송참봉네 널찍한 머슴사랑을 찾아갔다.

방 안에 들어서자 자욱한 담배 연기 속에서 빨간 한 사람의 얼굴만이 떠돌아다니는 것같이 몽롱하였다.

"야— 서 생원 오시는구나."

하는 소리와 함께 웃음소리가 와그르 쏟아졌다.

키가 육 척 장군인 덕쇠가 와락 달려들어서 서 생원의 팔목을 잡고 아랫목으로 끌면서,

"서 생원 물볼기 맞는담서유?"

하자 웃음소리가 다시 터진다.

"물볼기라니? 미친놈들."

하고 코웃음을 치며 서 생원은 벽에 기대어 앉는다.

열서너 명이나 되는 사람들은 드러누웠다가도 일어나서 서 생원 앞에 바싹 모아 앉았다. 모두 서 생원보다 훨씬 젊은 층이었다. 서 생원이 무식하기는 하면서도 구변이 좋고 정직하고 인정이 많아서 동리 빈농층

| * 풀기없이: 힘없이.

54

이나 머슴층에서는 엄지손가락을 꼽는 인물이었다.

"아, 서 생원 윤 진사 댁에서 볼기 친단 말을 못 들으셨수?"

덕쇠가 이렇게 말하자 어쩐지 이번에는 방 안이 갑자기 고요하여졌다. 서 생원도 먼저는 볼기 맞는다는 말이 옛날이야기와도 같이 새삼스럽게 들리었으나 윤 진사라는 말을 듣자 머리끝이 쭈뼛하여졌다. 그는 아무 말도 없이 코앞에 널려 있는 여러 얼굴만 번갈아 처다보았다.

"오늘 사정에서 궁술대회가 있잖었어유? 모두 끝난 뒤에 김 진사가 구경 나온 노소老所 영감들을 자기 집으로 데리고 가서 한바탕 먹였지라우. 진탕 그려 먹고 나서 윤 진사가 서 생원 부자한테 봉변을 했다는 이야기를 하자 모두 자기 발에 불덩이나 떨어진 듯이 노발대발하면서 야단이더만?"

하고 다른 사람이 채근채근 말을 한다. 그는 침을 삼키고 다시 계속한다.

"그중에도 부안 군수를 지냈다는 양철집 늙은이가 나서더니만 서 생원을 노소 마당에 꿇려 놓고 볼기를 쳐야 한다고 펄펄 뛰겠지라우."

"아이고 그 쥐새끼 같은 늙은이가?"

하고 서 생원 옆에 앉은 사람이 고개를 쑥 내밀며 묻는다.

여러 사람은 서 생원의 얼굴에서 무엇이나 읽을 듯이 자꾸 처다보는데도 서 생원은 석고상같이 굳은 표정으로 말하는 사람의 입만 주의해 본다.

"그러자 다른 사람들은 뭐라고 히여?"

하고 한편 구석에서 물으니,

"암 그렇구말구, 그런 버릇없는 놈들이 있냐는 둥 부자가 작당코 노인을 때리다니 하늘이 무섭잖냐는 둥 그만 야단이더만."

하고 먼저 사람이 대답한다.

"그리고 웬 허리를 다쳤다고 엄살을 부리면서도 술은 황소 물 먹듯 허더만그려."

"그려도 콧등과 아마에는 흰 분가루 같은 걸 발렀어!"

하고 서로서로 자기도 보고 들었다는 듯이 다투어 말한다.

"지금이 어느 세상이라구 볼기 맞는다든가? 미친놈들."

하고 서 생원의 무거운 입문이 열렸다.

"그럼 볼기 맞을랴고 허셨던 그라우?"

"그까짓 윤 진사는 뭣이라는 게여? 가짜 진사를 가지고 돈 있다는 세력으로 남 볼기까지 치는만?"

"뭐니뭐니 히여도 술 한잔이라도 얻어먹을려고 그 칙살스럽게 구는 늙은이들이 더 미워 죽겠어."

"사실 지체를 따진다면 윤 진사가 노소에 들어갈 자비나 되간?"

모두들 자기 일같이 흥분되어 가지고 떠든다. 이런 중에 먼저 말하던 덕쇠가,

"자— 들 그런 이야기보다도 서 생원이 만일 볼기 맞는 날이면 가난뱅이 우리들 전부가 볼기 맞는 거란 말이여. 그러니 첫대는 서 생원보고 물어봐야지. 맞으시겠는가 안 맞으시겠는가를!"

"암 그렇지."

하고 이구동성으로 찬성한다.

"미친 사람들, 그런 말을 물어서 무엇에 쓴담. 불문가지지."

하고 서 생원이 힘 있게 말한다.

"그런데 만일 안 맞는 날이면 윤 진사가 서 생원의 논을 뗄지도 모른단 말여."

하고 덕쇠가 더 한층 힘을 들여 말하자,

"그러면 가만 있을라나?"

"재작년 가을 때만으로 합심해서 덤비지."

"그런 건 걱정 없어."

하고 다 같이 자신 있게 말한다.

방 안에는 힘이 터질 듯이 갑북 차 있는 것같이 모두들 흥분이 되고 밑자리가 들먹거려졌다.

이러다가 서 생원보다 여섯 살 아래인 김 첨지가,

"자네 모레 장가든다지?"

하고 쉰 목소리로 말을 하자 또다시 웃음이 터져 나왔다.

이렇게 화제머리가 돌려지면서 방 안의 긴장도 차차로 풀려지는 것 같았다.

"참, 옷이랑 무엇이랑 모두 가지고 모레 서 생원 댁으로 온다지요?"

하고 덕쇠가 진정으로 물었다.

"그렇다네, 인제 홀애비를 면해야겠는데!"

하고 서 생원도 웃어 보인다.

"그러나저러나 오래 살으야 할 말이지."

"이번 부인네는 참 얌전허다닝께. 아마 영구히 살걸요?"

"글쎄 두고 보야 알지."

하고 서 생원은 좀 겸손하여 보인다.

5

"아버지 아버지, 누가 찾어왔으라우."

하고 딸이 흔들어 깨는 바람에 서 생원은 눈을 떴다. 전날 밤은 닭 울 때까지 잠을 이루지 못하고 머릿속을 썩이다가 겨우 눈을 붙인 것이 해가 동동 떠오른 뒤다.

"누구여?"

하고 서 생원이 기지개를 늘어지게 키고서 방문을 여니 윤 진사 머슴이었다.

"접니다. 웬 잠을 여태까지 주무시유?"

"좀 늦게사 잤더니만……."

서 생원은 모든 것을 직각하고 얼굴이 찌푸려졌다. 윤 진사 머슴은 말을 내놓기가 어려워서 머뭇거리다가,

"저— 그런데 이런 말 전허기가 퍽 안되었습니다만 오늘 저녁때 노소로 오시어서 볼기를 맞으시라는데."

하고 나서 그는 서 생원을 정면으로 쳐다보지 못한다.

"자네 그런 말 전할랴면 우리 집에 당초 오지 말게. 가소 가. 듣기 싫네."

서 생원은 단번에 몰아낼 듯이 성을 내어 가지고 서둔다.

"뭐 그렇게 제게다 화내실 건 없잖어유? 사실 저도 주인댁을 욕하고 싶지 서 생원을 잘못이라구는 허잖어요. 저는 밥 얻어먹는 죄로 이 말만 전했으니 그리 알으시기라우. 주인 영감태기가 볼기 안 맞을랴면 뒷일을 생각허라고까지 제게다 당부헙데다만 머 하늘이 뚫어지기야 허겠어유?"

"……."

"저도 여러 말 전하기가 싫으니 그리 알으시기라우?"

하고서는 뒤돌아서 나간다.

머슴이 나가자마자 딸과 아들이 겁을 내가지고,

"아버지 볼기 맞으라니요?"

"아버지 그저께 일 땜에 그렇지요?"

하고 딸은 울려고까지 하는 것을,

"걱정 말고 가 일들이나 하려무나."

하고 서 생원은 귀찮다는 듯이 벌떡 일어났다.

간밤에는 그렇게도 의기충천할 듯 기운이 나더니만 이른 아침 윤 면장 머슴이,

'뒷일을 생각' 하라는 말을 남기고 간 후로는 여러 가지 불행한 일만이 번개같이 지나가곤 하였다. 서 생원은 남의 논을 갈아주면서도 쟁기를 알맞게 댈 줄을 모르고 그저 소가 끌고 가는 대로만 따라가다가 정신을 차리곤 하였다.

기운 저녁때가 가까워졌을 때이다.

"서 생원."

하고 정답게 부르는 소리에 서 생원은 정신을 차려서 돌아다보았다.

의외에도 한 동리 구장이었다. 그전에는 양반 행세를 한다고 '서 서방' 이라고 깍듯이 부르던 것을 웬일인지 이날은 '서 생원' 이라고 정답게 불렀다.

"이리 좀 나오구려."

하고 구장이 부르는 대로 서 생원은 논두렁길로 나왔다.

"여까지 웬일이셔유?"

"좀 긴히 헐 말이 있어서…… 오늘은 일기가 매우 좋군! 요새 한참 논갈이할 때라 꽤 분주하겠소그려."

구장은 박람회네 공진회네 요자쿠라'네 하는 통에 서울 구경을 몇 번 한 것뿐이건만 말하려면 항상 경조京調를 쓰느라고 애를 쓴다.

"바쁘긴 죽게 바쁘지만 어디 실속이 있으야지유. 작년에 고지 얻어먹은 걸 갚니라고 공짜일만 하여주는데……"

* 요자쿠라: 밤벚꽃놀이.

"자, 저기 가 좀 앉아서 말하드라구."

하고 구장이 앞서서 가자 서 생원도 뒤를 따랐다.

조금 올라서서 보리밭 가에 있는 잔디풀을 방석으로 하고 둘이 앉았다.

"여보 서 생원, 웬 일을 그렇게도 철없이 한단 말요."

하고 구장은 걱정하듯 한다.

"무엇을요?"

"이왕 일이 이렇게 된 이상 가서 볼기 맞는 시늉이라도 허면 되잖소?"

이때야 비로소 구장의 뱃속을 들여다보는 듯하였으나 어쩐지 화를 낼 수도 없을 만큼 구장의 구변은 묘한 힘을 가졌다.

"우리끼리 있으닝께 허는 말이지만 사실 그 진사 영감이 성질은 참 괴팍스럽지. 그전의 상사람이 돈 덕으로 양반 노릇을 허게 되니 그저 양반 대우만 잘 해주면 좋아하는구려. 선의 옛날 원님 정치가 없어진 후로는 누구 한 사람 볼기 친 일이 없는데 자기가 이것을 한번 처음으로 해보겠다는 호기심이란 말이여. 서 생원에게 분풀이한다는 것보다도 다만 이 기심이지. 그러니 가서 순순하게 맞어만 보우. 도리어 이후로는 서 생원을 더 생각헐 터이간."

구장은 흉금을 털어놓고 비밀 이야기나 하는 듯 말소리를 낮추어서 한다.

"만일 끝끝내 안 듣는 날이면 논 떨어질 것은 물론이고 빚으로 소까지 뺏길 건 빤한 일 아니오? 좀 챙피하더라도 실속을 차려야 한단 말이여. 자 어떻소, 어때?"

이때 서 생원 생각으로는 구장의 말 중에서 한마디도 흠잡을 만한 것을 찾아낼 수 없었다. 그렇다고 '그렇겠소' 하고 시원시원 대답하기는 싫었다. 서 생원의 이런 맘을 들여다본 듯이 구장은 일어나더니,

"하여간 잘 생각하였다가 내일 아침에 노소로 나와."

하고 의미 없이 웃어 보인다.

"생각은 하여보겠습니다만……."

서 생원이 말을 채 끝내기도 전에,

"해보겠습니다만이 아니라 난 꼭 믿고 가우."

하고 발을 떼어놓는다.

'남의 일 가지고 저렇게 몸 달을 게 뭐 있단 말인가.'

서 생원은 속으로 이렇게 생각을 하자 구장이 추잡하게 보였다.

서 생원은 이날 밤은 밖에도 나가지 않고 생각하였다. '만일 안 맞는다면?' 하고 그 뒤에 오는 결과를 생각하였다. 논 일곱 마지기가 떨어지고 다른 사람 논 두 마지기만 남게 된다. 그리고 소를 빼앗기게 된다. 그러면 일 년 내내 돈 한 푼 돌려 쓸 수도 없다. 새로 아내를 맞아들여서 잘 좀 살아보겠다는 보람은 영영 깨어지고 만다. 아니 네 식구가 바가지를 들고 문전걸식을 하게 될는지도 모를 일이다. 서 생원은 단번에 앞이 캄캄하였다. 윗목에서 검은 끄름을 토하는 석유불이 마치 안개 낀 항구의 뱃불과 같이 몽롱하였다. 볼기 몇 번 맞고 창피당하는 것은 여기에 비하면 그야말로 천양지판이었다.

잠 한소금도 못 이루고 뜬눈으로 날을 샌 서 생원은 아침밥을 함께 먹으면서 아들과 딸에게 이렇게 부탁하였다.

"이따가 나 없는 동안에 새어머니가 오면 어디 급한 볼일이 있어서 나갔다고 그래라. 그리고 잘 대접을 히여."

"예, 이번 오시는 어머니는 참 얌전하다고들 히여요."

하고 딸은 영문도 모르고 반가워한다.

'하필 마누라가 오는 날?'

하고 서 생원은 입맛을 다시면서 오래도록 망설이다가 그는 결심이 난 듯 벌떡 일어났다. 그는 노소를 향하고 걸어갈 때 오래전 자기가 판 소가 도소장*에 끌려간단 말을 듣고 불쌍한 맘으로 쫓아가서 본 것이 떠올랐다. 그때 도소장을 향하고 가던 소와 자기가 무엇이 다르냐? 이렇게도 생각되었다.

노소 대문 앞에 이르러 그는 다시 주저하다가 뒤를 한번 돌아보고 나서야 들어섰다. 노소에는 불기 치기를 제일 먼저 주장하였다는 전 부안 군수와 서너 명의 늙은이들이 바둑과 장기를 두고 있다.

맨처음 부안 군수가 서 생원을 보더니,

"음, 오는가?"

하고 나서는 박 서방(노소지기)을 부른다.

"여보게 박 서방, 윤 진사 댁에 가서 서 서방이 왔다고 여쭈고 또 노소 영감님들 모두 오시라구 허게."

"예이."

하고 박 서방은 허리를 굽히더니 조심성 있게 물러간다.

제일 먼저 달려온 것이 윤 진사와 구장이었다. 윤 진사는 서 생원을 힐끗 보더니 더러운 것이나 본 듯이 얼굴을 홱 돌리고 지나간다. 뒤이어 노소 영감들이 모여들기 시작하여 아홉 명이나 되었다.

구장의 명령으로 뜰 밑에 마당에는 군데군데 떨어진 멍석이 펴졌다. 서 생원은 속으로 '대문이나 걸었으면' 하였는데 이것 역시 구장의 명령으로 잠가졌다. 그리고 박 서방이 집 모퉁이에서 곤장을 가지고 나오는 것을 보자 서 생원은 가슴이 덜컥 내려앉았다. 그것은 두툼한 판자를 좁게 쪼개어서 손잡이까지 만든 것이다.

늙은이들은 다 각기 원님이나 되는 듯이 높은 마루에 앉아서 파뿌리 수염을 쓰다듬으며 위엄을 보이고 있다. 한가운데는 윤 진사가 버티고 앉아 있다.

| * 도소장: 도살장.

"멍석 우에 앉게."

하고 전 부안 군수가 턱으로 가리킨다.

서 생원은 모든 것을 각오한 이상 조금도 주저하지 않고 멍석 위에 꿇어앉았다. 박 서방과 구장은 서 생원을 중간에 두고 양편으로 갈라섰다. 서 생원은 멍석 위에 앉은 채로 땅 속의 수만 길 속으로 떨어지는 것 같이 정신이 아뜩하였다. 이때이다. 대문을 발로 차는 소리가 나자마자 와지끈 하는 소리와 함께 대문짝이 떨어져 나자빠진다. 그러자 맨 앞에 덕쇠 그다음으로 열댓 명의 청년 장년 노년의 헙수룩한 농군들이 살기가 등등해 가지고 몰려온다.

"저게 어떤 놈들이야?"

하고 늙은이들은 소리소리 지른다. 이것을 본 서 생원은 전기를 통한 것같이 벌떡 일어나더니 덕쇠를 껴안고 그 넓은 가슴에다 얼굴을 파묻는다. 덕쇠는 서 생원을 안은 채 그대로 있고 다른 사람들은 멍석을 한쪽으로 밀어 치우는 둥 널판대기를 뺏어서 팽개치는 둥 법석을 이루었다.

"서 생원을 무엇 땜에 볼기 치는 거냐?"

하고 외치자,

"어째 이놈!"

하더니 구장이 이 사람의 뺨을 잘깍 쳤다. 여기에 농군들은 더욱 살기가 등등하여져 마당은 수라장이 되고 말았다. 이런 중에도 서 생원은 덕쇠를 붙들고,

"차라리 나를 죽여주게."

한마디 겨우 하고서는 다시 얼굴을 덕쇠 가슴에 파묻는다.

《신동아》, 1936년 6월호

당산제

1

   동리 뒤 북편에 있는 보금산은 봉우리가 셋으로 갈리어서 옛날부터 삼선봉이라는 별명이 내려왔지만 요새 와서는 누구 입에서 나왔는지도 모르게 선암봉이라는 이름이 더 많이 불리게 되었다. 그것은 이 산의 허리에서부터 봉우리까지가 거의 바위로 되어 있는 데서 나온 이름인데 삼선봉이라는 신선 선仙자에 바위 암岩자를 붙인 것이다. 그래 지금까지도 동리 젊은 축이나 노인 축에서 모여 앉으면 이 이름의 유래에 대해서 의론이 분분해지는 일도 있다. 일종의 한담이고 잡담 같지만 이 동리 사람들에게는 선조 때부터 보금산에 일종의 신앙까지 붙여온다.

   이 산 위에 구름이 가는 것으로 또는 달이 넘어가는 것으로 그 해의 풍흉*을 판단하고, 이 산의 바위가 갈수록 더욱 크게 나타난다는 것이 그

| * 풍흉豊凶: 풍년과 흉년.

들에게는 크나큰 공포로 되어 있다. 옛날 이 산에 바위가 드러나 보이지 않고 아름드리 되는 낙락장송이 빽빽하게 들어섰을 때는, 이 동리에 걸인 한 사람 없고 양식 걱정하는 사람도 없고 일반으로 액운이 적었으나, 그 많던 소나무가 없어지고 바위가 커가는 것은 동리가 망할 징조라는 말이 한 상식처럼 되어 있다.

이 증거로 아침저녁이면 바가지를 든 걸인들이 열을 지어서 부잣집 대문 앞에 늘어서게 되고, 만주로나 함경도로 품팔이 가고 이사 가는 사람들이 갈수록 많아지고, 심지어 인접한 읍邑으로 삼십 리 떨어져 있는 곳에서는 대학 졸업생, 의학박사, 군수가 났지만, 이 동리에서는 기껏해서 윤 참판 집 큰아들이 동경 어느 사립대학을 졸업하고 내지 여자와 결혼한 것이 상등이라는 사실까지도 그들은 든다.

그리고 어느 익살쟁이는 이렇게도 말한다. —전에 많던 부자들은 모두 어느 귀신이 잡아가는 줄도 모르게 없어졌으나, 사실은 모두 윤 참판 집 노적 속으로 녹아 들어가버리고, 단 하나 남은 윤 참판 집도 보금산 바위가 얼마만큼 더 커지는 날에는 망할 테니 어시호* 천지 이치란 할 수 없는 것이라고.

보금산에서 느끼는 그들의 공포가 크면 클수록 산에 정성을 들이고 숭상하는 맘은 더하여진다. 그래 한때 중단되었던 당산제堂山祭**를 부활시켰을 뿐 아니라 규모도 전보다 훨씬 굉장히 차리게 되었다. 대부분의 경비는 윤 참판이 부담하지만, 일부 익살쟁이들은, 윤 참판이 동리를 위한다는 것보다도, 자기 발등의 불덩이를 끄기 위한 것이라 하여 그다지 달갑게 여기지도 않는다.

지난해에는 연 이태 동안이나 가뭄으로 흉년이 들었으나 금년에는

---

* 어시호於是乎: 이제야. 이에 있어서.
** 동신제洞神祭.

꼭 풍년이 들도록 하여 달라고 당산에 빌자 하여 잔치를 더욱 크게 벌이기로 되었다. 이 말이 맨 먼저 윤 참판의 입에서 나온 만큼, 동리 사람들은 어서 정월 열나흗날 밤이 되었으면 하고 자기의 생일이나 기다리듯 하며, 이번 제주祭主로 뽑힌 박 참봉은 소고기 도야지고기로 배가 터질 것이라는 것이 이야깃거리였다.

삼선봉 가운데 봉우리에서 뻗어 내려온 줄기와 무릎 근방 되는 곳에 늙은 느티나무가 서 있다. 이 고목이란 수백 년 되면서도 벼락 한 번도 맞은 일이 없고 아직도 위로는 해마다 푸른 잎이 탐스럽게 나온다. 나무 밑동아리는 세 사람이 팔을 쫙 벌려야 간신히 손가락을 맞댈 만하다. 그리고 나무 몸뚱이는 뒤로 굽었고 속이 썩어 패져서 사람 하나는 넉넉히 들어앉을 만하다. 여기에 동리의 길흉을 맡아 가지고 있는 신령이 안치되어 있다는 것이다.

밭에서 일을 하다가 아무리 큰 비를 만나더라도 이 속으로 피해 들어가서는 안 된다는 것도 어린아이들까지 알고 있으며, 나무 앞에는 석단石壇이 쌓여 있고 그 밑에는 잔디밭이 제법 넓게 깔려 있다. 그리고 왼편은 낭떠러지로 되었는데 조그마한 폭포가 떨어져 있어 간단한 산책지로도 적당하다.

열나흗날을 앞둔 칠 일 전부터 이 고목 주위와 석단에는 정한 황토 흙을 뿌리었고 입구에는 금줄을 매어 사람의 발을 막았다. 다만 박 참봉 집 식구들만이 비린 음식도 가리고 흉한 것도 보지 않은 몸으로 부리나케 다니며 제물상을 차린다.

그전에는 도야지 한 마리 쇠머리 한 개에다가 하얀 시루떡, 술, 명태, 밤, 대추, 배들로 차렸던 것이 이 해에는 윤 참판이 약속대로 백 원을 시원히 내주어서 도야지 두 마리를 더 잡고 쇠머리 외에 쇠다리 두 개를 더 했다. 그리고 윤 참판이 막걸리 한 섬을 따로 선사했다는 것이 동리 사람들의 귀를 더욱 솔곳하게 하였다.

제물상이 모두 되고 끝으로 나란히 놓여 있는 쌍촉대에 촛불을 켜놓자 당산은 달빛과 함께 제법 환하니 비추인다. 사방은 죽은 듯이 고요한데 촛불만이 깜막깜막 타고 있는 것이 마치 음침하고 깊숙이 파진 느티나무 통 안에는 정말 신령이 자리를 잡고 있는 것 같았다. 상을 차린 사람이 모두 밖으로 나가기를 기다렸다가 목욕재계를 한 박 참봉이 제단 앞 돗자리 위에 무릎을 꿇고 앉는다. 그는 한참 동안 신령을 똑바로 보지 못할 것처럼 고개를 단정히 수그리고 있다가, 향불을 피고 술을 따라 올린 다음, 손은 무릎 위에 올려놓고 눈을 감고 기도를 한다.

"우리 동리의 천지 인간사를 맡아 보시는 당산님네 올해에는 처처의 편편옥토에 오곡이 풍성풍성하고 병액의 범하는 것을 막어주시기 원하옵니다."

그는 간곡한 정성으로 이렇게 혼자 외고 나서는 공손히 사배를 한다. 동신제는 이런 절차로 간단히 끝났다. 박 참봉 집 식구들이 제가끔 식도를 들고 나서서 통째 놓았던 도야지와 쇠머리를 잘게 썬다.

"어이 빨리 장만을 허야지. 지금 저 사람들 목구멍에서는 헛침만 대구 넘어가겠구먼."

박 참봉은 풍장〔農樂〕 소리가 자지러지게 울리는 동리 편을 바라보며 혼잣말을 한다.

"어따, 영감은 남의 걱정만 하시는 그라우?"

고기를 썰면서 박 참봉 아내가 힐끗 치켜 떠보며 말한다.

"허어 우리야 이 덕분에 기름덩이로라도 목구멍을 축이면 족하지. 이걸로 무슨 수를 잡을랑겨? 신령을 팔어서 사욕을 차리면 벌을 받는 거여. 이런 우리의 정성을 당산 신령님이 몰라주실 리야 없지, 없어."

박 참봉은 도폭과 향건을 풀고 두루마기를 바꾸어 입는다.

때를 맞추어서 막걸리통과 술잔인 사발들이 어느 결에 자리를 잡았다.

"빨리 가서들 올라오라구 허소."

박 참봉의 말이 떨어지자마자, 막걸리를 져 나른 일꾼이 급한 걸음으로 내려간다.

"자, 우선 자네들 먼저 한잔씩 들게."

하고 남아 있는 일꾼들에게 막걸리 한 사발씩을 퍼준다. 그들은 감지덕지한 양으로 술을 받아서 한숨에 마시고는 썰어 논 안주를 맨손으로 집어 먹는다. 박 참봉도 한 사발 마시더니 게트림까지 한다.

"어— 술맛 괜찮은데, 하여간 윤 참판이 인색하다고들 허지만, 당산제에 이렇게 돈을 내고 또 동리 사람들을 한바탕 먹이니 복을 받을 사람이거든."

"암만요. 그런데 윤 참판께서도 세금을 덜 물으려구 서울로 떠난다는 말이 있는데 정말입녀?"

"이 사람아, 말이라두 그런 소린 말게. 윤 참판이 이 동리를 떠나보소. 굶는 사람이 얼마나 생길 것인가? 동리에 부자가 살면 그 훈짐*이라케 여간이 아닌 것인데."

"참 꼭 옳은 말씀을 하십니다. 두 말씀이나 하실 껩니껴?"

이들이 이야기를 하고 있는 동안 농악 소리와 군중의 떠드는 소리가 차차로 가까워지더니, 이윽고 고깔을 쓴 채 우쭐거리는 그들의 행렬이 보인다. 농악 앞에서는 두 사람이 다투어 가며 너울너울 춤을 추다가는 뺑 돌기도 하고 껑충껑충 뛰기도 한다. 이런 때마다 돌담이 무너지듯 하는 웃음소리가 쏟아진다.

"노인 축 젊은 축을 털어놓구 그저 상쇠잡이로는 덕봉이만큼 잘 다루

| * 훈짐: 훈훈한 기운.

는 사람이 없어."

"그러고 애가 원체나 귀인성 있고 고정*허닝께."

일꾼 두 사람은 농악대를 바라보다가 이렇게 주고받고서는 장만을 하고 있는 박 참봉 딸 순님이를 약속이나 한 듯이 함께 돌려본다.

순님이는 날씬한 몸뚱이가 야물지고도 통통한 맛을 준다. 탐스런 머리를 땅에까지 척 늘이고 앉아 있는 것이 달빛이 비치는 호수 수면처럼 번뜩인다. 몽실몽실한 솜덩이같이 보드라운 얼굴은 달빛을 받아서 은근지게도 보인다.

"순님이야 원체 미인이거든. 저보다 더 이쁘면 갈보나 될 팔자지, 살림꾼은 못 된단 말여."

"모두 덕봉이란 놈의 복이네. 저런 처녀를 그놈은 보고만 지내니 간장만 녹을 일이지, 힝힝."

하고 한 사람이 다른 사람의 옆구리를 꾹 찌르고서 서로 웃음을 마주친다.

농악꾼들이 가까워지매, 순님의 모녀와 다른 여자 몇 사람은 그 자리를 떠나서 언덕 위로 피한다. 상쇠잡이가 된 덕봉이는 꽹과리를 번쩍 들어서 느린 조調로 고쳐 다룬다. 그랬다가 당산 앞에 이르자, 쭉 늘어서서 인사하는 뜻으로 허리를 구부려 가지고, 한바탕 치고서는 그 앞 넓은 마당을 돌기 시작한다. 이제부터 이날 밤의 여흥은 시작되는 것이다. 꽹과리가 둘, 징이 하나, 장고가 둘, 북이 둘, 소고가 셋— 이렇게 열 사람이 둥그렇게 서서 돌고, 그 가운데에 들어선 사람들은 농악에 맞추어 춤을 춘다. 어느덧 구경꾼이 산을 이루었다. 그중에 여자들 한 이십 명이 언덕에 몰려섰는데 순님이도 그대로 섞여 있어 가지고는 덕봉이를 찾는 듯이

| * 고정固定하다: 마음이나 품성이 바르다.

그의 시선은 한군데만 박혀 있지 않다. 건장한 체격을 가졌고 웃는 얼굴을 돋우어 가지고 꽹과리를 부서지라 하고 치는 데는 모든 사람의 시선이 덕봉이에게로만 모이는 것이다.

"자! 한잔씩 들구서 노세."

춤을 추고 있던 덥석부리가 두 팔을 쳐들고 소리를 지르자 농악도 뚝 끊긴다. 와작거리는 사람 소리만이 두서없이 쏟아진다.

"오늘 저녁 우리 당산님께 정성을 드리시느라구 박 참봉께서 욕을 보셨구만요. 한잔 받으시기오."

노는 층에서는 나이가 돋보이는 사람이 박 참봉에게 막걸리를 권한다.

"욕이라케 뭐 있는가? 남은 돈이 있어서 내놓지만 나는 그것이 없으닝게 정성으로 내바쳐야지, 허허. 오늘 밤은 실컷 놀고 올 일 년 농사나 잘 짓게. 기운들이나 홉씬* 장만하소들."

그다음은 농악꾼들에게 술을 권한다.

"자 우리 상쇠잡이 고되겠네."

하고 덕봉이에게 남실남실 찬 막걸리 사발을 들이민다.

"여 이걸 다 먹으면 취헐라구유."

덕봉이는 빙그레 웃으며 마신다.

키 큰 장정 한 사람이 안주를 담은 싸리 채반을 높이 들고 군중 속을 헤매며 집어서 나누어 준다. 서로 먼저 얻고 많이 얻으려고 밀치락달치락하며 모여든다. 어떤 사람은 채반을 기울이려다가 그 장정한테 팔을 채뜨리기도 한다. 안주가 거의 없어지려니 사람이 한꺼번에 우 밀리어 그 장정도 몸뚱이가 이리저리 굽히다가 넘어져버린다. 채반에서 고깃점이 떨어지자, 밀리는 통에 사람 발에 밟히는 것을 서로 집으려고 머리와

| * 홉씬: 가득.

머리를 부딪치기도 한다.

"여보게 덕봉이 자넨 뭘 빌었는가? 올해 농사가 잘 되어가지구 겨울에는 순님이와 혼례식을 채려달라구 그랬지? 내 묻잖아도 다 알구 있거든."

덕봉의 옆에 있는 좀 험상스런 얼굴을 가진 판산이가 말을 건넨다.

"맞었네, 나야 그런 소원이지만 자네는 항상 가보 갑작구리만 나와서 노름으로 돈을 따게 히여달라구 그랬지? 나도 다 아네 알어."

"암 내 허는 일이라케 노름뿐이닝게로 별수 있능가."

빈정거리는 어조다.

그러나 덕봉이는 한바탕 웃는다.

"참 나는 아닌 게 아니라 지금 우리 예편네가 애기 배서 다섯 달인데, 꼭 아들을 낳게 히여달라구 빌었지."

항상 덕봉이와 손이 맞아서 꽹과리를 치는 칠룡이가 거들었다.

"빌랴면 진작 빌지 벌써 딸로 된 것이 빌었다구, 고추자지가 달러붙을 줄 아는가 부다."

덕봉이가 받아주며 함께 웃는다.

이윽고 그가 꽹과리를 치고 나서자 농악쟁이는 물론, 춤패들까지 뒤를 이어 일어난다. 술기운이 거나하게 돈 뒤라 심지어 우두머니* 서 있는 구경꾼들도 흥이 절로 나는 모양이다. 군중들의 뒤숭숭하게 떠드는 소리도 농악 소리 속에 파묻혀버리고 땅은 속속들이 울리는 것 같다.

이때

"쌈이야—."

하더니 군중들이 아래편 경사진 곳으로 우 몰려간다. 그러나 농악과

| * 우두머니: 우두커니.

춤패는 연방 우쭐우쭐할 뿐이다.

"덕봉이 여보소, 수봉이가 쌈을 허구 있네. 얼른 오소, 얼른."

이렇게 소리 지르는 통에 덕봉이는 꽹과리를 든 채 그리로 달려가 본다.

그의 동생과 또래 되는 아이가 쇠 발목을 서로 뺏으려다가 경사진 데서 엎치락뒤치락 뒹굴었던 모양이다. 쇠 발목은 다른 놈이 가지고 있는데, 모두 얼굴과 손등에 상처를 내고 옷들도 약간 찢겼다. 숨을 헐떡이고 서로 노려보고 있다.

"수봉이가 남이 가진 쇠 발목을 뺏으려다가 그랬다네."

말하는 사람은 무심코 하였으나, 덕봉이는 가슴이 찌르르 울리면서 꽹과리를 팽개쳐버린다. 동생을 앞세우고 집으로 돌아가자 하며 재촉하였다. 어머니도 여윈 것이 고기가 오죽 먹고 싶어 그 뼈다귀마저 뺏으려고 한 것인가 하는 생각이 앞을 가리어 퍽으나 측은스러웠다.

"수봉아, 인제 한 살 더 먹어서 열네 살 아니냐? 글쎄 쌈이 다 뭐야? 더구나 정월 대보름날."

이렇게 아우를 달래면서 손으로 피가 나는 상처를 작신작신 눌러주고 씻어준다.

2

덕봉이네 집은 퍽 단출한 편이다. 송 진사라고 하는 환갑 지낸 지 이태 되는 그의 아버지와 누이동생 옥분이와 수봉이 이렇게 네 식구뿐이다. 그러니 먹고 입는 것이 다른 집보다는 훨씬 덜 드는 편이고, 또 송 진사를 비롯해서 모두가 편편히 노는 일 없이 농사짓고 가마니 치고 하니,

아무리 생각해도 살림 형편이 피기로는 십상 알맞은 것이다. 그러나 항상 가야 짚신 한 켤레 더 부는 일 없이 쪼들려만 가는 것이 덕봉이에게는 일종의 수수께끼로 생각되었다. 그렇다고 덕봉이네 식구들은 누구 하나 낙망하지 않고 꾸준히 일해 나가는 것이 또한 그들의 특성이다. 그리고 덕봉이네 집도 식구는 누구나 고정하고 온순하니 어느 때 복을 받아도 받으리라는 공론은 항상 사람들의 입술에서만 놀고 있다 뿐이지, 실제 살림살이의 되어 가는 품은 딴판이었다. 송 진사에 대한 한 이야깃거리로 알려진 중에 이런 것이 있다. 그는 한국 시대[*]에 젊어서 진사를 탔건만 세상이 변하여 돈만 있으면 별별 직함을 자기 맘대로 붙이는 것이 못마땅해서 누가 '송 진사'라고 부르면 한사코,

"아녀 아녀, 날보고 진사라고는 불러주지 말게. 그냥 내 이름을 부르든지 내 자식 이름을 부르든지 정 뭣하면 송 생원이라 허게."

하고 지금도 말리는 것이다. 그리고 어떤 사람은,

"송 진사는 군청 사람의 연설을 한번 듣더니 논두렁을 걸을 때도 왼편으로 다니거든."

하고 그의 너무 정직한 것을 말하는 일도 있다.

이해는 예년보다 당산제를 훨씬 크게 치른 만큼 동리 사람들에게는 어딘지 모르게 농사가 믿음직하였다. 거기다가 열나흗날 밤의 달이 곰개재[坂]의 북편으로 넘어갔으니 틀림없는 풍년의 징조라고 서로 만나는 족족 인사말 하듯 뇌인다.

덕봉이네 집에서도 이런 것에 기운을 얻어 가지고 전 같으면 경칩이나 지나야 장만하던 것이 이해는 바로 정월 보름날 아침 밥상에서 의론이 벌어졌다.

---

* 한국 시대: 대한제국 시대. 고종 34년(1897년)에 새로 정한 국호로 왕을 황제라 칭하고 연호를 광무光武라 하였다.

"올에도 은방주로 할라냐?"

송 진사*가, 덕봉이에게 묻는다.

"올에는 땅살벼**를 심을까 허는디라우."

"그놈이 가뭄에도 잘 바우고*** 중량도 많이 나가고 또 나락도 많이 쏟아지지만 원체 비료를 너무 처먹으니."

"비료야 나수 들지만 나는 품으로 보면 그려도 땅살벼가 이문〔利〕이지라우."

"땅살벼로 하면 가마니를 칠 수 있나? 뭐 친대두 하등만 맞을 것을."

밥 먹는 데만 정신을 팔고 있는 줄 알았던 수봉이가 입 안을 우물우물하며 거든다.

"참 수봉이 말도 옳다. 거 가마니를 칠 수 있어야지."

"그건 괜찮어라우. 우리들 솜씨만 가지면 땅살벼 잎을 가지고도 중등은 갈 테닝께."

"그리고 지주가 들어줄는지가 의문이다."

"안 들으면 헐 수 없지만 좌우간 한번 걸어는 보드라구요. 저 이번만은 고지를 내 먹지 말자구 이를 악물었지만 금년에도 헐 수 없는데요."

이 말에는 모두가 반대할 수도 없는 대신, 얼굴을 찌푸리고 있다. 삼동부터 보리 날 때까지 이들의 가장 두려워하면서도 고마운 것은 '고지'라는 것이다. 논갈이 시작하면서 가을에 바심할 때까지 청할 때마다 일을 해주기로 하고 그 품삯으로 돈이나 나락을 미리 받아먹는 것이 고지라는 것이다. 그러나 품삯을 제대로 쳐주는 것이 아니고 하루 칠십 전이라면 이십 전은 떼버리고 받아먹으면서도 한창 바쁠 때 가서는 자기 일

* 원문에는 '송 생원이'.
** 땅살벼: 일제 때의 개량종 벼.
*** 바우고: 견디고.

을 뒤로 미루고라도 일을 해주어야 한다.

며칠 지난 후, 덕봉이는 아침 일찌거니 해서 지주 윤 참판 집을 찾아 갔다. 마침, 윤 참판이 아침을 마치고 긴 담뱃대를 물어 잡은 채 사랑으로 나오는 중이었다.

"밤새 안녕하십녀?"

덕봉이는 허리를 잔뜩 구부리며 인사한다.

"어 자넨가, 무슨 일로 이렇게 일찍 왔어?"

그의 말하는 기색이 전보다 훨씬 풀린 것이 덕봉이는 속으로 반가웠다.

"예, 다름이 아니오라 씨나락과 고지를 좀 여쭈러 왔습니다."

"벌써? 참 빠르네. 허기야 부지런한 것이 제일이지."

"그런데 올에는 땅살벼로 갈어볼까 하는데요."

"뭣이? 거 안 될 말이지. 그런 불가사리 같은 놈의 나락을 누가 심는 다든가? 잔소리 말고 그대로 은방주를 심게. 밥 한 끼를 히여 먹드라도 밥맛이 나는 걸 심어야지."

덕봉이는 이 말에 대해서는 더 입이 열리지 않았다.

"저 고지허구 씨나락허구 합쳐서 석 섬은 주셔야겠는데요. 보리 날 때까지 지탱할 재주가 없구만요."

"그건 그러소. 자네같이 일 잘하는 사람에게는 고지야 얼마든지 줄 것이닝께. 다른 사람들도 자네처럼 히여달라구 할 때, 꼭꼭 히여주었으면 좀 좋겠는가마는 남의 것 먹을 줄만 알지 이놈의 건⋯⋯."

덕봉이는 어려운 말을 먼저 하려던 것이 차마 입이 열리지 않아서 뒤로 미루었으나, 막상 말할 때가 되니 망설여지기만 한다. 윤 참판이 한 발 내어디딜 때에야 그는,

"저— 거시기."

하고 그의 발을 우선 멈추게 하였다.

"올부터는 이모작을 하려는데 저희들을 먹여 살리는 폭만 잡으시구 좀 보아주시지라우."

"아니, 자네가 누구 논을 망쳐 놀라구 이모작을 헌단 말인가. 자네들 보리 한 꺼럭이라도 더 먹을 생각만 허구 남의 논은 버려두 괜찮단 말인가?"

"논이 그렇게 상할 리야 있습녀. 그러닝께 요전번 군청 사람이 와서 연설할 적에도 이모작을 허라구 권하잖었어유?"

"흥, 그럼 내 논일랑 그만 내놓구 군청 논을 짓게그려."

하고 윤 참판은 화를 낸 채 사랑 뜰 위로 올라섰다.

덕봉이는 역시 더 입이 열리지 않았다. 다만 자기 집 사람들이 누구나 윤 참판의 이런 심술을 예측하지 못한 것만이 너무 어리석었다고 그는 말 낸 것을 도리어 후회하였다.

그는 나락을 한 섬씩 해서 세 번에 져 날랐다. 알몸으로 어깨에 올려 가지고 자기 집으로 가니 옥분이는 벌써 설거지를 마치고 수봉이와 가마니를 치고 있고 그의 아버지는 짚풀에 물을 축여 두드리고 있다.

"참 옥분이허구 수봉이허구는 부지런도 하다. 어디 옥분이는 댕기 한 감을 더 사줄 거나? 그리고 수봉이는 고기 좀 사주고."

덕봉이의 이 말에 전날 밤의 수봉이가 고기 때문에 싸운 일이 생각되어 옥분이는 깔깔대고 웃었다. 그러나 덕봉이는 밥만 먹으면 빠져 도망 가려고만 하는 동생이 명절인데도 아침부터 가마니 치는 것이 전날 밤 싸움에서 받은 자각인가 하매 되레 안타까운 생각만이 치밀었다.

"윤 참판이 뭐라구 허드냐."

송 진사는 허리를 펴면서 묻는다.

"다 틀리구 고지는 얼마든지 갖다 먹으래유."

"그럴 줄 알았다. 더군다나 올에 자기 욕심을 채리구 당산제 지내라고 백 원을 내놓기는 했지만, 어떻게라도 바워서 그 돈을 기어이 빼고야 말 것이다."

"그까짓 백 원유? 우리 집에서 오십 전 낸 것에 대하면 어림도 없는 걸유 뭘. 그러나저러나 올에는 아마 동리선 우리 집이 제일 먼저 가마니 일을 시작했을걸유. 초나흗날부터 쳤으닝께."

"이나마라도 부지런허닝께 굶지는 않지 될 말이냐. 수봉이 너도 인자 한 살을 더 먹었으니 정신 차려서 놀지 말어. 그놈의 윤 참판 집 아들의 사냥만 따라다니지 말구."

"얘, 인자 안 나갈 티라우."

수봉이가 다소곳하게 대답하는 것을 보매 덕봉이는 집안 식구가 모두 이렇게만 간다면 남부럽잖게 살 때가 돌아올 것만 같다.

사흘 후 장날까지는 서른두 장이나 가마니가 쌓이게 되었다. 이날 아침 덕봉이가 이것을 한 지게에 짊어지고 나서니, 어떻게 무거운지 단번에 어깨가 빡빡하고 궁둥이까지가 아래로 처진다. 그래 동리 앞 행길까지 겨우 가서는 지게를 받쳐 놓고 숨을 돌리고 있으려니 칠룡이가 빈 구루마를 끌고 나온다.

"아이구, 언제 가마니를 그렇게 쳐놨는가? 아마 오늘 장날은 자네 땜에 서는 모양이지."

칠룡이가 빙그레 웃으며 말한다.

"아니, 성님 소는 언제 그렇게 컸소? 아주 딴 소가 되었는데."

덕봉이의 농담에 두 사람은 함께 소리 내어 웃는다. 덕봉이와 칠룡이는 이상하게도 나이와 생일이 같았다. 시時는 덕봉이가 술戌시고 칠룡이가 해亥시니까 덕봉이가 형이라는 것을 주장했으나 칠룡이는,

"여태 색시 구경도 못한 총각 놈이 무슨 형님이람? 더군다나 난 시도

얼마 상관 아닌걸. 잔말 말고 장가갔으닝께 내가 어른이고 형님이지."

하고 내세우는 통에 할 수 없이 그를 형님이라 하게 되었다.

"그런데 이것이 너무 무거서 그러니 구루마에다가 좀 나눠서 싣드라구."

"그럼 그러소. 나눌 것이 아니라 죄다 실어버리지."

"아니어, 아무리 말 못하는 짐승이기로 서운히 생각하지 안 헐 것인가베?"

덕봉이는 한사코 사양하여 한 절씩 나누어서 실으니 먼첫번에 대면 날을 것같이 가뜬하다. 장에까지는 십 리나 되는 것이다.

칠룡이는 덕봉이의 가마니 때문에 그와 함께 금융조합 뒷마당인 가마니 시장으로 갔다. 정월 대보름 직후라 그런지, 가마니 짐이 그 전보다는 반절 폭도 못 되었다. 그리고 모두 짐들은 짊었으나 명절 옷을 그대로 입고 온 사람이 대부분이고, 덕봉이처럼 세전에 입던 옷을 입고 온 사람은 몇이 안 되었다.

"여보게, 토낀가 고양인가."

장 안에 들어서면서 칠룡이가 물었다.

"고양인가 분데!"

덕봉이는 가마니 짐으로 담을 쌓고 그 가운데 놓인 구루마 위에서 잡백이〔檢査印〕를 들고 가마니 검사를 하는 코르덴 양복쟁이를 자세히 보며 대답한다.

"자네 일이 틀렸네그려.*"

"글쎄, 정초에 고양이를 만났으니 금년 가마니 농사는 빗나가는가 분데, 쳇."

| * 원문에는 '틀렸네그리어'.

가마니 검사 나오는 사람이 둘이 있는데, 한 사람은 누긋누긋해서 쓸데없는 까탈을 부리지 않으나 다른 한 사람은 가마니 틈새에서 벼룩이라도 잡아낼 듯이 딱딱하게 군다. 그래 두 사람을 토끼와 고양이로 구별해서 부르게 되었다. 덕봉이는 고양이를 만나면 토끼 만나는 것만 못한 거야 물론이지만, 원체 가마니 치는 솜씨가 남보다 뛰어나는 만큼 그렇게 큰 걱정은 되지 않았다.

"저놈의 고양이는 어째서 하필 정초에 나온담? 지랄 맞게."

"나는 스물한 장이 모두 천天 자를 맞을 줄 알았는데 모두 지地 자고 천 자는 단 석 장뿐이어."

"누가 후하게 검사하여 달라는 것도 아니지만 이놈의 고양이는 제 지갑을 털어내는가 무턱대고 깎을라고만 든단 말이여."

여러 사람들이 이렇게 말을 주고받는 것을 옆에서 듣고 있으면서도 덕봉이는,

"설마 내 것까지야 제가 타박을 부릴라구."

이렇게 맘을 먹으며 떠드는 소리에 귀를 기울이지 않았다.

"과세 안녕하셨습녀?"

덕봉이는 자기 차례가 돌아와서 가마니를 검사원 앞에 놓으며 인사를 하였다.

"예, 새해부터 가마니 꿈이나 잘 꿰었소?"

"꿈만 잘 꾸면 소용 있간데유? 주사께서 가마니를 잘 알어주셔야지요."

"그거야 가마니만 존 것이면 좀 잘 보아주리라구그려. 여보들, 인제 해도 바뀌고 그랬으니 그 고양이란 별명은 떼어버립시다, 허허허."

검사원은 겸연쩍게 웃자 모여 섰던 사람들도 와그르 하고 웃는다. 검사원은 덕봉이의 가마니를 위에서부터 자세히 뒤적거려보더니 천자 잡

백이를 든다. 이 순간 덕봉이는 졸이던 마음이 탁 풀린다. 아홉 장을 책장이나 넘기듯이 훅훅 찍어 넘어갈 때는 가슴이 오깃자깃' 뛰어 반가움을 참지 못하다가도 검사원이 잡백이 든 손을 멈추고 가마니를 다시 자세히 들여다볼 때는 가슴이 꽉 막히는 것 같다. 그 다음 검사원이 지자 잡백이로 바꾸어 들자 덕봉이는 두 팔로 가마니 위를 덮고 휘둥그래진 눈으로 그를 치떠 보았다.

"아니, 이 가마니가 어찌어서 지자를 찍으려는 게유?"

"이것 봐, 먼저 것보다 엉글잖어?"

"엉글기는 이보다 더 뵈게 짜면 뭣 물을 담을라간다우? 안 되어요. 이건 누가 보든지 상등인 것을."

"안 되면 그만두지그려. 짚도 먼저 것보다 검고 나쁜 것인데……."

"아, 한 논에서 한때 빈 지푸래긴데 뭣이 다르단 말유? 내 참."

이때 '가마니만 좋구만그려' 하는 소리가 군중 속에서 들려온다.

"글쎄 여러 잔소릴 말구 싫으면 이 나중 토끼가 올 때만 기다리구려."

검사원의 이 말에 웃음소리가 또 쏟아진다.

3

덕봉이는 검사원과 싸워가면서도 검사는 전부 맞았다. 천 자가 열아홉 장, 지 자가 열넉 장— 모두 구 원 이십 전을 찾아서 주머니 속에 넣고 끈을 꼭꼭 묶고 나니 아랫배가 불쑥 나오고 힘도 생기는 것 같다. 이날 어느 누구보다도 성적이 제일 좋다는 말을 듣고 그는 집안 식구가 모두

| * 오깃자깃: 마음을 졸이는 모양.

가마니 치는 데는 이골 났다고 빙그레 웃었다. 그 길로 자기 아버지 몫으로 장수연 한 갑, 옥분이 몫으로 박하분 한 갑, 수봉이 몫으로는 별로 생각이 안 나서 미리 맘먹었던 대로 소고기 도야지고기 한 근씩을 샀다. 고기 사는 양으로는 명절 쇠는* 것보다 푸짐한 것을 알면서도 덕봉이는 수봉이에게 고기를 나우 먹이는 것이 형으로서의 도리인 것만 같았다. 그다음 정말로 걱정되는 것은 순님이에게 무엇이든지 한 가지 선사하고 싶은 것이다. 섣달 대목장에 댕기 한 감을 사 보내주기는 했으나, 집안 식구 몫을 모두 사고 보매 순님이가 걸리는 것이다.

맘에 꼭 선사하고 싶은 것을 사자 하니 돈이 많이 들고, 나중에 생각다 못해 옥분의 것과 마찬가지로 박하분을 샀다. 덕봉이는 장을 다 보자 먼저 약속한 대로 농장 창고에서 구루마에 비료를 싣고 있는 칠룡이를 찾아갔다. 짐을 싣기 시작한 바로 뒤였다.

"어허, 참 빠르네그려. 고양이허구는 얼마나 싸웠는가?"

칠룡이는 비료를 실으면서 빙그레 웃는다.

"허긴 아닌 게 아니라 정말 고양이거든. 고양이 중에도 도적고양이여. 그래도 나라면 싫어하지 않았거든."

하고 덕봉이는 일부러 소리를 높여서 말한다. 산 물건은 지게에 실은 채 받쳐 놓고 일을 거들어주었다.

덕봉이와 칠룡이는 짐을 모두 실은 다음 잠깐 밖으로 나왔다.

"장날 나와 돈 구경을 하고서 그냥 들어갈 수야 있는가, 덕봉이?"

"암, 막걸리 한 사발이라도 천신**을 허야지. 오늘 내가 한턱 쓸까? 형님."

"누가 내든지 가세. 오늘 나도 그새 밀린 품삯을 받았더니 한 오 원

---

* 원문에는 '세는'.
** 천신: '차지'의 전남 방언.

들왔네."

그 길로 상밥집에 찾아갔다. 어느 방에든지 사람들이 꽉 차 있고 술기에 떠드는 소리가 이 방 저 방에서 터져 나온다.

"여보 색시, 국말이밥 두 그릇하구 막걸리 댓 사발만 가져 오슈."

여러 칸을 터놓아서 기다랗게 된 방 한편 구석에 자리를 잡자 칠룡이가 소리를 높여 부탁한다.

이윽고 상이 들어와 술 한 사발을 마시니 덕봉이는 단번에 얼굴로 치달았다.

덕봉이는 다시 더 안 먹으려고 사양했으나 칠룡이가 굳이 권하는 바람에 한 사발을 더 마시고 칠룡이는 세 사발을 차지하게 되었다. 덕봉이는 가슴이 후끈거리고 숨까지 헐떡여졌다. 얼굴은 불에 단 것처럼 후끈거렸다.

"술 십 전 어치를 먹고도 이렇게 못 견디는 걸 돈은 모아지지 않는단 말이여."

"아, 윤 참판 큰아들 보소. 날마다 사랑에서 장구 소리 안 나는 날이 별로 없건만 성세는 더 불어만 가잖는가?"

"맞었어, 형님 말이. 대관절 무슨 까닭일까?"

"그것 뭣 빤한 일이지. 윤 참판 집은 술을 그렇게 먹어도 굴찮게* 재산을 모아 두었고 또 그만큼 먹으면 해마다 생기는 것이 그 뒷자리를 미어 주구 그러닝께 그렇지."

"……."

"허지만 말여, 우리는 술 한잔을 들 먹는다구 그 돈이 남어 처지는 것이 아니고, 기어코 빠져나가는 구녁이 있단 말이네. 그러니 먹을 때는 먹

| * 굴찮게: 궁색하지 않게.

는 것이 좋거든. 자, 우리 한 잔씩만 더 먹세, 응."

"아니 난 싫우. 그러나 우선 급허닝께 단돈 십 전이라도 애끼는 게 수여."

그들은 술값을 서로 내겠다고 다투다가,

"자넨 한 푼이라도 더 모아서 가을에 장가 밑천이나 하소."

하고 칠룡이가 재빠르게 돈을 내어 주었다.

칠룡이는 구루마를 끌고 덕봉이는 지게를 짊어지고 길을 나섰다. 동리 가운데를 빠져나고 조그만 산모퉁이를 돌면, 폭이 근 오 리나 되는 들판이 나선다. 이 가운데를 삼등 도로가 철로길처럼 줄바로* 뻗쳐 있다. 걸치는 데 없이 망망한 허공을 쓸어오는 바람은 제법 날카롭고도 차갑다. 확확 단 얼굴에 바람이 부딪칠 때마다 정신이 선뜩거린다. 앞서서 가는 사람은 두 팔을 내저으면서 비틀거리며 '저 건너 갈미봉에' 노래를 부른다. 이들보다도 훨씬 취한 모양이었다.

"여보게 동생."

"왜 그리어?"

"왜 그리어라니? 무슨 말씀이십녀, 이렇게 공손히 대답을 허야지."

"예, 잘못하였습니다."

"옳지 그러야지. 여봐, 우리도 한마디 빼놓드라구."

두 사람은 꽹과리도 짝이 되건만, 더구나 육자배기를 맞추는 것은 동리에서 따를 패들이 없었다. 칠룡이가 먼저 내놓자 덕봉이는 목소리를 꺾어 가며 뒤를 받는다. 앞서 가는 사람의 노랫소리는 이들에게 치어서 차차로 까무러지더니** 아주 그쳐버리고 만다.

그들이 고개 하나를 올라서니 사십여 세 되어 보이는 여자가 잔디 위

| * 줄바로: 똑바로.
| ** 원문에는 '까물어지더니'. '잦아들더니'의 의미.

에 쪼그리고 앉은 채 다리를 쉬고 있다.

"여보시유들, 읍내까지는 아직도 멀었는가유?"

말소리를 보아 타도 사람이 아닌 것만은 분명하다고 그들은 생각하였다.

"오 리 좀 못 남었습니다. 어디서 오시간데요?"

덕봉이는 얼근한 술기운에 말을 걸고 싶어 이렇게 물었다.

"여기저기 사방으로 돌아다니다가 이 골이 인심이 좋대서 오는 게라우."

"허허허, 인심이 좋다구유? 하여간에 무슨 일이 있간데 아낙네가 그렇게 돌아다니는 거슈?"

"아무 데구 마땅한 자리가 있으면 침모라도 들어갈까 하고……."

"왜 바깥양반과 자제들은 안 계신가요?"

"아무도 없답니다. 딸 하나 있는 건 시집을 갔는데 지들 지내기도 어려워서……."

"하여간 함께 가십시다. 들어갈 데가 있으면 반연*을 하여드릴 테닝께."

"참 고맙습니다. 워낙 인심이 존 골이라구 하더니 참말인걸요."

하고 그 부인은 천천히 일어났다.

칠룡이는 걸어가면서 덕봉이의 옆구리를 꾹 찌르고 눈을 찡긋하며 웃었다. 그는 덕봉이가 자기 계모로 데려가려고 하는 뱃속을 들여다본 까닭이다. 전에 한번은 덕봉이가 일부러 오십 리 길을 걸어서까지 선을 보았다가도, 자기 아버지의 거절로 깨어진 일도 잘 알고 있다. 하기야 덕봉의 아버지는 남달리 기운이 좋으니 혼자 지내기는 적적한 편이다. 설

* 반연絆緣: 맺어지는 인연.

령 이런 의미는 제외한다 치더라도 젊은 아이들만 있는 집안에 자기와 함께 늙어 가는 짝이 있으면 하고 다른 의미의 고적을 느끼는 적도 있다. 그러나 노총각으로 좋은 시절을 헛되이 넘기는 아들 덕봉이를 보면 염치가 없고, 쪼들리는 살림살이를 생각하면 늙어 가지고 재취를 한다는 것이 너무 주책없는 일 같아서 되레 자신을 욕하는 것이다.

동리에 들어서자 덕봉이와 칠룡이는 길을 갈라섰다. 덕봉이와 그 여자는 한참 걸으려니까 우물에서 물을 긷고 있는 순님이와 눈이 딱 마주쳤다. 이 순간 순님이는 고개를 탁 수그리고 두레박질을 부산나케 한다. 덕봉이는 공연히 울렁거리는 가슴을 참아 가면서 우물가에 이르렀을 때, 순님이는 물동이를 든다. 두 팔에 힘을 잔뜩 주고 가늘게 떠는 것이 덕봉이는 퍽이나 위태로워서 물동이를 머리 위에 올려 놓을 때까지 숨을 죽이고 보고 있노라니 '앗' 하는 순간 물동이가 짜그르— 하면서 산산이 깨어지고 물은 튀어서 순님이의 치맛자락을 축인다. 덕봉이는 엉겁결에 눈을 홉뜬 채 쫓아갔다. 순님이는 얼굴을 홍당무처럼 붉혀 가지고는 깨어진 물동이 조각을 물끄러미 보고 있을 뿐이다.

"어디 다친 데는 없수?"

항상 둘이 눈을 마주칠 때마다 눈으로 말을 하여본 적은 여러 번이었으나 비로소 입을 부려먹기는 이번이 처음이다. 순님이는 대답을 하는지 어쩐지 입술을 달막거리다가 만다.

"가만있수."

덕봉이는 이 말을 하고는, 바로 우물 옆에 있는 막내네 집으로 뛰어들어갔다. 따라오던 여자는 무슨 영문인지 몰라 문 앞에 서 있는 채 순님이를 보고 있었다. 막내 아버지는 재인이고 어머니는 신을 부린다 하여 점도 치고 굿도 하고 있는지라, 동리 사람들한테 하대를 받고 있는 사람이다.

"막내네 어머니 있수?"

당황한 덕봉이의 소리에 막내 어머니가,

"누구시유?"

하며 급히 나왔다.

"아이구, 나는 누구시라구. 그런데 무슨 일인기라우?"

"그만두고 물동이 좀 빌려줘."

"아니 난데없이 물동이는 왜유?"

"저— 저."

덕봉이는 한참 망설이다가,

"저 박 참봉 딸 순님이가 지금 막 물을 긷다가 물동이를 깨어버렸구면. 그 사나운 어머니가 알면 좀 혼나겠어? 그러엉께 값은 내가 치를 테니 좀 빌려달란 말이여."

"참 오라 올 가을이면 잔치할 색시지? 예 그러슈."

막내네 어머니는 말을 끝내기가 바쁘게 부엌으로 들어가더니 물동이를 가지고 나온다. 덕봉이는 이것을 받아 들자마자 급히 나가,

"자 이걸루 물을 길어 가지구 가슈. 깬 것을 어머니가 아시면 좀 야단을 치실라구."

그는 다시 깨어진 조각과 새 물동이를 번갈아서 자세히 보더니,

"참 물동이에 혹이 붙어 있는 것이 둘이 똑같으닝께 아주 잘 되었어 잘 되어, 힝힝."

막내네 어머니도 나와 보고는,

"워낙 두 분은 천생연분이라 물동이도 안성맞춤 연분이구먼요."

덕봉이는 사가지고 온 박하분을 이 자리에서 줄까도 했으나 순님이가 너무 부끄러워할까 보아 그만두었다.

순님이는 물동일 받지도 못하고 거절도 못하여, 오랫동안 주저하다

가 덕봉이와 막내 어머니가 여러 가지로 권하는 바람에, 물을 다시 길어서, 이번은 쉽사리 이고 조심조심 걸어간다.

"잠깐 이리 들어가시지라우."

덕봉이는 그 부인에게 공손하게 안내하였다. 그는 두말없이 덕봉이와 막내 어머니의 뒤를 따라서 들어갔다.

"내 잠깐 막내 어머니한테 사주를 좀 보러 왔는데."

"뭘 올 가을이나 겨울이면 국수를 먹을 텐데 그동안을 못 참고 사주를 보실라간데유?"

하며 막내 어머니는 들어오라는 듯이 방문을 열어주었다.

"아녀, 내 사주가 아니라 우리 아버지 사주를 좀 보게."

덕봉이는 방에 앉으면서 이렇게 말하며 약간 웃어 보였다.

"그런데 저— 이것 보슈."

그는 함께 온 부인을 보고 말한 다음,

"이런 말을 허면 혹 노여워하실는지도 모르지만 하여간 말이라도 끝까지 잘 들어주십시오. 저 집안에 아무두 없다닝께 허는 말입니다만, 우리 아버지가 혼자 계신데 즈 계모가 되어주시면 어떻겠어유?"

하고 그 부인을 또릿또릿 쳐다보았다.

덕봉의 말이 끝나자 그 부인은 첫 번엔 얼굴이 바싹 죄어졌다가, 금세 기계에서 빼어낸 솜처럼 풀어졌다. 그러나 오랫동안 말이 없이 무엇을 골몰히 생각한다.

"자리만 서로 합당허면 좋지라우."

말끝은 불분명했으나 뜻은 확실히 이런 것이었다.

이래서 결국 막내네 어머니는 사주책을 내어놓고 두 당자의 나이와 생일과 생시를 물어 가지고 곰곰이 풀어본다.

"참 연분이 좋습니다. 두 분이 만나면 서로 재수가 확 틔겠는디유. 이 양반의 아버지 되시는 이는, 살기 넉넉하지는 못하지만, 굶을 리는 없고 이 동리에서 진짜 선비로는 그 어른 한 분뿐이랍니다."

이 말에는 그 부인도 귀가 솔깃한 모양인지, 입 가장자리에는 미소가 아롱거리었다. 덕봉이도 듣기에 반갑고 큰 짐이나 벗어 논 것같이 가뜬하였다.

집에 들어서니 아버지는 없고, 옥분이와 수봉이는 무슨 영문인지 몰라 의아한 얼굴로 낯모르는 부인을 보고만 있다. 그 부인은 건넌방으로 들어가게 하고, 옥분이와 수봉이는 부엌으로 불러들여서 일러주었다.

"저 부인네를 어머니로 모셔 들였으닝께 이른 말 잘 듣고 무엇이구 잘 히여드려라, 응."

두 남매는 알아들었다는 듯이 고개를 끄덕이었다.

저녁밥이 다 되도록 덕봉이의 아버지는 돌아오지 않았다. 수봉이가 동리 집들을 찾아보았더니, 순님이네 아버지와 몇 사람이 이웃 동리로 놀러 갔다는 것이다. 저녁을 먹고 올 것이 틀림없으매, 기다리다 못해 그들은 밥상을 놓고 둘러앉았다.

"고기는 수봉이 먹으라고 사왔으니 실컷 먹고 기운을 내가지구 가마니나 잘 치렴. 참 어머니도 반찬은 없습니다만 많이 잡수시기라우."

덕봉이는 처음으로 어머니 소리를 내었다.

"이만하면 좋지, 먹는 대로 많이 먹을 테니……."

그 부인은 말을 하면서도 어딘지 어색한 모양이다. 옥분이와 수봉이도 바로 정이 들었는지 반찬을 그 여자 앞으로 가차이 놓으면서 권하기도 한다.

덕봉의 아버지는 밤이 거의 깊었을 때에야 돌아왔다. 다른 때도 그랬지만, 이날 밤은 그 여자까지 모두 잠깐 동안이라도 눈을 붙이는 일이 없이, 송 진사 돌아오기만 기다리었다. 덕봉이 삼남매가 문을 열고 나올 때 그 여자도 함께 나와서 덕봉이 아버지를 맞았다. 이때 송 진사는 언뜻 보고는 모든 것을 알아채었다.

큰방에 들어와서 자리를 잡아 앉자 덕봉이는 여러 말을 늘어놀 것 없이,

"저 막내네 어머니보고 물어봤더니 아버지허구 궁합도 좋다고 그러오."

이런 말로 아버지의 맘을 돌려놓으려고 하였다.

"늙어 가지구 궁합이 무슨 소용이라더냐."

다만 이 말을 할 따름이다. 덕봉이는 이 말이 믿음직하였다. 이번만은 거절을 않는가고 생각하매, 이날 우연한 기회에 그 여자 만난 것이 몹시 신기스럽고, 아닌 게 아니라 막내 어머니 말마따나 연분인 것이 확실한 것 같다.

"오늘 밤은 너허구 수봉이는 나랑 자고 옥분이는 건넌방에서 함께 자게 히여라."

이 말을 들었을 적에도 덕봉이는 자기 아버지가 아들딸 앞에서 체면을 차린 까닭인가 하였다.

그러나 송 진사는 밤새 잠을 이루지 못하고 여러 갈래로 생각하여보았다. 전에나 마찬가지로 덕봉이가 장가도 들기 전에 후처를 얻는다는 것은 미안한 일이다. 백 번 돌이키어 덕봉의 삼남매의 정성으로 보아 후처를 들인다 하더라도, 먹고 입고 할 것이 걱정이다. 한 달에 그 여자가 쌀 세 말을 먹는다 쳐도 육 원은 될 것이요, 입는 것은 아무래도 이 원은 잡아야 할 것이다. 그러면 한 달에 팔 원이란 돈은 허비되는 것이 아닌가? 결국 이 돈은 덕봉의 삼남매가 벌어들여야 할 테니, 그만큼 아들딸의 고생이 아닌가? 늙은 몸이라 아들딸의 뒤치다꺼리는 못해줄지언정, 그 애태우는 것이라도 될 수 있는 한 덜어주고 싶은 것이다. 그는 전보다

도 더 단단히 맘을 도사리었다.

이튿날 그 여자는 일찌거니 일어나서 씨서리(쓰레질)도 하고 옥분이와 함께 부엌일을 하기도 하였다. 이런 것을 모두 눈치 챈 송 진사는, 덕봉이를 방으로 불러들여 조용히 타일렀다.

"야, 내가 네의 맘을 모르는 것은 결코 아니다. 허지만 봐라, 벌써부터 고지를 내먹게 된 우리 형편에 식구 불린다는 것이 당치나 하는 짓이냐? 우리 집 선영의 귀신이 하나만 붙어도 걱정인데, 하물며 하루 두 끼 세 끼씩 꼭꼭 먹고 옷까지 히여 입혀야 하는 사람 식구를 늘릴 수 있냔 말이다. 너들 맘을 내가 알듯이, 내 맘을 너들도 알아주어야 한다. 아여 그런 건 생각지도 말고, 나락 한 꺼럭이라도 챙피한 소리를 안 듣고 살기 위해서 이를 앙등그레 물고 긴축에 긴축을 하야 한다."

이렇게 말하는 동안, 덕봉이는 죽은 어머니 생각이 복받치고 아버지의 말이 너무도 고마워서 눈물이 뚝뚝 떨어졌다. 이런 꼴을 보고는 송 진사의 눈에도 눈물이 글썽글썽 괴기 시작하였다.

덕봉이는 아버지의 뜻을 좇을 수밖에 없었다. 그러나 처음 만난 여인에게 실없이 한 것이 미안하다 하여 부자가 서두른 결과, 다행히 윤 참판 집 침모로 소개해주게 되었다. 이렇게 되고 보매 덕봉이는 지난 하룻밤 동안의 일이 꿈결도 같고, 자기가 빨리 장가를 들어 며느리와 손자새끼를 아버지에게 바치어서 고적한 것을 잊게 해야겠다는 것을 몇 번이고 되뇌며 맘먹었다.

4

경칩이 지난 지가 열흘 가까이 되니 해동도 완전히 되었다. 얼음 밑을 소리 없이 흐르고 있던 개천물이 인제 그 어수선한 바닥을 보이고 썩은 냄새까지 풍기면서 쫄랑쫄랑 흐른다.

덕봉이와 수봉이와 칠룡이는 다 각기 호미를 허리에 차고. 덕봉이는 오줌독을 불지게에 짊어지고 이 개천가로 올라간다. 한참 올라가서 보금산 밑에 덕봉이네가 소작하는 밭이 있는 것이다. 마치 신부의 면사포 자락 퍼지듯 보리밭이 보금산 아래로 널려 있다. 그중에서도 유난히 탐스럽고 윤택이 도는 것은 덕봉이네 보리뿐이었다.

"여보게 보리 잘되었다고 한턱냈다면서 나는 청허지도 않았는가?"

칠룡이가 밭두렁에 쪼그리고 앉아 먹다 남은 담배꽁지를 태워 물며 말한다.

"한턱은 무슨…… 막걸리 서너 사발 뺏긴 걸 가지구 소문은 굉장히 퍼진 모양이어, 만나는 사람마다 그러니."

"그러기에 세상일이란 숨기지 못하는 것이거든."

"이것 보우 성님, 오늘까지 치면 성님이 우리 일을 며칠 히여주는 거유?"

"꼭 닷새째지."

"큰일 났군. 고지 갚을 것 품앗이 갚을 것이 대추나무에 연 걸리듯 히였으니. 우리 일을 맘놓구 헐 날은 언제나 돌아올 것인구?"

나직한 한숨이 절로 나온다.

"아 오늘 하루라도 맘놓구 허게그려."

"흥, 내일은 길남이네 품앗이를 갚아야 하고 글피 이틀은 윤 참판 집 고지를 갚아야 허구…… 빌어먹을, 사람 몸뚱이는 쪼개 쓰지 못허는가?"

조금 있다가 세 사람은 밭으로 들어서서 매어 가기 시작한다. 서로 한 두렁씩 맡아 가지고 매노라니, 덕봉이와 칠룡이는 나란히 나가지만 수봉이는 아무래도 호미질이 늦어 뒤떨어진다.

"공연스레 따라온다구 건둥건둥 말고 천천히 잘 매라. 너는 오늘 그놈 한 두렁만 매도 조닝께."

덕봉이는 이따금씩 뒤를 돌아다보고 주의를 시키었다.

"왜 한 두렁만 매어? 나두 성만치는 맬라는걸."

수봉이는 소리를 높이어서 받아넘긴다.

"암 그렇구말구, 느 성한테 지면 쓰겠냐. 잘만 매고 많이 매기만 하면 되는 것이지, 그저 부지런히만 히여."

칠룡이가 한몫 끼고 나섰다.

덕봉이나 칠룡이는 서로 자기 일처럼 정성을 들이는 마음은 일반이다. 혹시 보리 뿌리나 잎새가 호미 끝에 다칠까 보아 손을 날쌔게 놀리기는 하면서도 주의를 늦추는 일은 없다. 이러다가도 만일 한 잎이라도 다치면 쓰다듬어주듯 저절로 만져주게 되는 것이다.

"여보게 덕봉이, 저기 좀 보소."

한참 맸을 때 칠룡이가 옆구리를 살짝 건드리며 손으로 가리킨다. 손끝을 따라서 시선을 돌렸을 때, 덕봉이는 단번에 가슴이 두근거린다. 순님이가 동무들 둘과 함께 바구니를 끼고 올라오고 있는 것이다. 제법 떨어져 있어, 순님이는 덕봉이를 보지 못한 모양이다. 덕봉이는 길에서나 어디서나 순님이를 보기만 하면 가슴이 두근거리어서 첫 번은 병인가 하는 의심도 났으나 '순님이 저도 두근거릴 테지' 하는 생각이 들면서부터는 도리어 여기에 한 재미를 붙이었던 것이다.

"순님이는 자네를 못 봤으니 참 애만 탈 노릇이네, 힝힝."

하고 칠룡이는 순님이 들으라고 갑자기,

"삼월 삼짇날 연— 자 날어들고……."

하며 목청을 빼어 노래는 부르나, 눈은 그편에만 두고 있다.

"옳다 봤다 봤다, 저걸 좀 보아."

이 서슬에 덕봉이와 순님이는 눈이 마주쳤다. 순님이는 곧 고개를 돌리더니 다른 동무와 함께 앉아서 나물을 캐기 시작한다. 수봉이는 밭 매는 데만 정신을 두었다가, 이때에야 알아채더니 호미를 팽개친 채 순님이 있는 데로 쫓아갔다.

덕봉이와 칠룡이는 수봉이가 쫓아가는 것을 보고 있으려니, 순님이는 밭 잔등이 너머 숨어버리고 수봉도 보이지 않는다.

"인자 거름이나 줄까."

하고 덕봉이가 일어나서 보니 순님의 패들의 나물 캐는 것이 보인다. 그는 바가지에 오줌을 퍼서 호미질한 두렁만 뿌려주면서 가끔 잔등이 너머를 돌려보곤 한다.

"내둥 오늘 하루 맘놓구 자기 일을 허라고 하였더니, 다 틀렸네 다 틀려. 맘이 공중에 떴으니 일이 될라구."

하며 칠룡이는 한바탕 웃었다.

얼마 후 수봉이가 빙글빙글한 얼굴로 다시 뛰어왔다.

"야 수봉아, 순님이가 무어라고 허데?"

칠룡이가 물었다.

"저— 물쌕 나물을 먹어봤느냐구 묻드만?"

"그래서 뭐라구 히였냐."

"올에는 아직 못 먹었다구 히였더니, 오늘 잔뜩 캐가지구 나물을 만들어서 조금 보내주마구 그랬어유."

"하하하, 오라, 나물을 가져오면 너 혼자만 먹지 말구 성님이랑 먹어. 사실은 느 성님에게 보내는 게란다, 하하하."

덕봉이와 수봉이는 입만 벌리고 따라서 웃었다.

순님이 패들은 어느 결에 보금산 모퉁이를 돌아갔는지 서서 보아도 찾을 수 없다. 점심때가 되어 밭 매는 사람, 논갈이 하는 사람들은 모두 동리로 모여드는 것이 눈 아래로 보이었다.

일 년 중 제일 어려운 고비가 이때부터 보리 날 때까지다. 보릿고개를 넘기기가 어렵다는 것이 이때를 두고 하는 말인데, 하루 두 끼씩 먹는 사람은 '삼 년 흉년은 실컷 바워나간다' 하는 말도 이때가 얼마나 곤궁한 것인가를 의미하는 것이다. 이런 때일수록 일꾼 얻기도 힘드는 것이다. 같은 삯전을 주고, 같은 품앗이를 하여도 잘 먹을 수 있는 집을 가리어서 간다. 그러니 덕봉이 같은 집에서 일꾼을 구하자면 함께 굶고 지내는 층이나 덕봉이 사정을 알뜰이 알아주는 사람이 아니면 바랄 수도 없는 것이다.

수봉이는 그렇게 악을 쓰고 매던 힘이 탁 풀리어 가끔 행망*을 부리었다. 배고픈 까닭이라 생각하매 덕봉이는,

"수봉아, 너는 그만 쉬어라."

하고 차라리 놀리고 싶었다.

이 말에 수봉이는 산의 잔디 위로 가서 눕더니, 뾰족뾰족 나오는 솔잎을 찾아보며 혹은 뜯기도 한다. 그러다가 벌떡 일어나더니 땅을 보며 무엇을 찾다가 기왓장 하나를 주웠다. 그 길로 어리고도 살진 소나무를 골라 기왓장의 날카로운 데로 나무껍질을 두드리어 힘을 내가지고는 껍질을 벗긴 다음, 입을 대고 물 오른 것을 핥아먹는다.

"수봉아, 누가 보면 큰일 난다."

덕봉이는 이렇게 말리기는 했으나 말소리가 목구멍에 와서는 걸리곤 하였다.

그러나 소나무는 아직 물이 덜 올라서, 겨우 입술을 축일 정도밖에

| * 행망: 망령된 행동.

못 되었다.

이날 밤 덕봉이는 좀처럼 잠을 이루지 못하고 골몰히 생각하다가, 이튿날 아침 윤 참판 집에서 장리로 나락 한 섬을 또 가져왔다. 고지나 장리를 가져올 때마다, 금년 농사도 알뜰히 가꾸기는 틀렸는가 하는 걱정이 연해 커지면서 가슴을 눌렀다.

덕봉이는 갈수록 일이 밀려, 다리가 허둥거릴 지경이지만, 집안사람들은 짚풀이 떨어져서 가마니 칠 수도 없는 형편이라 비교적 한가하였다. 송 진사는 보리밭에 오줌이나 줄래도 벌써 덕봉이가 해버렸고, 울안에서 채전에 손질을 하다가 끝을 내고서는 노소老所로 놀러 나갔다. 옥분이는 밥만 해먹으면 가마니틀에 매달리느라고* 그동안 잔뜩 밀린 헌옷을 빨러 나가고, 수봉이 혼자 남아 집을 지키게 되었다. 나중에는 지루하고 심심해서 동무 아이들과 문 앞에서 놀 때, 점심때가 되어 다른 아이들은 밥을 먹으로고 어머니 누나 형들이 불러서 모두 흩어져 달아난다. 이날만은 수봉이도,

'너들만 점심을 먹는 줄 아냐? 내 밥도 아랫목에 따수라고 파묻었는데.'

하고 속으로 중얼거리며 집으로 들어왔다. 문 밖에서부터 그의 눈은 아랫목의 밥그릇에 박혀 있었다. 급한 걸음으로 방에 들어서자 고양이란 놈이 사람 오는 줄도 모르고 밥을 파먹고 있다. 수봉이는 머리끝까지 화가 치밀었다. 생각할 사이도 없이 고양이를 담쑥 두 손으로 잡아 가지고 눈동자를 튀어 나올 듯이 해가지고는, 고양이와 밥그릇을 번갈아 본다. 밥은 제법 패어났고 고양이는 아직도 입맛이 나는지 주둥이에 붙어 있는 밥알을 혀로 핥아 들이며 입맛을 다시고 한다.

| * 원문에는 '매어달리느라고'.

96

수봉이는 고양이를 든 채 나와 집 모퉁이로 돌아가서는, 새끼로 고양이의 목을 묶었다. 이때야 고양이는 겁을 집어먹고 '야웅! 야웅!' 하며 눈에다가 불을 켜고 수염을 쭝긋거렸다. 단단하게 묶은 다음 그는 일어서서 발길로 한번 찼다.

"야 도적놈의 고양이, 생전 밥 천신을 못 했냐. 느 쥔이 굶기드냐. 이 부랑당 같은 놈의 고양이, 느 쥔이 남 보구 큰소리를 하기 좋아하닝께, 네놈도 남의 걸 맘대로 도적질하여 먹어도 좋단 말이지?"

다시 한 번 찼다.

"요전에도 호박떡을 담어 놨더니 네가 먹다가 들켰지? 또 명태까지 물어가고. 내 너를 벼르고 벼른 제가 오래여. 인제 내 손에 잡혔으닝께 죽어봐라. 우리 밥 한 사발이 느 쥔의 밥 한 사발처럼 그렇게 쉽게 생기는 줄 아냐? 이 육시랄 놈의 자식."

수봉이는 갈수록 화가 올라서 숨까지 헐떡인다.

"우리는 밥 한 사발 버는 데, 울 아버지 우리 성님 우리 누님 모두가 얼마나 고생을 허는 줄 알어? 좀 죽어봐라."

하고 수봉이는 입을 악물고 눈썹이 위로 당겨 올라가는 순간, 고양이를 획 들었다가 내붙였다. 고양이는 비명을 울리며 단번에 시들시들해졌다.

"너 같은 놈을 그대로 두었다가는 이 나중은 또 무엇을 도적질할 것인구? 아직 고기만 못 도적질하여 먹었지?"

하고 내붙이고는 발길로 차고 한다. 고양이는 눈을 흡뜨고 배를 불룸불룸한다.

"이놈의 고양이 너같이 독한 놈은 오는 사람 가는 사람에게 구경을 시켜야 헌다."

수봉이는 고양이를 끌어다가 문 밖에 집어던졌다. 아직도 고양이는 버름적버름적하고 있다. 수봉이는 방으로 돌아와 밥그릇을 아까운 듯이 놓고 보고 들고 보다가 물에 말아서 헹궈 내더니 물을 다시 갈아 부었다. 이렇게 하여 몇 번을 씻어낸 다음 첫 번은 맛을 보아 가면서 숟갈을 뜨다가 몇 번 안 가서는 더 생각할 여유도 없이 게 눈 감추듯 밥그릇을 비워 놓았다.

이 고양이는 기름기 흐르고 살찌고 무늬가 좋아서 동리에서 이름났지만, 그보다도 주인인 우편소장이 위해주는 것이 이야깃거리로 되어 있다. 주인이 밥상을 받을 때마다 그 옆에 두고 같은 밥에 같은 반찬을 주고, 고양이 앉는 의자까지 따로 만들어서 그의 사무상 옆에 두고서는 일하는 중에도 가끔 고양이를 쓰다듬어주어야만 정신이 난다는 것이다. 한번은 그의 부인이 돌 돌아오는 아들의 신을 사오라고 당부했더니 그것은 사오지 않고 고양이 목걸이만 사와서 아들보다 고양이를 더 소중히 안다고 하여 내외 쌈까지 크게 벌어져 또 이야깃거리로 되었던 것이다. 이런 고양이니 수봉이의 손에 죽었다는 것이 이날로 바로 알려진 것도 당연한 일이다.

우편소 소장은 전에 도청에 다니다가 내지 사람 소장이 죽자, 뒤를 이은 사람인데, 여러 선조 때부터 본바닥 사람이고 그 위에 상당한 지위를 가지고 있었던 만큼 그의 말이라면 동리에선 제법 울리는 편이다. 술 먹고 떠들 때면 적어도 중추원 참의까지는 바라볼 수 있다고 기염을 올리는 정도이다. 그래 우편소 배달부가 수봉이를 데리러 왔을 때는 집안 식구가 모두 얼굴에 혈색조차 잊었다. 그러나 수봉이는,

"누가 잘못히였는가 따져보면 알지."

하고 수봉이는 자기의 한 일에 자신을 가졌는지 조금도 주저하는 일이 없이 배달부를 따라갔다. 덕봉이도 일어났다.

5

보리밭에서 먼지가 일어날 만하면 비가 오기를 몇 번씩 하고, 큰 바람이 없어서 보리농사로는 몇 년 이래 처음이었다. 덕봉네 보리는 어느 누구의 보리농사보다 뛰어났으면 낮지 떨어지지는 않는 편이었다. 동리 사람들 중에는 보리농사가 잘되면 나락농사는 잘못된다는 공론과, 보리 농사가 잘 되었으니 나락농사도 잘될 것이라는 공론이 돌았으나, 여러 해 나락 흉년에 놀란 가슴이라 첫 번 공론은 매정스럽다 하여 입 밖에 내 놓기를 꺼리었다. 그러니 자연 나락농사도 풍년이라는 공론이 힘을 더 얻게 되고 아이들까지도 믿게 되었다.

보리꽃이 피어 열매를 맺을 때도 무사히 지나고, 인제 여물 동안, 비 도 소용없고 큰 바람만 불지 않았으면 하는 것이 그들의 소원이었다.

하룻날 밤이었다. 이슥할 무렵부터 하늘은 멀쩡한 채 바람이 일어나 기 시작하였다. 구름이 별로 끼지 않았는지라 불다가 바로 자버리겠지 하고 믿었던 것이 차차로 횡횡 하는 소리가 커지기 시작하였다. 얼마 후 에는 이웃집에서 함석끼리 부딪치는 소리가 높아 가고 어지간한 지붕과 담은 용마름 같은 것이 금방 날아갈 것 같다.

처음부터 바람 소리에 눈을 뜬 송 진사와 덕봉이는 걱정스런 마음에 서로 눈만 마주치고 있다가,

"암만해도 가만두어서는 못쓰겠는데유."

하고 덕봉이는,

"수봉아 수봉아, 일어나라."

잠자는 동생까지 깨웠다.

하늘에는 열이렛날의 제법 큰 달이 그대로 남아 있기는 하나, 바람결 에 달빛도 날아가는지 다른 때보다는 어두운 편인 성 싶다. 그들은 새끼

를 있는 대로 찾아내고 말뚝을 여러 개 장만해 가지고 나섰다.

"다 키워 논 자식을 죽이는가 부다."

걸어가면서 송 진사는 보리 걱정을 이렇게 하였다.

"곧 잤으면 허겠는데유. 그렇지만 이런 바람이 꽃 필 때 불었더라면 더 망쳐 놓았을 것 아녀유?"

덕봉이가 아버지의 말을 받았다. 다른 집에서도 모두 걱정되어서 밤은 벌써 깊었건만, 문을 열어보는 소리, 무엇이라 떠드는 소리가 밖에까지 들려왔다.

이들은 단 한 숨결 동안이라도 빨리 보리밭에 당도하려고 어둔 길을 허둥허둥 급히 걸었다. 보리밭에 이르자 바람이 불 때마다 보리가 쏠리기는 하나, 아직 대가 부러졌거나 한편으로 자빠져 있는 편은 아닌 것만 보아도 우선 안심되었다.

그들은 보리밭 양편 가에 말뚝을 박고 새끼를 늘이어서 보릿대를 떠받쳐주고 밭 가운데 띄엄띄엄해서 늘이었다.

덕봉이네보다 뒤져서 다른 사람들도 말뚝과 새끼를 가지고 올라왔다.

"우리가 제일 빠르리라구 하였더니, 송 진사께서는 벌써 오셨구먼유? 원체 농사라면 수봉이까지 정성이닝게."

"음 좀 일렀네. 이른데 이 무슨 이변을 일으키려나 모르겠네."

"뭣 괜찮겠지라우. 더군다나 올 당산제를 그렇게 크게 지냈는데 보리 흉년까지 들라구요?"

"참 속들은 편허네."

하고서 송 진사는,

"어서어서 가 줄을 늘이소."

함께 이야기하던 사람을 재촉하였다.

얼마 있다가 바람 소리가 차차로 쇠해지며 제법 잔잔하게 되었다. 그래도 그들은 만일을 염려해서 내려갈 줄을 모르고 하늘만을 이따금씩 살펴었다.

이때이다. 주재소 종소리가 '땡땡땡땡―' '땡땡땡땡―' 하고 요란하게 들려왔다. 그들은 먼저 바람 소리보다도 급격한 충동을 느끼었다. 이 동리 사람들은 오정 때, 불났을 때, 홍수 났을 때, 또는 강도나 큰 도적이 났을 때 치는 종소리를 익히 구별할 수 있는 만큼 이 '땡땡땡땡―' 하는 종소리에는 유다른 복잡한 충동을 받게 되었다. 그것은 십 년 이상을 계속해 내려오는 일이다. 소위 자경단이란 것을 주재소 발기로 조직해 가지고 강도나 큰 절도나 발생했을 때, 주재소 종을 이렇게 울리면은 누구나 나와서 범인을 잡기에 활동하여야 한다. 그래 잡는 사람에게는 나락 한 섬을 준다. 이 상품이란 것은 중산계급 이상 되는 층에서 기부를 받고 또 그 범인이 잡혔을 때에 한해서 범인이 들어간 집에, 적당한 부담을 시켜 그것을 적립하는 것으로 묘하게 마련된 것이다. 이런 것이 생기게 된 동기는 전에 없던 강도나 절도가 생기는 경향이 갈수록 심한 데 있고, 일 년 중에도 동짓달 섣달과 삼사월의 보릿고개 넘길 때에 많이 생기는 것으로 보아 이것도 이 동리가 가난해 가는 까닭이라는 것을 그들은 알아채게 되었다. 그러나 이런 것을 시작한 후 발생된 건수는 많으나 동리 사람이 잡은 것으로는 팔 년 전에 판돌이라는 사람이 강도를 잡은 것하고 삼 년 전에 소도적이 도망가다가 다리에서 떨어진 것을 아이들 떼가 잡은 것하고 단 두 번뿐이다.

덕봉이네 식구 이외 사람들은 주재소를 향해서 급히 달아났다. 덕봉이는 내려가 보는 것보다 높직한 데서 지키고 있으면 도적놈의 도망가는 것을 망보고 잡을 수도 있으리라 하고 사방을 둘러본다. 이러는 동안 그의 머릿속에는 도적놈과 아실아실한 격투 끝에 자기가 도적을 잡고 그 상으로 벼 한 섬을 타서 집안 식구의 배부를 것이 번개처럼 생각된다. 바람 소리로 요란하던 동리가 이젠 사람들의 날뛰는 소리로 뒤흔들리는 것이 밭에서도 알 수 있었다.

"성 저기 저것 봐, 사람이 기어올라오구 있어."

수봉이가 작은 목소리로 말하였다. 덕봉이는 동생의 가리키는 손을 따라서 보니 왼편 언덕 아래에서 땅에 착 붙어서 기어올라오는 하얀 옷 입은 사람이 어슴푸레 보인다. 그는 갑자기 긴장되어 손으로 모두 앉으라는 시늉을 한다. 셋이 앉으니 보리가 가리어서 올라오는 사람은 이들을 볼 수 없으나 이들은 보릿대를 조금 갈라 젖히고 능히 볼 수 있게 되었다.

"덕봉아 그만둬라, 흉기를 가졌으면 위험찮냐. 응 그만둬라."

쫓아가려는 덕봉이의 꽁무니를 움켜쥐고 아버지가 한사코 말리었다.

"흉기를 가졌대야 총을 가졌겠어유? 한껏 히여야 식도나 가졌을 것인데유. 도적놈을 그냥 두다니요?"

나직한 소리로 이렇게 말을 하면서도 위험한 생각이 없지는 않았으나, 이것보다도 그는 벼 한 섬이 바로 눈앞에 있는 것을 차지하지 않을 수 없다는 것이 앞을 서기도 하거니와 도적을 그대로 도망시킨다는 것이 죄 되는 것도 같았다.

그는 다시 주저앉아서 지켜보고 있다가 부리나케 꽂은 말뚝을 빼어 가지고 나섰다.

"아버지, 염려 마시라우."

"야 덕봉아."

하고 불렀을 때는 벌써 여러 발이나 뛰어간 뒤다. 송 진사와 수봉이는 서서 지켜보았다.

도적은 위험한 곳을 벗어났으니 안심되는 듯 숨을 몇 번 길게 쉰 다음 산 고갯길로 발을 들여놓았다. 덕봉이가 뒤를 따르는 것은 전연 모르는 모양이다.

도적은 숨을 가다듬은 다음 뛰기 시작하였다.

"이놈아, 게 있거라."

별안간에 들리는 덕봉이의 소리에 도적은 깜짝 놀라 뒤를 돌아다보더니 뛰기 시작하였다. 얼굴은 분명히 보이지 않았다. 덕봉이는 다시,

"이놈아, 도망가면 어디까지 갈 테냐?"

하고 소리를 지르자 송 진사와 수봉이도,

"도적놈 여깄다!"

하고 소리를 지르며 쫓기 시작하였다. 도적이 손에 든 것이 없고 도망하려고만 하는 데에 쫓는 사람으로서는 기운이 더 났다. 걸음도 덕봉이가 훨씬 빨랐다. 한참을 뛰고 나니 두 사람 사이는 오륙 칸밖에 못 되었다.

"그냥 몰아라!"

덕봉이네 식구들의 쫓는 소리를 다른 사람들도 들었는지 사람 소리가 가까워지며 누군지 이렇게 외치었다.

바람도 완전히 잔 뒤라 달빛은 훨씬 밝아졌다. 도망가는 도적은 전보다 똑똑히 보이게 되었다.

뒤에서 쫓는 힘이 원체 억세게 생각되었는지 거의 한 칸밖에 안 떨어졌을 때 도적은 기가 질려 그 자리에서 고꾸라져버린 채 금방 숨통이 터질 것같이 헐떡거린다. 도적은 기운을 가다듬어 최후의 격투라도 할 듯이 벌떡 일어나서 돌아다본다.

"앗, 석만이 아닌가."

덕봉이는 달빛에 비쳐지는 도적의 얼굴이 순님이 오빠 되는 석만인 것을 알자 외마디 소리와 함께 뒤로 물러섰다.

"서 석만인 줄을 알았더라면…… 어 얼른 도망가소. 도망가. 뒤에서

들 쫓아오네."

팔을 앞으로 내저으며 재촉하였다.

이 순간 도적은 눈을 흡뜨고 무슨 영문인지를 몰랐다. 덕봉이에게 무슨 말을 하려고 입을 달막거리다가 위험이 급박한 것을 알고 다시 도망하였으나, 그는 기운이 적탈되었고 이때는 벌써 다른 사람들이 그의 뒤를 바싹 따르게 되었다.

덕봉이는 석만이가 잡힌 것이 꼭 자기 때문이라 하여 그 후 며칠 동안 밖에 나오지를 못하였다. 그는 이 일로 말미암아 순님이와의 혼인이 틀리지는 않을까 하는 생각도 들어 머리는 더한층 아팠다. 이왕 자기가 도적을 쫓기는 했더라도 나중 동리 사람들이 당도했을 때,

"도적은 저리로 갔네."

하고 딴 방향이라도 일러줄 수 있었더라면 좋았을 것을 하고 방바닥을 치며 후회도 하였다. 그러나 석만이의 도망하는 것이 여러 사람의 눈에 보인 뒤라 그럴 여유조차 없었던 것이다. 도적을 잡은 것은 판산이라고 노름으로 일을 삼는 사람이었다. 잡게 된 것은 덕봉이의 힘이 많다 하여 덕봉이도 벼 한 섬을 타게 되었다. 그러나 덕봉이는 박 참봉을 찾아가서 손이 발 될 듯이 엎디어 빌며 울었다.

"그저 저를 죽이신대두 두말 못하겠습니다. 저와 석만이 새를 보든지, 순님이를 보든지 그뿐이겠습녀? 즈 아버지와 박 참봉의 친하신 걸 보아서두 저는 죽을죄를 졌습니다."

덕봉이가 이렇게 울면서 사죄하노라면,

"그런 놈은 잡혀야 허는 거네. 자네가 뭘 잘못히였단 말인가? 애비 된 내가 면목이 없네."

하고 박 참봉은 죄인이나 되는 듯이 서둘렀다. 덕봉이는 이런 태도가 더욱 괴로웠다.

박 참봉은 아들이 셋이나 되나, 큰아들은 전에 한문만 많이 배우느라고 사십이 넘었지만 농사를 어떻게 짓는지도 잘 모르는지라, 석만이는 둘째아들로 따로 살림을 하면서도 큰집의 농사까지 지어주었다. 그러니 석만이가 잡혀간 것은 석만이에게 딸린 아내와 어린아이 하나만이 안타까운 일이 아니고 박 참봉에게까지 큰 타격을 주는 것인 만큼 덕봉이는 더 큰 죄를 범한 것 같았다. 그때 벼를 탄 즉시로 석만의 집으로 갖다주었더니 나중에 이것을 박 참봉이 알고 다시 돌려보내었다. 그러나 송 진사나 덕봉이는 이 나락의 한 개라도 차마 입에 넣을 수는 없었다. 생각다 못해,

"자네 혼자 두 섬을 다 먹게."

하고 판산이에게 주었더니 그는 별로 사양하는 기색도 보이지 않았다.

석만이가 강도질을 하게 된 것은 노름 밑천을 장만하려던 것이다. 석만이는 무엇 하나 흠잡을 것이 없으나 도박 버릇만은 버리지 못했다.

늦은 저녁때까지 죽게 일하고서도 밤만 되면 노름판만 찾아다니다가 먼동이 트게 되면 집안일 농사일을 시작한다. 그도 항상 도박 버릇을 후회하면서도 깨끗이 버리지 못하는 것은 어찌할 수 없었다.

노름 밑천에 궁했던 그는 이날 밤은 요란한 바람 소리를 이용해서 우편소장의 집을 복면하고 들어가기는 했으나, 밤늦게까지 책을 보고 있던 주인에게 들키어 가지고 간 칼도 내던지고 도망하였다.

석만이는 검사국으로 넘어간 후도, 얼마 동안 있다가 공판이 되었는데, 초범이고 미수인데다가, 일찍부터 계획적으로 한 행동도 아니려니와 다시는 노름을 않겠다 맹서하고 집행유예로 나왔다. 석만이가 나올 동안 못자리 일이라든지 보리 거두는 것이라든지는 덕봉이가 나서서 자기 일처럼 하여주었다. 그는 아무리 바쁜 중이라도 석만네 일을 해주면 그만큼 자기의 죄가 덜리는 것 같아서 스스로 위안도 되었고, 석만이가 나온

다는 말을 듣고서는 하루 일을 전폐하고까지 이십 리 밖의 정거장으로 마중을 나가고 함께 하루를 보내었다.

6

"미상불 당산제는 잘 지내야 할 것이여. 보리농사도 풍년인데다가 벌써 벼농사도 싹수가 단단히 있는 것이 모두 당산제 덕택이 아닌가베."

"아직 초벌 지심도 안 맸는데 벌써 알 수 있간디?"

"아녀, 요새 비 오는 걸 보아두 짐작은 할 수 있어."

"윤 참판은 돈을 많이 내서 그런지, 개개일자로 모두 잘 되고, 그저 고초까지도 잘 되었데. 참 덕봉이는 상쇠잡이라 당산님이 귀엽게 본 모양이여. 그러닝께 골아슬배미의 열두 마지기가 난상으로 잘 되었지."

그들은 머슴 사랑방에서나 논두렁에서 쉴 때면은 이런 이야기를 일쑤 하였다. 여러 해 흉년에 질린 만큼 이야기로라도 풍년인 것을 말하면 마음도 후련한 듯하다.

그리고 이런 때마다 덕봉이네 농사가 이야기에 올랐다. 아닌 게 아니라 덕봉의 것은 모를 심자마자 하루하루가 판연히 달랐다. 대와 포기가 크고 잎이 껌고 윤택한데다가 마치 장닭 꽁지처럼 쭉쭉 뻗어 오른 것이 도야지에 비하면 잘 먹고 크는 양돈과 같았다.

그런데 모를 심은 후 초벌을 매기 전에 비가 조금 뿌리고서는 하늘에 검은 구름 한 점도 덮이지 않았다. 이렇게 되매 보리가 잘되면 나락이 잘 못되는 것이라고 하던 사람들이 남보다 먼저 금년 농사를 걱정하기 시작하고 당산제를 믿고 여전히 풍년을 바라고 있는 사람들은,

"이러다가도 비만 흠씩 오면 그만이어."

하고 낙망은 하지 않았다.

동리 가운데에서 제일 고령자가 여든일곱 살 된 동학란 때의 의병으로 최선달이라는 사람인데, 그도 처음 당하는 더위라는 것이 동리 사람들로서는 겁을 더 내게 하였다.

논에 물이 말라서 모두 타 죽을 지경이 되니, 사람들은 물만 있는 데가 있으면 어떤 수단으로든지 자기 논으로 물을 대려고 애를 쓴다. 하루는 수봉이가 그의 논과 이웃에 있는 윗논— 윤 참판이 심심풀이로 자작하는 논두렁을 터서 물을 빼내려다가 들키어 윤 참판의 단장에 얻어맞은 일도 있다.

"새터 방죽〔池〕물이 마르는 것은 최선달도 처음 본다데."

"그저께 장날에는 참외를 팔고 다니던 여자가 더위를 먹어서 그냥 장바닥에 꼬꾸라졌드래여."

"그려서 병원으로 데려가는데 속옷 찢어진 것이 뵈더라나."

그들은 이맛살을 찌푸리고 걱정을 하다가도 누가 이런 소리를 내노면 서로 어울리어 잠깐 동안이라도 웃어본다. 이번 더위가 얼마나 심한 것인가를 말하는 것으로 비단 이런 것뿐만이 아니다. 정자나무 밑 그늘에다가 매두었던 소가 죽었다는 둥, 밭 매던 부인네가 죽었다는 둥, 우물물이 말라서 허드렛물은 못 길어가게 한다는 둥 이루 헤아릴 수 없는 정도이었다.

천수답은 바싹 타죽었고, 비 온 뒤에 다시 심으려도 모가 없으니 할 수 없는 일이고, 결국 메밀 같은 것으로 대용 작물을 심을 수밖에 없는 형편이다. 다만 들판에 있는 논만은 천명이라도 바라볼 수 있는 것이 한껏 희망이 사라지지는 않았으나, 그만큼 하루하루 기다리는 그들의 마음은 피를 뽑는 것도 같았다.

당산제를 다시 지내고 기우제를 따로 지냈건만 스무 날이 넘도록 비한 방울 떨어지지 않다가 대서大暑를 닷새 앞둔 날 아침부터, 보금산 뒤에서 검은 구름이 사뭇 넘어오기 시작하더니 점심때가 지났을 무렵에 비가 내리었다. 그동안 아껴 두었던 비를 한꺼번에 퍼붓는지 비는 억차게도 내리었다. 덕봉이는 너무도 반가워서 콩밭을 매다가 호미를 든 채 단숨에 자기 논으로 달려갔다. 그는 비를 그대로 맞으면서 그 당장 김을 매려고 호미를 넣어보았으나 원체 가물에 굳은 땅이라 호미 끝이 박히지를 않는다. 모들은 금세 생생해진 것같이 보인다. 덕봉이는 소용없는 일인지를 알면서도 논 속으로 들어가서 못구덩 사이를 발로 손으로 헤치고 다닌다. 이렇게 기뻐하는 것은 누구나 일반이었다. 이날이 마침 장날이었는데 어떤 양복쟁이가 우산을 받고 지나가다가 장꾼들한테 우산을 산산이 찢기고도 말 한마디 못하였다는 이야기가 동리에 퍼졌다.

비는 그칠 줄 모르고 줄기차게 퍼부었다. 덕봉이는 집으로 돌아가는 길에 다리가 저절로 우쭐거려지는데, 순님의 집이 가까워졌을 때 그 문 앞에서 비를 맞고 서 있는 순님의 아버지를 보자 무춤하여졌다. 비를 맞으면서도 실심한 채 미친 사람처럼 하고 있는 꼴이 확실히 타 죽어버린 자기의 천수답을 생각하는 모양이다. 모두가 기뻐하는 비지만 순님의 아버지에게는 화만 더 질러주는 비일는지도 모른다. 이런 생각을 하매 덕봉이는 차마 그 앞을 지나기가 민망스러워서 길을 돌아서 갔다.

오랫동안 비를 못 맞다가 한꺼번에 많이 맞으면 으레 충재蟲災가 생기기 쉬운 것을 아는 만큼 덕봉이는 딴 걱정이 들앉었다. 비는 흡족하니 앞으로 순조로만 나간다면 평년작은 틀림없겠으나 충재란 놈이 어떨는지 하루도 맘을 놀 수 없어 꼭꼭 논에 나가서 자세히 둘러보아야만 밤에 잠을 잘 수 있었다. 낮에 바빠서 둘러보지 못하면 밤에 등불을 켜가지고 가서라도 나락을 비추어 보아야만 견디는 성질이다. 이런 것을 보고 동리 사람들은,

"덕봉이는 나락농사를 각시농사랑 한꺼번에 질래닝께 애를 더 타거든."

하고 웃으면서 그를 그슬리는 것이 비 온 뒤부터 생긴 일이다.

그런데 걱정하는 충재보다도 앞서서 도열병이란 것이 생기었다. 그전에도 이런 병을 한두 번 겪은 일이 있기는 하지만 이번처럼 지독한 편은 아니었다. 이 병은 아랫논으로 갈수록 더 심하였다. 덕봉의 논 바로 위에 있는 윤 참판 논은 도열병이 없진 않으나 언뜻 보아서는 모를 정도이다. 어떤 논은 반절밖에 못 먹으리라 하고 덕봉의 논은 삼분의 일은 놓칠 폭을 잡아야 한다고 누구나 한입같이 말하였다. 하루 덕봉이는 땔나무를 해가지고 돌아오는 길에 논에 들렀다. 인제는 전같이 논에 대한 애정을 잊었다.

그는 나뭇짐을 받쳐 놓고 나락을 물끄러미 바라보고 있으려니, 가슴이 울렁거리기만 하였다. 금방 죽어 가는 어린애를 보고 있는 것 같았다. 바로 논두렁 하나 건너서 윤 참판의 나락은 목이 착착 굽어졌으나, 덕봉의 것은, 약간 굽는 둥 마는 둥 한 것이 바람만 조금 불어도 다시 곤두서고 일어날 것 같다. 그는 지게에서 낫을 빼어 가지고 자기 나락 한 포기와 윤 참판 것 한 포기를 베어서 양쪽 손에 각각 들어보았다. 무게가 다르다.

그는 눈시울이 뜨끈하며 경련이 일어난다. 윤 참판의 논은 비료도 자기보다 많이 주었을 것이고 또 재미로 짓는 농사라 똘까지 파고 집 안의 연못물을 퍼서 이 논으로 대기까지 한 관계도 있지만, 손바닥만 한 논두렁 하나 상관으로 이렇게 다를 수가 있단 말인가. 그는 어려운 수수께끼나 풀듯이 하였다.

"재수 없는 놈은 자빠지기만 히여도 코방아 찧는다더니 젠장 이렇게도 야속헌가. 두고 봐라, 내 농사짓는 게라군 누구게나 질 줄 아는가."

그는 한숨을 기다랗게 쉬며 낫을 던지니 논두렁에 박힌다. 그는 이 자기의 불평을 증명할 만한 사실을 속으로 섬겨보았다. 윤 참판의 도야지가 최선달의 것과 한 날 한 시 한배에서 나왔건만 그것은 한꺼번에 새끼 열세 마리를 낳는데 최선달네 것은 단 네 마리만 낳고, 그리고 자기 집에서 받아 간 박씨가 윤 참판 집에 가서는, 한 아름이나 되는 박이 수없이 열렸는데도, 자기 집 것은 여섯 개 열린 것마저 돌 지난 어린애 머리통 푼수밖에 못 되고, 그는 여기까지 섬기고서는 피식 웃어버린다. 사람이나 식물이나 잘 먹어야 되는 게 다라는 것을 다시 한 번 느끼었다. 논만 바라보고 있는 동안 해는 누엿누엿 보금산 뒤로 넘어갔다. 그는 논가에 여기저기 핀 들국화로 시선이 묶여지자, 그것이 바로 순님으로 연상되었다. 되는 대로 피었다가 남에게 보이려고도 않고 그렁저렁 시드는 들국화가 소탈한 순님이와도 같다. 바람이 살짝 지날 때마다 들국화는 저 혼자 한들한들 우쭐거리며 웃는다. 순님이도 저 들국화 모양으로 철없이 웃고 있을까. 그는 전에 없이 순님의 생각이 윗가슴으로 왈칵 치밀며 한없이 그리워진다. 눈앞에 보이는 족족 들국화를 낫으로 베었더니, 잠깐 동안에 두 주먹이나 되었다. 순님이를 안은 듯이 그는 들국화를 힘주어 쥐고 향기를 맡으니 가슴도 한결 풀리는 성싶다. 동리 골목에 들어서면서 만나는 아이들한테 졸릴 때마다 한 개 혹은 두 개씩 나누어 주고, 순님의 동생을 만나자 모조리 주어버렸다.

"너 갖다가 무엇 할래?"

"갖다가 누님 주지."

"누가 주드라구 헐 테냐? 응."

"뭣 내가 고까짓 것 모르간?"

하고 순님의 동생은 생긋 웃었다.

덕봉이는 집에 들어가는 길로 그의 아버지가 담배만 푹푹 피우면서

심란스런 얼굴을 하고 있는 것을,

'나락 걱정을 너무 허시는가 부다.'

하고 생각하였다. 그러다가,

"야야 덕봉아, 박 참봉의 새텃골 다섯 마지기가 화곡집행* 당한 것을 아느냐."

하고 물을 적에는 몽둥이로 머리통을 얻어맞은 것같이 아찔했다가 멍멍해졌다.

"오늘유?"

"그렇단다."

덕봉이는 모든 일을 손에 잡은 듯이 환하게 알 수 있었다. 박 참봉이 소작하는 열일곱 마지기 중에 큰 덩치인 열두 마지기가 천수답이라 모조리 타 죽어버리고 그나마 나락 구경이라도 할까 하였던 새텃골의 다섯 마지기가 입도차압立稻差押을 당했으니, 그 집 식구들로서는 미칠 지경일 것이다. 그리고 입도차압을 붙인 놈이란 칠성리의 강 주사라고 하는 자일 것이다. 그는 동리 사람끼리 추렴해서 동리 일을 꾸미는 데도 기부 한 푼 안 내는 것으로 빼어돌린 사람이다.

제 딴에는 석만의 일을 한참 사정 보아준다는 것이 채무를 가을까지 연기해주었으나 사실은 입도차압을 할 배짱으로 그런 것이지 뭣인가, 덕봉이는 모든 것이 이렇게 생각되매 남의 일 같지 않아 밥 수저를 놓고 일어났다. 이런 경황 중에도 순님이를 만난다는 것을 잊지 않았다. 그는 흙 묻은 옷을 갈아입고 세수를 하고 머리를 감았다. 반절 달아난 손거울을 들창에 기대어 놓고 이 빠진 빗으로 머리를 빗으며 자기 얼굴을 들여다보았다. 훤칠한 이마와 굵직한 콧날, 눈과 입도 약간 큰 편이라 전체가

---

* 화곡집행禾穀執行: 입도차압立稻差押. 추수도 하기 전에 벼를 압수해 가는 것.

어울리었다. 덕봉이는 자기 얼굴을 보아도 순님이에게 그다지 떨어지는 편은 아니라 생각하매, 어쩐지 처음 만나보러 가는 것 같아서 맘이 들떠졌다.

덕봉이가 예측한 것처럼 순님이네 집안은 초상이나 치른 것 같았다. 박 참봉은 방 아랫목에 쭈그리고 앉은 채 벽에 몸을 기대고 천장만 쳐다보고 있다. 석만이와 그의 형과 동생은 마루에 앉아서 서로 외면을 하고 있으며, 순님이와 그의 어머니는 마당에 멍석을 펴고 빨래를 다리고 있었다. 빨간* 다리밋불이 하얀** 옷 위를 오르내릴 뿐이지, 모녀가 모두 입을 다물고 있다.

"아주마니, 저녁 진지 잡수셨어유?"

덕봉이는 마당에 들어서면서 순님의 어머니에게 인사를 하면서도 시선은 순님에게로 보내졌다.

"덕봉이 오는가, 어이 오소."

순님의 어머니는 덕봉이를 약간 웃어 보이며 쳐다보았으나, 순님이는 고개를 푹 수그리었다. 그는 우물에서 물동이를 깰 때 덕봉이를 만난 후로는 맘이 전보다 더 달아지며 덕봉이의 이름만 누가 불러도 가슴속이 자릿자릿하며 이상하여졌다.

석만의 형제들은 덕봉이를 전과 다름없이 맞아주었다.

"얼마나 걱정되시겠어라우?"

하고 덕봉이가 박 참봉에게 인사했으나, 그는 잠깐 돌아다볼 뿐이다. 덕봉이는 근심스러운 때라 그렇다고 생각은 하였으나, 전에 그렇게 반가워하며 맞아주던 것에 비하면 어쩐지 섭섭한 마음이 들었다.

"아 그 강가란 녀석이 기어이 오기를 부렸구먼."

---

* 원문에는 '빨간한'.
** 원문에는 '하얀한'.

덕봉이는 피차 다 알고 있는 일이라 인사 비슷하게 석만이를 향하고 이렇게만 말하였다.

"그려도 저나 허닝께 작년 시안*과 올봄과 두 번이나 연기하여 주었다고 큰소리를 헌다네. 허긴 빚을 너무 끌기는 허였어."

"흥, 아직 익기도 전에 집행을 하면서!"

"아버지나 모두 첨 당하는 일이라 화를 더 끓이신단 말이어. 누구 말을 들으면 법률로 화곡집행 같은 건 금지허게 된다고도 허데."

석만이의 이 말에 덕봉이는,

"저 좀 보세요. 이왕 당한 일을 너무 걱정 말으시기라우. 하늘이 무너져도 솟는 구멍은 있답니다."

하고 박 참봉에게 다시 말을 걸었으나 이번은 돌아다보지도 않는다. 그리고 박 참봉이 이러니까 다른 사람들도 말을 낼 수가 없어 모두가 조용해졌다. 덕봉이는 그전 박 참봉이 실신한 것처럼 비 맞고 있던 꼴이 다시 눈앞에 떠오르자, 지금의 박 참봉이 더욱 불쌍해 보였다. 자기도 자연히 마음이 가라앉아지는데 모두가 묵묵 있으니까 나중에는 가슴에서 불이라도 일어날 것 같다.

차라리 다리미질하는 순님이나 보고 있는 것이 조금 나을 것 같았다. 옆으로 보이는 순님의 얼굴! 다리미가 가까워질 때마다 비치어 보이는 그 얼굴은 마치 구름 속에 숨었다 나타났다 하는 보름달을 보는 것과 같고, 땅에까지 늘어진 머리채는 기름이 번지르하며 금방 기름 냄새가 풍기는 성도 싶다. 정신을 놓고 한참이나 순님이만을 바라보고 있노라니 도리어 겸연쩍었다. 그는 들어올 때부터 들국화를 순님이가 어떻게 했는가가 몹시 마음에 걸리었으나 종시 못 찾고 나가게 되니 무엇을 잃어버린 것만치나 걸렸다. 이때이다.

"참 아자씨! 아자씨가 준 꽃 여깄어."

하고 순님의 동생이 소리를 질렀다.

덕봉이는 걸음을 멈추고 돌아다보니 벌써 순님의 동생은 건넌방에서 맥주병에 꽂힌 채 들국화를 들고 나왔다.

"저, 누님이 병에다 꽂아서 누님 방에다가 두었어."

자랑하듯 말하였다.

"참 좋다."

하고 석만이가 크게 웃는 것이 덕봉이는 퍽으나 반가웠다.

"물이랑 잘 갈어주어야 헌다."

덕봉이는 이렇게 말하고 제법 떨어져서 있는 들국화이건만 그 향기를 맡을 수 있을까? 하고 코를 벌름거리어도 보았다.

7

"자 또 한잔 따러."

하고 덕봉이는 술기운으로 근수룽해진* 눈을 크게 뜨며 술잔을 작부 춘심이에게 내어밀었다.

"아 자네 그렇게 먹어두 괜찮은가? 괜찮기만 허다면 오늘 저녁 한잔 먹어보세. 맘놓구 흐므지게, 응?"

칠룡이는 덕봉이를 위로한다고 데리고 나온 데에 한껏 책임을 느끼면서도 덕봉이가 무리만 않는다면 술을 더 먹고 싶었다.

| * 근수룽해진: 불콰해진. 얼굴이 붉어진.

"그전엔 두 잔만 잡숴도 얼굴이 홍시감 같던데 이렇게 히여도 좋아요?"

춘심이는 겁낸 얼굴로 덕봉이를 보았다.

"걱정 말구 술이나 딸지 무슨 잔소리여."

"원체 그 고운 색시를 놓치니 화는 나실 거여."

하며 춘심이는 따라주었다.

"뭣이 어찌어? 누가 널보구 그런 사정을 하여달랬어?"

덕봉이가 쏘아붙이는 통에 춘심이는 민망스러워서,

"아니 그렇게 말한 것이간디우?"

하고 겸연쩍어 웃었다.

"여보 성님, 어저께도 이야기히였지만 박 참봉이 순님일 팔 생각을 한 것은 화곡집행을 당하던 바로 그날이여."

"그것은 덕봉이가 모르는 소리여. 바로 지지난 장날 전날 밤이네. 그 정거장 앞에서 인사 소개업을 한다는 어따 그 키다리 녀석 말여. 그자가 이 동리 왔을 적에 물 긷고 있는 순님이를 보았던가 부데. 그 인물이 바로 눈에 들었던지 지나가는 최 생원을 붙들고 순님이가 누구 딸이냐고 묻더래어. 박 참봉을 그전에도 모르지는 않았지만, 그 후부터 몇 번 만난 일이 있다니 순님일 팔 생각을 하기는 요샛일이지."

"성님이 정말 모르는 소리여. 그때 화곡집행 당했단 말을 듣고 바로 찾아갔더니 글쎄 인사 대답도 않는단 말이어. 아무리 화가 나더라도 그런 생각을 안 했으면 그럴 리가 있어?"

"다른 일에는 덕봉이 궁리가 우리보다 낫었는데 이번만은 정말 철없는 생각이네."

이런 토론이 벌어지기는 전날부터 있었으나 덕봉이는 처음 생각한 것을 그대로 믿어 오는 것이다.

전날 아침이었다. 박 참봉이 송 진사를 잠깐 보자 한다고 해서 송 진

사는 속으로,

'올 가을 농사로도 혼인을 못하게 돼서 혹시 달리라도 성혼을 시키자는 상의나 허려는 것인가.'

이런 생각을 하면서 자기로서 내놀 의견을 궁리하기도 하였다. 그러나 사실은 너무도 어그러진 것이다.

"여보 송 진사, 어떻게 사죄를 혀야 좋을지 모르겠소. 사실인즉 송 진사도 짐작하겠지만 빚은 잔뜩 진데다 가을 농사는 모두 타 죽어버리고, 다섯 마지기라도 깜냥깜냥 먹게 될 것이 덜컥 화곡집행을 당하게 되구…… 그리고 원체 채금한 것 전부에 비하면 십 분의 몇밖에 안 되닝께, 인제 우리 살림살이다가 집행을 붙이고 이후로도 모두 꺼나갈 때까지는 몇 번이구 집행을 헌다는구려. 그뿐이겠소? 우리 식구는 모두가 굶어 죽을 지경이니 할 수 없이 순님이년을 팔게 되었소."

박 참봉은 겨우겨우 이 말까지 하더니 닭똥 같은 눈물을 뚝뚝 떨어뜨리었다. 너무도 뜻밖에 말이라 송 진사는,

"그게 정말이오?"

하고 놀랐다.

"식구가 모두 죽는 것보다는 나을까 하구, 그만 독한 일을 히였소."

"에잇 악독한 사람 같으니 그래 자식을 팔어먹다니."

송 진사는 벌떡 일어나 전신을 부르르 떨다가 이 말을 소리쳐 하고서는 바로 나와버렸다. 그 길로 집에 들어서면서 덕봉이를 불러 놓고 그 이야기를 하였다.

"아여 순님이를 생각지도 말아. 자식을 팔어먹는 놈의 딸과 혼인히여서 무슨 존 일이 있나. 생각만 하여도 몸이 떨린다. 문전걸식을 할 지경이라도 제가 난 자식을 팔어먹다니, 수원 추악스런 놈들 같으니 당초 너는 생각지도 말아."

무슨 영문인지 몰라서 정신이 아득한 중에도 덕봉이는 분하고도 슬픈 것으로 전신이 불에 타는 것 같았다.

"어디로 팔려 간대요."

"물어보지도 않았다. 물을 것도 뭐 있냐? 술집이나 유곽일 테지."

덕봉이는 좀 더 자세한 것을 알고 싶어 몹시도 궁금하였다. 단숨길로 순님의 오빠 석만이를 찾아갔다.

"석만이, 순님이가 참말로 팔려 가는가, 응? 좀 자상한 걸 말히여주게."

덕봉이는 석만이의 멱둥이라도 잡을 듯이 바싹 다가앉으며 당황히 물었다.

"사실 자네 볼 낯이 없어서 도망이라도 허구 싶네. 그란어도 형님은 어저께 집을 나가서는 여태 돌아오지도 않네. 아버지는 빚지고 도망가실 수도 없고 또 집안 식구들 굶겨 죽일 수도 없어서 그런 일을 허시기는 하였지만, 지금 당신의 본정신이 아닐 것이여."

석만이는 쥐구멍에라도 들어갈 듯한 얼굴로 이렇게 말하였다.

"아니 그런 말은 듣기 싫네. 대관절 어떻게 된 일이여? 어디로 팔려 가고 몸값은 얼마나 되느냔 말이네."

석만이는 얼마 동안 한숨만 쉬고 있다가, 몸값은 오백 원인데, 우선 삼백 원만 받아서 빚을 갚았고, 나머지는 순님이가 갈 때에 주기로 했다는 것과 기한은 스무 날이고 팔려 가는 곳은 군산 어느 상술집이라는 것을 띄엄띄엄 말하였다.

덕봉이는 이날 한낮부터 방 안에 드러눈 채 머리를 쥐어뜯으면서까지 생각했으나 신통한 방책이 나서질 않았다. 몸값이 워낙 많아서 엄두가 서지 않았다. 누가 자기 몸을 사기만 한다면 무슨 조건이 붙더라도 팔려 가고도 싶었다. 불행 중 다행이라 할까 유곽이 아니고 상술집으로 팔려 가는 것이니 맘만 단단히 먹고 몸을 조심하면서 차차로 빚을 벗을 수 있는 것이 아닌가, 그는 다소 안심이 되었다. 그러나 이것은 잠깐 동안의 공상이었다. 상술집이라도 뭇 사내놈들이 순님의 몸을 그대로 둘리가 없으며 또 팔려 가기가 망정이지 한번 팔리는 날이면 빚을 꺼가기는커녕 갈수록 불어만 간다는 생각이 들자 전신의 힘이 탁 풀리었다. 이날 밤도 뜬눈으로 새웠다. 이튿날에도 밥만 몇 숟갈 뜨는 시늉만 하고 역시 방 안에 누워 있으려니 칠룡이가 와서 끌다시피 하여가지고 밖에 나온 것이다.

"야 춘심아, 너는 왜 요샛녘 자꾸 이뻐져 가기만 허냐. 천도복숭아를 먹었느냐— 용왕님의 염주를 물었느냐, 아 참 그 노래 한마디 히여 보아라."

칠룡이는 술잔을 입에다 대는 둥 마는 둥 하며 춘심이를 이렇게 조른다.

"어디 노래를 헐 줄 알어야지라우."

"뭣이? 노래도 헐 줄 모르는 것이 이런 디를 와 있어."

이번은 팔을 끌어당기었다. 이것을 보자 덕봉이는 그 순탄한 순님이도 저렇게 시달릴 것이 아닌가 생각하매 칠룡이가 밉상스럽기도 하였다.

"헐 줄 모른다는데 무얼 그리어."

하고 덕봉이는 칠룡이를 말리고 나니 춘심이가 노랫가락을 부르기 시작하였다.

'순님이는 개 끌어가는 소리도 못 헐 텐데.'

하는 안타까운 생각이 들었다.

"자식을 파는 사람도 나쁜 사람이지만 허구 많은 장수 중에 하필 와인사 소개업을 헌담? 그런 놈이 죽어서 잘 되기를 바랄 것인가? 하느님이 보고 계신데……."

덕봉이는 흥분되어 소리를 지르자,

"쉬— 저 방에 바로 그 사람이 왔으라우. 들으면 어떻게 헐라구 그류."

하고 춘심이가 나직이 일렀다.

"응? 그놈이 왔어? 또 어느 색시 흥정을 하러 왔는구? 죽일 놈."

"우리 집 향월이 언니를 목포로 넘기러 왔대유."

하고 춘심이는 다시 덕봉이에게 술을 따라준다.

칠룡이는 덕봉이의 정신을 돌려주려고 춘심이와 노래를 부르고 떠드는데 갑자기 밖에서 요란한 소리가 났다. 춘심이가 문을 열고 내다보고 나서,

"누가 그 소개업자의 자전거를 부셨는가 바유. 그래 애매한 다른 아이들만 혼나는가 분데."

하고 지나가는 말처럼 하였다. 덕봉이는,

"소개업자 그 녀석이 바깥에 나왔어?"

하더니 밖으로 뛰어나갔다. 그는 낯짝이 어떻게 별났기에 사람 장사를 하고 순님이가 그놈의 손에 걸렸단 말인가, 이것이 궁금하였던 것이다.

작부의 말대로 소개업자는 키가 먼정하니* 크다. 그러나 기운은 어디 한군데에도 맺혀 있는 데라곤 찾을 수 없다. 그는 아이들 오륙 명을 세워 놓고 그중에 한 아이의 귀를 잡고서는,

"이놈 너는 알지? 이 자전거 바퀴를 어느 놈이 터뜨려 놓았나? 응."

하고 잡도린다. 자전거 앞바퀴 타이어를 칼로 싹 잘라서 바람은 모조리 빠져버렸다.

"나는 모르라우. 누가 보았간디라우?"

울 듯한 얼굴로 말한다. 소개업자가 다른 아이를 한번 둘러보자 아이

| * 먼정하니: 말쑥하니.

들은,

"나도 모르라우."

하고 떠든다.

"이놈아, 정말로 바른 대로 말을 안 할 참이냐? 막 때릴 테닝께."

이번에는 소개업자가 주먹을 불끈 쥐고 쳐들 때,

"왜 남의 귀동자보고 이놈 저놈 허는 것이냐? 네놈은 여자 홍정이나 붙이지 아이들 홍정도 붙이냐?"

하고 덕봉이가 육중스런 몸뚱이로 비틀비틀하며 힘상스럽게 쳐다보며 오니 그는 단번에 기가 꺾이는 모양이었다.

"노형이 무슨 상관으로 나서는 거유?"

"왜 상관이 아니어? 이 개만두 못한 놈 같으니."

덕봉의 뒤를 따라 칠룡이까지 나오는 것을 보더니, 소개업자는 더욱 무춤거리며 아이의 잡았던 귀를 놓았다.

이때 조금 떨어져 있는 볏가리 뒤에 숨어 있던 덕봉의 동생 수봉이가 고개를 내어 보이고,

"그것도 모르나? 그것도 모르나? 내가 히였는데."

하고서는 도망한다. 다른 아이들은 일제히 웃어 젖혔다.

아침부터 약간 세게 불던 바람이 그치더니, 넓적넓적한 눈이 내리기 시작하였다.

겨울로 접어들어 세 번째 오는 눈이다.

"야— 눈 온다. 눈 온다."

아이들은 소리를 지르며 손을 벌리고 눈을 받는 둥, 입을 벌리고 눈을 받아먹는 둥 누구나 기뻐 날뛰었다.

이튿날 아침이다. 덕봉이는 아침도 먹기 전에 윤 참판을 찾아갔다.

"참판 영감마님, 그저 제가 늙어 죽을 때까지 머슴이라도 살 테니 삼

백 원만 돌려주십시오. 그러시면 박 참봉 딸을 살리고 저도 살려주시는 것이 아녀요?"

"삼백 원? 흥."

윤 참판은 빈정대는 태도로 웃었다.

"제 재산 있는 사람도 빚내 가지고 혼인하는 것은 주책없는 일인데, 한 푼 껀지* 없는 자네가 삼백 원이나 빚을 낸담? 삼백 원이란 돈이 없는 것은 아니네. 순님이 아니면 색시가 없단 말인가. 장가 밑천을 빚내다니?"

"장갓돈이라는 것보다도 돈에 팔려 가는 사람을 살리는 것이 아닙녀? 사람이 그까짓 돈에 팔린다서야 말이나 되야지라우."

"그까짓 돈이라구? 이 세상에 돈보다 귀한 것이 또 어디 있다든가? 사람도 일생을 돈 모으자고 죽을 고생을 허잖는가. 그러니 사람보다도 귀한 것은 돈이란 말일세. 허허허, 자네도 총각으로 늙을지언정 부지런히 돈만 모으소.** 누가 자네보구 총각이라 할 것인가."

'예끼 무심한 늙은이.'

하곤 욕설이 금방 튀어나오려는 것을 덕봉이는 겨우 삼켜버리고 그 집을 나왔다.

덕봉이는 넋을 놓고 걸으며 생각에 잠겼다. 그는 소작으로 한 섬지기를 하는데 논이 좋아서 풍년만 들면 한 마지기에 두 섬 여섯 말은 나왔다. 그런 것이 도열병으로 두 섬 두 말이 날까말까 한데다가 지주에게로 돌아가는 것을 제하고 나니 열 섬 두 말이 떨어질 뿐이다. 덕봉이는 큰 덩치만 변통이 된다면 그중에서 몇 섬이라도 팔 작정을 하였다. 그리고 한껏 생각하면 자기가 너무 고집불통이라 순님이가 팔려 가게 되었다고

---

* 껀지: 재물의 여유.
** 원문에는 '뫄소'.

때때로 후회를 하였다. 그것은 굶든 먹든 혼인을 해버렸더라면 이런 일이 없을 것인데 농사를 지어서 방 한 칸을 따로 들이고, 속으로는 은근히 바라고 있는 순님의 아버지에게 몇 십 원이라도 쥐어주어야 할 것을 꼭 지켜야만 할 것으로 여겨온 것이었다.

덕봉이는 날만 새면 일할 궁리를 하던 것이 인제는 어디서 단돈 십 원이라도 변통할 수 없을까? 하는 것이 그날그날의 일이었다. 진합태산*으로 조금씩이라도 모아보고 싶었다. 하루 종일 돌아다닌 것이 십삼 원이었다. 이것이나마 도움이 될까 하는 생각으로 감지덕지해 가지고 집에 오려니 건넌방에서 흐느끼는 소리가 들려왔다. 자세 들으니 여자의 우는 소리가 분명한데 두 사람이 한데 어울린 것이 이상스러웠다.

"수봉아."

아무 소리도 없다.

"옥분아."

역시 아무 소리도 없다가 울음소리가 그치면서 옥분이가 퉁퉁 두 눈을 부어 가지고 나왔다.

"오빠 좀 들와보시유."

이 말을 겨우 내놀 뿐 사뭇 쏟아지는 눈물을 옷고름으로 닦았다. 덕봉이는 모든 것이 짐작되었다. 옥분이를 밖에 남긴 채 방으로 들어가니, 예측한 대로 순님이가 얼굴을 치맛자락으로 얼싸고 있다. 팔려 간단 말을 들은 후 처음 만나는 순님이다.

"이것 보우, 울기만 허면 되나? 자, 그만 그치고 우리 이야기 좀 허드라구."

이렇게 말은 하면서도 자기도 울고 싶은 생각이 복받쳤다. 그가 순님

| * 진합태산塵合泰山: 티끌 모아 태산을 이룸. 또는 절약하여 일을 성취하는 행위를 비유하는 표현.

의 앞에 앉아서 얼굴을 쳐들어주려니, 그만 순님이는 그의 무릎에 엎디어서 더욱 느끼기 시작하였다. 덕봉의 무릎까지 들먹들먹한다. 덕봉이는 얼마간 그대로 둘 수밖에 없었다. 이렇게 자기와 한몸뚱이가 된 순님이를 뭇 사내놈들의 노리갯감으로 보낸다는 것을 생각하면 천지가 무너질 듯이 아득한 일이었다.

"순님이 어떻게 할 것인가 이야기나 허드라구. 이렇게 울기만 허면 일이 되는 거야?"

그는 순님의 헝클어진 머리를 쓰다듬어주고 다시 얼굴을 쳐들어주었다. 순님이는 고개를 들기는 했으나 얼마 동안은 울음을 진정하려고 애를 썼다.

"할 수 없이 군산으로 갈 참이어?"

"나는 죽어도 안 갈라는데……"

다시 느껴 울려고 한다.

"받어 쓴 돈을 갚어줄 수 없을까 허고 지금 변통허는데 어떻게 되는지 모르겠어."

"워낙 그 많은 돈이 될 턱 있어유? 어느 부처님 같은 사람이 있어서 그런 돈을 둘러주리라구 그러우."

순님은 부끄럼을 차릴 것도 없이 말이 막히지 않고 나왔다.

"그럼 별수 있나?"

"저 우리 도망가요."

순님이는 이 말을 내자마자 덕봉의 무릎에 엎디어 다시 운다. 덕봉이는 이런 생각을 안 한 것도 아니었다. 그러나 자기 집 사정이 도망갈 형편이 못 될 뿐 아니라, 도망가도 붙들릴 것이 빤한 노릇이다. 그렇다고 이런 것을 순님이에게 설명하여 이해할 수 없는 지금의 심정이 아닌가. 그리고 이것마저 거절하는 것은 너무 야박한 일이다. 돈이 영영 변통 안

되면 단 며칠이라도 함께 도망하는 것이 자기로서의 도리일 것 같았다. 그는 이렇게 결심하자 순님이가 다시 보였다. 두 어깨를 들먹거리는 순님의 상반신을 일으켜 그는 으스러지라는 듯이 힘을 주어 껴안았다. 이렇게 해주는 것도 자기로서 얼마든지 맛볼 수 있는 일이고 또 순님이에게 응당 해주어야 할 일인 것도 같았다.

"순님이, 우리 도망하드라구."

덕봉이는 힘 있게 소리를 내었다.

8

덕봉이는 순님이를 돌려보내고 혼자 드러누운 채 골몰히 생각하였다. 도망갈 때 도망가더라도 우선 돈을 변통해보는 것이 가장 안전한 일이라고 몇 번이고 되풀이하였다. 그는 돈 변통할 궁리로,

'노름을 하자. 노름을 하자.'

이 생각이 번개처럼 떠오르기는 했으나, 처음 생각해낸 것은 아니었다. 그는 단번에 그 많은 돈을 만들어낼 수 있는 방법으로, 금광을 하든지 미두를 하든지 또는 노름 궁리를 하였다. 금광은 제 밑천이 상당해야 하고, 미두는 밑천도 밑천이려니와 무식쟁이는 발도 못 들여놓을 곳이고, 자기에게 적당한 것은 노름을 하는 수밖에 없었다. 그러나 이것은 덕봉으로서는 큰 죄를 짓는 것 같아서 맘만 먹었을 뿐이고, 실행에 옮기려고는 꿈에도 안 꾸었다가 인제는 최후로 맘을 먹지 않을 수 없게 되었다.

사흘 후였다. 저녁때부터 퍼붓는 눈은 지척을 분별할 수 없었다. 덕봉이는 노름꾼으로 이름난 판산이와 약속한 대로 저녁을 마치자마자, 돈 삼십 원을 넣어 가지고 주막집 뒷방을 찾았다. 판산이와 그밖에 두 사람

은 벌써 와서 기다리고 있는 중이다.

"어때 밑천은 단단한가?"

판산이가 피씩 웃으며 물었다.

"밑천 걱정은 말어."

이윽고 투전판은 벌어졌다. 판산이가 패잡이로 나섰다. 덕봉이는 처음 몇 번은 성적이 좋아서 '손속이 나는구나.' 하고 속으로 반가워했는데, 그다음부터는 내리 허탕을 잡기만 하였다. 그는 삼십 원이 사 원밖에 안 남은 것을 알았을 때는 눈이 뒤집히는 것도 같았다.

"그게 뭐냐."

덕봉이는 투전장 하나가 판산의 소매 속으로 날쌔게 들어가는 것을 발견한 순간,

"이 불한당 같은 놈 나를 속여? 이놈아."

하고 힐끗 주먹질을 하자, 그는 단번에 쓰러진 채 숨을 헐떡이었다. 코에서는 피가 흘렀다. 갑자기 버름적거리다가 까무러졌다.

이것을 원인으로 덕봉이는 도박과 상해 혐의로 주재소에 갇히게 되었다. 그는 모든 것을 사실대고 고백하였다.

"순님이 빼낼 밑천을 만들려구 노름을 했단 말이냐."

"네 죽이신대도 거짓말은 사뢰지 않습니다."

덕봉이는 취조를 받으면서 이렇게 대답하고 나자 눈두덩이 뜨끈함을 느끼었다. 덕봉의 심정을 알았음인지 경관도 순순히 대해주었다. 덕봉이가 주재소에 들어간 후 칠룡이는 이것을 동리 사람들에게 말을 하고 다니며 기부 같은 것을 걷으려고도 하였으나 맘으로라도 동정하는 사람은 제 목숨 이어가기도 힘든 형편이니 덕봉이와 순님의 사정을 볼 수 없는 일이었다. 그리하여 애써서 걷힌 것이 덕봉이가 석방될 때 내야 하는 과료 십오 원을 물어넣는 데에 충당되었을 뿐이었다.

"순님이는 그저께 군산으로 갔네."

덕봉이는 유치장에서 기한을 쳐보고 순님이가 팔려간 것을 안지라 묻지도 않았는데, 칠룡이가 말을 내놓았다.

"몸은 괜찮었느냐."

송 진사는 아들의 건강이 염려되어 동행하면서 같은 말을 몇 번이구 되뇌었다.

그러나 그는 덕봉이를 데리고 자기 집 방으로 들어가자마자 준비해 두었던 매를 들었다.

"덕봉아 이놈, 네가 내 자식이란 말이냐, 응. 이놈, 그런 더런 놈의 딸과 혼인하는 것도 뭣한데, 그래 남을 속인 돈으로 장가 갈렸더냐. 이 놈 글쎄 네가 노름을 하다니? 이놈, 남을 속이고서도 너는 잘될 줄 알었더냐."

그는 사정없이 매질을 하였다.

"용서히여주십시오."

덕봉이는 매를 막으려고는 않고 태연히 앉은 채 말하였다. 송 진사는 수봉이와 옥분이가 울며 말리는 통에 매를 놓자 두 눈에서 눈물이 뚝뚝 떨어졌다.

"덕봉아, 세상 사람이 모두 우리들 속이더라두 우리는 속이지 말자. 그럴수록 못살지라도 더러운 맘을 갖는 것보담은 나을 것이 아니냐."

그는 아들이 측은스러워 이렇게 말을 하면서도 눈물은 여전히 흘렸다.

*

정월 열나흗날이 되니 당산제의 이야기로 동리 사람들은 일을 삼았다. 올해도 윤 참판이 전해와 마찬가지로 돈 백 원을 내었으니 또 푸짐한 잔치를 차릴 수 있다는 것이다. 그리고 제주를 정하는데 한편에서는 '윤 참판 같은 부자가 나서야 동리가 좀 부해질 것이다.' 라는 이유로 윤 참판이 제주 되기를 원하는 층이 상당히 많았다. 이 말을 들은 윤 참판은 껄껄 웃고 나서,

"뭣 내가 제주가 되어? 동리 사람들이 모두 나 같은 부자가 되면 우리 집 일 히여줄 사람이 하나도 없게……?"

하고 좌중 사람들을 웃기었다는 것이다. 이와는 딴 의미로 다른 사람들은,

"작년에 제주가 된 박 참봉은 재수는커녕 됩데 아들이 강도질하다 잡히고 딸이 팔려 가고 또 화곡집행을 당하구…… 액운 히여도 그런 액운이 또 어디 있는구?"

하며 제주 되기를 꺼리는 사람도 많았다.

결국은 가난하기는 하나 아들 칠 형제 낳고 키우다가 낭패한 일이 없는 오동나뭇집 김 생원이 나오게 되었다.

"흥, 아들 많은 김 생원이 제주 되어 동리에 아들만 많이 퍼지면 그러잖아도 먹을 것 없는 동리 구석이 더 야단나게?"

이런 웃은 말로 비방하는 이야기도 이 사람 입에서 저 사람 입으로 옮아다니게 되었다.

그런데 제주도 작정되고 음식도 장만되었지만, 꽹과리 상쇠잡이인 덕봉이와 칠룡이가 나오지 않겠다는 것이 큰 걱정이다. 덕봉이는 자기의 지난 일을 생각할 때 해마다 당산제의 풍장 치는 데는 으레 상쇠잡이 노릇을 해왔건만 아무 소용도 없고 무장무장 더 망해만 가는 데서 그는 당산제를 무시하게 되었고, 칠룡이는 덕봉이가 이런 이유로 아니 나오는데, 자기만 나오는 것이 인사가 아닌 성 싶어서 주저해왔다. 할 수 없이 다른 사람들이 대신 나섰으나 흥이 아니 난다고 군중들은 수군수군하였다.

덕봉이는 요란한 풍장 소리도 듣기 싫어 집에 박혀 있으려니 칠룡이
가 와서,

"가서 구경이나 하세."

하고 한사코 끄는 바람에 구경을 나오기는 하였다. 남자 여자 할 것
없이 모인 사람들은 그전과 일반이다. 다만 윤 참판이 사랑꾼들 오륙 명
에 옹호된 채 구경을 하고 있는 것이 전에 없던 일이다. 군중들은 덕봉이
가 나온 줄을 알고 그를 둘러서 권하였다.

"덕봉이 여보소, 동리 조상을 위하는 오늘 밤인데 안 나올랴구 뺀설
거야 뭐 있단 말인가. 어이 나와서 한바탕 치고 흥이 나게 노세. 모두들
자네가 없다구 여간 섭섭히 여기지 않네."

어떤 사람은 팔을 끌기도 하고 고깔을 씌워주기도 하였다.

"동리 조상이구 뭣이고 모두 귀찮네."

덕봉이는 잡아당기는 팔을 채트리고 고깔을 벗어버렸다.

"아 이런 사람 보소. 당산님한테 벌 받을 소리를 허네그려."

"흥, 벌을 받아도 이보다 더할 것인가."

"여보게 칠룡이, 자넨 덕봉이에게 권할 처진데 덩달아 함께 안 나오
겠다니 웬일인가. 좀 권해 보소."

이번은 칠룡이에게로 교섭을 하였다.

"글쎄 쓸데없는 소리들 작작이 허구들 놀기나 허지그리어."

칠룡이는 역증을 내듯 말을 쏘아주니 그들은 한 사람 두 사람 물러가
기 시작하였다. 농악은 다시 어울리기 시작하였다. 이날 밤의 달은 지난
해의 이 밤과 같이 구름 한 점 없이 밝다. 그러나 그때 힐끗 서로 쳐다보
던 순님이가 지금은 이곳에 없고, 작부가 되어 뭇 사내의 무릎으로 끌려
다닐 것을 생각하니, 천길 만길 땅 속으로 갈앉는 것같이 정신이 아득하
다. 오늘 밤이 정월 열나흗날인 것을 잊지는 않았을 테니 꽹과리 치던 나

를 생각하고 울기도 하겠지— 덕봉이는 이런 생각도 하였다.

"덕봉이, 윤 참판께서 잠깐 오라네."

한 사람이 혼자 흥이 났는지 우쭐우쭐 몸을 놀리면서 와가지곤 이렇게 말한다.

덕봉이는 그 당장 거절하고 싶었으나 그럴 수 없는 형편이다.

"여보게 덕봉이, 자네가 상쇠잡이 안 되닝께 내가 흥이 안 나네. 어이 그러질 말구 이걸 치소."

윤 참판은 꽹과리를 들고 있다가 덕봉이에게 주었다. 역시 덕봉이가 주저하니,

"오늘 같은 날 당산님께 정성을 들이고 한바탕 흥이 나게 놀면 좋잖은가. 응, 자 내가 시키는 것이닝께 두말 말구 어이 치소."

윤 참판이 이렇게 말하며 앞으로 걸어나와서까지 꽹과리와 채를 주는 데는 아니 받을 수 없었다. 덕봉이가 꽹과리를 들고 나서기가 바쁘게 고깔을 씌워주며 군중은 소리를 지르고 박수를 한다. 칠룡이도 덕봉의 뒤를 대서게 되었다.

"야— 인자 흥이 나게 되었다."

"그냥 부서지라 허구 뚜드려라."

군중은 소리도 질렀다. 윤 참판이 자기의 위엄을 보란듯이 나타낸 것이 만족하여 빙긋이 웃고 있었다. 그러나 덕봉이는 아무리 애를 써도 제 가락이 나오지 않고 빗나가기가 일쑤였다. 그래도 군중들은 전보다 몇 배나 흥이 더 나는 모양이다.

전부터 군중 속에 섞이어 구경하고 있던 수봉이는 덕봉이가 나오는 것을 보고서는 혼자 껑충껑충 뛰다가 갑자기 당산 앞으로 급히 가더니, 두 손을 맞잡고 고개를 수그리고서 천연스럽게 빌고 서 있다.

덕봉이는 인제야 제 가락이 잡히려 하는데 당산 앞에서 빌고 있는 동

생을 발견하자 가슴이 꽉 막히는 것 같았다. 자기가 꽹과리를 들고 나섰기에 수봉이가 당산께 빌게 된 것이 아닌가. 자기가 그렇게 돌려 지낸 것을 동생에게까지 전해주고는 싶지 않았다. 그는 꽹과리를 팽개치고 수봉의 어깨를 짚었다. 농악은 뚝 그치었다.

"수봉아, 너 뭣 허냐. 어이 집으로 가자."

수봉이는 영문을 몰라 덕봉이를 쳐다보면서 따라갔다.

"덕봉이 자네 미쳤는가, 급작스레 이게 무슨 짓이여."

"이 사람 그러지 말고 좀 참소."

여러 사람이 덕봉이를 말리었으나 그는 들은 대꾸도 않고 걸어가기만 하였다. 다만 칠룡이는 눈물 어린 눈으로 멍하니 바라볼 뿐이었다.

"수봉아, 너 뭐라고 빌었냐."

단둘이 걸어가면서 덕봉이가 물었다.

"……"

"성에게 말을 하면 어떠냐, 응."

"저 농사 잘 되게 하여주고 호박도 잘 되어서 떡도 잘 먹게 히여달라구 그랬어."

"그것뿐이냐, 또 있지?"

덕봉이는 수봉이가 한 살을 더 먹은 만큼 자기가 한 해 전까지 빌어오던 그런 것이 아닌가 하고 추측되었던 것이다.

"저 성이 장가를 빨리 들게 하여주고 순님이가 도망이라도 히여서 오라고 그랬어."

이 말을 듣자 덕봉이는 웃음이 나왔으나 곧 가슴이 짜르르 울리었다.

"너 지금도 순님이가 보고 싶으냐."

"그럼 도망이라도 히여서 왔으면 좋겠는걸."

덕봉이는 말이 없이 한참 걸었다.

"수봉아, 그런 걸 빌어야 소용없다. 비는 대로 되면 우리가 왜 이렇게 만 되었겠냐. 아무 소용없어. 당산님도 소용없는 것이구. 그저 우리는 남을 믿지 말자. 아버지 나 너 그리구 옥분이 이렇게 우리들끼리만 단단히 믿자. 그리고 하늘이 두 조각이 나더라두 우리도 기어이 살고 보자. 우리도 남같이 살어보자. 응 알었냐. 그저 남을 믿지 말고 죽자고 일을 히여 보자."

수봉이는 대답을 하고서, 애정을 더욱 느끼는지 덕봉의 손을 잡고서는 바싹 붙어 걸었다. 농악 소리는 차차로 멀어졌다. 두 사람의 걸음은 전보다 한결 힘다웠다.

《비판批判》, 1938년 10월

최崔고집 선생

최하원崔夏遠이란 본명은 벽돌 폭보다 더 넓은 문패에 씌어 있을 뿐이고, 사람 입으로 불리우는 일은 거의 없다. 점잖이 행세하는 사람 중에서 같은 연배는 그를 '설담雪潭'이라고 아호로 부르고, 나이가 떨어지는 층에서는 설담 선생이라고 받혀서 부른다. 그러나 늙은이로부터 어린애에 이르기까지 남녀 가릴 것 없이 가장 많이 부르는 이름으론 최고집 선생이란 것이다. 우편배달부도 편지 겉봉에는 최하원이라 씌어* 있건만 문 앞에서 찾을라면 언제나 '최고집 선생'이라 부른다.

타관 사람과 처음 인사할 경우는

"최하원이라 합니다. 그러나 담날 이 동리서 날 찾으시랴면 최고집이라 하셔야 알어 듣습니다."

하고 웃는 일도 많다.

최고집 선생이라 부르는 것이 무슨 자기를 놀리거나 하대하는 데서

| * 원문에는 '씨어'.

133

가 아니라 자기가 연세나 지체를 가리지 않고 소탈하게 지내는 데서 자기를 따르는 까닭이란 것을 그는 잘 알고 있다. 이 별명을 처음 들었을 무렵에는

"내가 정말로 고집이 그렇게 센가."

하고 의아한 생각을 품기도 했었으나, 오래 두고 불리우고 나니, 인제는 이유를 알고 싶을 것도 없고 '최하원'이라든지 '설담'이란 이름을 들으면 귀에 어색한 정도다. 나는 이 소설에서는 최고집 선생을 다만 그 [彼]라고 부르겠다. 하여간 누구 입으로부터 이 별명이 나왔는지는 아는 사람이 없으나 그가 고집이 세다는 데서 나온 것만은 확실하다. 동리 사람들은 그의 고집을 증명할 만한 이야기를 수없이 가지고 있다. 그중 몇 가지만 골라보면.

그의 조부는 감사를 지냈고 부친은 군수를 지냈고 형은 관계官界에 나가기 싫다 하여 진사만을 받았었다. 그러나 그는 진사까지도 싫어했다. 어려서부터 신동神童이란 말도 들었지만 문장으로나 서화로나 그 가문을 통해 으뜸이었다. 서울에 있는 학자 재상들과 서찰 왕래를 자주 하는 동안 관계로 나오라는 등 과거시험을 치루라는 등 권고를 많이 받기도 했으나 종시 맘을 굽히지 않고 집에서 책이나 읽고 시나 짓고 서화 그리는 것으로 소일했다. 그의 서화보다 훨씬 떨어지는 작품이 상당한 값으로 팔렸건만 그는 생활이 곤란하면서도 작품을 판다는 데는 머리를 내둘렀다. 작품의 신성에 대한 모독이라 하여 친근한 사이엔 공으로 그려주기는 해도 돈 내고 사겠다는 사람이 있으면 화를 빨끈 낸다. 동리에서 머리를 맨 먼저 깎은 것도 그의 고집에서 나온 것이라고들 한다. 딸은 없고 아들을 둘을 두었다. 큰아들은 문장이 도저하여 부친의 재조를 내려받았다고들 하나, 둘째아들은 어려서부터 글이라면 죽자 하고 싫어해 결국 농사짓는 데에 재조를 얻었다. 둘째아들이 철이 들면서 글 배울 생

각을 내기는 했으나

"너는 생일이나 해 먹구 지낼 놈이다."

하고 가르치지 않고 겨우 성명자나 알아볼 정도로 끝막게 한 것도 그의 고집이라고 동리 사람도 말하거니와 둘째아들도 글을 몰라 갑갑할 때면 부친을 원망한다.

생활이 갈수록 쪼들리어 그가 팔과 다리를 걷어올리고 농사일을 보게 되자 동리에선 그를 면장 자리에 앉히려고도 했으나

"허다한 고관 자리도 마다하고 한 내가 면장을 할 성 싶은가. 살기가 어렵다고 내 고집이 변할 리야 없지."

하고 거절한 것은 한 십오 년 전 일이다. 그 후로 시대가 변하여 신학문에 능한 사람이 아니고는 면장 자리에 앉을 수 없게 되니 그가 자진해서 면장을 요구해도 이루어질 리는 없게 되었다. 한번은 면장이 그를 청해서

"최고집 선생. 고생하느니 그 고집을 좀 고치시오. 구장區長 일을 봐주신다면 최고집 선생만은 다른 구장들과는 특별한 대우를 해드릴 테니 그러십쇼. 나로선 최고집 선생의 딱한 사정을 생각해서 하는 말입니다. 구장은 관리도 아니고 험한 일도 아니고 동리 사람들을 내 식구처럼 감독하고 돌봐주는 일 아뉴?"

"민청에다 성명을 걸고 관청 돈을 받아먹음 관리지 머야? 그런 소린 당초 입 밖에 내지도 말라구."

서슬이 파래지며 이렇게 쏘아주는 통에 면장이 무색한 일도 있었다.

그의 일상 행동을 보아도 거짓 없는 설명임을 알 수 있다. 혹 주재소나 면사무소를 가나, 동리에서 왕 노릇 하는 부자 앞에서나, 자기가 옳다는 말은 끝까지 해버리고 만다. 자기보다 연세가 훨씬 적고 지체가 멀어지는 사람을 대하는 때도 결코 윗사람인 체를 않는다. 그리고 남의 일도

꼭 자기 일처럼 성심껏 해주니 설령 그 일이 낭패되는 경우라도 뒷소리를 듣는 일이 없다. 동리에서 무슨 시비가 나면 주재소로 가는 것보다도 그를 찾아가게 되고 그가 판단해준 것은 착오가 있다 해도 그대로 시행된다. 이러니 농사 때 논물 가지고 쌈이 난다거나 술자리에서 트가리*가 난다거나 큰 사건이 아니고 수습하기 어려운 일이 생기면 주재소에서 일부러 그를 내세우는 일도 있다. 이런 걸로 보아 그에게 민장 자리와 구장 자리를 권한 것도 그가 동리 사람한테서 존경을 받고 있는 까닭이란 것을 알 수 있다.

그의 고집에서 나온 일화는 이밖에도 많으나 그만 들기로 하겠다. 그런데 그의 관상으로 보아도 고집이 세겠다는 것을 말하는 사람이 있다. 깊숙이 백인 눈이 날카롭고 탐스런 윗눈썹이 억세게 서 있고 콧날이 칼등처럼 곧고 단단하면서 매부리코에 가깝고 다북한 긴 수염에 가리어서 나타나지 않으나 입술의 두터운 거라든지가 고집 세지 않을 수 없다는 것이다. 그러나 이마가 훤칠하게 넓고 인당이 평평한 것은 그의 너그러운 성질을 말하는 것이고 고생은 하면서도 양쪽 볼에 산이 도도록 붙어 있는 것과 음성이 크고도 보드라운 것은 그의 다정한 것을 말하는 것이라고 한다.

그는 손자 영길이를 대단 사랑했다. 어려서부터 귄**이 족족 흐를 뿐 아니라 자라나면서 재조가 비상했다. 보통학교를 수석으로 졸업하고 입학경쟁률이 심한 상업학교에도 무난히 들어갔다. 매일 십 리를 걸으며 기차 통학을 하면서도 일 학기에 대뜸 우등을 했다. 그러나 학비 대기가 곤란하니 하늘이 도와주어야 상업학교라도 졸업할 것이고 전문학교나

* 트가리: 서로 머리나 멱살을 움켜잡고 싸우는 일.
** 귄: 귀티.

대학을 갈 수 있으리라는 것은 상상도 못하고 있다. 상업학교만도 중도에 퇴학하고야 말 것이라고 예측해오는 바다. 그렇다고 그다지 애석하게 여기지는 않았다. 상업학교를 졸업한대야 기껏해 월급 사오십 원에 매달려 남 종노릇이나 하는 것보다는 집에서 농사나 지며 간간이 한문도 읽거니와 정 신학문이 그리우면 강의록이라도 보는 것이 좋다고 권해보기까지 한 것이다. 그는 호구지책으로서 제일 깨끗한 직업이란 농사밖에 없다고 항상 주장한다. 남을 속일 것도 없고 남을 해할 것도 없고 오직 대자연만을 상대로 해가며 자기의 땀으로 자기 것을 얻는 것이 어찌 청담한 업業이 아니랴. 그는 이렇게 이것을 만족하며 늙은 몸도 돌아보지 않고 발을 빼고 논 속에 들어가 일을 하는 것이다.

그런데 삼 학기 수업료를 기일까지 못 내어 날마다 독촉을 받는 통에 영길이가 기를 못 펴고 다니다가 시험 기일이 가까워지자 시험을 치를 수 없는 형편이 되었다. 허기야 그가 서당선생으로 있는 유 참판이 입학 당시의 학자는 융통해주었고 이 학기 수업료도 아슬아슬한 판에 보통학교 선생이 주어서 난관을 빠져나온 것이 모두 기적 같은데 또 난관이 되풀이* 되었다. 그는 손자의 애타는 것을 차마 볼 수만 없어 몇 군데 주선해보았으나 모두 낭패하고

"영길아 별수 있냐? 내 직접 학교 찾아가서 말을 해보겠다."

하자 손자는 할아버지가 가서야 될 리도 없고 창피만 당한다고 한사 말렸으나 기어이 의관을 차리고 나섰다. 사실 이런 일이 항상 당할 테니 일일이 애만 다를 수도 없고 무슨 방책을 결정내야겠다는 생각에서 나온 그의 계획이다.

그는 학교에 가서 먼저 담임선생을 만났다.

| * 원문에는 '되푸리'.

"바쁘신데 찾아보게 되어 대단 미안합니다. 나는 영길이 할아버지 되는 사람인데 선생께서도 물론 잘 알고 계시겠지만, 사실 이놈 학비 대기란 정말 곤란합니다. 이번 학기 수업료를 못 낼 염치는 없습니다만 어떻게 시험만 보게 해주시면 방학 전으로 만들겠습니다."

그는 여러 말 늘어놓을 것* 없이 간단히 이 말만 내어보았다. 이번만은 된다손 치더라도 다음에는 두고두고 또 당하고야 말 운명인 것을 생각하고 큰 소망은 가지지 않았으나 막상 말을 내놓고 보매 담임선생의 대답이 궁금했다. 입에 힘을 준 채 선생 얼굴을 똑바로 보고 말았다. 선생도 사정이 딱한 모양인 듯 눈을 아래로 깐 채 입맛을 쩍쩍 다시더니 한참 만에 입을 연다.

"글쎄요. 사정은 딱합니다만 규칙대로 하는 일이라 봐서……. 다른 애와도 달리 영길이 일은 퍽 난처합니다. 규칙에 어그러진 일이지만 책임자한테 가 한번 권해보지요. 함께 가십시다."

그는 손자를** 앞세우고 담임선생 뒤를 따라 서무실로 들어갔다. 선생은 두 사람 듣는 데서 회계 책임자에게 영길의 성적이 우수한 것과 가정이 곤란한 것을 말하고 한번 여유 주기를 권했다.

"지금까지 한 사람도 승낙해준 일이 없는데요. 오학년생도 수업료 안 내곤 시험을 못 치루는 판인데 될 말인가요? 거 안됐습니다."

이런 대답이 끝나자 담임선생은 당연한 말인 듯이 별로 딱한 표정도 보이지 않는다. 먼저 걱정할 때의 기색과는 엉뚱하다. 다만 '안 된다니 어떻게 하겠는가.' 하는 눈초리로 그와 영길이를 번갈아 보았다.

"아 여보쇼. 노형은 학교 다니는 자녀들이*** 없는가 모릅니다만 너무

* 원문에는 '늘어놓곳'.
** 원문에는 '손재를'.
*** 원문에는 '자녀질이'.

138

박절허우? 구만두구려. 내 손자 놈은 이런 학교에 안 보내겠소."

그는 다른 사람들이 이상한 눈으로 보든 말든 소리를 고래고래 질러 이렇게 말을 쏘아주자 대답을 기다리지도 않고 영길의 손을 잡고 사무실을 나왔다. 교문까지 나오는 동안 그는 화가 치밀어 얼굴이 확확 달았다. 좀처럼 호흡이 안정되지를 않았다. 그는 정거장 나가는 길과 반대 방향되는 길로 굽었다.

"할아버지 어디로 가셔요?"

"나 따라 오너라. 경찰서라도 가서 이런 놈의 경우가 있는가 한번 따져보겠다."

손자 아이는 물에 빠지면 지푸라기라도* 잡는다는 격으로 최후로 경찰서에 한줄기 희망을 건 듯이 바싹 당겨서서 따라갔다.

경찰서는 얼마 걷지 않아서 당도했다. 그는 경찰서 안에 들어서자마자 서장을 먼저 찾았다.

"서장은 왜** 찾소? 헐 말 있으면 내게 하오."

한 삼십 되어 보이는 순사가 옆눈질로 그를 슬쩍 보더니 철필을 계속해 놀리면서 구박 주듯 이렇게 말했다.

"아니 경찰서장을 만나고서야 할 말이요. 면회를 시켜주세요."

"글쎄 무슨 말인지 여기서 허면 되지 않소? 들은 다음 필요하면 서장께 면회를 시켜줄 것이니 바쁘니깐 어이 간단히 말하라구요."

"당신은 서장만 소개해주면 그만 아니겠소. 일부러 서장 만나러 와가지구 못 만난대서야 될 말입니까."

영길이는 할아버지와 순사와 맞부딪쳐*** 굽히지 않는 것이 겁났다.

* 원문에는 '집프래기라도'.
** 원문에는 '웨'.
*** 원문에는 '맞부드처'.

그래 가자는 뜻으로 그의 손을 잡어당겼으나 꿈적도 않는다. 어느 편도 기울어지지 않고 갈수록 시끄러워진다.

밖에 나가려고 모자를 쓰고 나오던 주임 경부보가 이 광경을 보고 그에게

"무슨 일로 그러쇼? 할 말 있으면 내게 하시오."

부드러운 소리로 말을 걸었다. 그는 모자에 금테 둘러 있는 것을 보고 서장이 아니면 그 밑에 주임되는 사람이라 짐작하고 영길의 손을 잡은 채 실내로 올라섰다.

주임은 선 채 그 자리에서 말하고 돌려보내려다가 할 수 없이 자기 자리로 가더니 자리를 옆의 의자에 마주앉는다.

"무슨 일이요?"

주임은 모자를 든 채 바쁘다는 기색을 보인다.

"이놈이 내 손주올시다. 지금 상업학교 일학년에 다니고 성적은 아주 우등입니다. 그런데 가난한 탓으로 이번까지 수업료를 못 낸다니 시험을 못 보게 합니다그려."

"하아. 그래서?"

"다른 일과 달러서 글을 배워주는 사람으로서 그렇게 박절할 수야 있나 하고 내가 학교 가서 선생을 만나봤더니 말이죠. 무가내고* 안 된다는 구려."

그는 학교서보다 더 장황하게 늘어놓았다. 별 둘 붙인 순사부장이 주임한테 무슨 서류를 가지고 와서 이야기를 한참이나 주고받는 동안 그는 흥분되었던 맘자리가 차차 안정되어 갔다. 속에 뭉쳤던 말을 모다 쏟어놓고 나니 한결 거뜬하기도** 하였다.

---

* 무가내無可奈고: 막무가내로, 무조건.
** 원문에는 '행결 겟뜬하기도'.

'그럼 경찰서에서는 어떻게 할 것인가.'

그는 갑자기 이런 의문이 일어났다. 학교에서와 마찬가지로 안 된다 하거나 그렇잖으면 경찰 힘으로 시험 보게 해주라고 명령할 것 아닌가 —그는 이렇게 자문자답 해보았다. 이 순간 정신이 아찔해지며 속으로 당황해짐을 어찌할 수 없었다.

'경찰서 힘으로 명령을 해? 설령 시험이 보게 된다 해도 그건 경찰의 명령을 거역하지 못하는 까닭이다. 학교의 본심에서 시험을 보게 해줄 순 없는가. 학교의 본심이란 건 어떻게 알 수 있는가.'

그는 경찰서 찾아온 것을 후회했다. 여우에 홀려 가지고 경찰서를 찾아온 것만 같다. 주임과 순사부장은 아직도 이야기를 계속하고 있다. 그는 갈 양으로 일어났다.

"왜 말하다 말구 가쇼?"

주임이 이야기를 중단하고 그를 쳐다보았다.

"내 여기 온 것이 시험을 보게 해달란 건 아닙니다. 세상엔 이런 불미한 일이 많으니 민정을 맡아 보시는 경관들께 그렇다는 말만 하러 온 것입니다. 내 손주놈은 인제 농사나 시키지요."

주임이 딱히 대답을 못하고 빙긋이 웃고 있을 때 그는 사무실을 나와 버렸다. 경찰서 앞 큰길을 지나다니는 낯모르는 사람들이 이상한 눈으로 보고 맘속으로 비웃어주는 것도 같았다.

그는 기차에서 내리던 즉시 영길에게 우동 한 그릇을 사 먹인 다음, 버스를 태워 보내고, 자기는 정거장 앞에 있는 한약국을 찾아갔다. 그는 의서醫書에도 능할 뿐 아니라 이 약방 의원이 한문학에 조예가 상당히 깊은 만큼 가끔 십 리나 걸어서 놀러온다. 이날도 시를 짓고 글을 오이고*

| * 오이고: 외고.

놀다간 나중엔 술자리가 벌어져 밤이 깊게 되었다. 새로 한 시가 지났을 때 그는 가겠다고 벌떡 일어났다. 그가 자고 갈 채비만 하고 있는 줄 알았던 의원이 여러 가지로 만류했으나 기어이 가겠다는 것이다. 노인이 밤길을 더구나 술까지 먹고 위태워서* 약방의 심부름 아이 하나를 동행시키려 해도, 그가 듣지 않고 부득부득 혼자 길을 나섰다.

음력 스무날 밤의 달은 한창 밝을 때였다. 넓은 들 벌판 우를 달빛은 골고루 내려덮이고 봄의 아늑한 맛은 전신을 감도는 것 같다. 그는 심정이 이상히도 들성들성해졌다. 늙은 몸에 술기운이 퍼진 탓이라 속으로 생각이 되었으나 그는 근래 처음 느끼는 심정이다. 한편으론 맘이 탁 트이면서 넓은 들판이 자기 가슴속에 놓인 것 같아 힘껏 소리 치고 발을 구르고 싶고 훨훨 날고도 싶었다. 한편으로 영길이가 학교일로 실심해 애타고 있는 것을 생각하면 오싹오싹 끼쳐지는 진저리를 가슴속에 느꼈다. 그러나 한 입으로 말하라면 그는 유쾌한 밤이었다. 자기의 걸어온 길을 돌이켜볼 때 어느 것 한 가지 얼굴이 구겨진 적 없다. 앞으로도 물론 그러리라 생각했다. 다만 마음에 걸리는 것은 자기의 아들 둘과 손자 하나 있는 것이 명예와 재물에 혹하지 말고 남을 해하고 상하지 말고 하여 끝까지 청빈淸貧의 길을 밟아주었으면 하는 것이었다. 그러나 전부터 느껴오는 불안이 다시 머리를 쳐들기 시작한다. 그것은 큰아들이 얼굴이 깨끗한데다가 시조라든지 편편락 우조羽調 계면界面 같은 선비가 점잖게 부를 만한 노래는 무엇이나 일가를 이루고 유흥을 좋아하는 만큼 어느 때 무슨 일을 저지를지 모르는 것이었다. 작은아들은 고정한 맘으로 소같이 일은 하고, 손자는 진작부터 싹수를 붙이었으나 큰아들은 위태로운 절벽을 향하여 자꾸자꾸 걸어만 가고 있는 불안을 느끼어왔다. 그는 한참동안 달을 물끄러미 쳐다보며 걸었다. 맘속의 불안을 달에게나 부탁함이

* 위태워서: 위태롭게 느껴져서.

142

었다.

들판을 사 마장* 가량 걸으면 산길도 변하여 양편 언덕이 차차 높아지기 시작한다. 잡념을 잊으려고 조그만 소리로 글을 오이며 가노라니 이쪽을 향해 짐을 짊어진 흰옷 입은 사람이 두서넛 걸어오고 있다. 그를 보았음인지 짐 짊어진 사람은 망설이는 듯 무춤거리더니 양편이 높은 언덕이라 피하지 못하고 그냥 걸어오고 있었다.

"아 박 첨지 아닌가."

"최고집 선생님……."

박 첨지는 당황하며 말을 잇지 못한다. 뒤에는 박 첨지 안해가 봇짐을 머리에 이었고 열두 살 된 아들은 어린 동생을 업고 있다.

"이 밤중 어딜 가는 겐가. 응, 내 다 알고 있어."

"그저** 최고집 선생님께서 절 용서하셔야지 누가 사정을 알아주시겠습니까."

"용서란 말이야 당한 말인가. 여보게, 고향을 버리고 어딜 간단 말인가. 고향 떠나면 잘 살 것 같은가."

그는 갑자기 흥분되어 허겁지겁 숨까지 가빠졌다.

"좀 펴질까 하고서요."

"살기가 펴져? 흥 펴짐 얼마나 펴질 것인가. 여보소, 그래도 내 고향이 났느니. 이웃사람이 났느니. 함께 지내면 밉고 야박한 것 같아도 고향을 한번 떠나보소. 동산의 고목까지도 생각되는 것이라네."

"그야 누가 모르나요."

"그럼 살 수 없으니까 간단 말이지?"

"……."

* 원문에는 '마정'. 한 마장은 오리나 십 리가 못 되는 거리.
** 원문에는 '그지'.

"박 첨지 왜 밤중에 도망하는가. 빚쟁이 눈을 피하느라고 그러지?"

"헐 수 있나요? 죄 되는 줄은 알지만 갚을 힘은 없구. 떠나긴 해야 겠구. 최고집 선생님만 절 용서하시면 맘 놓고 가겠습니다. 꼭 용서허 시지요?"

박 첨지는 기어이 용서를 받으려는 듯이 어깨에서 짐을 내려놓고 그 의 앞으로 다가섰다. 언제 짐을 머리에서 내렸는지 박첨지 안해는 고개 를 수그리고 느끼어 운다.

그는 대답하기에 속으로 당황했다. 남의 빚을 고맙게 썼으면 갚는 것 이 당연하지 않은가. 빚 준 사람 몰래 도망하는 건 남을 속이는 것이 아 닌가. 그는 자기의 이런 율律에 비춰볼 때 박 첨지는 확실히 행동을 그르 쳤다. 그러나 박 첨지를 나무랄 용기가 자기에게는 없다. 더구나 박 첨지 는 술을 과히 마시는 것이 흠이지 다른 점으론 조금도 흠 잡을 데가 없는 사람이다.

"최고집 선생님 왜 대답을 안 하십니까. 용서할 수 없단 말씀이지요."

그는 답답해 몸이 달았다. 입 안이 바싹 달았다.

"용서 안 허신다고 선생님을 원망하진 않습니다. 잘못은 잘못이니깐 요. 그렇지만 제가 가난한 탓이지요. 빚을 못 갚고 밤중에 도망하는 걸 가난의 탓이지요. 이것만 알아주심 그만입니다."

박 첨지는 차차로 목 멘 소리로 변해졌다.

"여보소."

그는 힘을 주어 이렇게 부른 다음

"가면 어디로 가는가. 정처나 마련해놓고 가나?"

이 말을 내고 나니 비로소 가슴 속에 뭉친 것이 풀어지는 것 같았다.

"황해도 은률 땅입니다 거기에 제 내종형이 살지요. 아무튼지 여기 있는 것보담은 나을 것 같습니다."

박 첨지도 말소리가 다소 편하게 풀려 나왔다.

그는 박 첨지 가는 곳이 역시 먼 곳이 아닌 것을 다행으로 여겼다. 박 첨지 가족이 들판의 먼 어둠 속으로 사라질 때까지 그는 넋 잃은 사람이 되어 바라보고 있었다.

그가 이튿날 아침 서당에서 글을 한창 가르치고 있을 때 황판술이가 허겁지겁 찾아왔다.

"최고집 선생님 저 곧 좀 가보셔야겠습니다. 박 첨지 식구가 어제 밤 동안 어디로 도망해버렸는데요 지금 빚쟁이들이 살림살이를 서로 가져 가지고 야단들 났습니다. 선생님이 어떻게 갈러주셔야지, 가만두면 살인 이라도 날 것 같습니다."

이 말을 듣자 그는 간밤 박 첨지 만났던 생각이 번개같이 떠올랐다. 박 첨지가 목멘 소리로 말하던 꼴 박 첨지 안해가 느껴 울던 꼴이 모두 눈앞에 뚜렷이 나타났다.

"말씀 드리기 안됐습니다만 지금 함께 가주셔야겠는데요."

"나는 모르네. 빚쟁이끼리 주워 가든지 갈러 가든지 나중 쌈이 나든 지 나는 모르네."

하고 황판술에게 무안을 주듯 야단해 돌려보냈다.

이렇게 하기는 했으나 속으로는 그 일이 몹시 궁금하였다. 임자 잃은 박 첨지 살림이 이리저리 찢기는 것을 생각하매 안타깝기도 하고 만일 서로 가져가려다가 큰 쌈이 나서 누가 많이 다치면 자기가 안 간 탓이라 고 생각되었다. 그는 서당 사람들에게 공부를 다 각기 한번 시켜준 다음 밖으로 나왔다. 이렇게 처결하겠다는 작정도 없이 내를 건너 박 첨지 집 을 찾았다.

덩이가 커서 가지고 가지 못하고 남긴 물건이란 것은 모두 마당에 내 놓고 서로 다투고 있다. 아이들 부인네들의 구경꾼도 법석을 이루고 있다. 그가 울안에 들어서자 다투던 사람들은 바삐 인사를 한 뒤는 각기 자기 의견을 주장한다.

"최고집 선생님. 박 첨지가 살림살이 팔지도 않고 두고 간 것은 빚 대신 가져가란 것 아녀요? 그런데도 구장 어른은 임자 없는 걸 가지구 이런다구 야단이랍니다. 자기도 한몫 끼곤 싶지만 늦게 와서 하나도 차지 못해서 그러는 게요. 하여튼 지는 삼 년 전 쌀 두말 꾸어간 것을 갚지 않은 대신 장독 하나허구 절구통을 차지했습니다."

이 서방은 자기가 차지한 물건을 가리키며 말했다.

"최고집 선생님 제 말 좀 들으세요. 아닌 게 아니라 며칠 전부터 박 첨지 태도가 수상해요. 그래 재작년 여름 박 첨지 마누라가 아팠을 때 약값 한다구 삼 원 꾸어 간 것을 여러 번 재촉했었지요. 이 날 저 날 미루더니 밤 동안 도망쳤단 말여요. 제—기 손재수*가 있을라니까 내 원. 최고집 선생님 그렇잖아요? 그래 돈 삼 원이면 지금 돈으론 육 원 푼수나 되는데."

김 서방은 물동이 위에 시루 올려놓은 것을 자기 차지라는 듯이 그것을 개리 서며** 말했다.

"돈 꾸어주구 대신 가져가는 건 누가 뭐라고 헌대요? 글쎄 맘대로들 허슈. 난 이것만 가져갈 테닝개."

김 서방 안해가 얼굴을 붉힌 채 볼통 사납게 말하고선 시루를 머리 우에 이고 가려 한다.

"가만 좀 계슈. 당신 것이면 가져갈 테니까. 최고집 선생님이 오셨으니 잘 판결해주실 것 아뉴."

하고 송 서방이 시루를 뺏더니 땅에 내려놓는다. 송 서방은 이번은

* 원문에는 '손제 수'. 재물을 잃을 운수.
** 개리 서며: 가리고 서면서.

그에 호소하는 듯 허리를 반틈 구부리며

"세상에 생벼락을 맞는다군 허지만 이런 일도 있어요? 최고집 선생님 박 첨지가 도망한 숭포*로 그랬던 줄은 통 모르고 속았구만요. 하로는 제한테 와서 작년 흉년으로 농사 밑천을 장만할 수 없어 올에는 농사를 그만두려니까 저보고 소작권을 가져가라겠지요. 박 첨지가 절 생각해서 그러는 줄만 알고 백배 치하했지요. 그뿐인가요? 무럭무럭 자라나는 보리를 잡혀서 돈 십 원까지 주었더니 어떤 놈이 이걸 지주에게다 꼬아바쳤는지 저는 돈 잃고 소작권도 뺏겼군요. 그런데 이런 건 나중에야 알고 와서 뚝배기 한 개 차지 못했습니다."

그는 송 서방의 말을 듣고 나니 정신이 팽— 내둘리었다. 이때까지는 남기고 간 물건을 아무도 손대지 못하게 하고 적당한 값으로 팔아 그 돈을 박 첨지에게 부쳐주려고 맘먹었다. 그랬던 것이 박 첨지가 송 서방을 속여 보리농사까지 잡히게 하고 그 돈까지 써버린 것을 알고 보니 자기도 박 첨지한테 속은** 것같이 분하다. 모인 사람은 이구동성으로 송 서방 말을 옳다 하니 송 서방을 의심할 수도 없다.

'박 첨지가 여비를 맨들랴구 그랬구나.'

그는 속으로 이렇게 호의로 해석해도 마음의 꺼림칙함은 어찌할 수도 없다. 이런 그의 맘속의 풍랑은 모르고 사람들은 다투어가며 자기들의 가져야 할 몫을 주장한다. 그는 조금도 귀를 기울이지*** 않고 있다가 무겁게 입을 열었다. 얼굴은 갑자기 상기가 되었다.

"모두들 내놓고 가소."

이 말 한마디가 떨어지자

* 숭포: 음흉한 심보.
** 원본에는 '속힌'.
*** 원문에는 '기우리지'.

"그럼 우린 빈손으로 가라십니까."

하고 이 서방이 불평을 말하려는 것을

"자네 이런 것 아니라두 견디잖는가. 더구나 이번 도야지 새끼를 아홉 마리나 나서 횡재를 허구."

하고 웃는 얼굴로 타일렀다.

김 서방이 역시 불평을 말하자 그는 이번은 약간 눈을 흘기면서

"약값은 모르는 사람 것이라도 떼먹는다네. 항차 친하게 지내는 터수에 약값 삼 원을 못 받아 야단인가."

하고 나무라듯 하였다.

다른 사람들에게도 모두 이런 식으로 맘 돌이키기를 권하였다.

"여기 남은 것은 오 원 어치가 되든 송 서방에게 모두 주세. 이유는 말 안 해도 잘들 알 테니 그만두거니와 이렇게 하는 것이 여러분끼리도의 상허는 일이 없고 송 서방의 곤란한 형편을 우리가 생각해주는 것이 되잖겠는가. 모두 내 말대로 하세."

그는 칼로 가르듯 말을 뚝 끊었다.

누구 하나 입을 열고 말하는 사람은 없다. 조금 있으려니 면사무소 회계네 집 머슴이 숨이 턱에 달 것같이 바삐 달려왔다.

"우리 집 양반이 그러시는데 박 첨지가 집세를 여섯 달 것이나 안 냈다고 남긴 물건을 모두 차지해 두랍니다."

머슴은 숨을 겨우 안정한 다음 이렇게 말했다. 그는 대답할 생각도 않고 뒷짐을 끼고 방 안과 부엌 안을 둘러보았다.

"이 사람아. 다 틀렸어 다 틀려. 최고집 선생이 모두 송 서방 보고 차지하라고 했다네. 어이 가 볼일이나 보게 그려."

이렇게 빈정대는 김 서방이 말하는 바람에 모였던 사람들은 모두 웃었다.

"사람 일이란 알 수 없는 거야. 최고집 선생이……. 참 딱한 일도 많지."

"그것도 팔자소관인가 봐. 그렇게 덕 많고 맘씨 고장한 이가 고생이 첩첩하고."

"팔자란 것보다도 역시 고집 부리는 탓이지."

"다 늙어 언제 숨질지 모름서 만주로 가려니 터문* 있는 것인가."

"남이 고향을 떠난다면 발 벗고 말리던 양반이……."

"만주 갈라면 그때 갔더라면 했지."

"오라. 참 그때 갈 것을 그랬어. 그땐 살기도 더 곤란했고 기운도 지금보다 났고 그뿐인가 면청과 군청서 특별히 생각까지 해준다고 그랬었는데."

사실 그가 고향을 더구나 타국인 만주로 간다는 것은 누구나 입을 벌리도록 의외로 알았다. 지금은 동리서 제일가는 부자 유 참판의 손자 한 분을 가르쳐 주는 보수로 그는 침식을 유 참판 집에서 하고 매월 나락 한 섬씩을 받았다. 논도 여섯 마지기나 더 얻어 짓고 연말이면 명절 쇠란 명목으로 십 원씩 생겼다. 다른 사람들도 그리 생각하지만 자기 자신도 만주로 간대야 이보다 더 펴지리라고는 믿지 않았다. 자기는 아이들과 함께 글이나 읽다가 죽고 아들과 손자는 이러는 동안 굶지 않고 지낼 정도로 생활 근거나 잡히기를 유일한 목적으로 삼아왔다. 고향 떠나겠다는 것을 처음 말했을 적에는 아무리 언행이 꼭꼭 일치하는 그의 말이라도 모두 믿지 않았다. 그는 여러 해 동안 던져버렸던 필묵을 들어 밖에 나오지도 않고 서화를 그려 가지고는 집집마다 나누어 주었다. 살림하는 사람은 거의 나누어 주었다. 이때에야 정말로 그가 떠난다는 것을 믿게 되

| * 터문: 처지나 형편.

149

었다. 서화를 받은 사람은 단 돈 일 원이라도 만들고 넉넉하게 지내는 사람은 이십 원 삼십 원도 만들어 값으로 주었으나

"고향을 떠나는 선물이네."

하고 그는 영영 받지 않았다. 선물이라면 선물을 주고받아야 할 것 아닌가 하고 받기를 권하노라면

"그렇지만 서화를 돈 받고 파는 셈 아닌가. 결단코 받을 수 없네."

하고 더 강경히 거절한다.

동리 사람들은 할 수 없이 그의 아들을 주었으나 역시 거절한다. 나중엔 동리 사람들이 이사비용에 보태 쓰라는 뜻으로 한몫으로 걷어* 갖다 주어서야 그는 마지못해 받았다. 삼십 원 가까이 되었다. 이 돈에서 그는 십 수 원을 가지고 영길이 다니던 학교를 찾아가

"글을 외상으로 가르치지 않는 학교라니 갚으러 왔소."

다만 이 말 한 마디 하고 월사금을 치른 다음 영수증까지 받았다. 다른 사람에게 있는 빚도 모다 청산했다. 그중에는 빚을 탕감하고 받지 않으려는 사람도 있었으나 받기를 권할 수 있는 데까지는 권했다.

그가 만주로 가게 된 동기는 이러하다. 전부터 큰아들이 무슨 일을 저지를 것 같아 항상 불안한 맘을 거두지 못해왔는데 어느 날 밤에는 그가 서당방에서 곤히 잠들어 있을 때 영길이가 와서 깨웠다.

"아버지가 얻어맞구 잠을 쎘어요**."

울상을 하고 영길이가 말하였다. 그는 전신에 찬물을 끼얹은 것같이 오한기가 와락 끼치며 정신이 번득 났다. 옷을 주섬주섬 입고 급히 나섰다.

"어떻게 맞었기 그러니?"

---

* 원문에는 '걸우어'.
** 잠을 쎄다: 정신을 잃다.

그는 황급히 걸으면서 손자에게 물었다.

"가슴과 머리를 얻어맞구 피를 토하고 그랬어요."

"피를 토해?"

그는 가슴이 덜컥 내려앉고 빨리 떼어놓는 다리가 허둥허둥 떨리고 헛디디어졌다. 집에 와 보니 큰아들은 방 아랫목에 누워* 정신은 차렸으나, 숨을 가쁘게 쉬며 눈은 흐리멍덩하게 뜬 채 영기가 없어 보인다. 저고리 앞섶과 바지 샅자리에는 피가 군데군데 묻어 있다.

큰아들은 그가 온 것을 알은 모양인지 눈을 벌름벌름 하더니

"아버지 용서해주십시오."

하고 겨우 한 마디 할 뿐 두 줄기 눈물이 주루룩 흐른다.

그는 큰아들의 말에 대답하지도 않고 맥을 짚고 다시 발목까지 만져 보았다. 탕약을 달이는 중이라 하여 그는 약봉지를 보고서야 자기 의향과 같음을 알고 다소 마음이 놓이는 성 싶었다. 전부터 속병이 있는데다가 토혈까지 한 것이 걱정은 되었으나 큰일에 이를 것 같지는 않았다.

"어쩌다가 그랬다니? 응."

둘째아들에게 물었더니 그 자리에서 대답하기가 난처한 듯한 눈치라 그는 아들을 데리고 밖으로 나갔다.

"얼마 전 강 군주사가 기생을 첩으로 들여앉히잖었어요? 형님이 밤에 그 집을 담 넘어 들어가 강 군주사 첩과 한방에 있다가 들켜서 단장 머리로 가슴과 머리를 단단히 맞고 그 자리서 잠을 썼대요. 그까짓 기생 첩인데 그렇게까지. 강주살 가만둘 수야 없어요."

"그만둬라 그만둬."

그는 둘째아들의 말하는 것을 이렇게 야단을 치듯 하고서는 그대로

| * 원문에는 '누어'.

집을 나와버렸다. 그는 서당방에 돌아와서도 도시 잠을 이루지 못하고 뜬 눈으로 밤을 밝히었다.

'하필 내 자식이, 하필 내 자식이……'

그는 밤새도록 속으로 이렇게 군소리를 하였다. 큰아들이 일을 저지른다면 이런 음행에 관한 것인 줄을 짐작은 했었다. 그러나 자기는 죽을 때까지 남 앞에 얼굴을 못 들 일도 없을 것이려니와 누구에게든지 맘 놓고 큰소리를 하고 지낼 수 있으리라고 확신해왔다. 불덩이가 자기 발등에 떨어지리라고는 상상도 못한 노릇이었다. 그는 누구 앞에나 나서기가 서먹거리고 얼굴에 모닥불을 놓는 것 같았다.

그는 유 참판한테 약값으로 십 원을 변통해서 보내주기만 하고 집에 들어가보진 않았다. 큰아들은 한달 동안 누워서 신음신음 하다가 죽고 말았다. 죽었단 말을 듣고서야 그는 집으로 가 장사를 지내주고 둘째아들은 집이 협잡하니 영위靈位를 앉히지 말자는 것을 그가 서둘러 지청을 만들어주었다.

그런데 동리 사람들은 강 군주사란 사람을 고소해서 분을 갚으라고 그에게 몹시 권했으나 그럴 때마다

"죽고 안 죽는 건 고사허구 내 자식의 구진 행동은 어떻게 한단 말인가. 그것이 씻어지기* 전에는 고소구 뭐구 다 할 수 없네."

하고 듣지 않았다.

군주사란 사람은 그전에 군청서기로 오래 있다가 그만두고 전당포를 경영하여 치산을 많이 한 사람으로 동리에서 인심은 얻지 못했다. 이런 관계로 이 일이 있은 후부터 강 군주사를 욕하는 것이 더 심하게 되었다. 강 군주사는 자기대로 미안함을 참을 수 없다고 그를 찾아와서 사죄를

| * 원문에는 '시처지기'.

구하랴 무한 애를 썼으나 그는 만나*주지도 않고 혹 길에서 만나 이야기를 꺼내면 들은 체도 않고 지나버렸다.**

아들이 죽은 후 초하로 삭망과 보름 삭망을 한 번씩 치룬 다음 그는 짐을 챙기기 시작하였다. 큰아들의 영위를 가지고 가는 것도 잊지 않았다.

그가 떠나기 전 한 사흘 동안은 여기저기에서 송별일을 열어주었다. 그럴 때마다 그는 항상 이런 말을 되풀이했다.

"내가 고향을 떠날 줄이야 꿈에도 맘먹지 않았소. 출가한 딸이나 있다면 그리로 가서 여생을 보낼까도 생각했으나 그런 곳도 없구 할 수 없이 떠나고 마는 게요. 내게는 정말 청천벽력과 흡사한 일이지. 물론 내 생전은 고향에 돌아오지 않겠소. 허지만 내가 죽은 후 내 뼈는 고향 땅에 묻힐 테니 훗날 영혼끼리 한 자리서 만날 수야 있을 게요. 타국의 생활도 나만 죽으면 끝막는 날이지. 자식과 손자들은 다시 고향으로 돌아가라고 꼭 유언을 하고 죽을 참이요."

그가 만주로 가는 날 십 리 밖의 정거장까지도 동리 사람들이 장이나 이루듯 모였다.

동리 사람들은 그의 가는 데가 육 년 전 동리 사람 한 패가 이민으로 간 곳인 것을 자기 일처럼 한긋*** 다행으로 여겼다.

《인문평론》, 1940년 4월

---

* 원문에는 '맞나'.
** 원문에는 '지내버렸다'.
*** 한긋: 한껏.

고향 사람들

겨울 내내 눈 한 잎 비 한 방울 떨어지지 않고, 강추위만 계속하다가, 며칠 전 눈이 한 자 가량이나 쌓이게 되고 바로 비가 이틀 동안이나 주룩주룩 퍼부었다. 그러잖아도 병자년 흉년보다 더 지독한 해를 겪은 그들은, 눈만 뜨면 하늘을 바라보고 마음 졸이는 것이 그날 그날의 일처럼 되었다. 이렇게 초조한 그들이 눈과 비를 흠뻑 받았으니 집마다 경사나 치른 듯이 웃음결이 떠올랐다. 눈 쌓인 위에 비가 와서 길이란 길은 발목까지 폭폭 빠지건만 사람들은 밖에 나오는 것이 하늘에 대한 인사나 되는 듯이 골목마다 사람으로 붐비었다.

허 참판네 집 머슴 사랑방에 들어오는 사람은, 누구나 방문을 열면 인사하는 것보다도, 흙물에 빠진 버선이나 양말을 벗는다. 방 윗목에는 줄을 매어놓고 양말과 버선이 죽 널려 있다. 그 아래에는 떨어지는 물을 받느라고 짚이 제법 두툼하게 깔려 있다.

"어 땅도 지독허게 질다. 날이 추웠으면 얼기나 허지."

점쇠는 맨발로 들어서더니 머리에 동였던 수건을 풀어 물기를 닦고서는 수건을 줄에 넌다.

"점쇠가 어째 오늘 밤은 늦었어?"

아랫목에 앉았던 봉갑이가 인사 대신 이렇게 말하자 모두가 점쇠를 돌려본다.

"젠장, 허고헌 대낮을 두고 하필 밤중에 닭을 잡으라고 혀서 늦었구먼. 자긴 첩네 집에 가 자고 보신약은 큰마누라 집에 와 먹구……. 그러니 큰마누라 속은 얼마나 뒤집히겠는가베."

하며 점쇠는 사람 틈을 비벼 뚫고 화롯가에 앉는다.

일이 없는 사람은 화롯가에 뼹 둘러앉았지만, 다른 사람들은 뒤켠에 자리를 잡고 짚세기를 삶거나 새끼를 꼬거나 삼태미를 엮거나 한다. 유생원만 통나무 목침을 베고 『조자룡전』을 보고 있는 것이 유달리 눈에 띈다.

"유 생원, 이야기책은 왜 속으로만 보슈?"

점쇠가 묻는 말에 그는 목쉰 소리로 겨우 알아들을 만하게,

"목이 잔뜩 쟁겨서 그러네."

하고 미안하단 의미로 소리 없이 웃는다. 다른 때 같으면 유 생원을 화롯가 일등석으로 모셔 놓고 육자배기조調와 단가조를 번갈아가며 멋들어지게 읽는 이야기 소리에 방 안은 짝 소리 없을 것이건만 이날 밤은 혼자 보는 이야기책이라 유 생원이 소용없게 되었다.

화롯가에서는 모두가 이야기를 주고받고 있는데 석만이만 잠자코 무엇을 생각하는 체하더니 벌떡 일어나 윗목으로 간다.

"하두 좁아서 가슴이 죄드니 거 잘됐다."

하며 봉갑이가 석만이 나간 자리까지 차지하고 화로에 바싹 당겨 앉는다.

석만이는 줄에 널린 양말을 걷어 한번 힘들여 짜가지고 먼저 자리로

돌아온다.

"봉갑이 이 사람아, 좀 비키소."

"난 아주 가는 줄 알구 잘됐다 혔드니 또 왔네그려."

석만이는 아무 말도 없이 봉갑의 옆자리에 간신히 뚫고 앉아 양말을 말리기 시작한다.

"이 사람이 지금 정신머리가 있나? 없나? 자네 발목 고린내는 여편네 도 맡기 싫을 거네. 우리 보고 대신 맡으라는가."

석만이는 들은 체도 않고 양말을 말린다. 제법 빠알간 깜부깃불 기운 으로 양말에서는 하얀 김이 모롱모롱 올라온다.

"그놈의 양말 좀 치워버려. 사람이 채신머리가 있어야지."

누구 하나가 갑자기 대쪽 째는 소리를 지르자 석만이는 눈을 힐끔 뜨 고 그를 쳐다본다.

"쳐다보면 어쩔 텐가. 남이 싫다면 싫은 줄 알아야지."

"싫을 건 뭐 있단 말인가. 있는 불에 좀 말리면 어찌간디그려?"

"어따 그 사람 뭘 잘 히였다구 입을 까고 있는 거여? 나 같으면 염치 없어서라도 죽은 듯이 있겠구먼."

이번은 봉갑이가 고개를 홱 돌려 석만이를 쏘아본다.

석만이는 형세가 험해질 것을 알고 실무시* 궁둥이를 빼어 양말을 줄 에 넌 다음 유 생원 옆에 가 드러눕는다.

석만이는 머슴 사랑방에 오는 사람치곤 누구에게서나 미움을 받았 다. 그는 머슴 사랑방에서 잔뼈가 굵어졌건만 공의公醫 덕으로 헌 인력거 를 얻어 끌게 된 후부터는 양반이나 된 듯 머슴 사랑엔 일체로 발을 끊었 다. 그러다가 이번 비로 자기 집 천장에서 물이 새게 됨서부터 다시 머슴

| * 실무시: 슬며시.

사랑을 찾아왔다. 그러니 여러 사람의 평시 가졌던 미움은 더한층 커지게 된 것이다.

"여봐들 곰개재에도 빨간 말뚝을 박았는데 거 뭐라는가."

봉갑이가 선뜻 생각난 것처럼 묻자 다른 사람들도,

"참 거 뭐라는 거여?"

하고 누구라 할 것 없이 서로 입을 쳐다본다.

"자동차 길이 난대여. 그래 우리 집 주인 아들은 곰개다가 땅을 산다구 오늘 갔지."

점쇠가 큰 것이나 알아 가지고 온 것처럼 목을 가다듬은 다음 자신 있게 말을 하였다.

"아 그리어? 그것 참 미상불 편리허게 되었네그려."

석만이가 누운 채로 반갑게 응수를 한다.

"뭣이 어쩌구 어쩌어? 너는 행길 나면 인력거품을 팔어서 좋겠지만* 우린 큰일이다 큰일이여. 인제 화물자동차가 부리나케 들락거려 일 년 두구 우리 등으로 져내던 숯짐을 몇 차로 족쳐 낼 테니 등짐 품팔이도 못 히어 먹게 됐어."

좌중에서 나이 많기론 유 생원 다음가는 홍 생원이 빨끈해 가지고 석만의 말을 눌러버린다.

"흥, 자넨 신작로 나면 자네 인력거가 뽐낼 줄 아는가 지랄두 틀렸어. 누가 자동차 타고 댕기지 다 찌그러진 자네 인력거를 탈 성부른가."

갑봉이가 또 깃달고** 나서 석만이를 핀잔 준다.

"왜들 석만이만 가지구 놀려주어? 노상이 석만이 말이 틀린 것두 아닌데. 행길 나면 일거리 없어지는 사람두 있지만 편리한 것두 많을 건 사

* 원문에는 '네조하겠지만'.
** 깃달고: 꼬투리를 잡고.

158

실이지 뭐. 그런 말 모두 집어치구 우리 존 수가 하나 있어."

화롯불에 담배를 피고 있던 점쇠가 나섰다.

"다른 게 아니라 오늘 밤 이 진사 댁 큰 제사가 있다닝께 단자單子를 보내 한잔 먹지."

점쇠 말이 떨어지자 그것 좋다고 모두가 야단법석이다. 편지지는 언문 깨친다고 말없이 공부만 하고 있는 칠성의 공책을 뜯어서 쓰고 봉투는 말을 내논 점쇠 돈 일 전으로 사왔다. 단자 사연은 유 생원이 유식한 한문으로 쓴다는 것을 점쇠가,

"참 유 생원두 고리타분하게 한문으로 쓸 건 뭐 있어유? 제가 술병 하나 큼직하게 그려서 보냅시다. 그럼 술은 많이 보내겠지라우."

점쇠의 이 말에 좌중이 찬성하니, 그는 공책 한 장에 술병 하나를 제법 그럴듯하게 그려 내놓는 것을 보고,

"야— 점쇠 꼴불견이구나, 곧잘 그렸는데."

하고 여러 사람이 놀랐다.

"이래 보여두 보통학교 다닐 때 도화룬 내가 제일이었다네. 복이 없어 이리 됐지."

점쇠는 이렇게 자랑 반절 한탄 반절 늘어놓고선, 두고두고 하는 이야기를 또 내놓았다. 그것은 그와 함께 사학년까지 다니고 성적은 항상 자기 밑에 놀던 사람이 지금은 판임관이 되었건만 자기는 중도에 퇴학한 후부터 품을 팔게 되었다는 이야기다.

"내 저놈의 이야긴 어떻게 여러 번 들었는지 꿈에도 생각나더라."

봉갑의 이 말을 따라 모두 한바탕 웃어젖힌다.

단자를 보내고 술상을 기다리는 동안 여러 가지 잡동사니 이야기가 서로 꼬리들을 물고 나왔다. 함경도 탄광에로 품팔이 갔다가 돌아온 사람한테서 들었다는 이야기, 요전 장날 다목농장 사무원이 설탕을 많이

사려고 장꾼들을 시켜 한 근씩 모은 것이 삼십여 원 어치나 되었다는 이야기, 재민 구제사업으로 개천을 파는 데서 은숟갈 한 개가 퉁겨나오자 인부끼리 자기 곡괭이 뿌리로 파냈다고 다투다가 쌈이 일어나 대가리가 터졌다는 이야기, 경상북도에선 어떤 사람이 한 배에 네쌍둥이를 순산했다는 이야기— 누구 한 사람의 말이 끝나기만 하면 서로 이야기를 먼저 내려고 경쟁하는 형편이다.

"유 생원, 그 이야기책에선 돈이 쏟아지는 게유? 그만 내 말 좀 들으시오. 아 올에는 용이 열두 마리라 뇌서 서로 비를 미루는 통에 또 가물겠다니 그럼 큰일 아닌가유."

하고 홍 생원이 남의 말을 가로채고 나섰다.

"글쎄 책력에는 일일 득신得辛에 십이 용치수龍治水라고는 하였지만 열두 마리가 짝 맞으면 서로 샘을 내니라고 비를 더 줄는지도 모르지."

"그럼 홍수가 나서 어차피* 흉년 들긴 마찬가지게유?"

유 생원 말을 점쇠가 받았다.

"야 흉헙다. 말이라두 흉년 소린 말아."

"허긴 하늘이 사람 일도 모르는 게고 사람이 하늘 일도 모르는 것이라네. 풍년 흉년을 무슨 재주로 미리 안단 말인가. 이번 눈이 많이 왔으니 보리 풍년은 간데없을 게고 비가 또한 많이 내렸으니 나락 농사도 순조롤 게 아닌가. 이렇게들만 믿어두게. 그럼 맘이라도 편할 테지."

유 생원의 여덟 마지기 소작논이 작년에 말짱하게 타 죽은 것을 모두 아는지라 그의 이런 말소리가 이상히도 여러 사람의 뱃속을 울리었다.

"그저 올에는 꼭 풍년이 들어야지 젠―장."

봉갑의 이 말소리가 그대로 가라앉는 것같이 방 속은 갑자기 침통해

| * 원문에는 '어치피'.

졌다. 그들은 작년 흉년에 놀란 가슴이 아직도 안정되지 않았다. 누가 연사年事 이야기만 내면 죽은 자식 말을 내는 것 같아서 콧등과 가슴이 찌르르 울리었다. 다시 흉년을 만날까보아 전율을 느끼고 있는 형편인 것이다.

술상을 기다리다 못해 유 생원과 석만이가 잠들었을 때, 비로소 가져왔다. 이 진사 댁 머슴에게 은근히 부탁한 대로 안주보다도 술이 많이 놓였다. 유 생원만 깨고 석만이는 자는 대로 둔 채, 술상을 둘러앉았노라니 석만이가 부시시 일어나던 길로 눈을 비벼가며 한몫 끼었다.

"술안주가 정말 건데. 원체 인심 좋은 댁이라 이 흉년에도 다르구먼."

홍 생원이 제육 한 점을 집으면서 말했다. 술상은 제육을 비롯해서 생선전과 누름파적 산적 탕 그리고 김치와 약과 밤 대추 곶감까지 상 위를 가득 덮었다. 이러고도 김치가 모자랄 것 같으매 송 참판 머슴을 시켜 안에 가서 김치를 한 대접 가져오게 하였다. 술잔을 유 생원과 송 생원에게 차례로 권한 다음은, 단자 심부름한 사람과 술상 가지고 온 이 진사 머슴에게 먼저 돌렸다. 그 다음 차례가 발언을 했다는 공으로 점쇠가 잔을 받았고 약속한 일도 없건만 맨 나중 돌아간 사람은 석만이었다.

"점쇠, 내 자네게 꼭 부탁이 있네. 꼭 들어주려는가?"

홍 생원이 술잔을 점쇠에게 건네면서 물었다.

"들을 일이면 듣구말구요."

"물론 들을 수 있는 일이지. 다른 게 아니라 말일세, 자네 그 이야기 좀 꼭 히여주게."

무슨 긴한 부탁이 나올까 하고 모두가 궁금히 여기는데 이 말이 나오자 와그르 웃었다. 그 이야기란 점쇠가 대판*을 몹시 가고 싶은데 도항증

---

* 대판大阪: 일본 '오사카'의 한자음.

은 도저히 낼 수 없고, 생각다 못해 궤짝 속에 들어앉은 채 화물로 부쳤던 것이 바다를 감쪽같이 건너기는 했으나, 저편 소창역小倉驛이란 데서 발각되고 말았다는 것이다. 이것이 신문에 났다고 동리가 모두 알긴 하지만, 자기들 눈으로 직접 신문을 본 것도 아니고 또 보았다는 사람 말을 들으면 자상하지도 못하거니와 이야기가 사람마다 달라서 믿어지지 않았다. 그래 홍 생원뿐 아니라 다른 사람들도 당자인 점쇠한테 한 말을 듣고 싶었으나 입을 절대로 열진 않았다. 점쇠를 짐으로 부쳐 가지고 간 사람은 한번 건너가서 다니러 오지도 않고, 산 속에서 점쇠를 궤 속에 넣어 가지고 정거장까지 짊어지고 갔다는 봉갑만은 자세한 이야길 점쇠한테 들어서 알겠지만, 그 역시 입을 다물고 있으니, 그럴수록 그들은 알고 싶어 조바심이 났다.

"여보게, 오늘 밤은 정말 이야기 좀 허소."

"별소릴 다 허십니다. 홍 생원두 참, 심심하시면 술이나 자시기라우."

하고 점쇠는 받은 잔을 홍 생원에게 돌렸다. 점쇠는 겉으론 태연한 기색을 띠었으나 이 말만 내면 쥐구멍이라도 있으면 들어가고 싶고 가슴을 쥐어뜯고 싶도록 무안쩍고 후회가 났다. 그때 무슨 환장을 했기에 궤짝 속에 들어갔던가 하고 자기로도 믿을 수 없었다. 하긴 궤짝 속에 들어갈까 말까 하고 이틀이나 꼼박 굶은 끝에 결심했던 것이 무슨 옛날이야기나 되는 듯이 까마득하기도 하다.

"이 사람이 술을 더 좀 취해야 이야길 할랑가 부네."

하더니 홍 생원은 다시 점쇠에게* 술잔을 권한다. 다른 사람에게까지 눈짓을 하여 그를 권하게 하매 술잔은 자연 점쇠에게로 몰리게 되었다. 한사코 사양하건만 이 핑계 저 핑계로 달래가며 술잔은 에누리 없이 달

---

* 원문에는 '점쇠게로'.

리고 만다. 주량이 별로 없는지라 얼마 아니 가서 점쇠는 얼굴이 홍당무처럼 붉어지고 차차 떠들게 되었다.

"그런데 제일 애탄 때가 정거장에서 차에 싣기 전이었지 그것 참."

점쇠는 무슨 말끝에 이런 말을 엉겁결에 내놓았다. 여러 사람은 놓치지 않겠다는 듯이 다음 말을 재촉했다. 역시 점쇠는 입을 다물려 했으나 한번 내논 말을 중판메면 죽어서 구렁이가 된다는 등의 우스운 말을 섞어가며 치근치근 매달리는 통에 할 수 없이 다음을 계속했다.

"궤짝에 공기구멍을 내느라고 양편에다 큰 밤만 하게 두 개를 뚫었지. 그 구멍으로 내다보니까 역부가 뵈잖겠다구? 아 이놈이 꼭 나를 보구선 쫓아오는 것만 같은데 그땐 정말이지 간이 콩만 해지데. 그러다가 화물차에다 덜커덩 하고 실어노닝께 어떻게 반갑던지, 밀어내붙이는 통에 머리통이 웽 하고 울렸지만, 인자 됐다는 생각이 실무시 나데."

어떤 사람은 배를 쥐고서 웃느라고 화로에 이마를 부딪치기까지 하였다.

"먹을 것은, 물까지 너가지고 갔더람서?"

"음 그렸지."

"연락선 탈 때는 어떻던가."

홍 생원은 남의 말을 일쑤 앞서서 물었다.

"바다 위를 가는지 어쩐지 몰랐지만 지금 생각허면 쑥 올라갔다 쑥 내려오구 할 때가 연락선 탔을 때던가 봐."

"어떤 때가 그중 아프던가."

홍 생원이 또 묻자마자,

"아따 홍 생원두 궤짝을 타구 가시구 싶어서 대구 물으시는 그라우?"

하고 봉갑이가 말을 쑥 내밀었다.

"미친 사람."

홍 생원은 이렇게 말하고 피식 웃긴 했으나 얼굴이 단번 화끈해지며 수그러졌다. 사실 그는 손재주도 있으니, 동경 대판에만 가면 공장 같은 데 가서 돈을 잘 벌 것만 같았다. 갖은 힘을 다 써가며 도항증을 내려 했으나 실패하고, 점쇠의 부린 꾀가 그럴 듯도 생각되었다. 점쇠가 바다까지 건너가서 실패하게 된 것만 잘 때울 수 있다면 그것이 제일 상책일 것 같아서 자세한 걸 묻고 싶었던 것이다.

점쇠는 죽자하고 이야기를 더 계속하지 않았다. 점쇠가 궤짝 속에 든 채 바다를 건너가려고까지 하게 된 동기는, 홍 생원처럼 돈 벌겠다는 욕심만은 아니었다. 남의 집 머슴살이만으로는 늙도록 가야 집 한 칸 생길 것 같지 않으니, 달리 변통하자매 조선을 뜨는 것이 술 것 같았다. 그리고 삼 년 전에 그와 정이 들었던 화선이가 대판 조선 술집으로 팔려 간 후부터는 항상 그를 만나고 싶은 생각이 목구멍까지 치미는 것이었다. 애초 갈 때는 이 년 기간을 맺었었는데, 삼 년이 되도록 그저 있다. 더구나 대판 간 후 안부 편지 한 장이 있은 후론 아무리 편지를 띄워도 답장까지 없다. 혹시 죽기나 했나 하고 화선네 집에 알아보면 살아 있는 것은 분명하다. 이러니 점쇠는 더욱 몸이 달았다. 경관에게 잘 보여 도항증이나 얻을 맘으로 공일도 많이 해주고 부역 때도 맨 끝까지 일을 하기도 했으나 경관은 으레,

"점쇠의 맘씨와 부지런한 것은 다시없지만 국가의 방침이니까 할 수 없어. 그 정성을 가지고 조선에서 노동하면 돈도 잘 벌 텐데 그래."

이런 말로 점쇠를 타이르는 것이었다.

점쇠는 바다까지 건너 가지고 발각된 것이 몹시도 원통하였다. 그놈의 공기구멍으로 자기 머리가 내다뵌 것이 발각된 실마리라는 것을 생각하면, 차라리 숨이 막히더라도 공기구멍을 바늘귀만 하게 뚫었을 것인데— 하고 하루에도 몇 번씩 후회한다. 어떤 때는 잠결에 벌떡 일어나 무

의식중에 무릎을 탁 치며 실심하는 때도 이따금 있다.

　이튿날이었다. 점쇠가 주인 첩 집에 심부름 가느라고 면사무소 앞을 지날 때, 김 주사와 마주쳤다. 그 사람은 아직 갓 서른밖에 못 된 젊은 사람이지만 맘씨가 고맙대서 일꾼들 층에선 그를 존경하는 의미로 '김 주사'라고 불렀다. 자기보다 나이가 많은 동료 직원들에겐 주사 소릴 않는데 자기에게만 하는 것이 민망쩍을 뿐 아니라 그 말이 귀에 어울리지도 않아서 여러 번 말리기도 했으나, 그들은 일상 '우리들의 주사 양반은 한 분뿐이닝께' 하며 더한층 따르는 형편이다. 면장과 구장이 명령해서 안 되는 일이라도 김 주사란 사람이 나가면 그게 소리 없이 시행된다.

　"점쇠, 어딜 이렇게 급히 걸어가는 거여."

　"작은집 좀 가는구만유."

　"점쇠가 작은집을 두었지."

　그는 점쇠가 심부름 가는 줄을 알면서 이렇게 농담으로 받고 둘이 웃었다.

　"그런데 내지 안 가고 싶은가."

　이 말 한마디가 점쇠는 머릿속에 모닥불을 일으키듯 화끈하였다.

　"아─니 무슨 말씀을…… 거 정말잉가유?"

　"정말이구말구. 그런데 점쇠가 가고 싶어 하는 대판은 아니구만* 북해도란 곳이지. 대판도 지나구 동경도 지나서 아주 북쪽에 붙은 땅인데 거게 석탄광에서 인부를 모집하러 왔어."

　하루 품삯이 이 원부터 오 원까지고 기한은 이 년이란 것까지 자세히 말해주었다.

　"북해도두 이쁜 색시가 얼마구 있으니 가보라구. 하루 일 원씩만 저

| * 원문에는 '아니고만'.

금한대도 이 년이면 칠백 원이 아닌가. 그러구 한번 팔려가서 빠져나기 어려운 화선이만 생각하면 무슨 수가 나나?"

사실은 이 사람이 내지 시찰단에 끼여서 대판에 들렀을 때 화선이 있는 술집을 찾아갔다. 색시가 열 명이나 득세기고 상술집으론 상당히 컸다. 화선이가 그를 만나자 고향 사람이라서 반가워하긴 했으나 이편에서 점쇠 이야길 내놓았어도 그리 달갑게 여기지는 않았다.

"전 이런 데서 늙든지 천행으로 돈 있는 은인이나 만나서 호강할 수 있다면 좋지요. 소원이란 이것뿐예요. 지긋지긋한 놈의 가난이 꿈에라도 따라올까 무서워요."

하고 술을 사양하지도 않고 마시는 품이 점쇠를 잊은 제는 오래인 것이 확실했다. 그러나 이 말을 전하면 점쇠의 실망이 너무도 클 것 같아서 누구에게도 화선이 만났다는 이야긴 하지 않았던 것이다.

"첨엔 북해도까지 가는 여비를 각자가 담당허야다기에, 그럼 모집해 줄 수도 없고 설령 간다는 사람이 있대도 못 가도록 붙들겠다구 막 뻗었지. 그래 결국은 회사에서 여비까지 당해주기로 되었으니 몸뚱이만 빠져나가면 되는 거여."

점쇠는 면사무원이 친구와 이야기하는 것처럼 정답게 말하는 것이 몹시 고마웠다. 모두가 자기를 생각해서 하는 말 같았다.

점쇠는 주인 첩 집에 가서 장작을 패기 시작했다. 일하는 동안 머릿속은 몹시도 뒤숭숭해졌다. 대판—화선이—탄광—돈— 이런 생각이 어지럽게 떠올랐다간 사라지고 다시 떠오르고 했다. 장작은 제대로 두고 모탕*을 몇 번이나 헛찍기까지 했다.

"웬 장작을 팬다고 뿌시레기만 자꾸 내는 거여?"

| * 모탕: 나무를 패거나 자를 때 받쳐주는 나무토막.

이 소리에 점쇠가 정신을 차려보니 주인 첩이 마루 끝에 쪼그리고 앉아서 담배를 피우고 있다.

'젠장맞을 것. 한 달 전까지도 술집 계집년이든 게 반말을 탕탕 허구. 나이로도 내가 훨씬 위고 제가 사내를 안 때보다 내가 계집을 안 때도 훨씬 먼절 텐데……'

속으로 이런 생각을 하며 그 여자를 옆눈질로 흘겨보았으나 그는 먼 산을 바라보고 있었다.

점쇠는 그전부터 아니꼽던 생각이 한꺼번에 치밀었다. 모탕을 내동댕이치고 나와버리고 싶은 것을 억지로 참고 건성건성 일을 마치었다. 그는 주인 첩 집을 나오던 길로 곧 봉갑이 집을 찾아갔다. 보리밭에 거름을 주러 갔다기에 삼 마장이나 되는 데를 달음질쳐 갔다. 마침 봉갑이가 빈 오줌동이를 지고 집으로 돌아오는 길이었다. 그들은 나란히 서서 걸었다.

"봉갑이 존 수가 생겼네. 우리 북해도 가지 안 할라나."

"북해도가 어딘데?"

"내지 땅이지."

"거긴 뭘 허러 간단 말인가."

점쇠는 면서기한테서 들은 이야기를 자세히 일러주었다.

"그럼 자넨 가기로 하였는가."

"내가 가닝께 자네보구 가자지."

점쇠는 부모 형제도 없고 일가라곤 재당숙 하나뿐인데, 그나마 이십 리 밖 촌에서 사는지라 일 년이면 두 번 만나는 것이 보통이다. 그는 이렇게 고독한 사람이라, 봉갑이와 단짝으로 친해지는 정도는 갈수록 더하였다. 두 사람이 하루만 못 만나도 공연히 마음이 쓰이고 불안한 것이다. 이런 봉갑이와 함께 북해도를 간다면 얼마나 좋을까 하고 그를 끌려 하는 것이었다.

"하루 일 원씩만 저금히여두 이 년 후면 칠백 원은 넘을 게 아닌가. 자넨 이 년 후 그 돈을 한몫 가지고 오면 살림이 좀 피겠는가베. 그리고 여보소, 나는 말이네 이 년만 고스란히 있다가 돌아올 땐 말여 대판에 가 떨어져버릴라네."

"북해돌 가는 것도 화선이 만날려구 그러느만?"

"화선이두 만나구 돈두 뫼구."

점쇠는 돈을 맞벌어서 장래 살림 밑천을 삼겠다는 생각도 물론 있으나 이 년 후 대판에 떨어져서 거기서 돈도 벌고 화선이 만나는 것이 희망이다. 이 두 가지를 저울로 달아보면 화선이 편이 좀 처질 것 같았다.

"어쩔라는가? 다소 뭣하더라도 내 청으로 함께 가자꾸나."

"가만있게. 집에서 아버지랑 성님이랑 상의히여 보아야겠네. 될 수만 있다면야 자네허구 떨어지겠는가. 자네가 못 가든지 내가 가든지 양단간은 날 테지."

밤에 만나기로 하고 두 사람은 동리까지 함께 와서 갈렸다. 점쇠는 그 길로 면사무소로 달려갔다.

"김 주사 어른 계서유?"

하고 점쇠가 물었더니,

"김 주산 왜 그려? 지금 공사장엘 나가구 없어."

하고 입구에 자리 잡고 있는 늙수그레한 호적계 서기가 머퉁이나 하는 것 같은 어조로 대답했다. 점쇠는 다소 불쾌하긴 했으나 그대로 나왔다. 공사장까지는 이 마장이 짱짱하다. 동리 앞 평야 한복판을 흐르는 내가 장마 지면 넘치기 쉽고, 가물면 마르기 쉬워서 한 해 구제공사를 기회로 개수 작업을 시작한 것이다. 냇바닥을 훨씬 깊이 파고 언덕을 단단하게 만들기로 되었다. 한동안은 나무뿌리와 흙덩이로 뱃속을 채우던 것을 이 공사로 말미암아 여러 사람이 좁쌀로라도 배를 돌보게 되었고, 또 하천공사만 완성되면 장마가 지든 가물든 흉년을 탈 것 같지는 않았다. 그들은 이 내가 이상스럽게도 귀엽고 믿음직했다. 공사장의 십장이나 감독이 까다로운 사람이건만 불평을 말하지 않고 일이 착착 진척되는 것도 이 내를 위하는 그들의 심정의 관계도 많았다. 점쇠는 면서기를 꼭 만나야 할 일도 없지만 그는 무엇이든 보고를 하여야만 할 것 같았다.

"마침 점쇠 잘 왔네."

면서기는 이렇게 말하고 점쇠 온 것을 반가워하더니,

"북해도 갈 사람을 우리 면에서 삼십 명은 꼭 모집허야겠는데 이 많은 사람 중에 단 둘뿐이어. 석만이허구 판술이허구."

하고 다시 말을 계속했다.

"그러니 점쇠가 열 명은 모집하여 줘야겠어."

점쇠는 아직 봉갑이가 갈지 말지 하는 판에 보기 싫은 석만이가 맨 먼저 결정되었다는 것이 '이것 마수 없는 징조가 아닌가' 하고 생각도 들었으나 그것은 잠깐이었다. 그는 흙을 파서 높직이 쌓아 올린 데에 서서 한창 일하고 있는 사람들을 내려다보았다. 땅이 단단히 얼어서 얼마 동안 일을 중지했다가 해동과 함께 일을 또 시작한 지 멀지 않은 탓도 있겠지만 그들은 신을 내서 흙을 파고 져내고 누구나 열심이었다. 며칠 전의 그 고마운 비와 눈이 아직도 차갑게 쏘는지라 일하기가 곤란하겠다 생각하매 점쇠는 자기가 높직이 올라서서 구경하는 것이 민망스러워서 어느 결에 내려서고 말았다. 이 사람이면 되겠지 하고 제일 먼저 눈에 띈 것이 천복이었다. 천복이는 소고小鼓의 명수다. 소고잡이를 발견했으니, 징을 칠 사람이 없는가 하고 물색했다. 하룻밤 새도록 징을 쳐도 무겁다 하는 일 없이 한 번도 빼지 않고 잘 치는 최 서방이 흙짐을 지고 가다가,

"점쇠 왔는가."

하고 알은체를 했다. 그러나 최 서방은 보통학교 졸업한 큰아들이 허 참판 농장 급사로 들어가서, 제가 똑똑하니까 장부 적발까지 하여 논도 여러 마지기 얻게 되고, 매월 잔돈푼도 들어오는 형편이라 집을 떠나갈 일은 절대로 없을 것 같다. 그래 징 칠 사람이 또 없는가 둘러보았다. 삽 질을 부산나케 하고 있는 판암이가 눈에 띄었다. 그는 징을 잘 치는 편은 못 되나 남이 치는 것을 억지로 뺏어 치기가 일쑨데 별로 삐는 일은 없 다. 점쇠는 무엇보다도 소고잡이를 점찍어 둔 것이 몹시도 반가웠다. 아 까 봉갑이를 만났을 적엔 생각지도 않았는데 이제 비로소 '이만하면 풍 장[農樂] 한 패는 훌륭하다'는 생각이 번쩍 들은 것이다. 동리에서 꽹과 리로 봉갑이, 장고로는 점쇠가 맨 으뜸이다. 봉갑이 꽹과리와 점쇠 장고 는 어쩌다가 하나가 삐더라도 감쪽같이 둘러맞추어 삔 가락이 그대로 맞 아 넘어갈 수 있도록 그들은 손이 척척 맞았다. 점쇠는 봉갑이 천복이 판 암이는 무슨 일이 있더라도 데리고만 가고 싶었다. 천악天惡 한 벌도 기 어이 마련해 가지고 가리라 하였다. 점쇠는 천복이 판암이 외에도 선달 의 둘째아들과 다른 다섯 사람을 맘으로 잡아두었다. 면서기와 몇 마디 이야기를 하고 있노라니, 쉬라는 호각 소리가 기다랗게 세 번 났다. 모두 일제히 일을 멈추고 삽, 곡괭이, 지게 등 자기 물건은 자기가 가지고 언 덕 위로 나온다. 점쇠와 눈인사만 했던 사람들이 커다랗게 소리를 내서 말을 건네는 둥, 점쇠가 아니 가면 점쇠 있는 곳으로 일부러 와서 알은체 를 하는 둥 제법 시끄러웠다. 남의 머슴살이를 하는 점쇠가 뜻밖에 공사 장에 나타나자, 허 참판 집에서 쫓겨나와 일자리를 보러 왔는가 하고 누 구나 생각되었던 것이다. 그래 걱정스런 낯빛과 목소리로 말을 걸면,

"아녀, 이 년 만에 만석꾼이가 될 수 있는 곳이 생겼는데 나 혼자 가 기가 서운해서 함께 가자구 왔어."

"아따 우리도 벌써 알았단다. 점쇠가 궤짝을 타고도 내지를 못 가더

니 인제 봐란듯이 가볼랴구 그러능가."

"왜 못 가긴. 가긴 갔었지만 벤또 한 그릇만 얻어먹고 쫓겨 왔지."

"화선일 만날랴면 대판으로 가야지 북해도로 가면 화선이가 거까지 따러올까."

이미 면서기한테 들어서 알고 있는 그들은 이런 말로 점쇠를 구슬리고서는 서로 웃었다.

점쇠는 천복이와 판암이를 멀찍이 떨어진 데로 데리고 가서, 담배 한 개씩 나누어주고 말을 꺼냈다. 구변 있는 대로는 모두 털어놓고 끝으로 힘을 들여 다시 말했다.

"여기서 뼈 빠지게 일하구, 하루 잘 벌어야 일 원 이십 전이 아닌가. 거기 가면 못 벌어도 이 원 이상은 벌 수 있고, 또 남서부터 백 리 밖을 못 가본 우리가 공짜로 내지 구경할 수 있고, 또 그뿐인가. 이 년만 지나면 돌아오는 길에, 대판이나 동경에서 슬쩍 내리면 누가 아나? 뒤떨어져 가지고 일터만 잘 잡으면 하루 오 원도 벌구 십 원도 벌구. 이 말은 아무보구두 하지 말게. 이렇게라도 허야 우리도 한 세상 볼똥말똥 허잖겠는가. 그러고 말여, 봉갑이도 간다구 히였으닝께 자네 둘만 가면 북해도 가서도 풍장을 치구 심심할 것 없이 지낼 수 있단 말일세. 폐일언허구* 꼭 가세, 김 주사 어른이 우릴 생각허구 권하는 게지 괜시리 가라겠는가, 이 사람들아."

이 말이 면서기의 위엄 있는 말보다 훨씬 맘속을 두드렸다. 천복이와 판암이는 즉석에서 승낙하고 말았다. 선달이 둘째아들과 다른 사람 하나까지 해서 점쇠가 네 사람을 모집한 것이다.

"인제 면서기 자리를 점게로 줘야겠네. 나는 아까부터 와서 단 두

| * 폐일언蔽―言허구: 이러니저러니 할 것 없이 한 마디로 휩싸서 말하여.

사람만 승낙 맡았는데, 점쇠는 잠깐 동안에 네 사람이나, 북해도 가서도 그런 식으로만 허면 돈을 남의 배는 벌겠네."

면서기가 점쇠에게 담배를 권하며 이렇게 말할 때는 아닌 게 아니라 너무 좋아서 몸이 둥둥 뜨는 것도 같았다.

동리로 돌아올 때는 면서기와 함께 걸었다. 점쇠는 주인집 대문 앞에 이르자 미안한 생각이 들긴 했으나 허 참판의 왕먹어리* 소리의 호령이 전처럼 겁나지는 않았다. 그는 부지런히 두엄을 쳐낸 것이 거의 반나절 일을 단번에 끝낸 듯하다.

맘이 들떠서 저녁밥을 먹는 둥 마는 둥 하고, 봉갑이를 빨리 만나서 작정된 것을 속히 듣고 싶어, 소죽을 아무렇게나 주어버리고 나오려 하는데, 사랑에서 주인의 부르는 소리가 들렸다.

"쳇, 무슨 일을 시킬랴구 그러는고?"

하고 점쇠는 중얼거리며 사랑으로 나갔다.

"낮에 때는 어딜 갔었간디 그렇게 불러도 소리가 없었단 말인가. 작은댁 도야지란 놈이 떨어져 그걸 잡을랴다가 복숭아나무가 모두 쓰러졌다니 어이 가서 일으켜 노소."

이 말을 들으니 점쇠는 봉갑이를** 만날 것이 자꾸 아득해지는 것만 같았다. 점쇠는 북해도 가는 일에 비하면 꽃나무 몇 개 쓰러진 거야 바람에 재티 날아간 일 푼수밖에는 안 되었다. 그는 주인 첩네 집과는 반대편으로 걷기 시작했다.

"점쇠."

갑자기 부르는 소리에 앞을 보니, 어둑한 초저녁 어둠 속에서 누구 하나가 걸어오는 사람이 있었다. 또 한 번 부를 적에야 봉갑의 목소린 줄

---

* 왕먹어리: 소리가 큰.
** 원문에는 '봉갑의'.

172

알았다.

"껑충껑충 걸어오는 것을 보구 자넨 줄 알았지."

"그런 말은 천천히 허구, 대관절 어떻게 되었는가."

"어따 그 사람, 난리가 쳐들어오는가 부다. 가기로 하였으닝께 인제 맘 놓고 지나소. 우리집 일은 성님허구 동생이 맡기루 히였네. 여편네보고는 지금 다섯 달 된 것을 잘 나서 키워 노면 세 살 되는 해 모자 양복 구두를 사가지고 와 입혀서 주마구 그랬지. 그리고 그때 또 하나 만들어야 터도 알맞게 팔 것 아닌가."

봉갑이는 점쇠의 어깨를 치며 함께 웃어댔다.

"봉갑이 미안하네."

"미친놈."

늦장가 든 지 일곱 달밖에 안 되는 봉갑이를 아내와 떼놓는 것이 자기 탓인 것만 같아 점쇠는 몹시도 미안하였다.

"자네는 각시를 잘 두어서 아무 때구 잘살고 말 것이네. 얼굴 이쁘고 맘 곱구 그리고 말이네, 시집 온 지 겨우 일곱 달이고 애기까지 뱄는데 떨어지려는 것이 여간한 여자가 아니거든."

점쇠는 봉갑의 아내를 이렇게 추켜주면서 화선이를 또 생각했다. 얼굴이야 봉갑이 아내보다 오히려 나은 편이지만, 맘씨가 그만 할는지가 걱정되었다. 이 까닭인지 이날 밤 화선이 꿈을 꾸었다. 화선의 사진을 잃어버리고 애써 찾는 것을 또 꿈꾸었던 것이다. 이따금 꾸는 것이지만 이날 밤 꿈에는 더 몸을 달았다. 점쇠는 화선이가 떠날 때 주고 간 명함만 한 사진을 뻣뻣한 종이로 싸서 지갑 속에 넣어 가지고 다니다가 생각날 때마다 펴보는 것이 재미였다. 작년 봄 일하다가 쉬느라고 못가에 앉아 그는 곧 화선의 사진을 꺼내어 보았다. 한참 들여다보다 무릎 위에 놓고 담배 한 개를 태워 물 때 갑자기 바람이 불어오더니, 그만 사진이 날아

못 가운데에 떨어졌다. 물이 차가운 것을 알면서도 점쇠는 발가벗고 들어가는 도리밖에는 별수 없었다. 물속에 들어가자 단번 숨이 딱 막히며 입이 벌어졌다. 그러나 이것도 순간이었고 그는 헤엄쳐서 사진을 건져 가지고 나왔다. 볕에 말리는 동안 마음이 쓰여서 일이 잘 되지도 않았다. 사진이 바람에 날린 것도 가벼운 까닭이고, 지니고 다니는 데 구겨지기 쉽다 하여, 그는 과자갑을 오려서 사진 뒤에 붙이었다. 그런데 봉갑이가 장가 들 때 술이 잔뜩 취해 가지고 뛰놀고 이튿날 아침에야 사진이 빠진 것을 알고, 맘 짚이는 곳은 모두 찾아보았으나, 종시 발견하지 못했다. 가벼워 바람에 날아갈까 봐서 무겁게 만들었던 것이 되레 화가 되고 말았다. 차라리 가벼운 대로 두었더라면 저절로 빠질 리는 없을 텐데 하고 후회도 했었다. 하긴 이때* 궤짝을 타고 가려는 결심을 세웠던 것이다. 그러나 차마 실행하진 못하고 화선의 사진을 잃은 것이 대판도 못 가고 영영 화선이를 만나지 못할 징조로만 생각되었다. 그래 일 년 동안을 두고 몸만 졸이다가 실행한 것이 실패되자, 그는 오랫동안 맥이 풀려 손에 일이 잡히지도 않았던 것이다.

예정 인원인 삼십 명은 별 지장 없이 모집되었다. 북해도 간다는 데에 점쇠에게 못지않을 만큼 희망을 가진 사람으론 홍 생원과 석만이도 빼놓을 수 없었다. 그러나 홍 생원은 면서기와 점쇠의 노력도 소용없이 나이가 너무 많고 몸이 약하다는 이유로 떨어지고 말았다. 석만이는 공의 인력거를 끌게 된 것이 큰 벼슬이나 한 것같이 뽐냈으나 왕진을 갈 때마다 공으로 끌어주는 것이 대부분이고, 자기 주머니로 들어오는 돈은 구경하기가 어려웠다. 전같이 기차 정거장까지 자동차가 아니 다닌다면 인력거에 목을 매고 지낼 수도 있지만, 이젠 자동차의 운전 횟수를 더 늘

174

린다니 돈 구경은 더 어려울 것 같다. 그래 인력거를 공의에게 돌려주는 대신, 그동안 끌어주었다는 사례금으로 주는 이십 원을 받아서 살림을 처리하고 아내는 다섯 살 된 아들을 데리고 남의 집 식모로 들어가게 하였다. 그의 속계산으론 이 년간 모은 돈을 가지면 세 식구 목구멍은 유지해나갈 수 있는 밑천을 얻을 것도 같았다. 석만의 이런 이야기가 동리에 퍼지자 동료들은 그를 전같이 미워하던 맘이 차차 사라지고 도리어 동정하게 되었다.

출발하기로 된 전날 밤 면사무소 발기로 학교 교실 하나를 빌려서 떠나는 사람 삼십 명과 농군청의 선배 격인 사람 십여 명을 모아 놓고 송별 연회를 열었다. 술은 막걸린데 맘껏 먹으라고 석유통으로 셋이나 가져왔다.

안주로는 명태를 찢어서 고추장을 찍어 먹게 하고 난로 뚜껑을 벗기고선 커다란 냄비를 올려놓고 짠김치와 깍두기에 도야지고기를 넣어서 찌개로 만들었다. 이것도 김 주사란 사람이 서둘러 부잣집에서 몇 원씩 거두어 만든 것을 잘 알고 있는 그들은 고마운 생각이 한층 더 뼈에 배었다. 면장이 인사말로 조선사람 노동자의 체면을 생각해서라도 일을 잘하고 한 푼이라도 많이 벌어 가지고 이 년 후 무사히 돌아오라고 부탁하고서는, 바쁜 일이 있다는 핑계로 곧 가버렸다. 다음 북해도 탄광회사에서 온 키는 작고 뚱뚱하게 생긴 사람이, 자기 회사의 탄광 일은 조금도 위험이 없으니 안심하고 가자는 뜻으로 말을 하고, 김 서기가 나와 주의사항을 말하였다. 답사는 보통학교를 졸업한 진수라는 사람이 그중 유식하다 하여 그가 하였다.

"우리들을 좋은 곳으로 인도해주신 것도 한없이 고마운데 이렇게 잔치까지 히여주시니 참말로 고맙습니다. 저만은 한 몸뚱입니다만 다른 사람들은 부모 형제와 처자를 두고 떠나기를 누가 좋아하겠습니까. 노상히 말하면 누구를 물론하고 고향을 떠나 낯선 데로 품 팔러 가는 것은 참말이지 슬픈 일입니다. 그렇지만 우리는 돈을 벌러 갑니다. 힘껏 일을 히여서 돈을 잔뜩 벌어 가지고 와서 잘 살겠습니다. 하느님이 무심치 않으니 꼭 그리 될 것입니다. 여기 오신 여러 어른네들은 저들이 올 때까지 부디 평안히 계시고 농사를 잘 지십시오. 올에는 꼭 풍년이 들 것입니다. 만리타향에 있는 우리들은 고향에 풍년이 들게 하여 달라고 항시 축원허겠습니다. 더 말씀드리고 싶지만 목이 메는 것 같아서 고만두겠습니다."

자리로 돌아와 보니 누구나 울상을 하고 있다. 봉갑이와 석만이는 느껴 울기까지 하고 있다. 나란히 앉아서 고개를 맞대고 울던 봉갑이와 석만이는 술이 거나하게 취하자 집안 식구가 도무지 잊혀지지 않는다는 말을 되뇌었다.

"석만이, 그동안 섭섭히 지낸 것을 아주 잊어버리세. 만리타향으로 고생하러 가는 우리가 서로 위하고 서로 불쌍히 여겨야 할 게 아닌가."

석만이에게 이 말을 내기는 봉갑이가 처음이었으나 평시 그와 거칠게 지낸 사람은 모두 말하고 풀었다.

어떤 사람은 김 서기를 붙들고 울다가는 술을 권하고 다시 울기도 하였다. 김 서기도 술이 농창하게* 취했다. 누구 할 것 없이 취기가 돌았을 때 봉갑이가 꽹과리를 뚜드리며 나서자, 점쇠 천복이 판암이가 제각기 한 가지씩 들고 나섰다. 동리 사람이 특별히 생각하여 두 벌이던 농악물農樂物을 한 벌 가지고 가라고 나누어주었다. 다만 꽹과리가 너무 깨져서 점쇠 돈으로 새로 산 것이다.

"자, 마지막으로 한바탕 멋지게 쳐보자."

판암이가 소고를 두드리며 소리치고 나섰다.

* 농창하게: 얼큰하게.

176

"마지막은 죽으러 간단 말인가. 어이들 치기나 잘 허게들. 난 춤을 추겠네."

유 생원은 아직도 터지지 않은 목소리로 이렇게 말하며 춤을 추기 시작했다. 농악소리는 자지러지게 울렸다. 어떤 사람들은 궁둥이를 그대로 붙이고 술을 권커니 잣거니 하기도 하고 서로 붙들고 사설을 늘어놓는 사람도 있다. 대개는 일어서서 입에 담뱃대 문 채 혹은 든 채로 춤을 너울너울 추었다. 농악 소리 웃음소리 말소리 어느 것이나 척척 어울렸다. 탄광회사에서 온 사람은 처음은 어리둥절하고 보고만 있더니 차차 흥이 나는지 자기도 모르게 고개를 끄덕이어 궁장을 맞추고 있다. 그들은 동리에 대한 인사나 하는 듯이 농악을 따라 동리 골목을 한번 돌았다.

장터 광고판 앞에서 모두 헤어지려 할 때,

"우리 성황당에 가서 한번 치고 갈리세. 자들 나만 따러오소들."

하고 석만이가 맨앞 서서 춤을 추며 가니, 모두 그 뒤를 대어 섰다. 석만이는 농악 앞을 지성스럽게 따라다니다. 어떤 사람을 만나면 기뻐서 날뛰기도 하고, 어떤 사람을 만나면 목을 껴안고 울기도 하고 누구나 실성한 사람같이도 보였다.

성황당은 동리에서 반 마장 가량 떨어져 있는 행길가에 있다. 제법 높은 고갯길이라 동리 사람들은 여기 당도하기만 하면, 돌을 한 개씩 던져주는 일이 많다. 이날 밤만 새고 나면 그들은 화물자동차를 타고 성황당 앞을 지나가는 것이다. 그들의 가슴속에는 누구나 북해도에 가서 무사한 몸으로 돈 많이 벌게 해달라는 기도가 성황당에 당도하기 전부터 용솟음쳤다.

석만이는 성황당이 아직 멀었건만 길가에서 큰 돌 한 개를 발견하자, 두 손으로 떠받쳐 들고 껑충껑충 뛰어 누구보다도 먼저 당도했다. 그는 사람들이 오기 전에 맘속을 조용히 가다듬고,

"성황님네 그저 우리 집 식구들을 잘 좀 살게 히여주십시오. 식구가 각분 동서하는 판이니 이 년 후면 모두 성한 몸으로 돌아오고 살아 나갈 걱정은 없게 하여주소서."

그는 숨을 헐떡이면서 이렇게 빌었다. 누가 옆에 있으면 넉넉히 알아들을 수 있도록 소리내어 빌었다. 농악이 당도하자 그는 굵다란 눈물을 손등으로 씻고 나서는 아무 일도 없었다는 듯이 또 춤을 추기 시작하였다. 농악은 늦은 가락으로 고치어 치기 시작했다. 누가 부탁하지도 않았건만 유 생원은 떠나가는 사람들을 대표해서 성황당 앞에 섰다. 점쇠는 농악을 치고 유 생원 뒤를 지나가며,

"내 소원 좀 잘 빌어주슈."

하고 그를 찌뻑거렸다. 이것으로도 부족해서 점쇠는 다시 한 번 돌아 성황당 앞을 지날 때,

"그저 대판을 꼭 가게만 하여주십시오."

하고 장고 가락이 뻘까보아 이 한마디만 빌었다. 그래도 장고 가락은 삐고 말았다.

"화선이 생각을 허나!"

장고 삔 것을 책하는 듯 봉갑이가 점쇠를 한번 흘겨보고는 꽹과리를 잠깐 멈추었다가 자진가락으로 고쳤다.

성황당 옆 동리 아이들 한패가 소리를 지르며 구경하러 달음질쳐오고 있었다.

《문장》, 1938년 3월

소년

남을 이긴다는 것은 덮어놓고 기쁜 일이다. 달음질도 좋고 팔씨름도 좋고 하다못해 먹기 내기라도 이기고 보면 누구든지 맘속이 후련—히 좋아지는 것이다.

"그까짓 니쓰꾸리* 잘 헌대서 자랑될 게 뭐야? 일평생 제약회사서 직공질만 해먹을 겐가."

'니쓰구리' 경쟁에서 나는 이등보다도 서른다섯 상자나 더 해 무난히 일등을 했든 것이다. 상을 타가지고 나올 때 석구란 녀석이 이런 말로 빈정대고 있었다. 만일 싸움을 건다면 그것마저 이길 작정을 했으나, 그 녀석은 비겁하게도 숲 속으로 구렁이 사라지듯 어느 결에 피하고 말았다.

상으로 받은 봉투 속에 돈이 들었다는 것은 미리 알았다. 같은 직공들 보는 데서는 봉투를 뜯기가 민망스러워 집으로 돌아가는 길에야 전차 속에서 알맹이를 꺼내 보았다. 셀룰로이드같이 뻣뻣하고 윤나는 십 원짜

| * 니쓰꾸리: にづくり[荷作り] 짐을 꾸림. 포장.

리 한 장이 튕겨 나오듯 한다.

나는 남대문에서 효자정으로 바꾸어 탈 것이로되 곧장 조선은행 앞에까지 갔다.

오래전부터 눈독만 올려놓고 사지 못한 『바이올린 명곡집』을 누가 먼저 가져갈까 보아 진고개로 바삐 걸었다. 나만을 기다린 듯이 그 책은 먼지도 않지 않은 채 있었다. 나는 그 십 원을 척 내어주고 이 원을 거슬러 받았다. 아까운 생각은 조금도 없으나, 집에 돌아가 아버지 어머니한테 꾸중 들을 것이 걱정이었다. 그러나 그다지 내 맘을 괴롭히는 것은 아니었다. 한 달에 한 번씩 월급날이면 으레 걱정을 듣는지라 지금 와서는 한 습관으로 되고 말았다.

"이 창알머리 없는 놈아, 애비는 인력거 끌고 에미는 행랑 사는 판에 이놈아 글쎄 어쩌자고 속을 못 채리니? 응 월급 받으면 한 푼이라도 몽구릴* 생각은 않구, 그놈의 깽깽에다 돈 처들이고 또 진사 급제나 할 것인지 책은 책대로 사 보구. 이놈의 고생을 언제나 면할 작정이냐."

어머니는 나를 방구석에다 몰아놓고 쥐어박으며 이런 말을 섬기며 야단친다. 어떤 때는 조용히 달래보기도 하고, 다소 어성을 높여 야단을 치기도 하고, 발을 구르기도 한다. 이럴 때마다 나는 태연한 얼굴로 웃는 시늉을 하노라면 어머니는 자기로도 싱거운 듯이 그만 나간다. 그랬다가 바이올린 줄을 새것으로 갈고 있거나 사가지고 온 책을 읽고 있는 것을 보면

"흥 망헐 녀석. 것두 사주팔자 소간인 가부다." 하고서는 혀를 차며 문을 닫아버린다.**

한 가지 다행한 것은 아버지는 혹시 술이나 만취해서 들어올 때 내가

---

* 몽구리다: '어떤 일을 하려고 오랫동안 계획하다'의 전남 방언.
** 원문에는 '닫처버린다'.

바이올린을 하고 있노라면

"그깐 놈의 깽깽이 좀 집어치워라. 거게서 돈이 쏟아지는 게냐 길거리서 약 광고를 해먹을 테냐."

이런 정도로 몇 마디 하고서는 이내 잠이 들어버린다. 물론 여느 때는 내가 바이올린을 하건 책을 사들이건 도무지 상관이 없다. 그래 어머니는

"애비라고 못난충이여. 아들 하나 나무랄 줄도 모르고 한 푼이라두 벌기만 하면 그놈의 술에다가 톨톨 털어 바치고 그저 애먹어 죽는 년은 나뿐이지 머야."

하고 아버지에게로 달려든다.

나로서 어머니의 심정을 모르는 것은 아니다. 내외분의 나이로 보아 인력거 끄는 거나 남의 집 행낭 사는 거나 앞으로 십 년이 못되는 판이니 그들 앞에 살림 밑천을 장만하자는 생각으로 그렇게 조급히 서두는 것은 물론 이해되는 것이다. 그러나 내 용돈을 줄이고 줄인다 해도 십 원 안에 들 것이니 그것으로는 언 발등에 오줌 누는 푼수밖에 안 된다. 정말 정신 차려야 할 사람은 아버지다. 인력거로 버는 돈이 하루 평균 사 원 꼴은 되는데, 그중에서 인력거 임자에게 주는 월세, 그밖에 다른 비용을 덜면 오륙십 원은 가즈란히 떨어질 수 있다. 이것만 고스란히 저축한다면 일 년에 칠백이십 원 십 년에 칠천이백 원이 갈 데 없을 것이다. 그러나 아버지는 너무 친구를 좋아하고 술을 좋아하는 것이 큰 병통이다. 아무 의미 없이 나가는 이 돈을 붙들어 놓는 것이 우리 세 식구 살리는 꼭 한 가지 길이다.

그러나 내가 쓰는 용돈이란 누구 앞에서든지 말 못할 바 아니다. 내가 비록 소학교밖에는 못 나왔지만 바이올린으로 기어이 성공하겠다는 희망과 이상은 날이 갈수록 굳어지고 또 내 자신이 그런 희망과 이상에

로 가까워지는 것 같다. 나보고 바이올린을 그만두라는 것은 정말이지 자살하라는 것과 다를 바 없다. 바이올린을 위해서 부모 말씀을 거역하는 것은 조금도 불효 되는 것이 아니라 생각한다.

뒷날, 바이올린을 가지고 확실히 부모를 기쁘게 할 자신이 내 가슴속에 깊이 들어 있는 까닭이다. 아버지나 어머니가 걱정할 때 나는 먼저 내 가슴속에 물어본다. 확실히 성공한다는 이 대답이 부모의 귓속에 남겨지지 않는 것만 안타까운 노릇이다. 그러나 모든 것은 시간이 해줄 것이 아닌가. 이런 성공을 믿으매 지식에 어두움을* 나는 두려워한다. 그래 매일 잡지도 받아 보고 다른 책도 사들이자니 몇 푼 안 되는 돈이나마 자연 내던지게 된다. 『바이올린 명곡집』이 그렇게 욕심이 나면서도 팔 원이란 돈이 아까워 월급날을 몇 번이나 허송한 맘속을 부모들이 알아줄 염念도 하건만** 그것은 아직 이른 모양이다.

명곡집을 사들고 보매, 나는 성공에까지 가는 길이 훨씬 빠른 것만 같다. 상으로 십 원 탄 것을 부모에게 이야기 안 할 수는 없으나, 맘먹지 안 한 돈이니 한목에 샀다고 말하리라 생각하며 걸었다. 장곡천정으로 해서 효자동까지 사뭇 걸었다. 걷는 동안 나는 연송 악보를 만지며 휘파람을 불었다. 바이올린의 활을 놀리듯 손을 저으면서 걸었다. 사람과 마조처서야 나는 내 모양을 깨닫고 잠자코 걸었다. 그러나 이것도 잠깐 동안이었다. 나는 무엇보다도, 명곡집 속에 내가 제일 장기로 잘 하는 사라사데 작품 「집시의 노래」와 배우다가 만 「유모레스크」가 담겨 있는 것이 매우 반가웠다.

오— 이날이 어찌나 유쾌한지 참을 수 없다. 길 위에 보이는 사람마다 말을 걸어보고도 싶다. 이날이 내일되고 또 모레 되고 내 성공의 날이

* 원문에는 '어두움을'.
** 원문에는 '알어줄렴도 하것만'.

올 때까지 줄곧 계속될 수는 없을까 나는 속으로 축원하였다.

어머니는 주인집 빨래를 나가 저녁때에야 돌아온다 하니 맘 놓고 바이올린을 할 수 있었다. 나는 우선 들창만 열어놓고 방문은 안으로 잠갔다. 주인집 아이들을 비롯해서 동네 아이들이 모아들어 방해 놓는 것을 막자는 뜻이다. 옷은 갈아입을 겨를도 없이 양복저고리만 벗고 선반에서 바이올린을 내려 들었다. 나는 명곡집을 악보대樂譜臺 위에 피어 놓았다. 이름이 악보대지 사실은 한 치 폭 가량 되는 판자를 벽에 붙여놓은 것이다.

나는 「집시의 노래」를 먼저 해보았다. 눈은 악보를 보는 양 하지만 이 곡은 어떻게 많이 했는지 제절로도 되는 것이다. 그다음 「유모레스크」만은 처음부터 악보를 뜯어보면서 시작했다. 역시 후반은 맘에 흡족하도록 되지 않았다. 몇 번이고 되풀이했다. 거듭할수록 제법 되는 성 싶었다. 얼굴과 팔의 땀을 닦고 자세를 단정히 만들은 다음 마치 무대 위에 선 것처럼 긴장해가지고 시작했다. 한창 흥이 돋아지는 판인데 빨갛게 깎은 대가리 하나가 들창으로 쑥— 올라온다.

"깽깽이 자식."

하고 그 중머리가 한번 놀렸다간 금세 없어진다.

이윽고 이번은 대가리가 아니고, 손만 보이자 돌덩이 하나가 악보대에 떨어지더니 그만 판자가 힘없이 쓰러져버린다. 밖에선 아이들의 웃는 소리가 돌담 무너지는* 듯하다. 나는 하던 바이올린을 멈추고 들창 밖을 내다보니, 먼저 보이는 그 대가리 한 놈이 뒤를 해롱해롱 돌아보면서 도망질 치고 있다. '경상도집'이라는 별명을 가진 부잣집의 아이었다. 악보대가 망그러진 분한 생각대로만 한다면 들창을 뛰어넘어 붙잡겠으나 나는 누굿이 참았다. 다만 바이올린 활을 잠간 멈추었다가 끝까지 했다.

악보대는 다음에 고치기로 하고 나는 피곤해 드러누웠다. 세 시간 니 쓰꾸리 경쟁에서 생긴 피곤이 한꺼번에 쏟아지는 모양이다. 팔의 뼈가 온통 살로 된 것처럼 힘이라군 내어볼 수가 없다. 그렇다고 눈은 감기지 않는다. 이날에야 깨달은 「유모레스크」를 누가 있어 비판을 해주었으면 하는 생각뿐이다. 나에게는 어찌 지도자가 없는가. 이것이 항상 내 머릿속을 헝클어놓는 장본이다. 이런 때마다 생각되는 것은 우리 집 주인을 찾아댕기는 한 사람이다. 나는 그분을 처음부터 선생님이라고 속으로 불렀다.

이야기가 나왔으니 말이지, 우리 집의 원주인은 훌륭한 피아노가 있어도 누구 한 사람 처보는 일이 없었다. 아니 칠 줄 아는 사람이 없고, 또 찾아오는 사람도 없었다. 그러다가 무슨 일인지 갑자기 시골로 내려가고 그 친구라는 지금의 주인이 임시로 집을 들게 되었다.

주인이 바뀔 때 내가 가장 관심을 가졌던 것은, 피아노가 생겨난 구실도 못한 채 시골로 굴러가버리는가 하는 것이었다. 그랬던 것이 피아노는 자리도 옮기지 않고 사랑방에 그대로 두었다. 새로 들어온 주인마저 피아노를 부릴 줄을 모르는 모양이다. 남자주인은 취직하지 않고 소설만 쓴다 하고, 안주인은 어느 고등여학교 선생님으로 다닌다. 그러나 웬일인지 누구 하나 피아노를 칠 줄 몰랐다. 나는 저으기 실망했다. 나 역시 피아노 칠 줄은 모르나, 칠 줄 아는 사람이 있다면 같은 음악가라는 데서 반갑고 또 이보다도 내가 지도나 받을 수 있을까 하는 희망에서 그렇게 관심을 가졌던 것이다.

그러다가 지금 주인의 친구라고 하는 그 '선생님'이 처음 찾아왔을 땐데 사랑방으로부터 피아노 소리가 들려왔다. 이날이 마침 공일이어서, 나는 처음부터 피아노 소리를 들을 수 있었다. 어쩌나 반가운지 나는 방 안에서 공연히 서성거렸다. 나는 바이올린이나 해볼까 했으나, 손에 잡히지 않고 피아노 소리에로만 귀가 기울어졌다. 그 곡조는 하나도 이해할 수 없었다. 그러나 피아노를 정통으로 배운 분이라는 것만은 판단할 수 있었다. 방 안에서 듣다못해 계면쩍은 일이었으나 나는 사랑마당으로 실뭇이* 들어섰다. 추측한 것과 같이 그 손님이 와이샤쓰 바람으로 피아노를 치고 있는 것이었다. 몸을 좌우로 힘 있게 흔들면서 피아노를 마구 잡두리나 하는 것처럼 열손가락으로 치고 있었다. 그 소리는 폭포 물이 바위 우로 쏴락쏴락 쏟아지는 것 같다가 금세 산골 물이 조약돌 위를 졸졸 흐르는 것 같았다. 나는 정말로 황홀했었다. 피아노 치는 것을 학교에서도 들었었고 부민관에서도 두 번이나 들은 일이 있었건만 그것은 모두가 거짓인 것 같았다. 나는 맘속으로 그 손님을 향해서 몇 번이고 고개를 수그렸다. 피아노와는 떨어져서 신문을 보고 있는 주인까지도 이날은 한결** 숭고하게 보였다.

"여보게 자네가 항상 독창하는 노래가 있지? 그「아베 마리아라」는, 노래말여. 내 반주할 테니 한번 부르소."

그 손님이 피아노를 멈추더니 뒤를 돌아다보며 재촉처럼 말했다. 주인도 마음에 제법 당기는지 벌떡 일어나더니 목을 가다듬었다.「아베 마리아」. 나에게 있어서는, 가장 반가운 노래다. 내가 부를 줄도 알고, 바이올린으로도 제법 해낼 수 있고 또 내가 대단 좋아하는 곡조. 그중에도 구노 작보다도 슈베르트 작을 즐겼다.

주인이 부르는 노래는 이 슈베르트 작품이었다. 나는 주인과 함께 속으로 불렀다. 있는 목청을 모다 담어서 크게 부르지 못함이 몹시 섭섭하였다. 그만큼 나는 이때가 기뻤던 것이다.

---

* 실뭇이: 슬며시.
** 원문에는 '행결'.

주인의 노래가 끝나자 나는 전신에 짜릿짜릿 대어드는 기쁨을 참지 못해 부리나케* 내방으로 들어갔다. 바이올린을 해서 이때를 놓치지 않고, 그 손님의 귀를 두드리자는** 뜻이었다. 물론 맨 처음 한 것은 「아베 마리아」였다. 다음엔 「집시의 노래」였다. 필시 사랑으로부터 나를 불러주리라 했었으나, 그런 소식은 없었다. 그래 이번은 동리 아이들의 웅성대는 것도 상관 않고, 방문을 열어제낀 채 「아베 마리아」를 몇 번이나 되풀이하였다. 그러나 역시 불러주지는 않았다. 나는 울고 싶었다. 바이올린을 들고 사랑방으로 뛰어가고 싶었으나, 용기가 거기까지는 미치지 못했다.

그 후부터 나는 그 손님에게 관심을 조금도 늦추지는 안 했다. 한번은 주인이 외출했을 때 누가 찾기에 나가보니 바로 그 손님이었다. 나는 익숙한 선생님이나 만난 것처럼 절을 단정히 하고 성명을 물었다. 이것은 주인에게 전하자는 것보다도 내가 알고 싶어서였다.

'송민하 씨' '송 선생' '송 선생님'

나는 이런 순서로 외어보았다.

송 선생은 평균해서 한 주일 동안 두 번은 찾아오는 모양이다. 송 선생이 온 줄만 알면 나는 무슨 일을 하는 중이든 간에 바이올린을 해서 그분에게 알렸다. 주인집에 심부름 하는 아이가 있건만 나는 빨리 뛰어나가 대문을 열었다. 금세 바이올린을 하던 사람은 곧 나라는 것을 알릴 작정으로 애도 써보았다. 그러나 그는 내 인사에 고개만 깐당 하고 사랑으로 들어갈 뿐이다. 바이올린을 한 사람이 나로 아는지 딴사람으로 아는지, 이것은 알 수 없었다. 한번은 아버지와 어머니와 함께 점심을 먹다가 피아노 소리를 듣자 나는 숟갈을*** 놓고 바이올린을 들었다. 이번은 좀

---

* 원문에는 '불이낳게'.
** 원문에는 '뚜다리자는'.

크게 들리게 하자는* 뜻으로 「아베마리아」보다도 「유모레스크」를 정성을 들여 타고 있는데 "이놈이 미쳤나?" 하는 소리와 함께 아버지의 그 억세고 큰 손이 내 뺨을 몹시 아프게 쳤다. 하마터면 바이올린을 떨어트려 큰일을 낼 뻔했으나, 이건 면하고 아버지 발에 숭늉 그릇이 채여 온 방바닥이 물세례를 받게 되었다. 사단은** 이것으로 끝나지 않았다.

"서울 장안 골목골목으로 인력거를 끌고 허덕이는 애비를 생각해봐라 뭣이 좋아 항상 그놈의 깽깽이냐? 그놈의 걸 부숴버릴까다."

취하지 안 한 아버지한테선 처음 듣는 꾸지람이다.

"흠 깽깽일 부숴보슈. 저놈이 늙은 에미라도 팔아서 또 살껄. 자식 하나 있는 것이 속을 채려야지."

어머니는 내가 바이올린 하는 것이 아버지가 술 자시는 것보담도 미운 모양이시다. 어쨌든 아버지나 어머니는 바이올린 하는 것이 도대체 음악이란 것이 일종의 오락이고 돈 있는 사람들의 계집질하는 것과 같은 방탕한 노름으로 여기는 것이다, 그렇다고 나는 부모를 이해시키랴 들기는 싫다. 장래 바이올린으로 대상을 해보겠다는 희망뿐이고, 지금 당장의 욕망은 송 선생이 나를 발견하여 나의 음악가의 소질을 인정해주고 앞으로 지도해주었으면 하는 것뿐이다.

그러나 그 후로도 송 선생은 나를 무시해버렸다. 그 원인이 나의 바이올린 실력은 인정하면서도 행랑자식이란 꼬리표를 붙이고 무시하는 것일까 이렇게 생각하면 혼자 실없기도 하고 분도 치달았다.

어느 일요일 아침이었다. 진즉부터 피아노 소리가 들려왔다. 귀에 익은 곡조였다. 나중에 송 선생한테서 알았으나, 송 선생이 올 때마다 치고

*** 원문에는 '수깔을'.
* 원문에는 '듣기자는'.
** 원문에는 '사탄은'.

가는 쇼팽의 원무곡圓舞曲이었다. 지금 냉정히 생각해도 그때의 내 심리를 이해할 수 없다. 물론 송 선생에 대해서 오랫동안 쌓이고 쌓인 불평이 폭발되었다고도 말 못할 배는 없으나 이렇다고만 해서 그런 대담한 행동을 했으리라고는 말할 수 없을 것이다.

쇼팽의 「원무곡」이 끝나기도 전에 나는 바이올린을 들고 사랑방으로 들어갔다. 이때 나는 맘과 몸이 떨리도록 흥분되었든 것이다. 피아노 치든 송 선생은 손을 멈추고 눈을 다소 크게 뜬 채 나를 쏘아보고 있었다. 의자에 앉아서 담배를 피우고 있던 주인은 금방 호령이나 할 것처럼 나를 노려보고 있었다.

"선생님 용서해주십시오."

나는 송 선생 앞으로 바싹 당겨서 인사를 했다. 다시 주인에게까지 인사할 겨를도 없이

"선생님 오늘은 제 바이올린 좀 들어주시라고 이렇게 왔습니다. 용서하십시오."

이렇게 말할 때의 나의 표정은 확실히 애원적이었을 것이다.

이러해 송 선생의 낯빛도 보드라워지고 주인은 빙긋이 웃는 얼굴을 지었다. 아마 나의 행동이 귀엽고 우스워서 그랬던 것이라고 지금도 생각한다.

"네가 문간방에서 바이올린을 하는 아이니?"

"네. 네."

나는 송 선생이 진즉부터 난 줄 알았다는 것이 몹시 반가웠다.

"그 제법 잘 하더구나."

"뭘요. 헌데 저는 선생님만 오시면 악을 쓰고 바욜린을 했습니다."

"그건 왜?"

"선생님한테 비평을 받고 배우기도 할랴구요. 암만 그래도 선생님이

무시하시기에 오늘은 이렇게 저……."

내 말이 끝나자마자 주인 선생은 소리를 내어 웃었다.

"그럼 바요린으로 송 선생을 마구 해댈 작정으로 왔구나그려."

두 선생은 일시에 웃음을 터트렸다. 나도 웃었다.

나는 「집시의 노래」로부터 바이올린을 시작했다. 사라사테 작품 중에 아는 것은 모조리 했다. 다음으론 「유모레스크」도 했고 「아베 마리아」도 했다. 이 곡을 할 적에는 송 선생도 흥이 나는지 고요하게 반주를 맞추어주었다. 바이올린을 만진 후 피아노 반주를 가지게 된 것은 이것이 처음이었다. 어찌할 바를 모르도록 기뻤다. 송 선생이나 주인 선생이나 내 실력 앞에는 새삼스럽게 놀래는 것 같았다.

"너 누구한테 그렇게 배웠니?"

「아베 마리아」가 끝나자 송 선생은 재촉하듯 이렇게 물었다.

소학교 일학년부터 육학년까지 줄곧 담임을 한 박 선생이 나의 음악 소질을 사랑하는 나머지 바이올린을 가르쳐주고 나중에는 자기의 가지고 있던 바이올린 두 개 중에서 하나를 주었다는 이야기까지 해주었다.

"그래 그 선생님은 지금 어데 계시니."

"육학년 때 돌아가셨습니다. 정말 저는 누구보다도 서럽게* 울었어요. 그 가족은 모다 시골로 내려가서 농사를 하고 지낸답니다. 참 고맙고 훌륭한 선생님이었어요. 제게뿐만** 아니라 다른 애들께도 잘 해주셨어요. 그 선생님 말씀을 들으면 친구들이 음악가로 나서라고 권해도 자기는 아이들 가르치는 것이 제일 좋다고 하신다구 그랬어요. 돌아가셨을 때 학부형회에서 동정금을 모집한 것이 이천삼백 원이나 되었어요. 돈 안 낸 아이가 하나도 없고 우리 반 급장 아이 아버지는 천 원을 내고 신

---

* 원문에는 '설업게'.
** 원문에는 '제에게뿐만'.

문까지 났었어요."

나는 묻지도 안 한 말까지 했다. 박 선생님의 이야기라면 한정 없이 생기고* 싶었다. 두 선생들도 열심히 들어주었다.

"그리구 우리 선생님이 노래도 짓고 곡조도 지은 게 있어요. 제목은 「별만은 나를 알리라」** 하는 게랍니다."

"거 한번 해보렴 응."

송 선생은 호기심을 일으켜 이렇게 청했다. 나는 바이올린을 하기 전에 한번 내가 바이올린을 배우러 갔을 때 박 선생님은 술을 얼근히 취해가지고는

"너 이 곡조 들어봐라. 내가 진 것이다. 그래 가지구 너도 배워야 해. 이것은 친구도 정말 나를 모르고 있는데 안 해도 모르지만 그러나 별만은 하늘의 별만은. 나를 안다는 것이다. 예술은 거짓이 없고 솔직하구 결백해야 하는 게다. 사람도 옳게 살려면 꼭 예술과 같아야 해."

이런 뜻으로 말씀하신 것도 나는 두 선생에게 말했다. 송 선생은 무엇을 생각하는지 감개무량한 표정을 짓고 있었다.

나는 옛 은사를 맘속으로 사모하고 존경하면서 「별만은 나를 알리라」를 들려주었다.

"정말 좋다. 곡조도 내용처럼 깨끗하다. 아까운 선생을 잃었구나."

박 선생님의 창작곡을 송 선생이 나쁘게 말하면 어쩌나 하고 대단 송구한 맘으로 있을 제 이렇게 칭찬해주니 정말로 기뻤다. 그러나 두 눈두덩이 찌르르 울리며 눈물이 나오라는 것은 어찌할 수도 없었다.

"선생님. 돌아가신 박 선생님이 바욜린을 가르쳐준 사람은 저뿐이래요. 그 선생님 이름을 후세까지 전할랴면 제가 바욜린을 썩 잘해야 할 게

* 생기고: 이 말 저 말 자꾸 주워대고.
** 원문에는 '「별은 나를 알리라」'로 되어 있음.

190

아닙니까."

"음 그렇지 그래서?"

"그러니 잘 좀 지도해주셔야겠습니다. 어떤 것을 해서라도 성공하렵니다."

"배우긴 내한테 배워가지고 이름 전하는 건 돌아가신 박 선생이구? 그럼 나는 헛일만 하는 게 아니냐."

"그 그렇지만……"

송 선생 말에 나는 말문이 막혔다. 이렇게라도 해서 박 선생님을 다시 돈구어* 말하라고 속으로 애를 태우고 있노라니

"이제 할 건 장난 아니구 나는 바욜린은 네한테 되려 배워야 할 형편이다. 하여간 그만하면 훌륭히 성공하겠다. 앞으로 좋은 선생을 만나고 열심히 하면, 틀림없이 성공하겠다. 너는 확실히 소질이 있다. 다만 곡을 음악적으로 이해하는 힘을 항상 길러나가야 하겠다. 네 선생은 내가 소개해줄테니 염려 말구 참 그리고 너 몇 살 됐니."

송 선생이 내 용기를 상할까보아 일부러 꾸며 하는 말로만 알다가 나이를 묻는 데는 다소 안심되었다.

"열다섯 살입니다."

"거 참 숙성하구나. 아조 조숙했는데."

"왜 모─잘트는 여섯 살 때부터 작곡을 했다고 박 선생님이 그러시든 걸요."

나는 양편 어깨 쪽에 간질간질한 쾌감을 느끼며 말했다. 속으로 몹시도 기뻤던 까닭이다. 사오 명의 손님이 와서 나는 섭섭하게도 그 방을 나오게 되었다.

* 원문에는 '도꾸어'.

송 선생은 나를 보내다가 아까운 듯이 번지도 알려주고 길 약도略圖
도 그려주며 언제든지 놀러 오라고 친절히 말했다. 나를 지도해줄 터이
니 오라는 것은 아니라 피아노 반주를 해줄 터이니 오라고 항상 겸손해
서 말했다.

어느 날 밤 나는 바이올린을 가지고 송 선생을 찾아갔다. 집은 가회
동으로 한참 올라가 샛길로 들어서있는데, 적은 집이 큰집들 틈에 끼어
있어 찾기에 힘들었다.

송 선생은 나를 반가워하며 건넌방으로 안내했다. 방 윗목에 피아노
가 놓여 있는 것이 맨 먼저 눈에 띄었다. 크기도 우리 주인집 것보다 적
고 윤택도 그보담은 둔해 보였다.

송 선생은 부인이 손수 차를 들고 오게 한 다음 나를 지나치게 칭찬
해서 소개해주었다. 부인은 자기 일처럼 반가워했다. 부인도 음악을 하
실 줄 아는 게라고 나는 단번에 알았다.

"나나 당신은, 이 최 군과 같은 정열이 없단 말요. 희망을 잃었으니깐
정열이 없는 거야. 허긴 희망을 잃은 게 아니라 우리가 그걸 움켜잡을 만
한 힘이 없는 게 아뇨. 결국은 내 자신을 탓할 수밖에 없어. 우리는 타락
을 한 거야. 무슨 일이든지 정열을 가진 사람이 행복한 사람이거든."

이렇게 말하는 송 선생의 표정과 음성이 어찌나 심각한지 그 말 한
마디 한 마디*가 그대로 내 머리 속에 못 박히듯 하였다. 이러해 나는 송
선생이 말하는 정열이라는 것을 절실히 느낄 수 있었다. 송 선생이 갈수
록 나를 사랑하고 어떤 의미로는 나를 존경하는 것같이 보이는 것도 내
게 정열이 있는 까닭이라고 생각 되었다.

"최군 베—토벤의 「쏘나타」를 할 줄 아나?"

| * 원문에는 '한마데 한마데'.

"두어 번 해보았으나 잘 안 돼요."

『세계 명곡집』에 들어 있기에, 혼자 뜯어보았으나 막히는 대목을 파어주는 사람이 없으니깐 내단 어려웠다.

"이건 피아노와 바욜린이 합주하는 데 적당한 곡이다. 내 피아놀 칠테니 먼저 들어보렴."

나는 가지고 온 악보를 맞추어 보며 송 선생의 「소나타」를 들었다. 다음에는 피아노에 맞추어 바이올린을 하니 훨씬 쉽게 나갈 수 있었다. 여섯 번인가 되풀이하자* 혼자도 능히 할 수 있었다.

"바욜린곡으로 좋은 걸** 하나 들려줄까?"

송 선생 부인은 포타블 축음기를 가져오더니, 손쉽게 찾아낸 레코드를 걸었다. 나는 단번에 에르만이 독주하는 「세레나데」인 것을 알았다. 이것은 박 선생님이 가르치던*** 곡이고 언제나 레코―드에 맞추어서 한 것이다. 그래 나도 이것은 제법 다룰 수 있었다. 송 선생과 그 부인도 내가 「세레나데」를 무난히 하는 것을 보고서는 더욱 놀랐다.

내가 다니는 제약회사는 경영자가 갈리게 되어, 사장과 전무가 새로 들어오고 전 서무주임은 새 경영자와 잘 안 되서 지배인으로 오르는 등 회사는 큰 변동을 일으키게 되었다. 우리 회사는 제약보다도 경영자가 자주 갈리는 것이 더 유명했다. 내가 들어간 후로만도 이번이 세 번째다. 그런데 이번은 새 경영자가 들어오면서 종업원들을 위안한다고, 이웃에 있는 학교 교실 하나를 빌려서 연회를 열게 되었다. 처음 있는 일인 만큼 누구나 좋다 했다. 연회 뒤에 여흥이 있다는 것이 더 한층 일반의 환심을 사게 되었다. 이후에 출연할 사람을 뽑는데 니쓰꾸리 부에서는 석구의

---

* 원문에는 '되푸리하자'.
** 원문에는 '존걸'.
*** 원문에는 '가르킨기든'.

타프 댄스*와 유석의 유행가와 나의 바이올린이었다.

"요전 니쓰구린 네가 일등 했지만 이번은 내 타프가 환영받나 네 바요린이 환영받나 내기하자꾸나."

연회장으로 가면서 석구란 놈이 내 옆으로 와서 말을 걸었다. 이애는 나이는 나와 동갑이나 말과 행동은 열 살 먹었다는 것이 옳을 것이다.

"너 왜 대답을 않니? 기권이냐."

석구는 바싹 대들었다.

"타프허구 바욜린을 어떻게 비교한단 말이니? 타프는 장난꾸러기나** 할 것이지 바욜린처럼 예술은 못 돼."

"예술? 예술이라니?"

"바욜린은 훌륭한 음악이란 말이다. 너 하얀 쌀밥허구 누런 조밥허구 어느 게 좋냐면 말이 되니?"

"이 자식 미친 자식!"

석구는 이렇게 말만 했을 뿐 덤비지는 못했다.

여러 사람 앞에 나서서 바이올린을 하기는 이번이 처음은 아니다. 학예회 때는 의례히 내 바이올린이 끼게 되었던 것이다. 그러나 소학교를 졸업한 후로는 이것이 처음이다.

석구는 다섯 번째 나가고, 나는 일곱 번째 있다. 석구는 제 차례까지 기다리기가 조급스러운지 안절부절 하고 전후 좌우사람들을 돌아다보았다. 큰 어른들은 남도소리도 하고 노랫가락이란 것도 하고 지배인은 나니와부시***도 했으나 누구 한 사람한테서도 진지한 맛은 찾아볼 수 없었다.

---

* 원문에는 '타프맨스'. 탭댄스.
** 원문에는 '작란꾸럭이나'.
*** 나니와부시: 낭화절. 샤미센 반주로 곡조를 붙여 부르는 일본 고유의 창.

마침내 석구는 무대에 나섰다. 그가 캡을 거꾸로 쓰고 소매 긴 와이셔츠를 입은 것부터 사람들의 웃음을 자아냈고 그가 타프를 하는 동안 웃음이 끊이지는 않았다. 다만 석구의 타프를 웃음거리로만 알았는지 재청을 하지는 안 했다. 그다음 직공감독의 요술부림이 끝난 후 내 차례가 되었다.

나는 처음부터 이 자리를 바란 것도 아니고 기대를 가진 것도 아닌 만큼 별로 느껴지는 것이 없어 태연하게 바이올린을 어깨에 대었다. 「세레나데」를 하는 동안 실내는 죽은 듯이 조용하다가, 끝나자마자 재청이란 소리가 박수소리와 함께 요란스러웠다. 나는 사양하는 뜻으로 두어 번 인사를 하고 나서 이번은 「유모레스크」를 하였다.

모두가 내 바이올린만은 정중하고 믿음직스럽게 들어준 것만으로 나는 유쾌했다. 석구의 표정을 옆눈질 해보니 제법 당황한 모양이었다.

동무들 속에 휩쓸려 회사를 나오려고 할 때였다. 지배인이 직접 나를 부른다. 하기에 나는 반신반의의 태도로 사무실로 들어갔다. 거짓은 아니었다. 사장과 전무만 보이지 않고 모다 있는데, 지배인이 나를 보자 전에 없이 반기는 눈치를 보인다.

"최 군, 바욜린을 언제 그렇게 배웠니? 응 참 천재여 숨은 천재란 말여. 우리 회사의 자랑이구, 그런데 아까 군의 바욜린을 듣고 모다가 군을 승격시키자는 의견이 났어. 어때 반갑지?"

나로서는 물론 반가웠다. 첫째 수입이 늘 터이니 좋고, 제일 하급 노동인 니쓰꾸리를 하직하게 될 것 같으니 반가웠다.

"고원顧員으로 승격시킨단 말여. 그리구 지금까진 칠 원 구십 전인* 것을 인젠 월급 사십 원으로 해준단 말이다. 이렇게 단번 뛰어서 승급시

---

* 원문에는 '일곱 구십 전인'.

키는 것은 회사로도 처음 하는 일이다. 응, 알겠지."

지배인은 모두가 자기의 주선이란 것을 보이자는 것인지 눈을 크게도 떠보았다가 수염을 쭝긋거려 웃어보기도 하였다. 나는 바이올린 덕으로 십일 원을 더 받게 되니 이것을 저축한다면 어머니가 내 바이올린 하는 것도 인젠 이해해주겠지 하는 것이 가장 기쁜 일이었다.

"고맙습니다."

나는 고개를 수그려 인사를 하며 감사함을 표했다.

"그래 맡은 일도 변경됐는데 저— 그것으로 말하면 왜 우리 회사서 새로 만든 '하라곤'이란 약이 있지? 약은 썩 좋은데 아직 선전이 들 됐단 말이다. 그러니 군은 사람 많이 모일만한 곳을 찾아댕기며 바욜린을 하면서 이 약을 광고하는 거여. 가끔 시골로 돌아댕기면서도 광고하구 물론 반대는 없겠지?"

"멋이 약 광고요? 난 못하겠소. 사람을 그렇게 무시하고 하는 말이 어데 있습니까."

나는 전신이 확확 달은 것처럼 흥분되었다. 지배인은 너무도 예상외인 일에 더욱 화가 나는 모양이다.

"어째 이놈 무시하는 말이라구?"

"그럼 뭐요? 난 바욜린을 장난거리로 공부하는 줄 아쇼? 내 일생의 사업으로 허는 거요. 그래 당신네들 약 파는 데 써먹자고 내 신성한 예술을 꺼낸단 말요?"

제약과장은 내 어깨에 손을 얹고

"안 하면 그만이니 공손히 말하고 나가거라."

하고 타일러주었다.

"하여간 이런 욕을 받는 회사는 그만두겠습니다."

나는 이 말을 던져버리고는 씽씽 나왔다. 사무실 밖에서 엿보고 있든 동무들은 나를 에워싸고* 어찌된 것인가를 물었다. 석구만 보이지 않고 거의 있었다. 더구나 동창생인 금순이는 내 옆으로 당겨서서 말은 걸지 못하고 애만 태우는 모양이었다.

"나는 내일부터 이 회사엔 오지 안 한다. 바욜린 가지구 약 광고를 하고 다니라는구나."

"허면 어째서 그러니? 힘든 일 하지 않고 좀 좋아?"

여흥할 때 유행가를 한 용식이가 이렇게 말했다. 다른 동무들도 함께 걸어오면서 나를 여러 가지로 만류했으나 끝까지 내 주장을 세웠다.

거니는 동안 내 눈 앞에 아버지와 어머니가 몇 번이고 나타났다가는 사라지고 하였다. 집에 가는 길로 사실 이야기를 모조리 할 작정이었다. 어떤 일이 있더라도 회사는 사직하고, 바이올린을 끝까지 지키겠다는 것은 한발 떼어 놓을수록** 굳게 결심하였다. 다른 데로 취직자리를 구하기로 했다. 한 달에 십오 원도 좋고 이십 원도 좋다. 송 선생의 권유대로 중등야학을 다닐 수만 있으면 족하다.

해는 오후 세 시나 되었을까 한낮과 같았다. 볕은 몹시 쨍쨍하였다. 나는 집으로 가는 것보다도 송 선생을 먼저 찾기로 했다. 오늘의 이야기도 하고 이번 공일날 바이올린 선생에게 나를 소개해주겠다는 것을 또 한 번 듣고 싶어서였다. 송 선생이 한번 약속한 것이매 틀릴 배 없을 것이나, 말이라도 또 듣는 것만으로 나는 유쾌할 것 같아서였다. 나를 지도해줄 선생이란 바이올린 연주를 미국 각 도회에서 여러 차례 해 환영도 받았고 그동안 동경에서 개인교수를 하다가 요전*** 경성으로 이사 온 분이라 한다. 송 선생과는 음악학교 동창이고 유달리 친한 사이니 나를 잘

* 원문에는 '위여 쌓고'.
** 원문에는 '띠어 놓을수록'.
*** 원문에는 '요마전'.

지도해줄 것이라는 것이었다.

　가회정으로 가려고 안국정 네거리에서 버스길로 갈 적이었다. 휘문 소학교 옆 넓은 공지에는 사람들이 잔득 모여 있고 그 가운데서는 어떤 신사복 입은 사람이 바이올린을 놀며 무엇이라 찜으렁대는 것이었다. 내 발은 제절로 그리 옮겨갔다.

　그 사람은 나보다 열 살은 훨씬 더 먹었을 것 같았다. 그 사람은 방앗 간 말처럼 뺑뺑 돌아댕기며 몸과 팔을 정신없이 내두르면서 바이올린을 놀리고 있다. 그러나 어떤 곡조가 있는 것이 아니라, 활을 아무렇게나 줄 에다 그어대니 듣기 싫은 소리만 날 뿐이었다. 그의 말을 잠간 들어 약 광고인 것은 단번에 알 수 있었다. 그가 바이올린을 할 줄 모르고 아무렇 게나 놀리는 것이 퍽이나 다행한 일이라고 몇 번이나 거듭 생각하면서 나는 다시 걸었던 것이다. 나의 바이올린이 저 지경이 된다면 얼마나 비 참한 일일 것일까 생각만 해도 위기일발을 치룬 것 같았다.

　송 선생은 집에 없었다. 부인이라도 있으면, 바이올린을 한번 꼭 하 고 싶었으나 역시 집에 없었다. 십 분 가량 기다리다가 저녁에 다시 오겠 노라고 일르고 나갔다.

　나는 당장 바이올린을 하고 싶어 못 견디었다. 이렇게 간절하기는 처 음이었다. 집에 가서 해보기는 시간과 길이 너무도 멀었다.

　나는 흥분된 맘자리를 다소 풀 수 있을까 하고, 산책 삼아 가회정 뒷 산을 넘어 삼청정 공원을 지내 효자정으로 다지기로* 했었다. 가회정 뒷 산 언덕에 이르자 동리 아이들 십여 명이 소나무 밑에서 한창 어울려 놀 고 있었다. 나는 단번 바이올린 할 때마다 모여드는 우리 동리 아이들이 생각되었다.

---

　* 다지기로: 다녀오기로.

"야— 너들 이것 들으면서 놀잖겠니?"

나는 생각할 사이도 없이 바이올린을 꺼내어서 까불며 아이들을 불렀다. 아이들은 한 사람 남지 않고 우— 몰려왔다. 나는 길에서 조금 들어가 나무그늘 밑을 찾아 그들을 데리고 갔다. 바이올린을 시작하자 아이들은 나를 뺑 둘러쌌다. 곡은 그들이 이해할 리 없으니 처음부터 내 맘에 당기는 대로 했다. 그래도 아이들은 신기하고 기쁜 듯이 방글벙글 야단이었다.

"야들아 너들 노래할 줄 모르지? 내가 이걸 하면 너들은 그냥 소리만 질러라 응. 소리만 질러."

아이들은 열심으로 소리를 질렀다. 내 바이올린도 열심으로 소리를 내어주었다. 나는 뛰고 싶도록 기뻤다. 소리도 지르고 싶었다. 안국정에서 약 광고 하고 있는 사람이 언뜻 연상되기도 하였다.

나는 우리 동리 아이들을 모아놓고 이렇게 한번 놀겠다 하고 걸음을 빨리 하였다.

탁류 속을 가는 박 교수

1

　　××대학에서 영문학을 강의하는 박 교수(영호)는, 한 대학의 경제학 교수 김성후와 다방에서 커피를 시켜가면서 토론하다가, 김 교수가 박의 작품이 정치성 없는 무가치의 것이라고 공격하는 것이 불쾌하여 먼저 나와버렸다.

　　박은 윤의 집을 찾을 때마다 성큼 들어서는 일이 없다. 그는 돌층대를 오를 때부터 청태靑苔빛을 엷게 입은 석조 이층 양옥이 항상 바늘같이 자극을 주기 때문이다. 윤은 자기 소유의 조선집을 팔고도 오십여 평의 살찐 정원을 갖고 아담하게 꾸며진 적산 가옥을 차지하였건만, 나이 사십을 코앞에 바라보도록 자기 방 한 간 없이 현재 학교 사택의 한쪽을 들어 있는 것이 연상되는 것이다.

　　윤의 반가운 맞음을 받으며 응접실에 들어서면서 낯모르는 미국인과 조선인을 보고는 꽁무니라도 뺄까 하고 무춤하였다. 이런 기색을 눈치

챈 윤은 박을 의자에 쓰러뜨리듯 앉히었다.

언뜻 보아 브라운 소장같이 보이는, 키가 호리호리하고 날씬한데다가 해사한 얼굴에 신사복을 입은 미국인과, 이와는 반대로 영양분이 넘쳐 비대한 몸집에 윤택이 붉게 돋고 남색 양복에 흑자주 넥타이를 맨 사람이 양과자에 커피를 마시고 있는 것이, 윤 교수가 미국 유학의 안목으로 꾸몄다고 자랑하는 응접실과 짜장 어울렸다.

"조선에서 일류 영문학자고 소설과 시를 쓰는 미스터 박입니다."

윤의 소개말에 두 사람은 박에게 악수를 청하였다. 미국인은 상무부에서 일을 보고, 조선 사람은 해방 전 상해에서 미국과 일본을 상대로 무역상을 하여 성공하였다는 소개말을 듣고 박은 도박장에나 뛰어든 것같이 께름칙하였다. 두 사람은 박에게 번갈아 말을 걸었으나, 박은 말할 바를 몰라 커피 잔에 입을 자주 대었다.

"오늘은 조선에서도 드물게 더운 날씨외다."

박이 모처럼 입을 열자,

"이 장연만 씨와 내 춘부장과 큰 무역회사를 만들게 됐소."

하는 말에, 박은 계속하려던 말을 이내 거두고 말았다.

응접실 문이 소리 없이 열리더니 양장을 금방 차린 것 같은 윤의 부인이 넓은 양은쟁반에 요리를 가지고 왔다. 윤 교수 부인이 몇 번 드나드는 동안, 식탁에는 양요리가 격에 맞추어 올랐고, 생선전야와 식혜 약식 등의 조선 요리도 올라 식탁은 제법 어울렸다.

박 교수는 유쾌하지도 않은 황홀경에 빠질 것 같은 기분에 싸였는데, 윤 교수 부인이 나간 뒤, 이윽고 기생 하나가 들어오자 갑자기 몸이 움츠러졌다. 미국 사람과 그 여자가 서로 반기며 악수하는 것이 초면이 아닌 것은 분명하였다. 아래위 새하얀 모시옷에, 퍼머넌트 한 머리를 옥시풀로 약간 노랗게 하고, 균형 잡힌* 몬탁한 연분홍 분을 살짝 바르고 연하게 보이는 콧날이 높직하면서도 알맞게 선 것이, 미국인과 나란히 앉고 보매, 대조對照에서 오는 조화미를 느낄 수 있었다. 한편 아름답게 보이는 두 인물의 조화가, 박 교수는 서글프게도 느껴졌다.

술이라면 비상같이 싫어하던 윤 교수가 미국 술에 맛을 붙였는지 맥주의 컵을 유쾌한 얼굴로 수나롭게** 비워 놓는다.

"박 교수의 주량은 한이 없습니다."

하는 윤 교수의 말에 미국인과 장이라는 사람은 박 교수에게 총공격을 한다.

"선생님은 문사 같아요."

하는 기생의 말에 모두 박수하며 웃었다.

"그란허도 소설가구 시인이구 독신이니까 대스러무나."

하는 윤 교수의 말에,

"그럼 더 좋지."

하고 기생은 박에게 웃음을 치며 컵을 자꾸 권한다.

"무역으로 돈을 벌어서 미스터 박과 출판사업을 시작하겠습니다. 조선의 문화를 맨 먼저 미국에 소개하여 미국의 이해와 원조를 얻으렵니다."

윤 교수는 맥주 깡통을 두 손으로 따르며 말하고는 말을 다시 이었다.

"미스터 박은 돈 쓰는 속으론 천재지만, 돈 버는 속으로는 낙제생이죠."

윤 교수가 박을 이렇게 규정하는 데에 모두가 동감이란 것같이 함께 웃어댔다. 박은 한편 불쾌기도 하였으나, 민족이든 학문이든 돈을 위해서는 헌신짝같이 버리는 그들과 구별되는 것이 한껏 유쾌하지 않은 것도 아니었다.

* 원문에는 '균형된'.
** 수나롭게: 순탄하게.

"무역회사 창립의 첫 기념으로 무슨 상품을 우리나라에 선물하겠습니까?"

박은 그들의 뱃속을 들여다볼 작정으로 세 사람을 둘러보며 물었다.

"미국서 양복기지와 생고무와 설탕을 가져올 계획입니다."

윤 교수가 선뜻 대답하였다.

"대상 물자로는 무엇이 나가는가요?"

"미국서 요구허는 건 광석입니다. 그중에도 중석을 제일 좋아하지요."

"중석은 수출 금지품이라고 하던데요."

"그것이 해제, 특히 우리 회사만 수출 권리를 얻으려고 교섭중인데 곧 실현될 것 같습니다."

윤은 박 교수와 같은 문외한에게 이야기하는 것이 재미스러웠다.

"그보담도 조선에 없는 기계를 사들여 오면 일석이조가 아닐까요?"

"물론 그렇죠. 그러나 기계를 요구허는 사람도 없구 기계를 사왔자 그걸 활발하게 움직일 수 있어야죠. 그런 건 정부가 선 뒤에야 실현될 일입니다."

윤의 말에 얼굴에 취기를 올린 장이라는 사람이 입을 열고 나선다.

"상업이란 건 이윤을 짧은 기간에 많이 내는 것이 목적입니다. 그런 걸로 보아 양복감이나 설탕이나 생고무는 제일급에 속하거든요. 양복감이나 설탕은 불필요한 것 아니냐 허시겠지만 그렇잖습니다. 조선도 해방 덕으로 국제무대에 오르게 된 만큼 생활문화를 향상시켜야 합니다. 첫째 의복도 양복으로 모두 개량해야 하고 음식도 맵고 짠 것을 단 것으로 개량해야 합니다."

"정말 문화인의 경제관념입니다. 조선 사람들의 흰옷 입고 몰려다니는 걸 아름답게 보자면 양떼 같다 하겠지만 흡사히 폐물 된 병객들이 방황하는 것같이 뵙니다."

미국인이 교만한 표정으로 이렇게 말하자, 윤과 장은 그 말에 혹하는 시늉을 하고, 윤은,

"참 적절한 비유올시다."

하고 웃었다.

'정치? 경제? 문화?'

윤의 말을 들은 끝에 박은 문득 이런 의문을 일으켰다. 문학에서 정치성을 버려야 한다는 윤 교수가 경제와는 친할 수 있다는 말인가. 경제와 정치는 구루마의 양쪽 발통과 같지 않을까. 무역으로 돈을 번다는 것이 먹기 위한 행동일까. 조선 상품으로 달러를 획득하려 하지 않고 어찌 미국 물자만을 가져오겠다는 것을 의논하는가. 이왕 미국 물자를 가져올 바에는 조선 경제 재건에 필요한 것보다 폭리만을 위한 상품을 요구하는가. 박은 머릿속에서 이런 생각을 궁굴리다가, 미국에서 이미 진 채무가 백억 원이 훨씬 넘는다고 일부 정객들이 불평과 반대를 말하는 것이 머리를 무겁게 누른다.

박 교수는 술맛도 돌지 않고 몸에 이가 군실거리는 것같이 자리가 불안하여 몇 번이나 일어나려다가 붙들리고 하였고, 결국은 요릿집까지 끌려오고 말았다. 미국인이나 윤이나 장보다도 더 다구지게 붙드는 것이 기생인 데는 어안이 벙벙하면서도 난처하였다.

요리상이 들어오고 새로 온 기생들이 옥란이와 함께 손님 사이로 섞여 앉자, 장은 수표手票책을 꺼내더니 삼천 원이라는 액수를 쓰고 상아도장을 찍은 다음 기생에게 나누어준다. 박은 물론이거니와 윤도 놀란 표정을 하며,

"자네, 돈은 정말 멋있게 쓰네그려."

하고 웃었다.

"장사라는 건 첫째 선전이네. 기생 아가씨들부터 선전원으로 매수해

야 사방으로 다니며 나를 선전하거든. 그게 바로 회사의 이익으로 된단 말이네."

하고 허거룹게* 웃는 장의 말에,

"딴은 그래."

하고 윤은 감탄하였다.

술자리는 제법 구성지게 어울렸다. 박은 다시 빠져나갈까 틈만 노리고 있는데, 옥란이가 문학 이야기를 해달라고 조르므로, 자연 호기심에 붙들리게 되었다. 옥란이가 문학에 관한 말을 하면, 윤이 영어로 통역하매 미국인까지도 흥미를 가져, 좌석은 옥란을 중심으로 흐뭇해지는 것이다.

옥란이가 즐겨 읽는다는 소설의 작가를 들추는데, 모두 문학가동맹원인 것이 박으로서는 더욱 흥미를 느꼈다. 그래,

"그럼 정치성 있는 문학, 정치하는 작품을 좋아하는군?"

박은 다소 긴장된 얼굴을 하며 물었다.

"그러구말구요, 요샌 더구나 그렇죠. 입원한 환자에게 해수욕을 가느니, 온천엘 가느니 따위의 이야기가 소용 있겠어요? 무슨 약을 먹구, 어떻게 조섭한다는 이야길 해줘야죠."

"조선도 병자고 조선 사람도 병자일까."

"그러면요. 옳게 정부도 못 섰으니까 병자 아녀요?"

박 교수는 병자가 아니라고 대답할 이유도 없거니와 그럴 용기도 없었다. 그러나 병자는 의사인 정치가에게 맡길 일이라는 생각으로 마음을 다지려 하였으나, 다지는 힘이 약한 것을 느꼈다.

"참 말 잘했다. 내가 박 선생 대신 상을 주마."

| * 허거룹게: 호탕하게.

하더니 최는 이천 원짜리 수표를 옥란에게 주고,

"돈 버는 사람에겐 돈 생기는 이야기가 필요허구."

하고는 유쾌한 듯이 껄껄 웃는다.

2

여름비가 아침부터 주룩주룩 내리었다. 박 교수가 연구실에서 다음 시간의 강의를 준비하느라고 책을 뒤적거리고 있으려니,

"나는 비 오는 날이 기분 좋아. 밤에 혼자 있는 것같이 맘이 안심된단 말야."

혼잣말같이 하며 윤 교수가 들어오더니 의자에 앉자마자 정중하게 말을 꺼낸다.

"그런데 큰 문제가 생겼어. 교장이 말하는데 김성후 교수가 좌익 정당에 관계헌다구 경찰 방면에서 파면시키라고 권고를 해왔대. 실력으론 아깝지만 학교 처지로 보아 헐 수 없다구 교장이 말하니 일은 결정적이란 말야."

박은 너무도 의외의 말에 '앗' 소리를 낼 뻔하였다. 그는 자기도 모르게 벌떡 일어나 벽만 보며 연구실 안을 서성거리었다. 정치관계에 있어서 경제와 문학과 다소 다르기는 하지만, 학문 연구에 있어서 정치적 경향이 진퇴 문제에까지 관계될 필요가 어디 있단 말인가. 자기가 너무 단순한 탓으로 합리성을 이해하지 못하는 것일까.

윤이 나간 뒤에도 박은 연구실 안을 거닐다가 벽 앞에 다다르면, 벽을 대한 채 한동안 그대로 있는 것이다.

"박 군 뭘 그렇게 노심초사허는가?"

김 교수가 문을 열고 큰 소리로 이렇게 말하고는 유쾌하게 껄껄 웃었다. 박은 김과 마주 앉아 윤에게서 들은 이야기를 하려 했으나 목에 가시처럼 걸리어 망설이고 있노라니,

"보게 오늘 유쾌한 장면이 있었네."

하고 커다란 소리로 말을 꺼낸다.

김이 '노동가치설'을 강의하고 나니, 학교 쌈패에 끼여 다니는 학생 하나가 '계급사회의 본질은 무엇인가, 계급의 타협은 불가능한가' 하는 질문을 하기에 김 교수도 흥미를 느끼어 노트를 덮어놓고 설명을 자상히 해주었다. 학생은 김 교수의 연구실 앞까지 따라오며 우연한 의문이 생각되었다가 진리를 깨달았다 하며, 앞으로는 행동을 고치겠노라고 거듭 맹서하였다.

"아 그놈이 내 강의를 듣더니 제 딴에는 몹시 반가웠든지 두 번이나 괜히 벌떡 일어났다가는 다시 앉는단 말이네."

하고 김 교수는 만족하게 웃었다.

며칠 뒤, 김 교수는 사표를 내고 말았다. 그는 권고사직을 받고 교장을 만나서 사직의 이유를 구체적으로 대라고 대들자, 교장이,

"당신이 경찰서에 가서 소상하게 알 때가 오구야 말 것이오."

하는 말에, 매양 같은 결과를 까다롭게 가져올 필요가 없다 하는 생각으로 깨끗이 단념한 것이다.

김의 후임으로, 윤의 집에서 만났던 장연만이가 취임하는 것을 보고야 박은 비로소 김이 사직하게 된 동기를 분명히 깨달을 수 있었다. 이 학교는 얼마 전에 교수회 규칙이 변경되어 부장의 임명은 교수와 전임강사의 무기명투표로 하게 되었다. 문학부장의 자리가 비게 된 후 후임을 선거하자는 의견도 있었으나 윤을 비롯한 몇몇 교수의 반대로 미루어왔다. 후임으로 물망에 오른 사람으로는 윤 교수와 조 교수다. 조 교수는

나이도 많고 윤을 중학교 때 가르친 일까지 있었으나 최근에 취임한 관계로 보통교수로 되었다. 윤은 미국 유학을 했다는 것을 미끼로 부장자리를 노리는데 투표 결과를 예상하면 윤과 조가 막상막하의 관계다. 조 교수에 투표할 사람을 내보내고 윤 교수에게 투표할 사람을 들인다면, 윤 편으로는 두 표를 얻는 셈이 된다. 여기에 평소부터 윤을 위선자고 파시스트라고 미워하는 김 교수가 걸려든 것이다.

장연만이는 시원하게 보이는 하늘빛 양복을 입고 기름 바른 머리를 곱게 빗어 넘겨 가지고, 취임인사를 하려고 전교 학생 앞에 나타났다. 이 날은 여느 때의 집회보다도 많은 학생이 모였다. 부과장의 소개말이 끝나고 장연만이가 기침으로 목을 가다듬으려 할 때, 경제학부 학생들은 아무런 신호도 없이 흩어져 나가매 운동장은 장바닥같이 시끄러워졌다. 경제학부 학생들은 제각기 교실로 들어갔다. 그들은 예정한 계획대로, 김 교수의 무조건 복직과 학원의 자유 보장 등 여섯 가지 요구조건을 제출하고 동맹휴학을 선언하였다. 이날 다른 학부에까지 파급되어 전교가 맹휴로 들어갔다. 우익 학생들에게까지 존경을 받아 오던 김 교수인 만큼 한 사람의 반대도 없이 맹휴는 단행되었다.

맹휴가 계속되는 동안 문학부장의 선거가 있었다. 개표한 결과 윤 교수가 두 표 부족하여 조 교수가 피선되었다. 박 교수는 김의 사건에 충동을 받아 조 교수에게 투표하였으나, 다른 교수 하나도 정녕 이런 핑계로 윤에게 한 표를 주지 않은 것이라고 생각하였다. 이날 윤은 휴강을 하고 집으로 돌아갔다. 김에게 이런 결과를 속히 알려주는 것이 우정일 것 같아 강의를 끝내기가 바쁘게 김의 집을 찾아갔다.

김은 조용한 서재에서 원고를 쓰고 있는 중이었다. 논문의 제목이 「현하 조선 경제의 식민지적 성격」이란 것을 보고,

"김 군, 인제 노골적으로 정치운동을 할 작정인가."

하고 원고를 뒤적거리며 물었다.

"내가 학교서 강의하는 것은 정치운동이 아닌 줄 아나? 정치운동이란 정당 사람이 하는 것만 아니네. 인제 좀 적극적으로 정치운동을 해야겠네. 까딱하면 조선이 반쪽으로 잘리고 반동분자의 독무대가 될 위험성이 있으니 그리 되면 조선은 참담한 운명에 빠지고 마네. 박 군도 상아탑 문을 박차고 나오란 말일세."

박은 이번 사건을 통해서 추잡한 모략을 알고, 그 속에 얽힌 정치성을 안 것 같기도 하나, 안다는 그것이 자신에게 어떤 더러운 물을 찍어 바르는 것같이 불쾌하였다.

"김 군, 깨끗한 내 투표 한 장 값을 술로 갚게."

박은 기분이 안정되지 않아 술 생각이 났다. 김은 이내 승낙하고 함께 밖으로 나왔다.

박은 이날 밤 술이 거나하게 취해 가지고 집으로 돌아왔다. 아내도 없는 독방에서 자리에 눕긴 했으나, 김과 실컷 토론한 것이 다시 생각되어 정신은 도리어 새맑아지는 것 같다. 김에게 항변하는 자기의 용기가 차차 약해지는 것을 부인할 수 없는 것이 한편 안타까운 일이었다.

김이 경찰서에 들어간 지 사흘째 되던 날, 교수회의에서 경제학부 학생 중에서 열한 명은 퇴학 처분하기로 결정되었다. 조 교수와 김 교수를 비롯하여 반대하였으나 다수가결로 패하고 말았다.

"선생을 선택하는 권리는 학생에게 줘야 할 것 아닙니까."

결정된 뒤에도 박은 흥분하여 교장에게 영어로 대들었다.

"열한 명 학생은 성적도 우수한 사람이오. 무슨 죄로 퇴학을 시킨단 말이오?"

"박 교수는 모든 걸 문학적으로 보니까 그럽니다."

윤 교수는 박의 말을 농담으로 받아버리고 마는 것이, 박은 모욕을 주는 것 같았다.

"그럼 윤 교수는 정치적으로 처리한 게 그렇단 말이오?"

"그렇습니다."

"정치적으로?"

박은 윤의 얼굴에 침을 뱉고 싶었다. 문학에서 정치성을 제거해야 한다고 항상 자기와 담론한 것이, 자기를 불구자로 만들어 이용하자는 수작이었던가. 생각하면 자기들의 위선과 행동에 맹종할 것 같지 않으매, 차라리 상아탑 속에 감금시켜 놓자는 음모였던가.

"난 이런 불순한 교수회의에는 앞으로 참석을 않겠소."

박은 문을 탁 닫고 나와버렸다. 과연 자기가 어리석은가. 박은 이런 생각을 되풀이하느라고 운동장을 건너가는 데에 한참 걸렸다.

3

하기 휴학을 앞당겨서 선언하던 날 김은 이십구 일 구류와 만 원 벌금을 물고 석방되었다.

며칠 뒤, 김이 몸을 정양하려고 고향에 가기로 되었는데, 한적한 시골에서 원고도 쓰고 담수어도 잡아먹자고 꼬이는 바람에 박도 동행하였다. 고향을 이북에 가지고 퇴학을 당한, 한때 쌈패 학생이었던 민우식을 위로도 해주기 겸 데리고 가기로 하였다.

김의 고향은 높은 산이 하늘 울타리처럼 둘러 있고, 그 안에 제법 넓은 들이 분지盆地로 되어 있는데, 마을 앞에는 닭알 같은 돌이 깔린 채 맑게 보이는 시내가 흐르고 있다. 가을에는 은어가 많이 잡히는 관계로 먼 곳에서까지 사람들이 모여든다는 것이다. 김의 집은 넓고 아담한 초가였다. 기와집보다* 산천에 오히려 어울리고, 이 집의 누마루에서, 검은 바위와 키 큰 소나무로 덮인 산과 언제나 허벅다리 위까지 빠지는 물이 흐르는 시내를 보고 있노라면, 땀이 나는 줄 모르게 흘렀다가 더운 줄도 모르게 걷히는 것이다. 김은 식전과 아침으로는 책을 읽기도 하고 원고를 쓰기도 하다가, 햇볕이 한창 내리쪼일 적에는 물속에 들어가 목욕도 하고 고기도 잡았다. 때로는 낚싯대를 메고 오 리 가차이 나가면 못에서 손바닥만 한 붕어라든지 메기 같은 것이 일쑤 잡혔다. 김의 집에서 애용하는 과하주를 이렇게 잡은 물고기로 안주하여 마시고 있노라면, 박은 소란한 조선 땅에 있는 것 같은 생각이 들지 않았다.

"박 군, 이런 선경에 이런 흥겨운 자리에도 정치가 있단 말인가."

김은 이글거리는 흥에 몸이 뛸 것같이 되면, 큰 소리로 이렇게 묻고는 대답을 기다릴 것도 없이 혼자 껄껄 웃는 것이 버릇처럼 되었다.

어느 날 김은 먹은 것이 걸리어 곽란을 일으켰다. 토사를 여러 차례 하고 겨우 돌리기는 했으나 잔뜩 파리해 가지고 누워 있고 박과 민우식은 그 옆에서 간호를 하고 있었는데, 고요하던 이 동네는 갑자기 전쟁판이 벌어지고 말았다.

군청소재지에 있는 몇몇 청년이 화물자동차 두 대에 타고 불의에 이 동네를 습격하였다. 울며 아우성치는 소리와 살림 부서지는 소리에, 도야지 소리와 개 짖는 소리로 더욱 요란하였다. 김의 집이 높은 데 있는 만큼, 이 광경을 얼마는 멀리 볼 수 있었다. 동네 사람들은 불의의 습격인데다가 깔꾸리를 들고 덤비는 데는 대항할 수 없음인지 산으로 피해 달아나는 사람도 많았다. 거의 한 시간 동안이나 계속되더니, 화물자동차가 소리 내며 사라지자 사방에서 다시 울음소리가 들려왔다.

| * 원문에는 '개와집보다'.

박은 파리한 몸에 흥분하여 벌떡 일어났다가는 쓰러져 눕는 김을 겨우 안정시켜 놓고, 민을 데리고 밖으로 나왔다. 습격을 당한 집을 들어가 보매 접시 한 개 남기지 않고 부시고, 간장독을 깨어 간장이 마당에 쏟아져 흐른 집도 있고, 도야지를 죽여논 집도 있고, 도야지나 닭을 죽여 가지고 실어 간 집도 있다. 문짝은 부서져 쓰러지고 어떤 집은 불을 놓았으나 타다가 제대로 꺼진 일까지 있다. 박은 너무도 참혹하고 울고 싶어 발길을 돌리려 할 때인데 오십 가차이 되어 보이는 여자가,

"당신은 구경 댕기는 사람이오? 모두 한통이지 이놈들."

하고 악을 쓰더니 박의 와이샤쓰에 잡아 매달리고 얼굴을 손으로 쥐어 갈겼다. 박은 피할 겨를도 없이 와이샤쓰를 찢기고 한편 볼의 살점이 떨어졌다. 이렇게 당하고도 박은 너무도 어처구니가 없어 말을 못 내고 있으려니,

"선생님을 왜들 이러십니까?"

민우식이가 평안도 어조로 말을 하며 박의 앞에 나서서 막았다.

"이놈의 자식이 아까 바로 그놈이다."

박에게 대든 여자가 이렇게 소리 지르자 청년 세 사람과 여자 다섯 사람이 한꺼번에 달려들었다. 민우식이는 손으로 맞고 발길로 채이다가 사발만한 돌로 가슴을 맞고는 그만 쓰러졌다.

"이 학생은 내가 서울서 데리고 저 높은 집에 놀러 온 사람입니다."

박은 이 말을 여러 번 했으나, 사람들은 민이 쓰러진 뒤에야 알아듣고 잠잠하였다. 청년 하나가 민을 업고 다른 청년이 뒤에서 부축하여 김의 집으로 데려왔다. 청년들은,

"너무 분해서 사람을 잘못 봤습니다. 그놈들은 자동차로 갔을 텐데 그만 생각을 못했습니다. 용서허십시오."

하고 민의 전신을 주물러주기도 하고 박과 김에게 허리를 몇 번이나

구부리며 사과하였다. 민은 괴로운 듯이 입을 다문 채 숨을 자주 쉴 뿐이고, 아무런 표정과 말이 없는 것이, 박은 보기에 안타깝기도 하고 귀엽기도 하여 민을 껴안고 울고도 싶고 입을 맞추어주고도 싶었다. 김은 창백한 얼굴에 핏기를 올려 청년들을 보기 싫다고 쫓아 보내었다. 의사가 진단한 결과 늑골은 상하지 않았다 하고 가슴과 다른 상처에 약을 붙이고 돌아갔다.

이 사건의 동기는 하찮은 것이었다. 얼마 전 동네 앞 들의 삼분의 이가량 소유하고 있는 읍의 지주가 기생을 데리고 여러 사람과 함께 천렵을 왔다가 물고기가 잡히지 않으매 소작인을 동원시켜 잡으라 하였으나 두 벌 기침에 한창 바쁠 때라 한 사람도 응하지 않았더니 소작인 몇 사람을 때리고 여러 사람 앞에서 모욕을 주었다. 참다가 분통을 터뜨렸던 젊은 청년 몇 사람이 지주와 함께 온 사람 중의 둘을 조금 때려주었는데 이것의 복수로 일을 일으킨 것이다.

"박 군, 그 지주가 단순한 복수로 한 것은 아닐 거네. 이 동네가 군내에서는 농민조합이 제일 강력하게 된 것을 파괴하려는 것이 더 큰 목적일 것이네."

김은 피곤한 줄도 모르고 앉은 채 말하였다.

"그렇다고 청년들을 그렇게 이용해?"

"청년들은 정열적이니까 이용하기가 쉽지. 그러니 지도자의 죄악이 크지."

"선생님, 과연 그렇습니다. 악질 청년도 있지만 대체로 지도자의 죄가 많습니다. 저는 오늘 전날의 죄악에 대한 벌을 당했습니다. 달게 받겠습니다."

지금까지 입을 다물었던 민이 숨을 자주 쉬면서 떠듬떠듬 말하고는 두 눈에서 눈물을 주루루 흘린다.

박은 미친 사람처럼 민에게 달려들어 입을 쭉 맞추고는 민의 얼굴을 들여다보며,

"참 고맙다. 모두가 너 같은 청년이라면."

하고 얼굴을 들지 않고 있으려니 눈물 한 방울이 민의 볼에 떨어졌다. 그는 벌떡 일어나 먼산을 넋없이 바라보다가는 누마루를 어실렁어실렁 걸었다. 그는 이날의 사건에서 받은 충동을 어떻게 받아들여 삭일 것인가 혼자서 당황하였다.

'이것이 지금의 조선의 현실인가.'

박은 이런 생각을 하며 앉아 있는 김에게서 대답을 찾아낼 듯이 그를 쏘아보고 있는 것이다.

4

동맹휴학은 새 학년 개학이 된 지 며칠 만에 일단락을 짓게 되었다. 윤 교수의 의견대로 좌우익 학생간의 분열정책을 이용한 것이 들어맞았다. 학생간의 충돌은 가끔 벌어져 일부 부상자를 내다가 한 사람 두 사람씩 등교하는 수효가 늘어가기 시작하여 결국 맹휴 측에서도 등교를 선언하였던 것이다. 그러나 학생들은 두 파로 갈리어 서로 노리고 있는 상태라 한편에서 손가락질만 하여도 육박전이 벌어질 정도다.

이런 분위기 속에서 학생 문학 간담회를 교내에서 열게 되었는데, 그 전날 문학부 학생 유하근이가 코피를 흘리면서 쌈패 학생들에게 쫓기어 박의 연구실로 뛰어들었다. 끝까지 쫓아온 이민철이라는 학생은 연구실 문을 재껴 열고 들어오려다가 박을 보고는 우뚝 섰다.

"무슨 야만 행동이냐. 이론으론 싸우지 못허니? 보기도 싫다. 어이

가버려라."

박은 소리를 높여 무섭게 나무랐다. 그는 자기로도 이상할 만큼 흥분되어 눈에서는 불덩이가 튀는 것 같았다. 이 학생이 사라진 후 손수건을 꺼내어 닦다 만 얼굴의 코피를 없애주었다.

"선생님 죄송합니다."

하며 허리를 구부리는 유하근을 정면으로 보자, 박은 염□한 맘이 돌았다. 유하근은 문학부 학생 중에서도 박이 가장 사랑하고 가장 기대를 붙이고 있는 학생이다. 재주가 놀랍고 시를 잘 짓고도 감각이 섬세하고 예민한 데에 박은 더욱 좋아하였다. 그러나 항상 정치적인 이념을 살리려고 고심하는 것이, 박으로서는 한갓 불만이었으나 유하근은 조금도 양보하지 않는다. 학생회의 문화부를 맡고, 좌익적인 학생운동에도 가담하여 있는 것을 박은 진작부터 눈치를 채고, 학생시대는 잡념을 버리고 공부에 열중해야 한다고 기회 있을 때마다 타일러 왔다. 유하근의 체격은 어깨뼈가 날카롭게 보이도록 야위고 허약하나 눈은 이글이글 타는 것 같고, 얼굴은 항상 긴장되어 있는 것이, 박은 이날에 있어서는 정이 흐뭇하게 느껴졌다.

마침 학교 자동차가 나가는 기회가 있어 박은 유하근과 함께 타고 나왔다.

"선생님이 저를 보호해주신다구 놈들이 욕허겠습니다."

유하근은 박이 진심으로 사랑해주는 것을 뼈아프게 느끼며 말하였다.

"그놈들은 야만인이다. 이론으로 승부를 결정하는 것이 인테리의 특권이 아닌가."

유하근은 흥분이 걷힌 지가 이미 오래지만 박은 흥분이 도리어 전신에 퍼졌다.

박은 유하근과 갈리어 대학 동기동창인 강익주를 찾기로 하였다. 박은 강과는 재학 중에도 친했거니와, 졸업한 후 해방 전까지는 일주일 이상을 거르지 않고 서로 찾았다. 강은 영문학의 실력도 있어 학교 방면에서 와달라고도 했지만, 가진 재산이 있는지라 모두 거절하고 집에서 독서하는 것이 일이었다. 일본의 교육정신에 한몫 끼기가 싫어서였다. 강은 해방 후부터 정치운동에 다소 가담하게 되매, 박은 우정은 가시지 않았으나 정치운동이 맘에 께름칙하여 찾고 싶은 생각이 나지 않았다. 강이 경찰서에 들어가서 월여月餘를 고생하다가 석방되었다는 것을 알고 찾아본다는 생각만 하고 미루어 오기만 하였다. 이날 갑자기 강을 찾고 싶은 것은, 박으로도 그 동기를 끄집어내기가 어려웠다.

만난 적도 오래지만, 강은 박을 몹시 반갑게 맞아주었다. 해방 후 강이 중심되어 만든 상사 회사의 사원 네 명이 와서, 장부를 내놓고 강에게 보고하는 중이었다. 강은 장부를 치우게 하고 박과 마주앉아 언제 보아도 너글너글한 얼굴을 하고 있는 것이 마음의 여유가 있는 것같이 박은 보았다. 그러나 강은,

"문학자를 대하니까 좀 어색해지네."

하고 웃는다.

"왜 그럴까."

박은 강의 말이 여러 가지로 해석되어 궁금하였다.

"문학을 떠나서 장사꾼이 돼서 그런 것 아니겠나?"

"내 문학이 현실적이 아니라는 선입관념이 있어 그러네."

박은 강이 생각하지도 않은 말을 꺼내었다. 강이 전공한 문학을 당분간 쉬고, 한편 장사도 하고 한편 정치에 관계하고 있는 것이 자기와는 거리가 먼 세계에 서로 떨어져 있는 것같이 생각되었다.

박과 강의 대학동창이면서 조선 의학계의 권위자로 지목받는 의사 둘이 들어왔다. 해가 질 무렵이라 박은 작별하려 했으나, 강과 의사 친구

들이 굳이 붙드는 통에 다시 주저앉았다. 누구의 입에서 나온 줄도 모르게 조선 독립 문제가 화제로 되어 시끄러워졌다. 마침 미소공동위원회가 결렬 상태에 빠져 있는 때였던 만큼, 만일 결렬되면 남조선 단독 정부가 서고, 이렇게 되면 삼팔선은 아주 굳어질 위험성이 있다는 것을 중심으로 토론이 시끄러워졌다.

두 의사는 단독 정부라도 세워야 한다고 박과 강에게 다시 반격하려고 열을 올릴 때, 밥과 아울러 술상이 들어와서 중단되었다. 모두 술에 정신이 팔린 듯이 토론은 흐지부지 사라지고 말았다.

취기가 전신에 배면서부터 모두 흥이 피어오르기 시작하였다. 의사 하나가 전기축음기에 '강강수월래'라는 민요를 걸어 놓고 앉은 채 어깨춤으로 우쭐거리고 있는데, 난데없이 색안경을 쓴 청년, 마스크를 건 청년이 성큼 들어오며,

"꿈쩍만 허면 모두 죽인다."

하더니 강의 멱살을 붙들고 끌어내었다. 뒤이어 오륙 명이 강도같이 살기등등한 얼굴로 들어왔다.

"이놈아 보따리 싸가지고 이북으로 가. 안 가면 죽일 테니깐."

이 말과 함께 청년들은 닥치는 대로 때리고 부수었다. 주먹으로 치고 발길로 차고 곤봉으로 때리고, 하늘에서 벼락불이 폭주하는 것 같았다.

"여보들, 말로 합시다."

박은 정신이 아득해진 중에도, 이런 말로 앉은 채 청년들을 노려보았다. 박은 자기에게까지 무지한 손이 닿으리라고는 생각지 않았으나, 눈 깜박할 동안 엎어진* 채 소리 한마디 지를 수 없었다. 전구가 탕탕 깨지고 상과 아울러 기명도 깨졌다. 전축과 사방탁자도 산산이 부서졌다.

| * 원문에는 '엎으러진'.

"히키아게(철수)!"

하는 일본말 호령으로, 청년들은 귀신처럼 자취를 감추었다. 한참 뒤에야 전구를 새로 끼어서 불을 다시 켰다. 한 사람씩 여기저기 기어오다시피 하며 모여들었다.

중상을 입은 사람은 박과 의사 둘이었다. 박은 두개골이 터져 피가 온몸에 흐르고 가슴이 아파서 숨을 쉬기가 곤란하고 몸을 조금도 움직일 수 없다. 의사 하나는 입술이 터져서 부어오르고 자기 가슴으로 늑골이 한 개는 부러진 것 같다는 것이고, 다른 의사는 □□□이 됐는지 한편 다리가 부어올랐다. 강은 얼굴에 상처가 조금 나고, 발꿈치가 붓고 시어서 발을 디디지 못할 정도뿐이었다.

"정작 쥔놈은 덜 맞고 손님만 죽게 됐구나. 무지헌 놈들 같으니."

한 의사가 아픔을 참으려 농담조로 말하자 강은,

"미안하네만 내가 시킨 것 아니고 별수 있나? 세상이 이러니 쓰겠나? 자네들도 나와 함께 내일부터라도 남정당에나 들세. 어째피 당헐 바엔 빨갱이나 돼가지구 당허지."

하며 역시 농담으로 받았다.

"어서 혁명이 돼야지."

박은 무의식중에 가는 목소리로 겨우 이 말을 하고 신음하는 소리를 연해 내었다. 인력거를 오라 하여 의사들은 자기 병원으로 돌아가고 박과 강은 대학병원에 입원하였다. 강은 입원할 정도는 아니지만 테러가 재습再襲할 위험성과 박에게 미안하여 함께 입원한 것이다. 숙직의사가 응급치료만 하고 이튿날 과장의 진찰을 받은 결과, 강은 퇴원해도 좋다 하고 박은 늑골 한 개가 부러졌으나 염려할 정도는 아니라고 하였다.

박은 가슴을 붕대로 칭칭 동여맨 채 병상에 바로 누우니, 모든 일이 연극과 같이 생각되었다. 해방 후 무관심하게 체험한 것을 차례로 생각해보니 모든 것이 한 실에 꿴 바늘처럼 똑똑하게 눈앞에 재현되면서 맘 속을 아프게 찌르는 것이다. 김이 항상 입버릇같이 말하는 조선의 현실을 애써 가며 피하려 한 것이 어리석은 일이었다. 낯모르는 두 환자도 자기와 같은 현실에서 살고, 자기와 같은 원인으로 입원한 것인가 궁금하였다. 자기와 같이 테러를 당한 것은 아니라도 악착하고 악질적인 조선의 이런 현실에서 빚어내어진 결과임에는 틀림없으리라고 혼자 단정하였다.

"박 군 뭘 생각허나. 왜 아무 말도 없어?"

옆 병상에 앉아서 이야기하던 강은 박이 말없이 듣고만 있으니까 이렇게 물었다.

"머릿속이 너무 벅차서 견디질 못허겠네. 전혀 딴 세상에 여행이나 온 것 같네."

"그동안 자네 여행은 맹목적였으니까 인제부터는 정신을 똑똑히 차려서 구경을 허란 말이네. 흥미도 나고 철학도 발견될 것이네."

"철학?"

박은 새로 하얗게 바른 천장을 보면서 혼잣말같이 거듭 외었다. 확실히 위대한 철학의 어느 테제에 부닥친 것으로 생각되었던 것이다.

병실 문이 조용히 열리는 소리에 박은 고개를 조금 들고 보자마자 하마터면 벌떡 일어날 뻔하였다. 예상하였던 간호부가 아니고 김옥란이었다. 옥란이는 새빨간 튤립 꽃을 한 묶음 들고 들어오더니 창백한 얼굴에 곱슬머리를 한 환자에게로 가는 것이다. 환자에게 인사한 다음, 꽃을 갈아 꽂고는 다시 도신도신 이야기를 하다가 박과 시선이 마주치자 입을 딱 벌리고 놀랐다. 옥란이는 누가 보기에 호들갑스럽게 급히 박에게로 걸어오는 것이다.

"선생님 이게 웬일이세요?"

옥란이는 박을 들여다보듯 하며 걱정되는 얼굴로 물었다. 박은 대답하기가 거북하여,

"병원엘 웬일이십니까."

하고 딴 말을 물었다.

"이종오빠를 만나러 자주 옵니다."

"박 선생도 테러 세계를 여행했답니다."

웃음말을 잘 하는 강이 능청스런 어조로 말하자, 옥란이는 잠깐 웃더니 이내 놀라는 표정을 한다.

강이 퇴원한 뒤에도 옥란이가 매일같이 찾아와서 박은 고적하지 않았다. 옥란이는 꽃도 갖다 꽂아주고 과일과 과자도 자주 사왔다. 어느 때는 잣죽을 두 사람 분을 쑤어 가지고 와서는 박이 먹은 것을 보고야 돌아가기도 하였다. 옥란의 이종오빠 되는 환자가 퇴원한 뒤로도 꼭 찾아와서는 전보다도 맘을 풀어놓고 놀다 갔다. 박은 처음 동안은 의사와 간호부에게 겸연쩍게도 생각되었으나, 얼마 아니 가서 친밀한 정을 느꼈다.

하루는 무뚝뚝한 간호부를 부르기가 싫어, 풀어진 붕대를 옥란에게 부탁하여 다시 동여매고 있을 때다. 학교에서 유하근이를 때린 쌈패 학생이 사과 한 바구니를 들고 왔다. 쌈패 중에는 가장 박에게 따르는 학생이건만 독사처럼 보기에 무섭고 징그러웠다. 유하근의 파리한 얼굴이 떠오르면서 그 학생이 더욱 미워졌다. 학생은 얼마 동안 있다가 나가고 말았다.

"이제 나간 학생이 학교 테러단의 두목 격입니다."

"그래요?"

옥란은 눈을 크게 뜨고는 학생이 나간 문을 돌아보다가, 그 문이 다시 열리며 김이 들어왔다. 옥란이는 병실에서 몇 차례 만난지라 다정히 인사하였다.

"사과 바구닐 침대 아래로 치워버리시오."

박은 사과를 머리맡에 올려놓는 것이라도 유하근에게 미안한 생각이 들었던 것이다. 한동안 바빠서 찾아오지 못하겠다고 나흘 전에 말하고 간 유하근이가 신변에 변화는 없는가 걱정되면서 공부에만 열중하라고 일러오던 자기 자신이, 유하근에게서 맘속으로 얼마나 멸시되었을 것인 가가 이상히도 맘에 걸리었다.

"김 군, '탁류' 라는 제목으로 단편 하나 구상했어."

박은 한동안 말없이 생각하다가 담배를 피우는 김에게 말하였다.

"탁류만을 그리지 말구 탁류 속에 흐르는 청류를 봐야 헌단 말이네. 그것이 진정한 리얼리즘이야."

"글쎄 내가 그걸 캐치하랴는 것일세."

박은 자기도 모르는 기운을 느꼈다. 병실에 있는 것 같지 않은 상쾌 한 맛을 느꼈다.

"자네 유 군 소식을 들었나?"

"요즘 내게 오지도 않어. 왜 무슨 일이 생겼나?"

"그렇진 않건만 유 군 신변이 자꾸 걱정되어 그러네."

"자네 신경이 쇠약해서 그래. 유 군 같은 학생은 위험이란 걸 한 번두 생각한 일조차 없을 것이네."

김이 대수롭지 않게 생각하는 데서 박은 무엇을 발견할까 하고 눈을 감았다.

《신천지》, 1948년 6월

제2부 중편 소설

첫 수확 · 1

1

크고 작은 구름덩이들이 동아줄처럼 비비 꼬이다가 한데 범벅이가 되여 하늘을 뜨물 빛깔로 덮어버리고 재빠른 조화를 일으켜 이내 진회색으로 변하더니 함박눈이 꽃잎처럼 성글게 떨어지기 시작하였다. 그런데 김상진이 탄광역에서 기차를 내려 긴 등성이를 넘을 무렵부터는 서해 쪽으로부터 세찬 바람이 불어 닥치기 시작하였으며 함박눈은 상진이 앞을 가로막을 것처럼 덮치었다. 서해 쪽 수평선까지 무연하게 펼쳐진 이 벌판에는 초가집들이 마치 바다 우의 섬들처럼 드문드문 흩어져 있을 뿐이며 나무그루라고는 별로 볼 수 없는 지대라 해풍은 거침새 없이 극성스럽게 휘몰아쳤다. 눈보라가 워낙 와살스럽게 몰아닥치는 통에 눈을 뜨기 어렵고 얼굴이 아리여 불이 이는 성 싶었다.

8 · 15 전 그가 열대여섯 살 되던 때만 하여도 농사일의 여가에 곁은 삿자리를 입석장에 팔러 갈 적에는 이런 눈보라에 무던히도 애를 먹었지

만 이제 6년 만에 맞이하는 고향의 바람이며 눈이라 생각하니 마치 귀여운 아이에게서 콧등이나 눈퉁을 얻어맞고도 도리어 그 녀석이 그지없이 사랑스러운 그런 맛을 무장무장 느끼면서 김상진은 마음을 늦추어 뚜벅뚜벅 걷는 것이었다. 눈에 덮인 신작로만 겨우 알아볼 수 있을 뿐 감각할 수 있는 것은 눈과 바람이다. 그는 눈보라 속에 숨어버린 고향 벌판의 온갖 모습— 그가 생각하기에는 제가끔 생명을 가졌을 뿐 아니라 적어도 김상진만은 알아주리라 생각되는 그런 것들을 불러라도 보고 싶어 갑작스레 입을 벌렸다가는 그만 눈보라에 제절로 닫혀버리곤 하였다.

김상진은 한갓 생각하니 이렇도록 곰살맞고 애틋한 고향을 당분간 보지 아니 하려던 것이 부질없고 쑥스러운 일이었다. 본시 성질이 괄괄하며 흥분하기로 들면 물과 불을 헤아리지 않고 뛰어드는 상진이지만, 심상치 않거나 거창스런 일에 부닥쳐 일단 그것에 파고들 마음이 내키기만 하면 이상하리만큼 침착하고 검질기다. 그러나 이런 일은 상진에게서는 극히 보기 드문 일이었다. 그가 전쟁 직후 입대하여 전투에 붙기만 하면 그의 태성*대로 납떠어서** 국기훈장 2급과 전사 영예 훈장 1급, 군공 메달 등을 수여받았던 것이다.

그가 제대되면 누구보다도 먼저 고향에로 돌아가게 될 것이라는 것은 그 자신은 물론이고 고향 사람들도 외수없이*** 믿어온 일이었다. 그러나 상진이 제대되어 고향 군의 군 사회 보장부로 갔을 때, 단번 고향 마을로만 알선하려 하는 것을 끝까지 싫다 하여 군당으로 직접 갔었다. 상진이 리 서기장으로 있을 때 면당에 있었던 군당 부위원장은 대번 상진을 알아보고 반가워하였다.

---

* 태성胎性: 타고난 본성.
** 납떠어서: 극성스럽게 나서는 성격이나 그러한 행동.
*** 외수없이: 예외 없이, 틀림없이.

"저는 고향으로 갈 수 없는 사정이 있습니다."

"고향을 싫다는 사람이 어데 있소? 고향 분위기가 복잡해서 그렇소?"

몸집은 작고 여윈 편이나 몸가짐새와 말씨가 다정하게 된 군당 부위원장은 너무도 의외라는 듯이 상진에게로 얼굴을 들이대듯 하면서 다급하게 물었다.

"그런 점도 있지만 그보다도 저의 처를 죽인 자가 고향에 있습니다."

상진이 너무 흥분하여 부르짖듯 하는 통에 부위원장은 미소를 띠우려다가 이내 양미간을 찌푸리더니 상진을 한동안 쏘아보듯 하였다.

"우리 국가는 그 사람에게 공민권을 주었소."

"예 압니다. 문제는 거기 있습니다. 제 성질에 대해선 자신이 없습니다."

"좋소. 그러니까 동무는 꼭 그리로 가야 하오. 군대에서 단련된 유능한 일꾼이 그런 환경에 다시 한 번 단련되는 걸 난 권하고 싶소. 오늘 바로 가시오. 동무네 고향에서는 협동조합이 조직되었는데 동무가 많은 일을 해야 할 거구. 그런 사업에서 동무의 수완을 발휘해야 합니다."

"당에서 어찌 저의 심정을 몰라주십니까."

"당이니까 동무를 꼭 보내고 싶소. 동무와 같은 당원을 옳게 배치하는 것이 당의 사업 아니요? ─군당 부위원장은 그제야 상진에게 미소를 주었다.─ 이 서기장 때처럼 동무는 훌륭한 성과를 보여주리라고 난 확신하오."

"저를 꼭 그런 속에서 단련시켜야만 합니까."

"그렇소. 그리구 조합이 조직되긴 했지만. 관리위원장이 장기간 입원하게 됐소. 고향 사람들은 동무를 아마 관리위원장으로 선거할는지도 모르지."

군당 부위원장은 책상 서랍에서 담뱃갑을 꺼내더니 상진에게 한 개를 권하였다. 그리고 사무적인 일은 끝났다는 듯이 등받이에 몸을 편하게 기대고 담배를 붙이였다.

"이제 막 제대됐는데 그런 중책을 제가……."

"그건 나보다도 조합원들이 더 잘 알 것이니 두고 보구려."

부위원장은 상진의 입에서 딴 말이 나올 수 없게 하였다. 상진은 9년 동안의 당 생활을 통하여 당이 요구하는 일이라면 언제나 기쁘게 떠맡았으며 성과를 올렸었다. 더구나 고향을 위하여 일하라는 당의 지시를 어찌 피할 수 있겠는가, 상진의 머릿속은 갑자기 새맑아졌다.

"부위원장 동지, 고향으로 가겠습니다."

부위원장은 상진의 손을 힘 있게 잡아 흔들었다.

그리고 고향의 사정을 자세히 말해주었다. 그는 군당에서 두 시간이나 담화하는 동안 고향의 모든 것을 잡을 수 있을 것처럼 머릿속이 확 트여졌다.

멀리서 들려오는 비행기의 발동기 소리 같은 것에 상진은 무심코 바다 쪽을 보았다. 역시 눈앞은 눈보라에 막히고 초가집이, 슬그머니 다가오는 것처럼 가까워지며 발동기 소리 같은 속에서 휘파람소리가 날카롭게 들리더니 회오리바람이 무섭게 말려들고 짚검불이 얼굴과 가슴을 휘갈겼다.

'극성두 떤다. 너까지 날 단련시키려는 거냐. 어디보자, 나는 미군 놈과의 숱한 전투에서 무쇠처럼 단련되었다.'

김상진은 얼굴의 짚검불을 털면서 이렇게 중얼거리고

'그러나 이번 단련은 너무 벅차. 조합 일을 하자면 그 지독한 개인 이기주의와 낡은 영농 방법과도 싸워야겠구, 또 안해를 죽인 원수와 밤낮으로 만나야 하겠구, 그래 곱다랗게 해나갈 수 있을까.'

이런 생각을 하는 동안 상진은 저도 모르게 걸음을 멈추었다. 눈보라와 바람은 더욱 극성을 부렸다.

'이 못난 사람, 그런 걸 가지구 걱정해?' 하는 듯이 숨이 칵칵 막히도록 불어 닥쳤다.

상진은 솜 외투의 깃을 올리고 힘을 주어 다시 걸었다. 안해의 얼굴이 눈보라 속에서 하늘거리며 상진의 걸음을 막는 것이었다.

적의 일시적 강점 시기에, 상진의 안해는 병중인데다 출생한 지 한 달 되는 어린애까지 달려 후퇴하지 못하고 이웃 부락에 숨어 있다가 '치안대원'이었던* 박병두에게 발견되어 '국군' 녀석에게 붙잡힌 즉시로 총살되었다. 안해가 체포되었던 곳이 바로 지금 상진이 통과하는 마을이다.

'젠장 날보구 무심하다구, 이렇게 검질기게 달라붙는건가?'

원한스러운 이 마을을 속히 빠져나가려는 생각에 상진은 두 손으로 배낭을 올려 받치면서 걸음을 재우쳤다.

고향 마을이 가까워졌을 때, 눈은 멎었다. 그러나 바람은 서해 쪽으로부터 땅 우의 눈을 날리면서 날카로운 소리를 내며 불어왔다. 바람이 지나가면 눈앞이 잠시 확 트인다. 상진은 눈이 부시다가도 이럴 적에는 눈을 자주 깜박이면서 고향 마을을 바라보군 하였다. 온통 눈을 뒤집어쓴 듯한 마을 집들이며 볏짚더미며 상진을 향해 손짓을 해주는 것 같았다.

이 지대의 다른 부락은 벌 복판에 자리 잡았으며 집들도 띄엄띄엄 서로 떨어져 있는데다 장마철에는 사람들이 물오리 꼴을 해야 하였다. 그러나 상진의 고향 마을은 백호가 넘는 집들이 포도송이처럼 서로 마주 대하고 있으며 지대도 다소 높직하여 식수도 좋고 비가 와도 이내 빠져

---

* 원문에는 "'치안대원'이였던'.

나가곤 하였다. 군 사회보장부와 군당에서 고향으로 배치받지 않으려고 고집했던 일을, 이제 눈앞에 보이는 고향집들이 낱낱이 꿰뚫고 있는 것만 같아 상진은 어쩐지 서먹서먹하였다.

'저 고향에서 내가 태어났구 자라났다. 저 고향은 전쟁 기간 중에도 잘 싸웠다. 지금은 사회주의 건설에 일떠서고* 있다.'

이런 생각으로 하여 상진은 가슴 속에 흐뭇해 올랐다.

그는 햇볕에 녹기 시작한 눈을 힘 있게 짓밟으며 걸었다. 상진은 고향 사람들을 속히 만나고 싶었다. 누구든지 좋았다. 그저 고향 사람만 만나면

"그동안 얼마나 수고했소? 참 고맙수다. 앞으로는 더 많은 일을 하자요. 나도 힘껏 하겠수다."

이런 말을 하고만 싶었다. 그는 사람들의 이름을 입속으로 섬겨보며 머릿속에 그려보았다.

고향 마을로 통한 신작로에 들어서자 트럭과 달구지 자국은 그냥 흙바닥으로 되어 발을 디디기가 바쁘게 미끄러우며 넘어지지 않으려고 발에 힘을 주어 밟으면 진흙에 착 붙어버리곤 하였다. 워낙 사질은 전혀 없는 찰진흙이라 발을 움켜잡듯 하며 넓적넓적한 흙이 발등을 감싸면서 기어올랐다.

'흙두 날 반기는 모양이지? 그러기에 막 무릎까지 올라올 것같이 기어오르고.'

상진은 발을 굴러 흙을 털면서 중얼거리고는 씽긋 웃었다. 사실 누구나 이런 흙을 좋아하지 않는다. 아무리 바쁜 때라도 땅이 질퍽거리면 바삐 걷지 못하는 그런 흙이었다. 그래도 오랜만에 보는 이런 흙이 상진은

| * 일떠서고: 기운차게 썩 일어서고.

몹시 반가웠다.

신작로 옆으로 뻗어나간 수로에서는 아이들이 썰매를 타노라고 법석을 부렸다. 상진을 알아보는 아이는 한 명도 없다. 혹시 아는 사람들의 얼굴을 닮은 아이가 있는가 하여 눈 익혀 보았으나 한 명도 알아낼 수가 없다.

"눈을 쓸구 타야 썰매가 잘 나가지, 그렇잖니?"

상진은 아이들을 내려다보며 정다운 어조로 말하였다. 아이들은 상진을 멍하니 보기만 하는데, 그중 한 아이가 검정 솜 양복 윗도리를 급히 벗더니 눈을 양쪽으로 쓸어 부쳤다.

"저런, 저런, 눈을 옷으로 쓸면 되나?"

상진은 놀래어 말했으나 그 아이는 빙그레 웃더니

"일 없어요, 눈이 깨끗하니까."

하고 그대로 쓴다. 상진은 급히 뛰어내렸다.

"그래두 안 돼. 옷이 떨어지고 축축해지구. 자 이렇게 해요."

하고 상진이 발로 눈을 밀어제끼자* 아이들도 따라서 하였다. 눈은 잠깐 동안에 제법 쳐졌다.

"네가 누구 아들이냐? 응? 느 형님 있니?"

양복으로 눈을 쓸던 아이에게 물었다.

"우리 형님은 박병두예요."

"박병두?"

상진은 어깨를 다독거려주려고 손을 들었다가 저도 모르게 내렸다. 아이에게 무슨 죄가 있으랴 했지만 손은 다시도 그 아이의 어깨로 올라가지 않았다.

| * 밀어제끼자: 밀어젖히자.

소를 끌고 불나게 오고 있던 호경 영감은 상진이가 자기의 아들에게 정답게 구는 것을 보고 허겁을 떨며 반가워하였다.

"임자, 상진이 아닌가? 참 반갑네, 반가와."

호경 영감은 얼굴에 온통 웃음을 퍼뜨리려고 애썼다. 쉰다섯이지만 중씰한 몸집만 보아도 그가 한창 노동할 수 있음을 알 수 있고, 하반신보다도 길고 다부진 그의 상체는 큰 절구통처럼 든든하였다. 그리고 그의 매부리코와 유난히 검고 탐스런 눈썹 아래서 반짝거리는 그의 작은 눈은 오 년 만에 보아도 인색하며 욕심꾸러기임을 숨길 수 없었다.

그러나 상진은 이런 데 대한 관심보다 안해를 죽인 박병두의 아버지를 어떻게 대해야 할는지, 사실 그동안 자기의 태도를 여러 가지로 생각해왔지만 막상 이렇게 당하고 보니 어리둥절하였다.

"그새 안녕하셨습니까."

상진은 아이들 속에 끼여 있는 채 허리를 약간 구부리면서 인사하였다.

"상진이 우리 막냉이를 그렇게 해주는 걸 보니끼 내 맘이 시원하네. 우리 병두에게두 그렇게 해주겠지 하는 생각이 앞서는구레. ─그는 코를 큼큼거리고나서─ 상진이 내 할 말이 없네, 제발 맘이나 크게 먹어주게. 나를 봐서두 말야."

이때 소 영감이 씨근덕거리며 뛰어왔다. 그를 보자 상진은 수로에서 급히 나왔다. 그는 심덕이 고운 마을의 영감이며 그의 아들들이 군대에 입대했다는 소식도 상진은 알고 있었다.

"안녕하십니까, 얼마나 수고하셨어요?"

상진은 큰소리로 말하면서 소 영감 앞에로 바싹 다가갔다. 본시 어렸을 적부터 이 영감에게 잘 따르기도 했었지만 호경 영감과 대하기가 몹시 거북했던 중이라 한결 반가웠다. 상진을 놓친 호경 영감은 어리둥절하여 코나 킁킁거리며 소 영감은 상진을 알아본 순간 그만 얼굴이 벙글벙글 물결쳤다. 그러나 이것은 순간이었다. 소 영감은 "상진이 참 잘 왔다 잘 왔어." 다급하게 말하고는 금세 안색이 험악해지면서 호경 영감에게 와락 달려들었다.

호경 영감은 소코뚜레를 움켜잡더니 흡뜬 작은 눈을 깜박이며 소 영감을 무섭게 쏘아보았다. 상진은 무슨 곡절이 있음을 짐작하고 두 사람을 일 없도록 헤쳐놓으려는데 소 영감이 호경 영감의 면바로 삿대질을 하였다.

"이 못난 두상이, 임자 소가 아니면 조합이 망할 줄 아나? 그깟 놈의 소, 우리 부락엔 얼씬도 말려무나."

소 영감이 워낙 오돌지게* 대드는 서슬에 호경 영감은 소를 잡은 채 길섶으로 비실비실 걸으며, 그런 중에도 상진에게는 억지로 웃음을 보이는 것이었다.

"상진이, 있다가 집으로 가겠음마."

하는 호경 영감의 음성에서 상진은 어쩐지 처량함을 느꼈으나, 그보다도 씨근덕거리고 있는 소 영감에게 더 시선이 끌렸다.

"상진이, 저따위가 인간이가? 조합에 들겠다고 제 손으로 도장을 치고는, 뭐사니, 저 소 값을 지금 치루거나, 소 한 마리에 사람 세 품을 잡아달라구 하니, 벼룩도 낯짝이 있을 것 아닌가. 저 두상이는 인제 조합에 발도 안 붙일 거네. 저런 인간은 소 열 마리를 낸대두 난 절대 반대야 반대."

소 영감의 웨장치는** 말을 알아들은 호경 영감은 홱 돌아서서 고래고래 소리쳤다.

---

* 오돌지게: 허술한 데가 없이 야무지고 알차게.
** 웨장치는: '외장치는'의 북한어. 다른 사람은 무시하듯 혼자서 고래고래 떠드는 늑독장獨場치는.

"내 소 내 맘대로 하는데, 넌 무슨 상관이가? 나 소 살 때 고린 돈 한 잎 냈음마?"

소 영감은 호경 영감을 힐끗 보고는 무시하겠다는 듯이 상진에게로 몸을 돌렸다.

"저 인간이 무얼 믿구 그러는 줄 아나? 임자네 외숙 안경하를 믿구 그러는 거래."

"뭐? 외숙이요?"

너무도 의외의 말에 상진은 외마디 소리를 내었고, 이번은 아주 간절한 어조로 물었다.

"우리 집은 조합에 들었습니까?"

"거럼, 들구 말구. 자, 어서 가세, 관리위원회로. 우리 조합두 인제 좋은 일꾼을 맞아들인 셈이군. 임자, 저, 서기장 때보다도 일을 더 본때 있게 하겠지. 관리위원회에 가면 여럿이 있어. 어머니두 급하지만 어서 그리로 가세나."

소 영감은 상진이 거절할 것을 염려하는지 그의 손목을 더 억척스럽게 잡고 끌었다.

"우리 외숙이 조합을 반대합니까."

"왜 걱정되나?"

그제야 소 영감은 껄껄 웃었다.

"글쎄, 반대하는 건지, 뭔지 내가 알겠음마? 논만 해두 일만 삼천 평이겠다, 소에 양수기, 모타까지 있겠다, 정미소를 가졌겠다, 조합에는 눈조차 주지 않는다네. 그런데 조합에 들지 않은 몇몇 사람들, 저, 뭐사니……."

소 영감은 그제야 상진의 손을 놓고 조합에 들지 않은 농민들의 성명을 섬기면서 손을 꼽았다.

"이 두상들이 안경하 집에 자주 모여서 무슨 꿍꿍이속을 꾸미는지 모른단 말일세. 그 바람에 호경이 같은 자는 조합에 들었다가도 제멋대로 나가구. ─그는 주먹을 쥐고 휘둘렀다.─ 무서운 건 소두 아니구, 양수기도 아니구, 한 맘으로 뭉친 사람의 힘이란 거거든. 우리 조합에 소는 적어도 인간 머리수는 무던히 많다네. 두고 보라, 그것이 무서울 테니까."

소 영감은 갑자기 걸음을 멈추더니 밭머리 흙 속에 묻힌 채 뾰죽이 나온 쇠 조각을 발로 툭툭 찬 다음 두 손으로 안간힘을 썼다. 상진이가 힘을 불끈 써서야 뽑혔다.

"이것두 대장간에 주면 호미 한 개는 너끈히 만들겠군."

상진이 소 영감에게 고철을 주자, 그는 혼잣말을 하고는 아주 소중한 듯이 고철에 묻은 흙을 손으로 쓱쓱 닦았다.

상진은 외숙에 대한 소 영감의 말을 들은 뒤로 줄곧 그 생각뿐이었다.

'외숙이 어찌 조합에 협조하지 않을까,* 하필 우리 외숙이…….'

상진은 몇 번이나 속으로 이렇게 중얼거렸다. 고향에 돌아오는 길로 또 하나의 어려운 일이 그를 시험하려고 기다리고 있다고 그는 생각하였다.

관리위원회 사무실은 한때 리 민주선전실이었던 여덟 간 집 한쪽을 장지문으로 막아서 쓰고 있다.

마침 관리위원회의가 계속되는 중에 상진이가 들어갔다. 그들을 보자 상진은 오래 동안 전혀 딴 세상에 떨어져 있다가 극히 짧은 순간, 고향이라는 도가니 속에 뛰어든 것처럼, 아니 이보다도, 지루한 진탕 속을 거닐다가 갑자기 백화만발한 꽃밭에로 뛰어든 것처럼 황홀한 감격에 온몸이 빠져버렸다. 상진은 누구의 손부터 잡고 무슨 말부터 해야 좋을지

235

몰랐다. 맞는 사람들은 서로 먼저 상진의 손을 잡으려고 여러 손들이 한 군데로 빨갛게 덮쳐 모였다.

"온다더니 왔구나!"

"전쟁에 이긴 덕택이외다."

이런 말들이 흥겹게 어울렸다. 그중에도 상진이와 동갑이며 어려서부터 한패로 어울려 지내던 관리위원회 부위원장이며 세포위원장인 영구는 사람들에게 밀려 상진의 손을 잡지 못하고 걸걸한 음성으로

"아새끼, 기다려두 안 오기에 난 딴 데로 뺑소닐 쳤나 하고 혼자 욕질만 했댔구나."

하더니 맨 나중에야 상진의 손을 잡아 막 흔들었다.

"사실은 안 올려구 했지."

"웨? 박병두 땜에?"

상진은 영구가 되묻는 이 말에는 대답하기가 싫었다.

"군당에서 날 검열하겠대, 고향의 불도가니 속에 집어넣구."

상진이 정색하여 똑똑히 말하는 통에 다른 사람들은 어리둥절했으나, 영구는 이내 짐작하고 갑자기 정중한 어조로

"받아야지. 나나 상진이나 받아야지. 사회주의를 건설하는 새 환경 속에서 말야."

본시 말이 적은 데다 그의 태성대로 늘정하고* 깐직거리는 어조로 말을 이었다.

"우선 당장 검열 받을 게 있네, 다른 게 아니라 축력 문제거던. 자네 같으면 백육십 여 정보를 소 여덟 마리로 해내겠나?"

영구는 신문지로 담배를 말면서 축력 문제를 더 자상히 까바쳐 놓

| * 늘정하고: 언제나 꼿꼿하고.

236

는데, 호경 영감의 사건을 급히 알리려고 상진에 대한 인사말이 끝나기만 기다리던 소 영감이 불에 덴 사람처럼 몸을 움츳하며 영구를 치떠보았다.

"여덟 마리? 한 마리 줄었어."

"뭐요?"

"놀랠 것 없어. 제대로 됐지."

"글쎄, 말을 똑똑히 하라요."

영구조차 말을 다급하게 몰았다.

"호경이가 소를 끌어가버렸다네."

방 안 사람들은 모두 놀랐다. 상진의 머릿속에서는 호경 영감, 박병두, 안경하— 이런 인물들이 회오리치는 통에, 이제까지 옥실옥실 놀아나던 고향에 온 재미가 단번 가뭇없이* 흩어졌다.

이럴 적에 남색 솜양복 윗도리에 검정 세루 스커트를 입고 알룩달룩한 모직물로 머리부터 귀를 덮어 내린 여자가 청색 보에 싼 장부 비슷한 것을 옆에 낀 채 몰리는 사람처럼 허겁지겁 들어왔다. 그 여자는 책상 앞에 펄쩍 주저앉기가 바쁘게 머리를 책상 위에 박듯 하고 두 손으로 가린 채 어깨를 들먹거렸다.

"부기 동무, 왜 그러우? 말부터 하구려."

영구가 놀래는 음성이면서도 다정한 어조로 말하였다. 그래도 고개를 들지 않았다. 부기원 혜정은 리 인민위원회에 갔다 오다가 소를 끌고 가는 호경 영감을 만났었다. 무슨 일에나 솔직하며 옳은 말이라 믿는 이상 숨기지 못하는 혜정은

"영감님, 가뜩이나 축력 부족으로 야단인데, 소를 끌어가면 어떻게

| * 가뭇없이: 자취도 없이.

되요? 정 그러시겠으면 소 뒤를 따라 조합에서 나가시죠. 정말 너무 심하세요."

애원하는 말투로 했는데, 호경 영감은 소 영감한테 당한 분을 혜정에게 갚으려 들었었다. 그는 화를 벌컥 올려

"별것들이 다 와서 주인 노릇을 하려 든다니까. 처녀가 무슨 상관이야?"

하며 대들자, 혜정은 그냥 돌아서고 말았다. 철원 남쪽에 있는 고향 양지말을 적에게 강점당하고 가족들이 이 마을로 이주해온 지 사 년이 되는데, 혜정은 제대되어 작년 가을에 이곳으로 왔었다. 호경 영감의 말이 너무 박절하여 고향 생각이 왈칵 치밀었으며 혜정을 친딸이나 누이처럼 감싸주는 이곳 본바닥 사람들과 마주치자 저도 모르게 눈물이 쏟아졌다.

혜정이 이런 말을 가까스로 했을 적에 방 안 사람들은 모두 분개한 나머지 얼굴을 붉혔다. 상진은 더하였다. 소대원 중의 남반부 출신 전우들이 눈을 번갯불처럼 번득거리며, 전투가 있을 적마다 고향 해방을 위하여 더욱 용감하겠다고, 또 함께 제대되던 그 동무들이 조국의 평화적 통일을 위하여 사회주의 건설 사업에서 모든 것을 아끼지 않겠다고 입버릇처럼 하던 음성들이 귓속에서 속삭이는 것이었다.

상진은 통성명도 하지 않은 처녀라는 것에 조금도 거리낌 없이 손을 짚고 혜정 앞에로 급히 다가앉으며 아직도 눈물이 말끔히 마르지 않은 혜정의 눈을 똑바로 보았다.

"동무, 그런 썩어빠진 사상과 적극 투쟁합시다. 그러구 그런 일을 어쩌다 있는 거니 실망하지 마시오."

그제야 영구는 혜정을 상진에게 소개하였다. 조합 사람들로부터 상진의 말을 진작 들었던 혜정은 아직도 글썽거리는 눈을 반짝이며 상진에

게 손을 내밀었다. 상진은 흥분도 되고 하여 혜정의 손을 힘주어 잡는 통에 손이 저리기까지 하여 혜정은 얼굴을 약간 찌푸렸다.

"손이 아프지 않우?"

영구의 말에 웃음이 오르다가 혜정이가

"총대 잡던 손이라 그렇죠."

하여 더 큰 음성으로 퍼졌다.

그러나 소 영감이 다시 축력 걱정을 하는 통에 방 안은 침울해졌다.

"앞으론 암소만 사서 송아지를 낳게 하자구요."

혜정이 불쑥 말했다.

"그걸 누가 모르나, 시재 모자라니 걱정이지."

소 영감이 갑갑한 듯 벌떡 일어서면서 투덜대었다.

사실 상진이도 축력 문제에 대해서 한마디 하고 싶었으나 곰실곰실 생각해도 머리가 틔지 않았다. 외숙 안경하를 설복하여 소를 가지고 조합에 들도록 하겠다고 말하려다가 장담할 수 없는 일이었다.

사람들이 놓아주지도 않거니와 상진이 역시 자리를 뜨기 싫어 세 시간이나 층구디고* 있으려니 어머니가 다급하게 들어왔다. 어머니의 얼굴에는 반가움과 노여움이 범벅이로 어울렸다.

"조합도 좋지만 어머니가 급하지 않든?"

상진은 배낭을 멜 사이도 없이 한쪽 어깨에 걸쳐 늘어뜨린 채 급히 일어났다. 그는 며느리 없이 혼자 고생한 빛으로 홈딱 젖어 있는 어머니의 얼굴이며, 그리고 이내 죽은 안해의 얼굴까지 아른거려 콧등이 찡—울리었다.

| * 층구디고: 웅크리고. 몸 따위를 움츠러들이고.

이날 안경하는 상진이 제대되어 왔다는 소문을 듣고 만나보러 가려고 외출복으로 갈아입으려다가 작파하였다.

'외숙한테는 제 발로 인사하러 오겠지.'

안경하는 이 생각이 불현듯 떠올랐다. 하긴, 그의 살림이 활짝 펴게 된 48년부터 개인끼리 만나거나 회석에서나 틀을 차리려는 버릇이 저도 모르게 들은 만큼 친 생질쯤이야 더 당연하다고 여겼다. 그리고 또 한 가시 이유가 있다.

'외숙은 왜 조합에 안 들었소?'

상진이가 이렇게 묻고 대들까봐 걱정이었다. 군에서 지도원이 출장 나와도 안경하는 이런 질문 탓으로 될수록 피해 다니는데, 상진의 성질을 아니만큼 그럴듯한 대답을 미리 마련해둘 일이었다.

안경하는 사랑방으로 쓰는 문간방에로 나왔다. 발을 개고 '갈매기' 담배를 빠는 둥 마는 둥 연기를 조금씩 뿜어내면서 눈꼬리가 위로 치우치고 엷은 갈색이면서 영채가 뚝뚝 돋듯하는 눈방울을 궁굴리면서 골몰히 생각하였다. 이런 그의 눈이며, 살집이 허술하여 말라깽이로 된 그의 체구며, 깊은 재주는 없었어도 약빠른 재치는 있어 보였다. 그도 이것을 믿기에 자기가 남을 속여먹을지언정 남한테 속지는 않는다고 장담하였다.

그러나 경우를 따지는 일에는 바늘 끝만치도 타협하지 않는 상진을 믿게 만들 그럴듯한 꾀가 나오지 않았다. 그는 '갈매기'를 세 개째 피우도록 골몰하다가 절반쯤 탄 담배를 재떨이에 쓱쓱 뭉개버리고는 혼자 중얼거렸다.

"사실대로 말하지, 뭐 내가 뭘 부족해서 조합에 드는가, 조합 사람이 내 덕을 보지 내가 조합 덕을 볼 탁 있나? 농사 일이 바쁠 때는 정미소 노동자 외에 또 일손을 사면 되구. 누구든지 저는 될수록 편하고 제 낭택"

은 더 채리려 하고, 이게 사실이지 뭐야? 지주처럼 착취하지도 않구."

안경하는 여기까지 중얼대다가 '지주'라는 말에 저도 모르게 몸을 움츠했다. 8·15 전까지 상진의 아버지와 안경하는 소작인 노릇도 제대로 못했었다. 겨우 천오백 평에 목숨을 걸고 소작인 중에서도 공짜 일은 제일 많이 해주곤 하여, 지주라면 지금도 지긋지긋하였다. 그렇지만, 지주가 없어진 공화국 땅에서 우선 마음을 놓을 수 있고, 동네 사람들이 식량이나 현금을 변통하러 자기에게로 모여들고, 벼 한 말을 찧으려도 그의 정미소의 '신세'를 지고 이런 재미가 협동조합 통에 안개처럼 사라질 것이 걱정이었다.

"네가 나라면 별수 있겠니?"

안경하는 상진을 면대한 것처럼 음성을 내여 말했다가, 사실 상진이도 이 말에는 찔끔할 것이라 제멋대로 생각하고는 피씩 웃었다. 이것도 순간이었다. 이 말에 상진은 얼굴에 핏대를 세우고 덤빌 것을 생각하니, 손아래 젊은이한테 당할 면박이 창피스럽고 두려웠다.

"자식, 휴가나 잠시 왔다가 다시 부대로 가면 되는 걸, 아주 제대라니……."

안경하는 투덜대면서 머리때가 길게 쩔은 목침을 베고 급히 누워버렸다.

'날 반동으로 생각만 해봐라.'

안경하는 성난 사람처럼 얼굴을 붉히며 벌떡 일어났다.

적 강점 시기 부락에서 일어난 일만 상진에게 말해도 그만일 것이다. 그때, 호경 영감의 친조카가 면 '치안대' 두목이었으며 병두는 대원이었으며, 호경 영감은 그 인색한 주제에도 돼지를 잡아 미군과 '국군' 장교

| * 낭택: 이익, 또한 그에 대한 욕심.

녀석들을 대접했었지만, 자기는 '치안대'와 그 상전 녀석들에게 담배 한 개 권한 일이 없었을 뿐더러, 그런 살기등등한 세상에서 영구 아버지와 함께 또다시 지주의 세상이 올까보아 노상 걱정했었다. 영구 아버지가 죽었으니 송장이 이런 말을 증명할 도리야 없지만, 지금의 리 위원장네 늙은 부모가 굶고 있을 때 남몰래 쌀을 소두 세말이나 주었던 일은 고향의 해방과 함께 동네가 온통 알게 되었다.

안경하가 이런 생각에 빠져 있을 적에 호경 영감이 눈을 휘둥그레 뜬 채 급히 들어와서는 안경하의 이마와 맞닿을 듯이 바싹 다가앉았다.

"임자가 큰일 하나 해주야겠어."

호경 영감은 밑도 끝도 없이 불쑥 말하고는 안경하를 힐끗 치떠 보았다.

"상진이 온 걸 알지? 그, 그런데 그 사람 성미가 병두를 어떻게 할지 알겠음마? 지금 병두는 안주 갔다 와서는 상진이 온 걸 알구설랑 밥두 먹지 않구 쳐 늘어져 있는 꼴이란 볼 수 없네. 임자가 한 몫 서둘러 주게나."

호경 영감이 말의 운두를 떼자마자 안경하는 모든 것을 짐작하고

'당해 싸지.'

이렇게 생각하긴 했으나 이내 마음을 돌렸다. 상진의 성깔이 어떻다 해도 국가의 법에 거슬리는 일은 삼가할 것으로 믿었다. 그럴 바에는 차라리 이런 기회에 호경 영감을 자기 사람처럼 틀어잡으려는 심산으로, 호경 영감이 말을 끝냈을 때, 안경하는 빙그레 웃었다.

"해보죠. 이따쯤 상진이 올 테니 함께 앉아서 말합시다."

"참 고맙네. 무사하게만 만들면 그 은공을 잊을 수 있겠음마."

호경 영감은 비로소 음성을 펴서 말했다.

"애가 워낙 불꽃같아서."

생색을 더 내려고, 안경하는 혼잣말처럼 말한 다음 걱정되는 듯이 고개를 개우뚱거리며 궁리하는 체하였다.

아닌 게 아니라 상진은 저녁밥을 마치던 길로 외숙을 만나러 왔다가 호경 영감의 음성을 듣고 안방에로 곧장 들어갔다. 외숙모와 잠시 말을 한 다음 그는 외숙에게 인사만 하려고 문간방에로 갔다. 외숙보다도 두 번째 만나는 호경 영감이 더 반가워하였다. 호경 영감이 콧방귀를 뀌며 깐직스럽게* 매달릴 것만 같아 상진은 안경하가 굳이 붙잡는 것을 그냥 나와버렸다. 사실, 호경 영감과 외숙이 조합을 반대하여 무슨 수작을 궁리하는지, 외숙에 대한 혐오까지 느껴지자 상진은 더 있기 싫었다.

관리위원회에는 영구가 있었고, 상진이 '갈매기' 한 개를 채 태우기 전에 일남 어머니가 무명 수건을 머리에 쓰고 들어왔다.

일남 어머니는 상진의 손을 잡고 수다스럽게 반기며 얼굴에는 눈물이 글썽거리었다. 남편을 형님이라고 부르면서 친동기처럼 지내던 상진이 왔다는 말을 듣고 상진의 집에 갔다가 다시 안경하의 집에 들려 찾아온 것이다. 적의 강점 시에 '치안대'에게 학살된 남편을 그리워하는 눈물이라 생각하니, 상진은 일남 어머니의 손을, 마치 스패너로 너트를 죄여가듯 손에 힘을 차츰 주어갔다. 손결이 두꺼비 잔등처럼 거친 것이며, 마흔 두어서너 살에 비해서 엄청나게 주름살에 덮인 얼굴이며, 더구나 아주 낡은 치마에, 솜이 군데군데 드러나 보이는 솜양복 윗도리를 어깨에 걸친 것이며, 일남 어머니의 간고한** 형편을 속속들이 말해주는 것이었다.

"조합에 들으셨죠?"

"그럼."

---

* 깐직스럽게: 깐죽스럽게, 거추장스럽게.
** 간고한: 어려운 난관과 고생스러운 시련이 많은.

일남 어머니는 상진의 질문이 쑥스럽다는 듯이 대답하고는 사설을 단숨에 늘어놓았다.

"조합이 안 됐더라면 하룬들 맘 편하겠소? 조합에서 얼마나 분배를 받는지는 몰라두, 우선 농사 걱정은 놓니까* 사람 살겠구, 나라에서 준 땅만 있지, 종곡이로다, 농기구로다, 소로다 뭘 있어야 할 것 아뇨? 조합 덕택에 이런 걱정은 덜었거든."

"일만 부지런히 하시면 그만큼 분배는 많이 탑니다."

"그럼, 그러니까 딸 둘과 죽자하구 일을 하지. 인제 조직 시초라 일을 하는 둥 마는 둥 하는 사람도 없지 않지만 우리 집 인간들은 참 어림없어. 그래 날보구 프로병자라고 하다나? 글쎄, 프로병자면 어떻소? 그만큼 조합 일을 더 하구, 우리 분배를 더 나눈다면 난 한사코 싸울 테니까."

일남 어머니의 음성은 차츰 높아지며 얼굴도 붉어갔다. 조합이 그에게 큰 힘이며 희망임을 숨기지 못하였다.

"우리 두생이만 그렇게 되지 않았다면…… 날보구 프로병자라구 놀리는 것도 홀에미가 돼서 그런 거야."

일남 어머니는 말을 흐리면서 상진을 빠끔이 보았다.

이럴 적에 장지문이 스르르 열리더니 박병두가 걸대한 몸집으로 좁은 문틈을 비벼 뚫을 것처럼 들어오는 통에 장지문이 덜컹덜컹 울렸다. 박병두를 힐끗 흘겨보던 일남 어머니는

"문짝을 아주 떼버리구 들어오지."

혼잣말로 투덜대었다.

상진은 입을 지긋이 다문 채 박병두를 똑바로 보고만 있으려니, 그는 상진의 앞에 덥석 앉았다. 술 냄새가 단번 상진의 코를 쏘았다. 처음 고

| * 놓니까: 놓으니까.

개를 수그렸다가 무엇을 결심한 듯이 번쩍 들면서 억지로 내는 음성으로 말하였다.

"상진이, 난 여러 말 않겠네, 대관절 날 어떻게 할 작정인가."

상진은 웬일인지 입이 굳어버렸다. 무릎 앞에 있는 소이탄 깍지로 만든 재떨이를 던져 머리통이라도 깨고 싶은 충동을 참노라고 입술을 질근질근 깨물기만 하였다.

"상진이, 맘대로 해, 맘대로. 이놈의 발목을 —박병두는 주먹으로 왼쪽 발을 치면서— 작두로 싹둑 잘라 달란 말여. 글쎄 탄광까지 심부름을 안 가두 할 텐데, 이놈의 발에 미군 구두를 한 켤레 사서 신기려구 가다가, 글쎄, 인홍리에서 광수 어만*을 만났단 말이거든. 이왕 본 건데 내 눈깔을 도려 파내겠나? 문제는 이놈의 주둥이야. 광수 어만 본 걸 엉겁결에 말 냈다가 그만 그렇게 됐으니, 내 발목이건 주둥이건 맘대로 족치라니까."

박병두는 말을 급히 몰은 통에 숨을 씨근거렸다. 숨을 안정시키자

"상진이, 양단간에 말을 해주게. 사실, 임자 볼 염치가 없어 일부러 술을 마시구설랑……."

"왜 맑은 정신으로 사과를 못 해? 광수 아버지, 저 사람 소원대루 그놈의 발목을 싹 잘라주라구."

일남 어머니의 얼굴은 푸르락불그락하였다. 본시 일남 어머니는 학살된 남편을 생각해서라도 박병두와 같은 '치안대' 졸개들에게는 언제나 원수같이 대하여왔다.

"일남 어만 내게는 그런 권한이 없수다."

상진의 묵중한 말은 방 안 분위기를 한결 무겁게 하였다. 상진은 폭

| * 어만: '어멈'의 북한 방언.

245

발뙤려는 분통을 틀어막노라고 속으로 안간힘을 썼다. 이렇게 힘든 말을 하기도 처음이었다. 그러나 일남 어머니는 상진의 너그러운 맘씨가 몹시 안타까웠다.

"광수 아버지가 아주 딴사람이 됐는데. 손을 쓰기가 뭘하면 긱살맞게* 욕질이라도 해주라구."

일남 어머니의 이 말에는 귀조차 기울이지 않고 박병두는 비로소 허리를 펴며

"고맙수다. 참 고마워."

상진이와 동갑인 사이건만 아주 황감스런 태도였다.

이런 것이 상진은 더욱 불쾌하였다.

'젠장, 이번 단련은 첨부터 너무 된데.'

상진은 팔을 길게 뻗쳐 목침을 집어서 베고 누웠다. 그제야 박병두는 마음이 다소 놓이는지 '부용' 봉지를 꺼내어 신문지 조각으로 담배를 말았다.

영구는 보고 있던 신문을 옆으로 실몃이 밀어제끼며

"병두네 아버지는 조합에서 나간대지?" 하고 넌지시 물었다.

"그러신대. 영 내 말을 들어야지. 그래 난 살림을 따로 나가지구 조합에 남아 있기로 했어."

"누가 남아달라구 애걸복걸하나? 아버지 따루, 아들 따루, 몰골사납지 뭐야? 부자끼리 몽땅 나가라구."

일남 어머니의 표독하고 비꼬는 말에 박병두는 배알이 틀려지고 말았다.

"관리위원들이 있는데, 일남 어만이 무슨 상관이요?"

| * 긱살맞게: 따끔하게.

246

박병두는 일남 어머니를 향해 모로 홱 돌아앉았다.

"조합원 없는 관리위원이 있다든? 조합의 주인은 조합원이라고 한 리 당위원장님의 말을 몰라? 왜 날 노려보는 거야?"

소름이 끼치는 일남 어머니의 윽박질보다도 '치안대'라는 말이 또 나올까보아 가슴이 철렁하여, 박병두는 실뭇이 일어나며

"난 이제 마음 놓구 일하겠어, 이것 참 너무 감사해서……."

하고는, 일남 어머니의 독설을 속히 피하겠다는 듯 휭 나가버렸다.

박병두의 더수기*에 눈총을 연송 주고 있던 일남 어머니는 박병두가 밖에서 들을 수 있는 음성으로 떠들었다.

"저런 녀석을 그냥 둬? 남성들이란 너무 몰인정해, 광수 어만을 생각해서두 하다못해 뺨이 한쪽 무너나도록** 듸알지게*** 때려주겠는걸."

상진은 신문지로 바른 천장만 보았다. 이제는 벌써 외숙이건, 호경 영감이건 박병두건 모두 시들하고 영구와 단둘이 앉아 조합에 대한 것을 듣고 싶었다. 그러나 두 볼을 불룩 부어가지고 있는 일남 어머니는 쉽사리 물러갈 것 같지 않았다.

2

입원중인 관리위원장은 장기 치료를 받아야 하며 상진이와 같은 적임자가 왔음을 기회 삼아 사표를 내었다. 관리위원과 세포위원들이 상진에게 권고할 적마다 그는 몇 해 농촌을 떠났던 것을 핑계 삼아 거절하였

* 더수기: '뒷덜미'의 옛말.
** 무너나도록: 얼얼하도록.
*** 듸알지게: 야무지게.

다. 그러나 하룻밤에는 영구가 검질기게 달라붙었다.

"우리 동네서 육상모*를 맨 먼저 했었고, 성공한 것도 자네야. 그걸 동네 사람들이 모르나? 그리고 당 사업은 내가 맡고, 관리사업은 네가 맡고, 우리 둘이 발 벗고 서둘면 호박뎅이에 뒹굴 것 같네."

밤이 깊도록, 영구는 어데서 말재간이 나오는지 명주실 꼬리 풀듯 하는 동안 상진은 승낙하고 말았으며, 이튿날로 조합 총회를 소집하였다.

이날 밤, 맨 처음 온 사람은 박병두였다. 그는 겯다** 만 옹구***를 가지고 와서 회의가 시작될 동안 바삐 겯었다. 사람들은 박병두가 상진의 관대한 태도에 감복한 데다 상진이 관리위원장까지 될 줄 알고 전에 없이 부지런을 핀다고 수군거렸다. 느지막하게 당도한 일남 어머니는 옹구를 겯는 박병두를 아니꼽게 보더니

"옹구도 경치게 크겠다. 황소두 들랑날랑 하겠는데."

하고는 혀를 쩍쩍 찼다.

마침 간부들이 나타남을 보자 일남 어머니는

"회의 시작이야, 빨리 치라구."

공중에 대고 소리를 꽥 질렀다. 그러는 것을 옆으로 지나가던 상진이 조용히

"너무 그러지 말아요. 저런 사람을 안착시켜야 합니다."

하자, 일남 어머니는 홱 돌아서면서

"광수 아버진 뼈 없는 부처님이야."

하는 통에 웃음들이 와그르 올랐다.

회의는 시작되었다. 전 관리위원장의 사임에 따라 후임 위원장을 선

* 육상모陸床苗: 벼를 심기 전 미리 모판을 만드는 일.
** 겯다: 대, 갈대, 싸리 따위로 씨와 날이 서로 엇매끼게 엮어 짜다.
*** 옹구: 새끼로 망태처럼 엮어 만든 농구農具.

거해야 된다고 영구가 말하자, 일남 어머니가 대뜸

"광수 아반을 내세웁시다레."

하였으며, 사방에서 찬성하는 말들이 요란히 올랐다.

정식으로 거수가결을 하니 한 명의 반대도 없을 뿐더러 여기저기서 박수가 일어났다. 박병두는 주먹 쥔 손을 높이 들었다가 맨 나중까지 박수를 쳤다.

"서기장 때처럼 본때 있게 해보구려."

"미국 놈들 잡던 솜씨까지 있겠다……."

"육상모를 대대적으로 하겠군."

이런 말들이 연달아 나왔다.

상진이 인사말을 하러 토론대 앞에 나서자, 박수가 한꺼번에 요란히 올라 그칠 줄을 몰랐다.

상진은 조합원들이 자기를 몹시 반기는 얼굴을 짓는 것을 보다가 화숙이가 자기를 똑바로 보면서 박수하는 것에 시선이 머물고 가슴이 뭉클하였다. 아까 거수가결할 적에 화숙이 주먹 쥔 손을 유달리 높이 쳐들었던 것도 상진은 유심히 보았었다.

상진이 제대되어 오자 부락 사람들은 상진이 박병두를 어떻게 대할까, 화숙이와 결혼하게 될까, 이것이 큰 화제로 되었는데, 박병두의 일은 아귀를 지었지만 화숙이와의 일은 갈수록 흥미를 끌었다.

화숙은 일제 때 상진이와 보통학교의 한 반이었다. 그들은 졸업할 때까지 1등 2등을 서로 다투었었으며, 졸업 후에 어쩌다 만나게 되면, 그때만 해도 남녀 관념이 심했지만 피차 남모르게 정을 느꼈었다. 그러나 화숙은 부모의 고집에 못 이겨, 20리쯤 떨어져 있는 마을 사람과 결혼했었다. 면 인민위원회 지도원으로 공작하던 그 사람은 일시적 후퇴 당시 신병으로 후퇴를 하지 못하고 숨어 있다가 원수놈들에게 체포되어 무참하게 학살되었었다. 화숙은 단 하나인 아들을 데리고 고향의 친가로 와서 딴살림을 했는데, 마침 상진의 안해도 학살된 뒤라 상진이와 결혼할 것이라는 말이 떠돌기 시작하였다. 더구나 화숙이 학교에 다닌 정도에 비해 월등하게 유식하며 수련한 인물과 얌전한 언동에 반하여 청혼이 사방에서 들어오는 족족 거절하는 속 심산이 상진을 기다리는 탓이라는 말도 돌았다.

상진이 제대되어 오던 길로 여러 사람들이, 영구까지도 이것을 권해 왔으나, 그럴 적마다 상진은 "쇠털같이 많은 날 결혼할 때 없을라구." 이런 농담으로만 받아주었다. 주위의 일이 번다해질수록 결혼 생각은 잊어버렸다. 그러나 이날 밤처럼 벅찬 분위기 속에 있으면서 화숙의 모습에 자주 마음이 쓰이는 것이 이상스러웠다. 자주색 저고리에 짙은 오동색 치마를 두르고 머리는 보기 알맞게 사뿐 헝클어졌고, 날씬한 키에 갸름한 얼굴은 입대 전에 보던 모습 그대로였다.

박수 소리가 멎기를 기다려, 상진은 침착하며 그리고 낮은 음성으로부터 말을 하려고 작정했었으나, 막상 고향 사람들을 오랜만에, 협동경리의 새로운 현실에서 만나게 되자 흥분이 앞서고 말았다. 먼저 고향을 지켜낸 것과 전선 원호에 싸운 것을 찬양하는데, 첫마디로부터 큰 음성이 거칠고 재바르게 쏟아져 나왔다. 속으로 '침착하자' 하면서도 어조는 갈수록 격해져 가기만 하였다. 다음, 우리 공화국 북반부에서 사회주의 건설과 관련하여 협동조합의 의의를 강조하였다. 빈농민의 생활 향상도 중요한 과업으로 제기된다고 말할 적에 상진은 일남 어머니의 형편을 예로* 들자, 일남 어머니는 혼잣말로 한다는 것이

"저것 보지, 우리 집 형편을 언제 저렇게 꿰뚫게 됐나?"

| * 원문에는 '례로'. 북한에서는 두음법칙을 적용하지 아니한다.

하고 소리 내어 말하는 통에 몇 사람이 킥킥거렸다.

상진은 목이 말라 깔깔해서 물을 마시고 싶은데, 마침 일남 어머니가 이웃집에서 물이 가득 찬 큰 양푼에 새 쪽바가지를 띄워 가지고 와서 토론대 위에 놓았다.

"일남 어만, 내가 사탕물 장사하는 것 같아 쓰겠소?"

하며 양푼을 토론대 아래에 내려놓자 웃음소리로 사뭇 떠들썩하였다. 웃든 말든 상진은 냉수를 뻘떡뻘떡 마시었다.

"빈농민을 완전 퇴치하구, 사회주의적으로 개조되는 공업과 발을 맞추도록 농업을 추켜올리고, 그럼으로써 조국의 평화적 통일과 공화국 북반부에서의 사회주의 건설을 하는 농업 협동화의 사업이란 정말 어렵습니다. 자기만 잘 살려는 사상, 조합 재산을 아끼지 않는 이런 개인 이기주의 사상과 그리고 조합의 발전을 일부러 방해하려는 사상이 있다면, 나는 미군놈, '국군' 놈들과 싸우던 그런 맘으로 대갈통이 터지게 싸울 작정입니다. 우리 당과 정부의 혜택을 모르고 미국놈과 이승만 졸개들이 오기를 은근히 바래던 자들도 이제 와서는 헛된 수작이었다는 걸 깨달았을 것이요. 하지만 뉘우치지 않고 남의 호박에 말뚝이라도 박자는 심술로 조합을 방해하려는 자들이 만일 한 명이라도 있다면……"

"그럼, 있구 말구."

일남 어머니가 날카로운 쇳소리를 질렀다. 마치 정신을 잔뜩 도사리라고 외치는 말처럼 들려, 상진은 음성을 더욱 돋구어서

"나는 샅샅이 들추어낼 것이구, 그걸 철저히 쳐부수고 말 것입니다. 그러나 적발하고 쳐부수는 것이 목적이 아니라 그들이 당과 정부의 시책에 감복하도록 교양 주면서 이끌어나가는 것이 중요합니다."

상진은 다섯 해 동안 고향 사람들과 함께 못 나눈 말을 한꺼번에 털어놓고 싶었다. 상진은 말하는 동안 박병두를 보지 않으려고 하면서도

시선이 저도 모르게 가끔 그리로 가군 하였다. 듣는 사람들도 도시 지루한 줄을 몰랐다. 선전실 바람벽이 무너날* 지경으로 이백 명 가까운 사람들이 꽉 들어찼는데도, 어쩌다가 잠떳**하는 어린애의 울음소리와 세찬 바람에 창문이 덜렁거릴 뿐이었다.

상진의 토론이 끝난 뒤에, 농기구와 종곡을 조합에 낼 것과 작업반을 고정화시킬 문제가 토의되었다.

선전실의 맨 앞에서 바람벽에 기대여 있던 소 영감은 회의가 파할 것 같은 기미를 느끼자, 앉은 채 헛기침을 하고

"축력 문제는 토의 않소?"

하는 말에 여럿이 맞장구를 쳤다.

아이에게 젖을 물리고 있던 한 여자가

"밤이 깊었으니끼 이담 하자요."

하는 말에 장내는 갑자기 웅성거렸다.

"소 없이 농사를 질 수 있나?"

"밤을 새더라도 토의하자요."

"종곡이구 농구구 축력 해결 못하면 허탕이야."

특히 여자들의 음성이 더 몰아쳤다. 상진은 주먹으로 주석단의 책상을 두드려 장내를 진정시켰다.

"토의합시다. 누구든지 의견을 내놓으소."

상진은 사람들을 훑어보았다. 관리위원회에서도 축력 문제를 총회에 걸까 했으나, 아직 신통한 대책이 없으며, 조합원들을 만족시킬 수 없을 적에 주는 영향을 염려하여 다음 기회로 밀었다. 그러나 조합원들이 그렇게도 안타까워함을 어찌 모라세 할 수 있으랴.

* 무너날: 무너질.
** 잠떳: '잠꼬대'의 북한어.

252

"밤을 새서라도 이백 명 골통을 기름 짜내듯 해보세."

상진은 영구에게 귓속말처럼 하면서 빙그레 웃었다. 영구는 동의하는 뜻으로 고개만 끄덕이며 난감한 대목에 맞닥뜨린 것을 생각하여 책상우에 눈을 박은 채 꼼작하지 않았다. 상진이나 영구가 애타하는 줄은 모르고 소 영감이 또 몰아세웠다.

"좀 시원한 대답을 해주구려. 여기 온 사람들은 모두 이걸 알고 가야만 눈을 붙일 거요."

하다가 소 영감은 마침 첫닭 우는 소리를 알아듣고

"밤을 새워도 좋수다."

하였다.

"코 고는 건 누구야?"

무거운 침묵을 화숙의 맑고 보드라운 음성이 깨뜨렸다. 여기저기서 깨는 소리가 났다. 내일로 미루자는 말이 나오자 "그냥 계속합시다." 하는 숱한* 음성이 그 말을 삼켜버리고 말았다.

이런 것들이 상진의 가슴을 막 후비였다. 그럴수록 머리 속은 자꾸만 무거우며 검불만 찬 것처럼 어수선하였다.

"먼저 의견들을 말하시라요."

상진은 청중을 또 둘러보았다. 일남 어머니는 주석단에서 일부러 묘한 방책을 툭 털어놓지 않는 줄만 알고, 참다못하여 벌떡 일어났다. 그는 두근거리는 가슴을 가라앉히노라고 주석단을 보면서 한동안 군침만 삼켰다.

"모두 한식구끼리 모였는데, 못할 말이 뭐 있어요? 소 가진 사람들이 우릴 보구 뭐라는 줄 알우? 남자들이 아이 낳는 재간은 없어두 조합 사

253

람들이 소를 낳는 재간은 있다고 눈꼴 사납게 막 비꼰단 말이요. 동네방네가 다 알다시피 난 이적지 과부로 지냈는데, 그래 내가 소를 낳아야 한단 말요? 좀 시원하게 말해요. 십년 묵은 체증이 쑥 내려가게시리."

일남 어머니가 워낙 불에 단 사람처럼 납띠는* 통에 사람들은 나오려는 웃음을 삼켜버리고 말았다. 본시 일남 어머니는 일에 들어서나 이해타산에서나 영악하며, 누구 앞에서나 말을 거리낌 없이 하였다.

남편이 학살된 뒤로는 소를 부리기가 힘들이 필았으며, 유가족이라하여 동네 사람들의 원조가 극진하다 하지만 일남 어머니가 거의 1년 반이나 신병으로 일을 제대로 못했었다. 그래 살림이 자연 쪼들려 가며 농사를 제때에 알뜰히 가꾸지 못하는 관계로 모든 것이 마음에 마뜩치 않았다. 그럴 적마다 죽은 남편의 생각이 뭉클뭉클 치솟으며 이런 울화로 가슴속이 터질 것 같게 되면 혼자 목 놓아 울기도 하였다. 이렇게 울고 난 뒤에 박병두나, 치안대에 관계했던 사람을 만나기만 하면 욕질을 한바탕 쏘아붙여야 시원하였다.

주석단 맨 끝에 앉은 혜정은 만년필 대가리를 입술에 문대면서, 상진의 입이 무슨 묘한 대책을 내뿜을까 하여 그를 옆눈질로 힐끗힐끗 보았다.

상진이도 막다른 골목에 다다랐다. 이런 대목에 이르면 상진의 평시성깔과는 딴판으로 누그러지며 배짱으로 밀어대려고 덤비는 데서 때로는 자기도 생각할 수 없는 재치가 퉁겨나오는 일이 있다. 그는 청중을 두루 보며 한번 벙긋 웃고는 일부러 늘어진 어조로

"난 홀애비지만 소를 한 스무 마리쯤 낳아 놓겠으니 일남 어만은 미역국이나 넉넉히 장만하시구려."

| * 납띠는: 날뛰는 행동이나 모양.

하는 통에 방 안이 울리도록 모두 웃었다. 그러나 상진의 얼굴은 금세 엄숙해지며 눈은 타는 듯이 이글거렸다. 그는 농담이 아니라 해놓고야 말겠다는 배짱이 불시로 생겼던 것이다.

조합원들의 눈은 상진의 입을 향하여 일제히 집중되었다. 그러나 상진은 무슨 말을 해주어야 할지 초조하였다.

"뜨락또르* 임경소에 특별 교섭을 합시다. 조합 논을 우선적으로 갈아달라구."

선전실의 한복판에서 누가 호기스럽게 말하자, 민청위원장 창식이가 나섰다.

"뜨락또르만두 안 돼요. 물을 잡어 둔 논을 뜨락또르로 갈 수 있나? 평남 관개 제2계단 공사가 완성되면 몰라도 아직은 축력이 더 소중하거든요."

뜨락또르를 발설한 사람은

"논의 물을 빼버려 두지."

하고 맞섰다.

"그럼, 건갈이를 할 작정여요? 뜨락또르보다두 물이 더 귀중한걸요."

화숙의 음성에 상진은 저도 모르게 귀를 쫑긋하였다.

논에 물을 오랫동안 잡아두어야만 흙이 걸게 되며 설령 가물이 와도 견디는 것이다.

"그럼, 어떻게 하잔 말요?"

뜨락또르를 주장한 사람이 이번은 톡 쏘아붙였다. 이 말에 화숙은 급히 일어났다.

"네, 한 가지 의견을 내보죠."

| * 뜨락또르: 트랙터.

갑자기 장내는 긴장되었다. 상진은 화숙의 말을 일일이 받아 쓸 것처럼 만년필을 노트 우에 세워 잡았다.

"우리 부락에서 일제 때 산간 지대로 쫓겨 간 사람들이 많은데 그중에는 8·15 해방 후 당과 정부의 배려로 소를 장만한 집도 몇 집 있습니다."

화숙이 무슨 말을 하려는 것을 짐작한 상진은 영구의 옆구리를 찔벅거리며 귓속말로

"그럴듯한데."

하는 것이었다.

"그러나 그들이 평야 지대로 오면 더 부유해질 거구, 우리 조합에 몇 마리의 소가 더 생길 수 있죠. 그러니 그 사람들을 조합으로 데려오잔 말입니다."

여러 곳에서 "됐어, 됐어." 하는 말들이 연달아 오르는 중에 소 영감이

"여섯 집은 돼."

아주 반가운 어조로 크게 말하였다.

"좋습니다."

상진은 엉겁결에 말하고, 이런 것에 딴생각을 한 사람들이 킥킥 웃자, 상진은 그만 얼굴을 붉혔다.

"내 의견으론 좋은 것 같지 않수다."

2작업반장이 다른 의견을 뭉개버릴 듯 볼통 사납게 탁 뱉어버리는 통에, 출입문 옆에 앉은 그에게로 시선들이 쏠렸다.

"그건 왜요?"

영구가 묻는 말에, 2작업반장은 뚱뚱한 몸을 뒹기적거리며 일어났다.

"그 사람들이 소는 가져오지만 토지를 떼가지고 올 수도 없지 않소? 그렇다면, 조합원들에게 분해할 알곡이 적어진단 말입니다. 난 반대외다."

상진은 저도 모르게 얼굴을 찡그리며 만년필을 노트 위에 탁 놓아버렸다.

'젠장, 개인 이기주의, 배타주의가 막 나오는군.'

상진은 이런 생각에 잠시 오만상을 찌푸렸다가 이내

'그럴 수도 있다. 문제는 그런 사상 의식을 시정해주는 데 있다.'

이런 생각에 얼굴을 풀려니 혜정이가 또랑또랑한 음성으로 말하였다.

"그건 문제없어요. 국가 기준에 1노력에 평균 2천 평인데 우린 2천 3백 평이 넘어요."

이어서 영구가

"여보, 숱한 벼를 우리만 먹지 말구 함께 논아 먹읍시다레."

하자 축력 문제로 긴장되었던 분위기가 요란한 웃음과 함께 흩어져버렸다.

"조용들 해요."

상진이 웨장을 치듯* 소리 지르고 여기저기서 "쉬— 쉬—" 하여 장내는 잔잔해지고, 다만 무안을 느낀 나머지 2작업반장의 잔기침소리만 들렸다.

상진은 이런 기회에 해설 사업이 필요하다는 생각에 붙이던 담배를 마룻바닥에 뭉개어 꺼버리고 정중하게 일어섰다.

"지금은 그전처럼 경지 면적을 힘에 겹도록 욕심내는 때가 아닙니다. 충분한 노력으로 퇴비 증산, 모판 관리, 제초 작업을 제때에 보장하여 평당 수확고를 될수록 높이는 것이 이익입니다. 우리 조합의 160여 정보에서 정당 평균 5톤만 내봐요, 벼 몇 가마닌가."

상진이 계산하노라고 말을 중단하고 있을 때, 혜정이 재치 있게 대주

---

* 웨장을 치듯: '웨장친다'는 것은 다른 사람은 무시하듯 혼자서 고래고래 떠드는 것을 뜻함. 외장치다늑독장치다.

었다.

"1만 6천 가마니여요."

"그렇지, 보통 정당 3톤 500 내는 것보다 몇 가마니 더합니까."

상진은 고개를 혜정에게로 돌리였다. 혜정은 언제나 웃음을 머금은 얼굴에 유난히 사람을 끄는 새까맣고도 맑은 눈을 깜박거리더니 이내 대답하였다.

"4천 8백 가마니여요."

상진은 혜정의 재간에 탄복하여 빙긋 웃고는

"우리 부기는 계산하는 기계야."

한 다음 다시 청중을 보았다.

"봐요, 노력자 2백 명 치면 한 사람에 열댓 가마니가 더 돌아갑니다. ─그러니 2작업반장 동무, 당과 정부의 이주민 정책에도 협력하자요. 당과 정부에서 농민에게 해 되는 정책을 세워본 적이 있습니까. 자, 인제 알겠지요."

딴 사람인 소 영감과 일남 어머니가 똑 같이 "알겠수다." 했으나 2작업반장은 머리를 떨어뜨린 채 긁적거리기만 하였다. 본시 2작업반장은 술을 몹시 즐기면서도 남의 술만 따먹는 데에 이골 났으며 어쩌다가 권련을 한 갑이라도 사면 주머니에 넣고 한 개만 슬그머니 꺼내어 피우며 누가 한 개를 청하면 "마지막 한 개를 피웠어." 하고는 시침을 따는 사람이었다.

"글쎄, 그렇게 다수확을 내자면 소가 넉넉해야 할 텐데, 설사 산간 지대에서 여섯 마리 다 온다 해두 어림없단 말요."

소 영감이 퉁명스럽게 말했다. 소라면 아들같이 위하는 소 영감이 으레 할 수 있는 걱정이지만, 상진은 자기를 연송 궁지로만 몰아넣는 것 같아 슬며시 역정이 났다.

"글쎄, 축력은 걱정 말아요. 일남 어멈도 소를 낳고, 나두 낳고, 또 내가 쟁기를 메기라도 할 테니, 퇴비와 소토만 많이 장만합시다."

상진이 웃지도 않고 열을 올려 말하는 것이 누구에나 믿음직하였다.

닭이 두 홰나 울어서야 회의는 끝났다. 그래도 많은 사람들은 미진한 것이 있는 것만 같아, 남자들은 담배를 피우거나 여자들은 소군거리였다. 이런 것들이 모두 축력에 대한 시원한 대답을 듣지 못한 것이라 여기고 상진은

"정말, 축력은 걱정 말아요."

하는 말을 몇 번이나 해주었으며, 영구는

"첫 숟갈에 배부른 수가 있소? 차츰 해결되죠."

하며 돌아가서 쉬라는 말까지 하였다.

사람들이 돌아간 뒤, 상진이, 영구, 혜정은 장지문으로 다시 간을 막은 뒤 사무실에 남았다. 소물을 끓이는 통에 방바닥은 따끈하였다.

혜정이는 돌아가라는 재촉을 받고도, 그전 장부에 탈퇴한 호경 영감과 또 한 사람이 남아 있어서 몰골 사납다 하여 조합원 명부, 경작지 대장, 노력일 장부들을 새로 만들고 있었다. 혜정은 장부에 줄을 한창 치더니

"잉크가 없어 어떡하나?"

하고 철필대로 책상 우에 방아를 찧다가 급히 나갔다. 옆집에 가서 잠자는 사람을 깨워 잉크병을 얻어가지고 돌아왔다.

"그만 돌아가 쉬시오."

상진의 재촉에

"일 없어요, 집에 가서는 펴놓고 일할 자리가 없어요."

하고 다시 줄을 쳤다. 그러나 새로 세 시가 지났을 적에 상진이 영구와 이야기하다가 혜정을 보니 장부에 머리를 박은 채 잠들어 있었다. 그

의 옆에 벗어 놓은 솜양복을 상진이 혜정의 어깨에 가만히 걸쳐주었다. 여자의 몸으로 밤낮 없이 바삐 도는 피곤에서 오는 잠이라 하면 혜정의 잠자는 모습에서만도 고마운 인상을 느꼈다. 30분은 실히 잔 뒤에야 혜정이 깨더니

"아이구머니나, 감쪽같이 한 잠을 잤네."

하고는 줄친 장부에 기입하려고 펜을 들을 적에 상진이 장부를 채뜨려 깔고 앉아버렸다.

"우리 단둘이 할 말이 있으니 가서 쉬시오."

영구가 이렇게 거짓말을 해서야 혜정은 돌아가겠다는 조건으로 상진에게서 장부를 받았다.

3

호경 영감이 소를 가지고 탈퇴한 것에 조합원들은 분개하였으며, 그것은 "두고 보자. 조합 땅을 한 평도 묵이지 않을 거다." 이런 결의로 조합원들을 뭉쳐놓았다. 그런데다 안경하와 호경 영감과 몇몇 소를 가진 농민 중에도 더 여유 있게 지내는 사람끼리 협동조합을 따로 만든다는 뜬소문에 조합원들은 발끈하고 나섰다. 이주민의 소와 농민은행의 융자금으로도 부족하였으나 좀처럼 묘안이 나서지 않았다. 하루 밤에는 세포 총회 끝에, 영구가 삼동 동안의 부업 경리로 돈을 벌어서 소를 샀으면 좋겠다는 의견을 내었으나, 역시 자금이 문제였다. 특히 부업을 계획할 수 없는 지대였다. 5~6년 전만 해도 갈*이 많아서 삿자리를 결으면 부난**

---

* 갈: 실속 있는.
** 부난: 갈대.

있는 부업이었지만, 간석지를 개간해버린 통에 갈을 베여 올 수도 없을 뿐더러 사는 일도 곤란하였다.

"돈을 만들어냅시다요."

화숙이 불쑥 말하였다.

"어떻게?"

조합원들의 형편을 뻔히 들여다보고 있는 영구는 퉁명스럽게 물었다.

"재봉침이라도 팔자요. 옆집 것만 팔아도 황소 일곱 마리는 살 거구, 조합 분배를 타서 또 사면 되잖어요? 내 재봉침부터 내놓겠어요."

소 영감은 뜨듯한 방바닥에 허리를 지지려고 목침을 끌어당기다가 화숙의 말이 너무도 반가와 목침으로 방바닥을 탁 쳤다.

"됐어, 우리 집 것두 내겠어. 작년 식량 곤란할 적에 흥정은 떼놓고도 세 번째나 재봉침 대가리를 떼려다가설랑 정 아까워서 작파했었지. 팔자구, 그걸 팔어서 소만 해결되면 장땡이지 뭐야. 해방 전 같으면 우리네가 재봉침 근방에나 갔었겠나? 모두 우리 당과 정부의 혜택으로 재봉침이로다 백동 장식의 장롱짝이로다 이렇게 장만한 걸 가지구. 생각들할 것 없어. 이번 농사에 안 되면 내년 농사에는 더 좋은 걸루 살 수 있을 거야."

소 영감이 침을 툭툭 튕기면서 열을 내여 말하는 통에 사람들은 확실히 충동을 받았다.

"좋습니다. 우리 집 것두 내죠. 그러나 절대로 무리하지 말구 자발적으로 합시다."

상진은 너무도 기뻐서 큰 입을 넙죽 벌리며 빙그레 웃었다.

그러나 영구는 눈을 아래로 깔고 골몰히 생각하였다. 상상도 못했던 이런 거창한 일을 —일제 때에 가져보지 못한 것을 선뜻 낸다는 일이 농민들에게는— 정치적으로 분석하는 것이었다. 그는 좌경적이며 투기적인 과오를 범하는 것일까 하고, 일단 부정적으로 따져보다가 새끼돼지를 모아 팔아서 종묘 돈을 사는 것과 일반이다 하는 생각이 들자 고개를 번쩍 들었다.

"나두 내겠소. 이런 제안은 화숙 동무와 같은 열성분자라야 할 일이요. 하여튼 자발적으로 합시다. 우린 지금 축력이 제일 필요하니까요."

세포위원장의 말은 용기를 더 한층 북돋아주었다. 소 영감은 옆에 앉은 2작업반장의 허벅다리를 찔벅 건드리며

"임자네 것은 어쩔테야?"

하였다.

"애들이 많아서 재봉침 없이는 곤란할 텐데, 그리구 우리 집 사람이 절대 듣지 않을 거요."

그의 음성은 목 안으로 자꾸 기여 들어가는 것이었다.

"바른대로 말해. 임자는 소를 냈으니 재봉침까지 또 낼 것 있냐는 거지? 세포위원장은 왜 또 재봉침을 냈겠음마? 분배 때 재봉침 값을 찾는 걸 가지구 그래."

소 영감은 얼굴을 붉히면서 윽박질*이라도 할 것처럼 서둘다가 세포위원장이 "자유의사에 매낍시다." 하는 말에 혼자 혀만 찼다.

"망할 놈들, 날도적놈들."

갑자기 일남 어머니는 잔주름이 제각기 얼기설기 꿈틀거리는 험악한 얼굴을 지으며 투덜거리였다. 상진은 일남 어머니가 무슨 발작을 일으키는 징조인가 하여 눈을 뚱그렇게 뜨며 보았다.

"그 치안대 놈들이 귀신 쌍판대기 같은 미국 놈을 데리고 다니면서 우리 집 재봉침을 강탈해다가 그걸로 팔어넘겨 계집질을 했다니께. 그때 왜 이 못난 미물이 남처럼 감추지 못했는지 몰라."

| * 원문에는 '욱박질'.

"일남 어만, 그러니 일을 잘 해서 복수하잔 말요. 일남 어만 재봉침 못 내는 건 모다 이해하니……."

상진은 일남 어머니가 걸핏하면 울기를 잘하는 만큼, 그것을 미리 방패막이 하려고 말을 계속하려는데, 일남 어머니가 말을 막고 나섰다.

"광수 아버진, 너무 무골충이야, 왜 박병두 같은 녀석을 그냥 두냔 말요?"

상진은 그만 껄껄 웃고 말았다.

"일남 어만, 날더러 무골충이란건 너무 심한 말인데, 적을 2백여 명 죽인 걸 모르구, 재봉침을 박병두가 빼앗어 갔소?"

"그때 그 녀석은 안 왔지만 모두 한통속이지 뭐요? 그 녀석 집 재봉침은 소문 난 건데 조합에 내지 않을 거야. 이번 살림 날 때, 재봉침도 얻어냈다는구려."

이 자리에 재봉침을 가진 사람이 더 있었지만 자원자가 또 나오지는 않았다. 결국 네 대만 모였을 뿐이다. 재봉침을 거둔다는 말에 호경 영감은 아들에게 준 것을 자기 집에로 옮겼으며, 박병두는 이런 일을 묵인하고도 조합에다는 호경 영감에게 미루었다. 하여튼 재봉침을 판 돈으로는 달구지 두 대와 소 두 마리를 사고 남어지로는 청천강을 건너 박천 땅에 가서 갈을 사왔다. 민청원들은 가마니와 새끼를 만들며, 나이든 축은 삿자리를 겯기 시작하였다. 갈밭이 없어진 뒤로 근방 사람들은 삼동 동안에 탑탁한 일거리를 얻지 못했으나 조합 사람들은 낮이나 밤이나 일손을 놓지 않게 되었다. 그리고 고공품*과 삿 겯는 일에 끼지 못하는 사람들 중에서 실직한 축으로 니탄** 채취반을 조직하였다. 그들은 20리 되는 곳

---

* 고공품: 짚이나 풀줄기로 엮어 만든 수공예품.
** 니탄: 이탄泥炭, 토탄土炭의 북한어. 석탄의 한 가지로 땅속에 묻힌 지 오래되지 않아서 완전한 석탄이 되지 않은 것을 말한다. 비료로 쓰거나 땔감으로 많이 이용된다.

에 나가 자고 먹고 하면서 니탄을 캐였다. 샷과 고공품은 마을에서 나가고, 니탄은 마을로 들어왔다.

저녁때부터 내리는 부슬비가 그대로 계속되는 밤이었다. 상진이 샷자리 겯는 일에 협력하다가 사무실로 오니 문이 잠겨 있었다. 상진은 자기가 맡은 열쇠로 열고 들어가서 자기의 테불*을 보았다. 테불에는 먼지 하나 앉지 않았으며 헝클어놓은 채 나갔던 노트와 책과 신문이 채곡채곡 정돈되어 있으며 철필은 노트 우에 똑바로 놓여 있었다.

'아차, 손수건이 보이지 않는군, 혜정이가 빨아주려구 가지구 갔나? 땟물이 꾀죄죄하구 콧수건으로도 사용했는데.'

혜정에게 들리기라도 하라는 듯이 나직한 소리로 중얼거리는데 밖에서

"관리위원장 동무 있수?"

하는 박병두의 다급한 음성에 몸을 저절로 옴츠렸다가 얼굴을 살짝 찌프렸다.

"왜 그래?"

병두는 회의실의 구들장이 울리도록 발소리를 내며 장지문을 급히 열고 들어오는데 꼭 다문 입술이 약간 뾰족하게 솟았고 두 볼이 조금 불룩하게 두드러진 것이며 한쪽 소매가 찢기여 솜이 보이는 것으로 보아 무슨 일이 생긴 모양이었다. 병두는 상진 앞에 서자 오른손을 조끼 주머니에 푹 넣어 봉투 두 장을 꺼내었다.

"아, 이런 일이 있어? 이 편지를 좀 보라구."

"뭐인데? 말을 미리 해야지."

상진이 퉁명스럽게 말하는 통에 병두는 잠시 어리둥절하다가

| * '테이블', 탁자.

264

"아, 비료 실러 신리로 갔다가 기성이란 녀석을 만났는데, 어디 가냐구 물었더니 안주와 구성 간다구 한단 말야. 뭐 하러 가냐니까 콩하구 벼와 바꿀 사람을 구하러 간다구 하지만 자식의 말하는 꼴이 좀 수상하구, 그걸 어째 눈치 챘는가 하면 자식이 싱글벙글하면서 날 비웃는 것 같아. 그러자 그 자식 조끼 주머니에 넌 봉투 편지가 뾰죽이 나온 걸 보고 얼핏 빼 채뜨렸지. 그때 내가 미처 눈치를 못 챘더라면."

"무슨 말인지 알 수가 있나 원, 그래서? 간단히 알맹이를 말해."

"겉봉을 보니끼, 우리 고모부 이름이구, 또 하나는 우리 동네서 간 목수 이름이구. 그 사람들이 우리 조합에 못 오도록 하자는 것이란 말여."

상진이 그제야 정색하여 편지를 급히 뜯어보았다. 그가 편지를 읽고 있는 동안, 박병두는 기성이와 싱갱이*를 하면서 편지를 가지고 오던 이야기를 늘어놓았다.

"그 자식은 그래 기차를 타구 떠났나?"

"떠나다니? 소는 소대루 오게 하구, 내 그 녀석 먹살을 잡구 인홍리까지 왔는걸 뭐. 그러니 기차 타기두 틀렸구 그래 여까지 함께 왔지."

상진의 표정이 더욱 굳어지는 것을 보고 박병두는 속으로 흡족하였다. 박병두는 재봉침을 거둘 때부터 상진의 눈치를 항상 살펴왔었다. 그 전과 마찬가지로 상진은 그에게 별다른 눈치를 보이지 않았으나 재봉침을 내지 않은 것으로 하여 '그러면 그렇지, 치안대 지낸 놈이 별수 있겠니?' 이런 앙큼한 마음을 속에 품고 있을 것이라고 박병두는 생각하였다. 그래 이날, 이런 편지를 발견한 것으로 하여, 상진이나 조합원들이 자기를 신임할 것이며, 사람들이 있든 말든 욕질로 면박을 주는 일남 어머니의 입도 한결 온순해질 것이라고 은근히 바랐다.

| * 싱갱이: 실랑이. '실갱이'의 구어적 표현.

'영구가 있어야 상의하지.'

상진은 군당 세미나에 나간 세포위원장을 생각하다가 편지를 양복 주머니에 넣고 급히 일어났다.

그는 어떻게 하겠다는 작정도 없이 안경하의 집을 향해 걸었다.

매운 갈바람이 칠흑 같은 어둠을 타고, 상진을 넘어뜨릴 것처럼 왈칵 닥쳐왔다. 그래도 상진은 얼굴에서 불이 이는 상 싶었다. 그는 신작로가의 벽보판 앞을 지날 때, '영구를 기다릴까.' 하는 생각이 문득 떠올라 우뚝 서버렸다. 아무래도 영구를 기다리는 동안 흥분을 못 삭여 피가 온통 말라버리는 것만 같았다. 뿌드득 소리가 나도록 그는 이를 꽉 물고 급히 걸었다.

안경하가 조합에 들지 않은 다른 사람처럼 협동경리의 우월성을 모르는 데서, 그리고 자기의 부농의 처지에 대한 애착에서만 나온 행동이라면 불행 중의 다행이나, 아주 옳지 못한 사상에 뿌리박힌 행동이라면 무섭고 슬픈 일이었다. 상진은 우선 이런 점을 털끝만치라도 엿볼 수 있을까 하는 욕심이 앞섰다.

안경하는 안방에 있었는데 눈웃음을 치며 상진을 반겨주었다. 그동안 협동조합에 대한 의견이 달라 몇 차례 말다툼을 했지만, 안경하는 상진을 보면 이렇게 대하는 것이어서, 외숙의 능글맞은 농간에서 오는 태도일까 하여, 상진은 도리어 불쾌하였다.

안경하는 상진을 아랫목에로 앉으라 하며, 객초로 준비해 둔 '갈매기'를 장롱에서 꺼내어 권하였다.

안경하는 상진이보다 아홉 살 위이지만* 조숙하여 50에 가까운 사람처럼 보였다. 그가 열다섯 살 되던 해, 부모는 고향에서 소작농을 하였으

| * 원문에는 '우지만'.

며 그는 동사리에 사는 지주집의 머슴으로 있었다. 머슴살이를 작파하고 딴살림을 난 뒤로는 워낙 굶기도 많이 했으며 힘든 일을 줄창 해온 탓인지 토지 개혁 후로 소를 두 마리나 부리며 오늘과 같이 살림이 활짝 폈으나 살은 오르지 않았다. 그래도 혈색은 좋았으며 장끼*가 대단하여 병으로 누운 일은 별로 없다. 그는 체소한 모양대로 잔망스럽고 그의 유난히 작고 도스라진 눈은 몹시 약빠르게 보였다. 그의 가족 노력이라고는 바윗덩이처럼 우둔해 초중 1년에서 작파한 동생과 그의 부부뿐이건만 만 3천 평이나 경작하며, 기경, 파종, 이앙, 벼 가을, 탈곡 할 것 없이 때를 놓치지 않고 시기를 보장한다. 그렇게 그는 쌀되를 꾸어주거나 돈을 융통해주는 것으로 노력을 잡아 두는 데는 날고 뛸 뿐더러 어떻게 농간을 그럴듯하게 피는지, 제 욕심은 다 차리면서도 남의 원망을 사는 일도 별로 없다.

　여하튼 상진은 입대 전까지 외숙과는 다정하였었는데, 이렇게 피차 거북한 입장에 갈라서 있게 된 일이 생각하면 야속한 일이었다.

　"넌, 영 밤잠을 안 자구 조합 사무를 본다지? 참 용해, 어서 담배 피우라구."

　안경하는 아주 다정하게 굴었다. 상진도 이렇게 능청을 부려 안경하의 뱃속을 들여다보고 싶었으나, 가슴 속에서 불덩이가 휘몰아치는 것만 같아 진득이 있을 수 없다. 그래 상진은 주머니에서 편지를 꺼내어 방바닥에 놓았다.

　"이건 무슨 편지입니까."

　상진은 이빨로 아랫입술을 지그시 물면서 안경하를 보았다. 안경하가 편지 봉투를 쏘아보다가 얼핏 집으려 하니, 그의 작은 손보다 훨씬 크

* 장끼: 장기. 건강한 기운 또는 왕성한 원기.

고 억센 손으로 상진은 덥석 누르며 다른 손으로 봉투를 집었다.

"이 편지는 못 가져가십니다."

안경하는 잠자코 담배를 태워 서너 모금 푸— 푸— 빨고는 손아랫사람에게 아량을 보이려는 그런 너그러운 어소로

"넌 뭘 가지구 그렇게 흥분하나? 그 편지 내용을 잘 검토나 해보구설랑 그러는 거야?"

하고는 히죽이 웃었다.

"했지요. '요즘 산간 사람들이 평야 지대로 많이 나오는데 만일 임자도 그런 의사가 있거나 권고를 받으면 미리 나와 상의하는 것이 임자에게 대단 유익할 것이요. 누구의 권고를 받더라도 아예 경솔히 작정하지 말고 내게 꼭 와서 상의하시오.' 편지에 쓴 이 사연은 무슨 뜻입니까."

안경하는 걸걸한 음성으로 한참동안 웃었다.

"참, 젊은 사람들 생각이란…… 너 그 불덩이 같은 성미가 화선에서 더 심해졌군. 날 비판하려면 한 가지 있다 있어. 나두 내 낭택을 채워야할 것이 아닌가. 이 동네 사람들이 죄다 조합에 들구 보렴, 난 누구와 농사한단 말인가."

"외숙도 조합에 들죠."

"참, 답답하군. —안경하는 웃으면서 담뱃재를 털었다.— 딴 사람은 몰라도 내게는 개인농보다 손해거든."

"조합원들이 앞으로 외숙 수입보다 더 많게 될 때는……."

"물론 그때야 나두 들지, 허지만 지금은 밑지는 장사야. 그래 소를 가진 호경 영감 같은 몇몇 사람이 조합을 따로 만들자고 나를 자꾸 속삭이지만 아직 승낙을 안 했다면 그만이지. 편지 글씨를 보라구 내 솜씨가 아니구, 이름만 빌려준 거거든. 그 사람들이 몇 오면 젊은 남자 몇은 정미소에 쓰기로 하구. 정미소 사람 셋이 오래전부터 나가겠다는 걸 사정사

정하여 붙잡고 있단 말이다. 그러니 말하자면 이런 내 개인 이기주의를 비판하면 됐지, 날 바늘 끝만치라도 반동사상을 가진 걸로 보면 천부당 만부당이란 말야."

한결같은 어조로 느릿느릿* 하던 말이 끝에 와서는 음성도 커지며 어조도 빨랐다. 손가락 사이에 낀 담배가 가늘게 떨리기까지 하였다.

"정말입니까. 단순한 개인 이기주의요? —상진은 안경하를 똑바로 보며 잠시 말을 멈추었다.— 그렇지만, 개인 이기주의사상은 국가와 인민의 이익에 반대 되구, 해로운 겁니다."

이렇게 말한 다음, 개인 이기주의가 발전하면 바로 부르주아 반동사상이라는 것을 다시 다져서 생각하였다. 그렇다 해도, 아직 농민의 낡은 사상에서 나온 단순한 이해관계에서 온 행동이라면 자기가 교양을 주어 바로잡을 자신이 있었다. 그러나 이것을 어찌 믿을 수 있으랴. 안경하도 여기까지 이르니 답답한 듯 담배를 자주 빨기만 하였다. 사실은 확실히 그런 정도였다.

"그럼, 누가 이 편지를 쓰자 했구, 누가 썼습니까."

"한두 살 아니구 그런 걸 말할 수 있니?"

"그것이 낡은 도덕이란 말여요. 옳지 못한 건 냉혹하게 폭로 비판해야죠."

그러나 안경하는 끝내 말하지 않았다. 상진은 필적을 보아 안경하의 솜씨가 아님을 알았으며, 그런 만큼 솔직히 대주지 않는 안경하의 말을 어느 정도로 믿어야 좋을지 몰랐다.

상진은 안경하의 집을 나왔다. 사무실 모퉁이에 당도하니, 사무실 뒤에 있는 고공품 공동작업장에서 가마니틀, 새끼틀 소리와 함께 민청원들

---

* 원문에는 '느린느린'.

의 노래 소리가 들려왔다. 상진은 단번 딴세상에 온 것처럼 마음이 풀려 갔다. 박병두는 없고 혜정이뿐이었다.

"어떻게 해결됐어요?"

각 작업반장들로부터 받은 노력일 평가 5일보를 정리하고 있던 혜정은 이글거리는 얼굴을 넌지시 쳐들었다. 박병두에게 들은 뒤로 너무나 분해 일이 잘 되지 않던 중이었다.

"해결이구 뭐구 있소? 우선 호통을 한번 주구 보는 거지."

하고 상진은 테불 앞에 걸트려 앉다가 깨끗이 빨은 손수건이 네모나게 접힌 채 신문지 우에 놓여 있는 것을 보자마자 무의식중에 그것을 날쌔게 집어 입 변두리를 공연히 훔쳤다. 아직도 가슴속에서 용트림을 하는 흥분이 손수건에 묻어 빠지기나 하는 것처럼 차츰 안정되어 갔다.

「영변가」를 부르는 민청원들의 노랫소리는 사무실에까지 물결처럼 밀려왔다. 상진은 신문을 들고 보는 동안 저도 모르게 휘파람을 분다는 것이 이내 노래가 되고 말았다.

"관리위원장 동무, 노래도 잘 하시는군요."

혜정의 말에 상진은 벙긋 웃으며 노래를 그대로 계속해 불렀다.

"우리 시대에 노래 없이 살 수 있소? 어델 가나 노래를 불러야만 견디는 현실이 수두룩한데……."

혜정은 그렇다는 듯이 고개를 끄덕이더니, 갑자기 생각난 듯이 급히 일어나서 서류함 우에 있는 종이를 들고 와서 상진의 테불 위에 펴놓았다. 거기에는 황소가 일렬로 큰길을 오고 있는데 그 앞에 교통 차단기를 가로질러 놓고 한 사내가 큰 곤봉으로 소를 때리려 하는 모양을 만화로 그렸으며 그 사내의 몸에는 안경하라고 썼다. 그리고 소가 오고 있는 길에는 '×× 농업 협동조합에로 가는 광명의 길'이라고 특히 진한

빨간 색깔로 씌어 있다. 상진은 그림의 구상과 솜씨에 그만 반해버리고 말았다.

"화숙 언니가 가지고 왔어요."

"누가 그렸답니까. 참 빠른데."

"그리긴 인민학교 선생이 했지만 그림 내용은 화숙 언니가 대주었다는군요. 아주 잘됐지요? 위원장 동무는 참 행복이세요. 참, 빠른데, 이런 훌륭하고 고운 언니와……."

혜정이 말끝을 내지 못하고 입에 손을 대고 킥킥 웃었다. 상진은 저도 모르게 얼굴이 화끈하였다.

"아주 훌륭한걸요."

"벽보판에 붙이라구 해두 좋아요?"

안경하가 자기의 얼굴에 똥칠하기가 좋으냐고 바로 조금 전에 하던 말이 번갯불처럼 지나가며, 밥상을 받을 적마다 어머니가 "조합 일두 중하지만, 너 외숙과는 틀리지 말아" 하던 어머니의 말도 떠올랐다. 안경하를 바로잡는 데에 효과를 줄는지 혹은 도리어 더뜨려놓을는지 생각이 알쏭하여 있노라니, 2작업반장과 검사위원장이 들어왔다.

"이건 너무 과한데."

2작업반장이 툭 운을 떼자, 딴 사람이 이내 말참견을 하였다.

"더 두구 보지. 아직 일러."

"이를 게 뭐야요? 그냥 요정을……."

혜정이 빨끈하여 장부 페이지를 쨍쨍 넘기면서 말하다가, 상진과 시선이 마주치자 얼굴을 붉히고 말끝을 얼버무렸다.

"우리 외숙이래서 그렇소? 하여튼 의견 일치가 안 되는군."

"임자 외숙 체면도 생각해야지."

2작업반장의 말이 이상하게도 상진의 속을 건드려놓았다.

'젠장, 외숙 생각을 나만큼 할 텐가.' 하며 상진은 공동작업장으로*
휭 나갔다.

전쟁 시기에 군대 창고로 쓰던 집에 가마니틀 다섯 대와 새끼틀 여섯
대를 놓고 민청원들이 맡았는데, 주야 교대제로 하여 250가마니만 하여
도 한 틀에서 하루 25매를 짜내는 분조도 있었다.

휴식 중이던 민청원들은 상진이 벽보를 펴들자 삥 둘러 모였다. 만화
에서 실감을 느껴 분개한 마음에서 얼굴을 도사리는 사람, 안경하의 모
습에 웃음을 터뜨리는 사람, 모두 각각이었으나

"이걸 벽보판에 붙이면 어떻겠소?"

하고 묻자 일제히 당장 붙이자는 것이었다.

상진은 저도 모르게 무춤하였다. 이제야말로 결정을 지어야 할 순간
이었다. 옆에 영구가 없음이 안타까웠다. 과연 외숙을 바로잡는 일에 도
움이 될까, 도리어 반감을 주어 악화될 것이 아닌가, 마지막으로 결판을
내려고 곰곰 생각하고 있는데, 일남의 누이가 볏짚 먼지가 제법 앉은 손
을 상진의 앞으로 쑥 내밀었다.

"날 주세요. 벽보판에 붙일 테니끼."

상진은 일남 누이를 빠끔히 보았다. 두 개의 이백 촉 전등불에 비친
일남 누이의 사글사글한 눈은

'외숙이라구 융화할래요?'

하고 상진을 윽박지르고 있는 것만 같았다.

"오늘 밤에라도 붙이라구. 바람에 떨어지지 않게 단단히 붙여."

상진은 만화를 성큼 건네었다. 일남 누이는 만화 양쪽 우를 짚으로
꿰어 바람벽에 걸어 놓았다. 상진은 그것을 멍청하니 보았다.

| * 원문에는 '작업장에로'.

'저 차단기를 오색 테이프로 바꾸고, 곤봉을 꽃방망이로 바꾸는 그런 외숙으로 만들 수 없을까.'

상진은 이런 생각에 잠긴 채 작업장을 나왔다.

이튿날 새벽이었다. 일남 어머니는 우마분*이나 개똥을 주우러 호미와 삼태기를 들고 나섰다. 동천은 아직 붉어오르지 않고 매운바람이 얼굴과 손등을 깎아낼 듯이 달려들군 하였다. 조합에서 퇴비를 사들이겠다고 발표한 날부터 일남 어머니는 이런 일을 시작해왔다. 그는 한 푼과 한 프로를 다투었다. 남들이 프로병자라고 비웃기도 하지만 일남 어머니에게는 아랑곳없었다. 일을 많이 하면 첫째 자기의 분배가 많아지고 조합에 이익이라는 것만 알았다.

상진은 우선 그의 부지런한 것만은 찬양할 수 있었으며, 일남 어머니의 부지런한 것이, 우리나라의 사회주의 건설과 조국의 평화적 통일에 큰 도움을 주는 아주 성스러운 일임을 절실히 깨닫게 하는 일은 그 자신보다도 조합의 당 단체와 관리위원회의 책임이라고 생각하였다. 오랜 세월을 두고 감탕물과 조수에 잠겼던 땅을 개간한 논이라 이 지대 농민들은 퇴비는 밭에만 필요한 것으로 아는 만큼, 일남 어머니의 이런 일을 그저 프로병자의 소행으로만 쳤다.

일남 어머니는 길섶에 얼어붙은 것을 호미로 툭 쳐서 삼태기에 담고 허리를 펴다가 그만 눈을 흡떴다. 한 70미터쯤 떨어져 있는 벽보판 앞에 흰 옷 입은 사람이 벽보를 뜯는 것을 보았던 것이다. 전날 밤 일남의 누이가 작업에서 돌아오던 길로 그 만화를 어머니에게 보여준 다음 붙이러 나간 것이 번뜩 생각되자 곤두박질로 뛰어갔다.

"누가 벽보를 뜯소?"

| * 우마분: 소똥이나 말똥.

일남 어머니는 목청껏 소리쳤다. 그 사람은 벽보를 떼어 두 손으로 찢으면서 걷는 것이었다. 일남 어머니는

"어떤 반동 놈이야?"

하며 더 급히 뛰었다.

반동 놈이라는 말에 부근 사람들도 대여섯 명 —그중에도 소 영감은 끈 전등불을 다시 켜고 옷을 찾아 입을 겨를이 없이 홑겹인 속옷만 입고 나왔다.

일남 어머니는 뜯은 벽보를 쥔 채, 보통 걸음으로 가는 사람이 호경 영감임을 뒤에서 알아채자마자 온몸이 부르르 떨렸다. 호경 영감은 홱 돌아 서더니 일남 어머니가 말 내는 것을 앞질러 호통을 했다.

"주둥일 옳게 놀려. 반동이란 게 뭐야?"

"아니면 왜 그따위 짓을 해요?"

하며 일남 어머니는 다짜고짜로 호경 영감의 손에서 벽보를 빼앗았다.

"뭔데 그래? 뭐데."

소 영감은 손등으로 눈꼽을 비벼 떼면서 물었다.

"글쎄, 사촌 논 사면 배 아프다더니, 정미소집에서 그냥……."

일남 어머니는 흥분을 삭이지 못하여 말이 제대로 나오지 않았다. 겨우 숨을 들이키어 안경하의 편지 사건으로부터 만화를 붙이기까지 수다스럽게 말하고 있는 동안 호경 영감은 슬그머니 꽁무니를 빼고 말았다. 소 영감은 주먹을 불끈 쥐고

"저놈의 두상일, 그저 그저."

할 뿐이며, 일남 어머니는 이내 남편의 학살이 생각되어 눈물이 글썽거렸다.

동쪽 하늘, 마두산 머리 우로 햇살이 뻗어 오를 무렵, 일남 어머니가 조합 밭에 있는 개똥을 주울 때였다.

"조합 것을 왜 줍소? 그냥 둬두 조합 밭 거름이 될 걸 돈 벌겠다고 그러우?"

갑자기 등 뒤에서 나는 박병두의 음성에, 일남 어머니는 삼태기를 그자리에 놓은 채 호미를 쳐들고 달려갔다.

박병두는 자기 아버지가 한 일은 아직 모르고 지나가는 길에, 본시 눈에 가시처럼 알아 오는 일남 어머니라 핀잔을 주고 싶었던 것이었다. 일남 어머니의 잔뜩 도사린 태도에 겁을 먹은 박병두는 종종걸음으로 뛰어갔다.

4

널찍한 선전실 마당에는 조합원들이 낸 볏짚더미가 산처럼 높이 쌓여 있고 그 앞을 통한 신작로가의 벽보판에는 여러 구호가 붙었는데 그 중에도 소 영감은 일곱 마리 소가 죽을 모두 먹은 다음에야 자기 식사를 한다는 찬양 기사가 유달리 눈에 띄었으며 퇴비의 수집과 생산, 그리고 퇴비 반출을 제때에 해두자는 구호는 벽보판뿐 아니라, 사람이 많이 통행하는 여러 곳에 붙어 있었다.

벽보판 앞에 선 상진은 화숙이 쓴 것과 다른 사람이 쓴 것을 가려내면서

'화숙이는 춘 새벽에 이렇게 많은 직관물을 어떻게 붙이고 다녔을까. 참 별난 여자야. 온 정성을 조합에 바치는 통에 내게 대해서 생각할 짬도 없는 모양이지. 젠장, 그런 눈치는 조금도 볼 수 없거던.'

속으로 이렇게 중얼거리면서 보노라니 벽보판의 글자가 가물가물하여 상진은 정신을 돌이키려다가 일남 어머니가 옹구에 퇴비를 담고 소를

몰며 오는 것을 보고 눈을 흡떴다. 퇴비를 어찌나 많이 담았는지 소가 하얀 입김을 내뿜으며 힘에 겨워 비적거리고 오는데, 일남 어머니는 굵기가 엄지손가락만한 회초리로 소를 후려갈기며 몰았다.

"일남 어만, 소를 때려잡을 작정이요?"

상진이 버럭 지르는 소리에 일남 어머니는 엉겁결에 회초리 든 손을 뒤로 감추었다.

"이놈의 소는 여간 굼뜨지 않어요. 다른 소보다 세건만 백당* 놈의 소 사람의 말을 들어먹어야지. 아주 날 깔보기가 여간 아니구려."

일남 어머니의 너설**을 상진은 귀담아 듣지 않고

"쌀 세 가마니 분수는 넘겠수다. 얼핏 덜어놓구 가시오.

"관리위원장님은 이 소의 버르쟁이를 몰라요. 좀 약하다는 핑계로 일을 통 안 할려구만 들구, 거기다가 늦장을 굉장히 부린다니끼."

"끄먹끄먹하는 저 소의 눈을 보시구려, 내 말을 못해 그렇지, 일남 어만은 날 쩌눌러 죽이려구 해요. 이렇게 지금 투덜대지 않소? 딴소리 말구 어서 덜어놓아요. 가뜩이나 마른 소가 견디어내겠습니까."

이때, 군에서 나온 지도원이 불러서 이내 그리로 갔다.

'망할 자식, 옹구를 너무 크게 걸어놓구,*** 저런 성화를 받게 한다니까.'

상진은 속으로 박병두를 탓하면서 걸었다.

노력 평가에 있어서 퇴비 운반은 회수로 따졌었는데, 노력 점수를 많이 얻겠다는 욕심에 어떤 사람들은 제 분량을 싣지 않고 소를 빨리 몰아 횟수만 높였다. 일남 어머니는 가볍게 실을 뿐 아니라 정해준 논에 부리지 않고 가까운 딴 논에 부리는 일까지 있어 그를 "프로병자"라고 부르

---

* 백당: 백정 또는 백정과 같이 천한 사람을 비유함.
** 너설: 너스레. 수다스럽게 떠벌려 늘어놓는 말이나 짓.
*** 걸어놓구: 새끼나 끈으로 묶어 놓고.

기도 했으며 이런 일을 계기로 하여 회수보다도 운반된 양을 가지고 평가해주었다. 그렇게 되자 일남 어머니는 박병두가 새로 결은 큰 옹구를 먼저 골라잡았으나, 시작한 지 사흘 동안의 노력 평가에서 제일 많은 점수를 얻어왔다.

군 지도원은 상진을 향해 몇 발을 마주 걸었다. 그는 조합의 퇴비 정형을 물은 다음 갑자기 얼굴에 위엄을 띠워 물었다.

"조합에선 자기 위신을 지키지 못하구, 왜 개인농의 퇴비를 훔쳐가쇼? 신소*가 들어 왔단 말요."

상진은 먼저 지도원을 한번 보았다.

"비슷한 사실은 있을 거외다. 사방에 흩어진 퇴비 됨직한 것은 한 줌 분량이라도 조합에서 긁어보았으니까요."

상진은 신소한 일로 지도원이 이렇게 말하는 것임을 알았으나 이런 기색은 가뭇없이 감추고 시원스럽게 대답하고는 화숙이와 또 한 여자가 우물 근처에서 파벽토를 담가에 담고 있는 것을 보고 있었다. 이럴 적에 호경 영감이 곰방대를 들고 허겁지겁 달려왔다.

"왜, 남의 두엄을 훔쳐 가는 거야? 응? 조합에서는 개인농 덕으로 농사할 작정이가?"

하고 화숙에게 덤비는 통에 상진이나 지도원은 그쪽을 주목하게 되었다.

"이게 영감님 거여요?"

화숙이 되알지게 맞서며 나서자, 이번은 다른 여자가 귀를 싸맨 명주 수건을 급히 벗기며 덤볐다.

"여기 있던 집을 허물 적에 영감님은 손가락 하나 깐당해주셨어요?

| * 신소: 신고申告.

277

우리 애 아버지가 한나절 거들어주었더니 흙이네, 구들재네, 썩은 재네, 모두 가져가란 걸 그냥 두었던 거야요. 뭐이나 아십니까."

"내 오촌 조카의 집이니끼 그렇지?"

"오촌이면 뭐해요? 친아들 것이래두, 집 임자가 준 것을……."

화숙은 공격보다도 우스갯말같이 하고는 다른 여자와 함께 깔깔 웃었다.

"지도원 동무, 저걸 보십시오. 조합 일이라면 저렇게 배 앓는 사람들이 몇몇 있습니다. 이 근방에서는 현재까지 논에는 퇴비를 내지 않는 걸 아시겠지요? 갈대밭 감탕 흙을 논으로 만든 것이라 퇴비는 필요 없었거든요. 이것이 감탕 흙이란 한동안의 효력이었는데두 퇴비 안 내는 것이 습관으로 되구 또 퇴비 운반할 무렵에 태풍이 제일 춘 만큼 퇴비 내기는 싫구, 그러니 현재까지 텃밭 외에는 퇴비 내는 사람이 적습니다. 그걸 조합에서 시작했더니, 어떤 사람은 퇴비를 내지 않을려면서두 공연히 저 먹긴 싫구 개 주긴 아까워서 시기하구 욕심을 내구합니다그려."

지도원은 알아들었다는 듯이 고개를 끄덕이더니 리 인민위원회에 다녀서 다시 오겠다고 하고 떠났다.

'호경 영감 같은 사람의 말에 귀를 기울이면 일을 망쳐놓습니다. 제발 귀를 잘 단속하시구려.'

여자의 핸드백같이 작은 검정 가방을 대견하게 끼고 가는 지도원의 뒷모습을 보면서 상진은 친절히 타이르듯 하는데, 소 옹구로 퇴비를 싣고 나갔던 옥단 어머니가 먼빛으로 상진을 알아채고는 "관리위원장 동무!" 하고 연해 부르면서 곤두박질로 뛰어오는 것이었다.

상진은 옥단 어머니의 소가 어떻게 되었나? 하는 생각에 가슴이 철렁 내려앉았다. 마주 걸어가고 있는 상진이와 거리가 가까워지자 옥단 어머니는 음성이 째지도록 크게 질렀다.

"일남 어만의 소 다리가 찢어졌어요."

"뭐요?"

상진은 급히 뛰었다.

"소가 그냥……."

옥단 어머니는 상진과 마주치자 말을 못하고 눈물이 단번 글썽글썽하며 어쩔 줄을 몰랐다.

"어서 말을 하쇼."

"그놈의 '프로병자'가 글쎄 퇴비를 어떻게 많이 실었는지 소가 좁은 논둑을 가다가 참 기막혀, 발이 미끄러지면서 논둑을 두 다리에 끼구 엎으러졌구려. 찢어졌지 뭐요."

상진은 앞장서서 정신없이 걸었다. 소 영감도 뒤미처 따라왔다. 일남 어머니는 바닷바람을 등으로 받고 있는 채 논둑에 기대여 누워 있는 소를 애처롭게 보고 있는데 얼굴은 거의 회색으로 변했으며, 참노라고 입술을 힘주어 다물었으나 아랫도리를 가늘게 떨고 있었다. 상진을 본 순간 얼핏 딴눈을 팔다가 다시 상진을 물끄러미 보는 눈에는 공포에 질린 그림자를 감추지 못하였다.

소는 고통을 느끼는지 큰 눈을 감았다가 스르르 뜨군 하며 신음소리를 그룽그룽하였다. 상진은 아무 말도 없이 일남 어머니가 입었던 것으로 상처를 덮어준 낡은 솜옷 웃도리를 벗겨보았다. 앞다리의 사타구니가 찢기여 피가 조금 흐른 채 얼어붙었으나 옥단 어머니가 그렇게 엄살을 부리던 정도는 아니었다. 소 영감이 상처를 불로 지지려고 담배를 말려고 지닌 신문지에 성냥을 그어댔다.

"얼어서 소독이 되었을 테니 그냥 두시오."

상진의 말에 소 영감은 불붙은 종이를 던져버리고 상처와 뼈를 만져보았다. 소란 놈은 고마워서인지 아파서인지 눈물 같은 것을 햇빛에 반짝이고 있었다. 사람들이 덤벼들어 소를 일으켰다. 소는 앞발을 몇 번이나 되굽히곤 하다가 사람들의 떠받쳐주는 힘으로 겨우 일어나서는 한쪽으로 몹시 치우쳐 절름거렸다.

"상처는 나순다 해두 뼈가 상해 틀렸어."

소 영감은 처량한 어조로 걱정하고는 무춤거리는 일남 어머니를 힐끗 돌아보며

"일남 어만은 과부라 소를 낳는 재간이 없다지만, 이번은 어떻게든지 한 짝을 낳아 놓아야 하우. 그렇잖구서는……."

오금을 꼭꼭 박아 쏘아주었다. 본시 일 욕심에서나 말주변에서나 억척스럽다고 하는 일남 어머니건만 소 영감의 말에 고개를 떨어뜨린 채 아무 말 없이 걸었다.

상진도 한마디 해주고 싶은 충동을 느꼈으나 일남 어머니가 너무 침통해 있는 것이어서 자각할 수 있는 기회를 주었다 생각하고, 다만 일남 어머니가 소를 몰고 나갈 때 아예 덜어놓게 하지 않은 자기의 책임을 느꼈다.

소는 결국 육용으로 팔았다. 일남 어머니의 책벌에 대해서 의견이 많았다. 피학살자 가족인 만큼 비판만 주자 하였으나, 생활상 방조는 달리 주더라도 강한 규율을 세우기 위하여 부족액을 현금으로 부담하며 노력일 5일을 삭감하기로 조합 총회에서 결정하였다.

총회는 열두 시가 훨씬 지나서야 끝났다. 상진은 일남 어머니가 총회의 결정을 접수하지 않고 미주알고주알 떠들 줄로만 짐작했다가, 상진이 이의가 없냐고 물었을 적에

"아무 말도 없이요."

하던 그 음성이 순탄하며 오히려 우는 음성에 가까웠다. 그리고 일남 어머니나 두 딸이나 몹시 실심한 얼굴로 조합원들의 틈에 끼어 나가는

것을 보고 상진은 멍청하니 서 있었다.

맨 늦게야 사무실로 오니 여성 관리위원인 한 사람이 빈정거리는 어조로

"항상 프로 프로 하드니 일남 어만이 녹록이 토해놓게 됐어."

하였고, 2작업반장이

"제 버릇 개 줄까."

라고 내뱉듯 하는 말에 상진은 단번 얼굴이 화끈 달아올랐다.

"그럼, 못 고친단 말요? 본때 있게 고쳐질 테니 두고 보구려."

총회에서 그렇게 준엄하게, 서슬이 퍼렇게 몰아대던 상진이 볼통 사납게 쏘아붙이는 통에 방 안에 있는 사람들은 얼떨떨하였다.

한 시간쯤 지난 뒤, 상진은 집에 돌아가다가 일남의 집 뒤에 당도하자 발을 멈추었다. 그저 지나치기는 미안한 일이었다. 상진은 밤이 깊은 것을 생각할 넘도 없이 울타리가 없는 집 모퉁이를 돌아 마당에 성큼 들어섰다.

방에서 여러 사람들의 뒤섞인 말소리가 들려 나오는데, 일남 어머니의 음성이 유난히 똑똑하였다. 일남 어머니를 두 번째 불러서야 일남의 작은 누이가 방문을 반쯤 열고 보았다. 상진이 왔다는 것을 안 일남 어머니는 버선발로 뛰어나왔다.

상진은 한 발을 방 안에 들여놓자마자, 아랫목 바람벽에 몸을 기대었다가 인사 대신 몸을 바로잡고 있는 화숙을 보며 무춤하였다. 화숙이가 세포위원장의 지시를 받고 교양을 주러 온 것까지는 모르지만, 세포위원에 관리위원을 겸한데다가 선동원을 지도하는 민주선전실 분실장을 맡은 직책으로 하여 때를 놓치지 않고 온 것에 감격하였다.

화숙은 상진을 보고 계면쩍은 마음에서 머뭇거리지만 상진은 빙긋이 웃으며

"철수 어만이 온 줄 알았더라면 안 와두 될걸 그랬군."

하였다. 그러나 일남 어머니는 딴 의미로 알아듣고

"왜 안 와? 꼭 단 둘이만 만나야 맛인가, 뭐."

하여 일남의 두 누이가 한꺼번에 까르르 웃고, 화숙은 얼굴을 빨갛게 붉힌 채 모로 돌렸다.

"아녀요. 아즈만한테 선전 공작을 하여 조합 일에 더 열성을 내시라고 하러 왔단 말이죠. 그런데 철수 어만한테 선참을 빼앗겼군요."

하고 상진이 웃고 있으려니, 일남 어머니는 쇳소리 같은 음성으로

"열성을 내라구?"

하고 상진을 치떠보며 화숙이와 두 딸을 손으로 가리키면서

"그렇지 않두, 철수 어만과 저 애들한테 지금 막 몰리는 판인걸."

하였다.

일남 어머니는 화숙이와 말하는 동안 천조각*을 들추어내여 벙어리 장갑을 만들고 있는 중이였다. 이 일을 다시 계속하려고 바늘에 실을 꿸 때, 상진이

"누가 낄 거요?"

하고 물었다.

"내가 낄 거지 뭐. 그 망할 놈의 소가 그렇게 되구, 퇴비를 담가로 낼려니끼 손 시려 견딜수 있어야지. ―일남 어머니는 바늘에 꿴 실을 똑소리가 나도록 끊고 상진을 힐끗 보았다.― 열성을 더 내라구 말하겠다구? 자, 봐요. 조합원 2백여 명을 통틀어서** 나만큼 억척을 떠는 사람이 있는가. 내 잘못이 없지두 않기야 하지만. 글쎄, 그 돈을 어떻게 갚느냐 말야? 맘을 더 다구지게 먹겠다 하면서두 그놈의 돈 물 걸 생각하면 눈앞

---

* 원문에는 '천쪼박'.
** 통툴어서: 통틀어서.

이 아찔해지는데 뭐."

일남 어머니의 음성은 갈수록 커지며 빨라졌다.

"아즈만 잘못한 것이 뭐요? 진짜 말을 좀 듣자구요."

일남 어머니가 노여움을 탈까보아 상진은 일부러 껄껄 웃었다. 일남 어머니는 헛웃음부터 쳤다.

"잘못한 것두 모르구 날 책벌 주었소?"

상진이 말하려는 것을 일남 어머니는 바늘을 장갑에 척 박고 오른손을 바삐 내저었다.

"글쎄, 그만둬요. 내 잘못 내가 알구, 저 까놓구 말이지, 내 욕심부터 차리려구 한 거지 뭐요. 일을 한 몫대루 분배 준다는 말에 그랬지. 우리 집 세 노력이라 하지만, 큰애는 애새끼 하나 딸린 것 있구 제 낭택을 차려야 하구. ㅡ일남의 큰누이는 남편이 전사하여 일곱 살 된 아들을 데리고 친가에 와 있다.ㅡ 그러구, 작은애 버는 건 시집갈 밑천을 장만해야 하구, 그러니 저것들 ㅡ잠자고 있는 아들 둘을 가리키며ㅡ 데리구 식량, 입성 걱정 없이 지내자면 남의 몇 갑절 일을 해야 할 것 아냐?"

"그렇구 말구요. 아즈만의 낭택을 차려야죠. 그런데 일만 많이 한들 소용 있소? 조합이 풍성풍성해야 논아 가질 것이 많지. 일남 어만처럼 소를 함부로 하여 소가 거꾸러지구, 관식이처럼 곡괭이 자루를 하루에 두 개나 분지르구, 저, 소 영감처럼 비싼 달구지 기름을 개인농에게 나눠 주구, 조합원들이 모두 이렇다면 조합은 얼마 안 가서 거달난단 말입니다. 사과나무에 사과가 주렁주렁 열려야 함께들 따먹죠. 꽃을 미리 따버리구, 열매가 맺히자마자 또 따버리구, 나무를 흔들어 쓰구, 사과나무에 줄 퇴비나 해충약을 딴 데 주구, 이렇게 되면 사과나무가 무슨 소용 있겠어요? 사과나무 맡은 사람들이 한 마음 한 뜻으로 사과가 잘 열리구 잘 익구 하도록만 일을 잘 한다면, 제가끔 일을 한 분량대로 사과를 분배 받을 거란 말입니다. 조합에서 일남 어만에게 무얼 주구 싶어두 조합 재산이 넉넉해야 될 것 아뇨?"

일남 어머니는 장갑을 만들다가 가끔 바늘을 멈추며 상진을 물끄러미 보군 하였다.

"우리 마을 사람들을 보자구요. 8·15 전에는 형편없는 생활을 했지만, 지금은 어떻소? 당과 정부의 혜택으로 자기 땅으로 농사를 지어 기와에, 장롱에, 재봉침에…… 글쎄 어떠냐 말요? 전쟁만 아니었더라면 정말 얼마나 더 좋았겠습니까. 만일 우리 후퇴 시기처럼 미국놈, 이승만 패거리들이 독판치는 세상이 된다면 우리는 땅을 죄다 빼앗길 것 아뇨? 왜? 그놈들은 지주 편을 들으니 땅을 지주 놈들에게 돌려준단 말요. 그러니 우리는 공화국을 부강하게 만드는 일에 백방으로 노력해야 한단 말여요? 그러기, 아니 냉수 한 그릇 주시오, 목이 막 타는군. ─일남의 작은 누이가 사기 사발에 급히 물을 떠오니 뻘떡뻘떡 마시고 손수건으로 입을 급히 훔친다.─ 나라가 부강해지려면 인민들의 생활이 향상돼야죠. 그래서 협동조합을 만든 것 아뇨? 협동경리라야 노력이 충분하니까 농사를 제때에 보장하구 경지 면적을 늘리구, 토질을 변경시키구, 이렇게 해설랑 농업이 공업에 발을 맞추어 발전해야만 우리나라가 사회주의 국가로 발전하는 것입니다. 아즈만 사회주의가 뭣인지 알우?"

상진은 일남 어머니의 얼굴을 빠꼼이 보았다. 일남 어머니는 실을 다시 꿰려다가 바늘을 저고리 앞섶에 꽂았다.

"그럼, 알구 말구, 농사나 공업이나 개인에게 맡기지 않구, 일하는 사람들의 공동 몫으로 만들구, 노동하는 것두 그렇지, 제멋대로 놀아나는 것이 아니구, 저─ 앞뒤가 딱딱 들어맞도록 계획을 짜서 하니끼 일이 더 잘 되구. ─일남 어머니는 말문이 막혀 머리를 갸웃거리면서─ 또 있는데, 당 학습회에서 그저 귀에 못이 생기도록 들은 걸 가지구."

일남 어머니가 이만큼 말을 부처대는 것에 상진이 속으로 감탄하는데, 상진이보다도 화숙이가 더 반가와 입을 연송 벙실거렸다.

"늘 하는 말을 뺐어요."

화숙의 말이 끝나기가 바쁘게 일남 어머니는 말을 급히 내였다.

"알았어, 알어. 저 일을 한 만큼 분배 받는 거지 뭐 그놈의 8천 원 일이 자꾸만 생각돼 정신이 알숭달숭해서 그래."

상진은 농업협동조합과 사회주의 건설에 대해서 더 말을 해주었다.

"전체 인민이 잘 사는 것두, 남북 조선이 평화적으로 통일되는 것두, 우리 농촌이 부유하게 되는 데에 많이 달려 있단 말예요. 그런데 우리 외숙은 이걸 모르고 협동조합을 이해 못합니다. 우리는 그런 걸 상관 않습니다. 현재 조직된 조합을 어느 모로나 튼튼하게 만들 일 뿐이고, 그때 가서는 개인농들이 머리를 싸매구 달려들 거구."

"누가 넣어주나? 그런데 광수네 외갓집은 몰라두 호경 영감은 틀려 먹었어. 그 사람이야 저놈들 세상이 되면 몰수당한 2만 평을 도루 찾겠다구 은근히 바랠건 뻔—하지 뭐요."

"사람의 사상을 너무 그렇게 경솔하게 간단히 아귀 짓지 맙시다. 호경 영감 같은 새끼지주, 사실 새끼지주두 못 되죠. 하여튼 그런 사람은 큰 지주에게 먹히고 맙니다. 호경 영감도 이걸 알 때가 오겠죠. 문제는 호경 영감과 병두에게 교양을 주는 겁니다."

상진의 말에 일남 어머니는 끼여보려던 장갑을 바느질 그릇에 팽개치듯 하였다.

"듣기 싫어요. 광수 아버지, 성질과는 딴판이라니까, 글쎄 박병두란 놈을 그냥 혼연히 대하는 걸 볼 수 없대두 그래."

"그런 말은 내게 하지 말아주쇼. 지난 일이 자꾸 생각되니까."

"생하면 뭘해, 인제 할 수 없지. 철수 어만하구 오늘밤 규정짓자요."

화숙은 불에 덴 사람처럼 벌떡 일어나더니 홍당무같이 된 얼굴을 푹 수그린 채 급히 나갔다.

"맘속은 다르면서두 괜시리 그래."

일남 어머니는 화숙을 붙잡으려고 오른손을 뻗쳤으나 잡지 못하였다.

화숙은 고무신을 미처 신지 못해 질질 끌면서 가버렸다.

"여자가 먼저 말을 걸 수 있나, 남정네가 먼저 걸어야죠."

"난 지금 그런 생각은 털끝만치도 없수다. 그저 조합 축력 문제랑 금년도 영농 계획만 머릿속에 꽉 찼을 뿐이요."

"그대루 늙으면 어쩌구?"

"늙는 거야 막을 수 없죠. 조합이 나처럼 속이 텅 빈 채 늙어 갈까 걱정인걸요."

일남 어머니는 눈을 아래로 깔며 스르르 감았다 떴다 무엇을 골몰히 생각하였다. 그것은 전부터도 느꼈지만 상진이, 영구, 소 영감, 화숙이, 여러 사람들이 조합 일이라면 자기 욕심을 떠나서 서두는 일에 가끔 마음의 한 구석이 찔림을 느껴왔는데, 이날 밤 상진의 앞에서 그런 것을 더욱 아프게 느꼈다. 현재만 하여도, 가뜩이나 축력이 부족한 조합의 소를 한 마리 줄게 한 데 대해서 걱정하는 것보다, 돈을 물며 노력도, 깎인 것을 당연하다 생각하면서도 그것을 자꾸 속으로 되뇌이는 심정은 무엇인가—. 일남 어머니는 불시로 이런 의문이 떠오르자 상진과 마주 앉아 있기가 어쩐지 송구스러웠다.

"광수 아버지, 나 내일부터 토탄을 캐러 갈라요."

일남 어머니는 야무지게 말끝을 치올리며 입을 지긋이 다물고 상진을 보았다.

"왜요?"

"남들이 가기 싫어하는 일을 해보게."

사실, 일남 어머니는 일감이 거추장스럽지 않고 프로를 많이 벌기 쉬운 일만 골라서 하려고 언제나 타박을 해왔다. 토탄 캐는 일만 하여도, 다른 동네까지 가서 찬 윗방에 거처하며 음식도 마뜩치 않으며, 어두운 굴속에서 작업하는 일을 피해왔었다.

"그런 건 작업반장과 상의해요. 내가 부탁하는 건, 일남이 아버지가 부락 사업을 위해서 일하던 것처럼 하시라는 말입니다. 만일 살아 있다면 내가 하는 일의 몇 갑절을 할 것 아뇨? 우리가 조합을 튼튼히 만들면 일남 아버지와 광수 어머니와 또 화숙의 남편과 그밖에 많은 희생자들의 복수를 하는 셈이죠. ─일남 어머니는 어느덧 옷고름으로 눈을 작신작신 닦았다.─ 노력을 남보다 많이 해서 받을 때, 그것이 조합을 위하여 남보다 더 많은 공적을 주었다면, 같은 분배를 받아도 더 기쁠 것 아닙니까."

일남 어머니는 인제 고개를 수그린 채 흐느꼈다.

상진이 나올 적에 일남 어머니는 마당을 빠져 나와 갈림길까지 따라왔다.

"난, 몰루. 조합만 믿구 지낼테니끼."

"그럼요. 그보다도 우리에게는 당이 있구, 정부가 있다는 것이 무한한 힘이구 희망입니다. 조합은 당과 정부가 우리를 위해서 만들어준 집이죠. 이 집을 우리가 아주 튼튼하구 부유하게 만들 수 있는 조건을 당과 정부에서 주었단 말요. 그러니 그렇게 못 만들면 우리가 못 사는 걸 탓할 수 있소? 우리 더 잘 하자구요."

상진은 이 말을 하고는 돌아섰다.

"정말, 토탄 캐러 갈라요."

뒤에서 하는 일남 어머니의 또랑또랑한 음성은 몹시 명랑하였다.

5

신의주에서 안경하는 정미소에 쓸 고무망 두 개를 사고, 호경 영감은 일용 잡화 2만 원어치를 샀다. 안경하는 고무망 두 개를 굵직한 새끼에 꿰어 나란히* 놓은 채 두 발로 디디고 있으며 호경 영감은 상품을 가득히 넣은 큰 고리짝을 검은 보로 싸서 기차 선반에 올려놓았다. 안경하는 고리짝을 자기 옆에나 앞에 두지 못하며, 심지어 면바로 볼 수 있는 선반에는 다른 승객들의 짐이 자리 잡고 있는 것도, 모두 승객들이 너무 많은 탓이라 하여, 담뱃불만 청해도 짜증을 내었다. 그러나 고리짝을 볼 적마다 마음이 흐뭇하여 입을 벙글거리고는 의례 코똥을 뀌었다.** 이런 기쁨이 바로 옆에서 담배를 피우고 있는 안경하의 덕이라는 마음에서 눈을 간자조름히*** 하여 힐끗힐끗 보았다.

안경하의 편지 사건이나 만화 사건은 호경 영감을 위하여 아주 유간하게 이용되었다.**** 박병두가 편지를 빼앗아 가지고 온 날 밤, 호경 영감은 아들을 불러다 놓고 호통을 쳤다.

"이 미물아, 협동조합에서 은싸락 금싸락이 쏟아질 줄 아니? 글쎄 내 일평생을 보아줄 줄 알어? 첫째 상진의 눈에 거슬릴까봐서 조합에 든 거구, 혹시나 조합이 어떻게 될지 한 다리 걸어두기 위해서 우정 들으라니끼 그따위 짓까지 할 게 뭐야? 이 미물 쭉정이 같으니. 조합의 싹수가 글러지면 맨 먼저 발을 털고 나와야 할 거구, 나오면 누구와 손잡겠니? 정미소에 우리 집도 한 몫 가지고 있겠다, 또 뭐니뭐니 해두 똥집이 큰 경

* 원문에는 '나란이'.
** 원문에는 '뀌였다'.
*** 간자조름히: 눈을 가늘게 뜨고.
**** 원문에는 '리용되였다'.

288

하한테 붙어야 한단 말이다. 그런데 네가 정미소 집의 얼굴을 그렇게 만들게 뭐야? 또 내 꼴이 뭐 되겠냐 말이다. 죽도록 잘못했다구 가서 빌란 말이다. 당장 가지 않겠니?"

하구, 호경 영감은 곰방대로 아들의 등짝을 후려 갈겼다.

"어서 가, 이놈아."

호경 영감이 소리를 버럭 지르자 박병두는 치질난 놈처럼 어그적거리고 나갔다. 호경 영감과 함께 안경하의 집을 자주 드나드는 개인농 중농이 마침 이런 광경을 본대로 안경하에게 전했었다. 그런데다 이튿날 새벽 기차를 타려고 대교역으로 나가는 길에 벽보판 앞에 괴상한 그림이 붙어 있는 것을 돋보기안경을 걸고 보니 그런 것이었다. 처음, 그는 소를 데리고 조합을 나온 일로 하여 자기까지 아울러서 욕한 것으로 알고 성이 벌컥 났지만, 그 다음에는 '에라, 이런 때 안경하에게 생색이나 내자' 하면서 벽보를 뜯었던 것이었다. 안경하에게 증거물로 보이려던 만화를 일남 어머니에게 빼앗기긴 했지만 아침을 먹던 길로 그를 찾아갔었다. 이런 것을 이미 알고 있었던 안경하는 호경 영감을 몹시 반가워하였다.

8·15 전에 호경 영감은 자작농인 데다가 소작인을 다섯 명 가졌으며, 안경하 같은 사람은 거들떠보지도 않았었다. 안경하가 호경 영감의 논을 부친 일은 없어도 돈이나 벼를 얻어 쓰고 이자를 녹록이 붙여서 갚노라니 두 사람 사이에 트가리도 많았었다. 그러나 이제는 호경 영감이 중농이라 하여도 안경하와 비교할 터무니가 못되어, 이렇게 거꾸로 된데서 안경하는 내심으로 통쾌하게 여길 뿐 아니라, 협동조합의 바람 속에서라도 자기의 위신을 돋구어 일손을 확보해놓자면 호경 영감과 같은 사람들이 필요했었다.

호경 영감이 만화 사건에 대한 자기의 공적을 침이 마르도록 떠벌리

는 족족 분개도 하며 치하도 하다가 나중에는

"영감님이 오늘사 말고 새벽같이 나가셨기에 다행이었습니다."

하자, 호경 영감은 반색해 나섰다.

"나갈라서 나갔었나. 평양 가려구 대교로 나가다가 마침 봤던 거지."

호경 영감은 평양에서 잡화 소매상을 하는 사돈을 찾아가기로 했던 일을 소상하게 말했었다.

"잘 생각했습니다. 연세두 많구 힘든 농사일을 할 수 있소. 농사는 가족에게 맡기구……. 그런데 노자 들이고설랑 평양까지 가서 알아볼 것 있습니까. 돈이란 자꾸 뒤집어 넘길 적마다 얼마씩은 불어 가는걸요. 찰떡을 콩고물에 궁굴리는 거나 일반이거든요. 더구나 소비조합 상점이 7리나 떨어져서, 영감이 시작만 하면 이내 팔리지요. 잡화는 평양보다도 청진이나 신의주로 가는 게 눅습니다."

호경 영감은 자기의 타산이 짜장 들어맞은 것에 입을 헤— 벌리고 있다가

"그런데 밑천이 없어서 야단이야."

하고 일부러 한숨을 길게 쉬었다.

'좋수다. 세상이 바뀌었으니끼 인제 내 돈을 써보구려. 내 돈두 이자는 우웡씨처럼 딱딱 붙어 다니는걸 알라요.'

경하는 속으로 이렇게 중얼거렸다가

"한 2만 원이면 될 것 아뇨?"

하였었다. 이렇게 하여, 호경 영감은 소 값을 치고 그중 일부만 받았으며 만일 호경 영감이 한 달에 이자 2천 원씩 쳐서 갚으면 소를 도로 주기로 했었다. 호경 영감은 그렇게 애지중지하던 소를 놓기는 싫으나, 농사철에 소를 대주겠다는 언약도 있는데다, 다시 찾아올 수 있다는 희망으로, 도리어 감지덕지하여 그 자리에서 돈을 건네받았었다.

호경 영감은 뒤쪽에서 떠들썩하는 소리에 재빠르게 고리짝을 또 돌아다보았다.

"영감, 뭘 그리 자주 보슈? 금덩이나 올려놓은 것처럼. 남이 위험합니다. 봐두 점잖지 않게시리."

안경하가 호경 영감의 옆구리를 찔먹 건드리며 귓속말을 해주자

'미상불 경하는 영리한 사람이야.'

속으로 이렇게 탄복하여 다시는 고리짝을 보지 않으며, 그 대신 그의 문간방에 가겟방을 꾸리고 거기에 가지런히 진열되어 있을 상품을 눈에 그리려 했으나 눈은 눈대로 고리짝을 찾아가군 하였다.

신의주역이 멀어질수록 기차 안에는 승객이 밀어 닥치어 선천 역에 당도해서는 콩나물처럼 박히었다. 정주역을 기차가 떠날 때였다.

"라디오에서 물가 인하를 발표하는데."

누구의 말인지, 호경 영감은 그만 소스라쳐 놀랐다.

"뭐, 물가 인하라구?"

허공에 떼놓고 외마디 소리로 물었으며, 그리고도 마음이 놓이지 않아 사람 속을 비벼 뚫고 나가려 하는데 누구를 찾아 어느 쪽으로 몸을 돌려야 할지 몰랐다.

"이자 누가 말했수?"

호경 영감이 금세 하얘진 얼굴로 다급하게 묻는 통에 웃음들만 와그르 올랐다.

"내가 했수다."

반가운 나머지, 호경 영감은 급히 간다는 것이, 선 사람들의 어깨에 걸려, 그가 나들이 때만 쓰는 쭈구렁 바가지같이 된 낡은 중절모가 머리에서 떨어졌건만 그것도 모르고 사람 틈만 뚫고 나가기에 정신없었다.

"정말이요?"

신사복을 입은 말 임자와 눈이 마주치자 다시 묻기부터 하며 또 몸을 비벼대며 나갔다.

"얼마나 됐수?"

호경 영감은 그제야 여러 사람들의 손을 거쳐서 돌아온 중절모를 아무렇게나 푹 눌러 썼다.

"2백 여 종 물건이 20프로로부터 55프로까지랍니다."

승객들이 저마다 반가워하는 말과 감탄을 내는 통에 기차 안은 갑자기 웅성거렸으나, 호경 영감은 자꾸만 까무라드는 것 같았다.

"언제부터 실시된답니까."

"오늘부터지요."

"당장? 글쎄 오늘 당장 실시하는 거야?"

목구멍에로 다시 들어가려는 것 같은 음성으로 말하며 호경 영감이 몸을 돌이키려는데 승객 속에서

"아니, 기뻐서 묻는 거요? 싫어서 묻는 거요?"

"장사꾼 영감이 밑바닥이 나게 된 모양이군."

이런 말이 욱박질을 하는 통에 호경 영감의 다리는 사시나무처럼 떨렸다.

호경 영감은 안경하의 옆에 돌아 와서는 입을 꼭 다문 채 코만 킁킁거리며 혼자서 속으로 중얼거렸다.

'도적을 마치려면 개두 안 짖는다더니, 안경하의 말에는 거 참 내 깐직깐직한 성미가 그냥 묵처럼 되고 말았던가'

이런 호경 영감의 심중을 안경하가 모를 리 없었다. 호경 영감이 관 속에 아주 들어갈 때까지는 두고두고 원망하며, 그러다가도 성깔이 나면 무슨 행패를 할지 몰라 은근히 꺼림칙하였다.

"인하됐어두, 본전은 뺄 것 아뇨?"

안경하는 호경 영감의 마음을 안정시켜주려 하였는데, 그는 단번 성을 덜컥 내었다.

"55프로 인하야."

이렇게 툭 쏘아주고는 무슨 염냥을 먹었는지, 갑자기 부드러운 어조로

"아직 산골 사람들은 모르겠지? 거기 가서 얼핏 처분해야겠어. 임자두 신안주서 함께 내리자구."

호경 영감은 애원하는 어조로 은근지게 말하고는 안경하의 입만 보았다. 거절하면 사람이 많은 기차 속에서, 호경 영감의 성깔에 무슨 행패를 할지 몰라 난감했으나, 그보다도 협동조합에서 산골 사람들을 데리러 간 패와 공교롭게 만난다면, 그것이 더 난처하였다.

"대교에서 오늘 꼭 만날 사람이 있는걸요. 내가 함께 간다고 해서 물가 인하가 취소되겠습니까."

호경 영감은 단번 안색이 변했다.

"그만두라. 남의 일처럼 여기는군."

하고는 다시도 안경하를 보지도 않으며 말도 걸지 않았다. 신안주역에 기차가 도착하자 안경하의 말에 대꾸도 안 하며 내려버렸다. 그러나 산골에서 나오는 사람들을 붙잡고 물어보면 물가 인하의 바람은 거기까지 휩쓸어왔다는 것이었다.

기차 속에서부터 온몸에 맥이 탁 풀렸는데, 이제는 다리가 후들후들 떨리었다. 이젠 기차도 없으며 밤이었다. 호경 영감은 홧김에 소비조합 식당에서 소주 네 홉을 들이키었다. 취기가 올라올수록 안경하에게 속은 것만 같으며, 물가 인하가 자기에게 훼방을 주려고 된 것만 같았다.

그는 고리짝을 등에 지고 비틀거리며 여관을 찾았다.

"백당 놈의 것, 물가가 도루 막 오를 수는 없는가. 한몫 잡아야 할 텐

데. 내 배 부르면 장땡이지 별수 있나."

호경 영감은 이렇게 중얼거리며, 마치 그런 기회가 코앞에 닥쳐온 것처럼 우쭐우쭐 비틀거리다가 어둔 밤중이라 나무다리에서 떨어졌다. 그는 왼쪽 다리가 접뜨리고 허리가 시끈하였다.

이튿날 아침, 호경 영감은 고리짝을 여관 주인에게 맡기기가 불안하여 큰길가에 놓고 그 옆을 조금도 떠나지 않으면서 화물 자동차나 달구지를 붙잡으려 하였다.

매운바람은 휘파람소리를 내면서 먼지를 호경 영감의 얼굴에 들씌웠으나 그는 팔짱을 끼고 엉거주춤 앉은 채 웅크리고 있었다. 자동차는 본체만체 하고 지나만 갔다. 달구지가 오면 아주 애원하여 물었으나 고향 방면으로 가는 것이 아니었다.

호경 영감은 차츰 초조해지면서 손해를 본 일로 하여 서글퍼지기만 하였다. 손해를 보충할 궁리에 한창 몰두하다가도 자동차나 달구지 소리만 나면 그런 생각은 가뭇없이 흩어지고 머리 속에 휑뎅그레 하였다. 이렇게 오랫동안 안절부절하고 있을 적에 이삿짐을 실은 달구지 두 대가 이쪽으로 오고 있었다.

"거 어데 가는 달구지요?"

호경 영감은 미처 당도하기도 전에 소리쳤다. 그러나 호경 영감은 가슴이 철렁하였다. 이삿짐에 등을 기대고 달구지 앞에 탄 일남 어머니를 보았던 것이다. 호경 영감은 가슴이 두근거리는 중에도, 일남 어머니 옆에 있는 조합원과 그 뒤에 앉은 안주 산골 사람 —고향을 떠난 지 20년이나 되는 사람—을 알아보고는 숨을 내쉬었다.

호경 영감은 인사치레로 몇 마디 하고는 급한 마음에

"날 좀 태워주게. 어젯밤에 허리랑 다리를 다치구설랑 걷질 못해."

하면서 다짜고짜로 고리짝을 달구지 우에 올려놓으려고 애썼다. 그것을 산골 사람이 받고 호경 영감의 손을 잡아 끌어올려주었다.

일남 어머니는 호경 영감을 보자 오만상을 잔뜩 찌푸리고는

'원수는 외나무다리에서 만난다드니.'

속으로 투덜대었다. 일남 어머니는 니탄 작업에 나간 지 닷새 만에 다른 사람들과 함께 돌아왔는데, 산간 지대 이주민 문제가 다시 논의되자 자원해 나섰다. 그의 친정 오빠를 데려오면 조합에 소도 늘고 고직하지도 않을 것이었는데, 함께 갔던 조합 사람과 말품을 팔고 다녔으나 친정 오빠는 싫다 하여 두 집만 동행하게 되었다. 적어도 소 네 마리는 믿었었다가 두 마리만 된 것에 불만하여 심드렁하게 알고 있는 판에 호경 영감을 보니 배알이 틀어오르는 것 같았다.

"어데 갔다 오쇼?"

산골 사람이 물었다.

"신의주. 그런데 임자 동네서두 물가 인하를 알었슴마?"

"알구 말구요."

"제—기, 하필……."

호경 영감은 속으로 말한다는 것이 누구나 들을 수 있게 툭 튀어나왔다.

일남 어머니는 니탄 캐는 작업장에서 들은 일로 하여 호경 영감의 허탕 친 꼴을 이내 알 수 있었다.

"동네에 조합두 안 생기구, 조합에 소두 안 들어가구, 또 물가가 오늘 안으로 껑충 뛰어오르구, 그랬으면 좋겠소?"

"그놈의 입 못 다물어?"

"벽보 뗀 값으로 정미소집에 소 잡히고 장사 한번 잘 했수다."

호경 영감은 일남 어머니를 더 덧쳐놓면 박병두의 궂은 과거 일까지 소나기로 퍼부을 것만 같아, 혼자 쿵쿵거리고 있으려니 속이 화닥화닥

탔다.

"물가 인하는 계속 또 되겠지."

산골 사람이 떼놓고 말하자, 일남 어머니는 말참견을 더 하고 싶었다.

"그럼요. 공장이 자꾸 복구되죠, 새로 서죠, 물건이 많이 나올수록 물가는 자꾸만 떨어지구, 인민 생활은 향상될 것 아니겠수? 그렇게 하자면 우리 농민들이 알곡을 많이 내여 공장으로 도시로 막 보내야 한답니다."

일남 어머니는 학습에서 배운 것, 상진에게 들은 것, 자기의 온갖 지식을 짜내노라고 말을 가끔 멈추군 하였다.

찬바람이 면바로 불어오며 달구지가 뛰는 통에 몸이 몹시 흔들릴 적에도, 말이 막히지만 않으면, 일남 어머니는 옆사람이나 짐짝을 붙잡아 가면서 신이 나게 말을 계속하였다.

이런 것이 마음에 마땅치 않아 호경 영감은 "백당 놈의 바람" "눈이 올려나?" 이런 말을 가끔 되씹군 하였다.

6

상진은 사무실에서 영농 계획서 초안을 검토하고 있는데, 무거운 납덩이를 매달은 것처럼 머리가 묵직하며 오한기가 오싹오싹 끼쳤다. 수면 부족과 과로에서 오는 몸살인가 하여 그대로 계획서를 들여다보고 있으려니, 이번은 몸이 덜덜 떨리며 이빨이 다각다각 맞치군 하였다. 영구가 잔 글자로 쓴 것인데, 숫한 글자들이 온통 한데 범벅이가 되어 새하얗게 혹은 파랗게 보이었다.

상진이와 영구는 조합의 첫 농사를 혁신하자는 의견에서 육상모판을 대대적으로 차릴 것과 논에 보리를 심어 이모작을 하기로 하여 계획 초안을 영구와 혜정이가 만들었다. 그동안 상진이와 영구가 조합원들의 의견을 여러 모로 알아보았으나 이 두 계획이 모두 조합원들에게는 딴 세상에서만 할 수 있는 일을 억지로 내려 먹이려는 것처럼 아는 경향이 많았다. 그럴수록 상진이와 영구는 이런 낡은 영농 태도와 싸우려는 정열은 더 무섭게 끓어올랐다. 그래 상진은 이 계획을 더 확인하며 더 보충하려고 영농 지식에 대한 책을 들추어 가면서 계획서를 검토하다가 집에 돌아오고 말았다.

상진의 아들 광수는 제 동생과 화숙의 아들 철수와 놀고 있었다. 상진이 고향에 오기 전부터도 이 세 아이는 항상 상진의 집과 화숙의 집에로 몰려다니며 놀았다. 그래 화숙의 아들은 상진에게도 몹시 따랐다.

"아저씨 아푸?"

영리한 화숙의 아들이 눈을 또릿또릿해가며 물었다.

"음."

"관리위원장도 아프나?"

철수의 말에 상진이 벙긋 웃으며 윗도리를 벗으려니 다섯 살 된 둘째 아들이 두 팔을 벌리며 다리에 매달렸다.

"아버지 아프니께 좀 자구서 놀자, 응."

상진은 전처럼 집에 돌아오면 맨 먼저 큰아들의 머리를 쓰다듬고 다음에 둘째아들을 부썩 안아들어 고추받침을 해주던 것도 잊고 장롱에서 이불을 내리 펴고는 온몸을 그 속에 담쑥 묻어버렸다. 이날따라 아버지가 저를 무시한 데 대하여 불평을 느낀 둘째아들은 잠시 뾰로통해 가지고 이불 속에 숨은 아버지를 곁으로 쏘아보더니 이내 훌쩍훌쩍 울기 시작하였다. 세상에 나온 지 한달 만에 어머니를 여의고, 할머니 무릎에서 신통하게 자라나긴 했으나 아버지의 얼굴을 보기는 처음이었다. 상진은 아들의 이런 성장에 대한 측은한 마음과, 또한 어머니의 모습을 많이 닮은 데서 느끼는 안해에 대한 애정까지 작용하여서, 상진은 작은아들을 몹시 사랑하였다. 밤에 늦게 와서도 잠자는 아들을 다독거려주거나 어느 때는 깨워서 말을 몇 마디 시키고야 다시 재우고 하는데, 자다가 깨여난 아들이 다시 잠들 때까지는 상진이 아무리 피곤하며 잠이 쏟아져도 애써 참으면서 아들을 기쁘게 해주었다.

그러나 이날은 옆에 있는지 울고 있는지 알지 못하였다.

"아버지, 아버지."

큰아들 광수가 이불을 떠들고 상진의 어깨를 사뭇 흔들었다. 한참동안 흔들고 요란스레 불러서야 "응, 응." 하면서도 눈을 뜨지 못하였다.

"아버지, 호선이가 막 울어."

어슴푸레 들린 말에 상진은 두 팔을 벌려 아들을 끌어다가 옆에 눕히고는 또 앓는 소리를 하며 눈을 감았다. 아들은 이것만으로라도 불만이 좀 풀렸는지 울음을 그치고 잠들었다.

상진은 한 시간 이상 땀을 빼고 한참 떨어서야 열이 좀 내렸다. 아직도 머리는 무거우며 쪼개지는 듯이 관자놀이가 욱신욱신 놀았다. 그렇다 하여도 내일 밤 관리위원들과 작업반장, 분조장 연석회의에서 토의할 영농 계획을 충분히 검토하여 요해하자면 자고 있을 수만 없었다. 상진은 바로 누웠다가는 엎드리며 연송 이렇게 뒤치면서 계획서를 보다가는 영농 지식 책자를 뒤적거리곤 하였다. 상진은 책을 보다가, 수숫대 껍질로 새장을 만들고 있는 두 아들을 물끄러미 보았다. 상진의 어머니가 조합 작업에 나가면서 살림하노라고 손자들의 뒷치다꺼리를 제대로 할 사이가 별로 없을 것이었다. 아이들의 양복은 밥풀 더덕과 땟물 투성이가 된 것이며, 찢어진 자리와 혼솔기가 타진 자리를 이내 꿰매지 못하여 너덜거리는 것이며, 어머니 없는 꼴이 역력하였다. 아이들의 이런 꼴이 상진의 마음을 뒤흔드는데다가 큰 아들이 떠온 물그릇에는 아들의 손끝에서

흙물이 냉수에까지 퍼지는 것을 보자 상진은

"젠장 마누라가 죽었다구 이렇게 달려졌나? 몸져누웠어도 누가 이마를 짚어주나, 냉수 한 그릇 깨끗이 떠다주나."

이렇게 속으로 뇌까리다가 머리를 설레설레 내저었다.

"젠장, 색시를 얻으면 이런 꼴이 당장 없어질까."

하고 상진이 피씩 웃을 적에 광수와 함께 새초롱(새장)을 만들고 있던 철수가 상진을 힐끗 보았다.

"철수야, 어만 집에 있니?"

"아직 안 왔어요."

"철수야, 너 언제까지나 어머니와 단둘이만 살겠니? 우리 광수랑 한 집에 살자."

상진은 저도 모르게 묻고는 실없는 말을 했다고 후회되어 머리를 또 내저었다. 그러나 철수는 조금도 어색함이 없이 딴말로 또랑또랑 대답하였다.

"어머니가 날 대학까지 보내준다구 했는데."

"그래? 넌 좋겠구나."

둘째아들은 형과 철수가 그럴듯하게 만든 새초롱을 가지고 와서, 계획서를 보고 있는 상진의 허리를 타고 앉았다.

상진은 허리를 연해 들먹거려 아들을 얼러주면서 계획서를 보다가는 만년필로 쓰곤 하였다.

"아버지, 아버지를 여기다 잡아넣을래."

하며 둘째아들은 상진의 허리를 한번 굴렀다.

"아버지가 새니?"

"날아가지 못하는 새야."

"날아가지 못하면 새초롱에 잡아넣지 않아두 좋지 않아?"

"잡아넣어야 항상 나랑 놀으니끼."

아들의 말에 상진은 껄껄 웃었으나 아들의 애처로운 심정이 가슴에 파고들어 콧등이 찡— 울렸다.

이럴 적에 혜정이 문을 조용히 열고 들어왔다. 혜정은 리 인민위원회에 내려갔다가 돌아오던 길로 상진의 아프단 말을 듣고, 조합에 비치해 둔 약을 가지고 왔다. 혜정을 몹시 따르는 세 아이는 혜정에게로 달라붙었다. 본시 군대에서 간호원 경험을 거치고 경리일을 보았었던 혜정은 상진의 이마를 짚어본 다음, 손목의 맥을 꼭 누른 채 손시계를 들여다보면서 조그맣고 붉은 입술을 달막거리면서 맥박을 세어보았다.

"열이 아직두 상당히 높아요."

혜정은 부엌에서 냉수를 떠온 다음, 해열제를 한 회 분량으로 갈라 상진에게 주고는 다시 물그릇을 조심스레 들고 상진의 손이 오기만 기다렸다. 상진이 물까지 마시고 나니, 혜정은 무릎 앞에 바싹 붙어 앉은 두 아이의 머리와 손을 번갈아 만져주었다.

"아버지는 지금 아프시니까 아버지한테 매달리지 말아. 응? 나하고 사무실로 놀러 가면 내 콩을 볶아주지."

혜정은 상진의 둘째아들을 얼러주어 데리고 나갔다. 혜정이가 잠시 동안이라도 옆에 있다가 나가자 상진은 금세 호젓해지며 마음이 공연히 설레었다. 상진은 엎드린 채, 책을 보아가며 노트에 필기를 하여도 저도 모르게 가끔 만년필이 멎고 종이 우에 박혀 있군 하였다.

'혜정이쯤 되면 지금 꿈이 많을 거다. 나 같은 위인과는 인연이 너무 멀거든. 그저 화숙이와는 피차가 안성맞춤이지, 사실 나쯤 되면 화숙이가 제격이구 그만한 여자가 또 흔한가? 그런데 화숙인 뭘 꿍꿍이속으로만 노는 건지? 도무지 이렇다 할 눈치조차 안 뵈구. 동네 사람들은 쑥덕쑥덕 입방아만 찧구 있는 판인데……'

이날은 전에 없이 화숙의 생각이 또 났다. 상진은 화숙의 생각에서 오는 잡념을 막아버릴 것처럼 이불을 푹 덮어썼다. 책을 보면 열이 머리로 치달아 해로우니 안정하여 쉬라고 혜정이 신신당부하고 간 일도 있고 하여 상진은 잠을 폭신 자려 하였다. 그러나 화숙을 만난 이후로 이날처럼 호젓하게 생각할 수 있는 기회가 있었더냐는 듯이 화숙의 생각은 연해 꼬리를 물고 떠올랐다.

'내 정신 나갔나. 내일 일을 어떻게 하려구 이러구만 있노?'

이런 생각이 뭉클 솟구쳐 올라 상진은 계획서 한 장을 급히 넘기다가 붉은 연필로 동그라미 셋을 큼직하게 그려 놓은 곳을 자상히 보았다. '이상 계획은 축력 30두를 확보하는 조건하에 가능함.'이라고 꼭꼭 박아서 쓴 영구의 글자에 그만 상진의 정신은 번쩍 뜨였다.

상진은 이불을 걷어서 뒤로 밀어제끼고 도사려 앉았다.

'젠장, 이놈의 축력 문제에 그냥 깔려 죽겠군. 언제까지 30두를 보장해야 한다고, 영구는 왜 밝히지 않았는가.'

하다가, 상진은 눈을 감고 생각한 끝에 머리를 끄덕이었다. 늦어도 20두는 삼월 중순까지, 나머지 10두는 사월 중순까지 보장해야 할 일이였다. 삿자리의 부업 경리로 소 한 마리를 샀을 뿐, 갈을 구하기 어려워 더 계속할 수도 없다. 재봉침을 판 돈으로 산 것 한 마리, 그리고 농민은행에서 얻은 대부금으로 사들인 소와 산골 사람들이 가지고 온 소를 합하면 모두 열두 마리였으나, 앞으로 더 늘린다는 것은 막연한 일이였다. 이런 것으로 하여 일부 조합 사람들은 뒤에서 쑥덕거리기도 하며 얼굴에서 심심한 빛을 숨기지 못하였다.

심지어 어떤 사람은 노력은 적고 비노력이 많아 분배를 적게 타겠다는 것을 이유로, 조합에서 나가겠다고 하는 일도 있었다. 이런 사람들을, 상진은 산나무에서 삭정이를 잘라버리듯 조합에서 떼버리자 했으나, 영구는 그런 사람들을 붙잡아 놓고 교양 주어야 한다고 반대하였다. 결국 영구의 의견을 따랐다.

호경 영감은 가겟방을 차리고 상품을 놓을까 했으나, 물가 인하로 부아만 끓어오르는 데다 앞으로 계속해 떨어진다는 풍문에 등이 바싹바싹 달고 막상 춘경기가 닥쳐오자 소를 가지고 싶은 충동이 하루에도 몇 번씩 동했다. 그래 상품을 장사꾼에게 몽땅 넘겨버리니 칠천여 원을 밑진 셈이었다. 신안주에서 다친 허리가 깨끗이 회복되지 않아 농사일을 해낼는지 의문이며, 조합에 든 아들 박병두가 헛물만 켜고 넘어질까 보아 아침저녁으로 아들을 불러다가 조합을 나오라고 호통을 치며, 듣지 않자 붙잡아 놓고 집안일을 시키곤 하였다. 한동안 그렇게 거악스럽게 일을 하던 박병두가 가끔 결근하자, 사람들은 박병두도 마음이 틀어지는 징조라 하였다.

상진은 영구의 계획서 초안을 처음부터 다시 훌훌 넘겨보다가 축력 30두라고 쓴 곳이 나오자 그것을 뚫어지게 보고 있는데 '씨름쟁이 영감'이라는 별명을 가진 사람이 잔기침을 하면서 들어왔다. 그는 상진의 낯빛만 실금실금 살피며 머뭇거리기만 하였다.

"무슨 말씀이 있습니까."

"저— 저, 우리 집은 아모래도 조합을 나가야 할 모양인데, 저,"

"조합에 소가 모자라서 그렇소?"

상진은 씨름쟁이 영감의 말을 끝까지 듣고만 있을 수 없었다.

"그보다도, 올봄까지는 우리 딸애를 살림시킬 것 같은데, 그렇게 되면 한 노력 가지구 되겠음마?"

"어젯밤에 호경 영감을 만났죠?"

"마, 만났댔지."

상진은 전날 밤, 씨름쟁이 영감이 호경 영감의 집에 들어가는 것을 보았었다. 이 영감도 8·15 전에는 형편없이 가난했었다. 젊었을 적에 씨름판에 나가 소를 한 마리 타가지고는 금방 팔자를 고친다고 소문났었는데, 상팔리에 사는 지주에게 치를 빚 대신 소를 빼앗기고 말았었다. 소를 탄 것에 맛을 붙인 그는 씨름판이라면 살림을 팔아가며 찾아다녔으며, 한번은 상씨름에 붙었다가 넉장거리로 떨어져, 다섯 달 동안을 누워지냈는데, 이 통에 그는 살림이 더 쪼들려지고, '씨름쟁이'라는 별명만 얻게 되었다. 이렇게 쓰라린 세월을 겪은 그가 호경 영감의 말에 넘어갔다는 것을 생각하면 주먹질이라도 하고 싶어 ―만일 영감만 아니라면― 손이 들먹거렸다.

"생산 계획을 꾸미는 판인데 나간단 말요? 영감의 처지를 생각해요. 영감님이 조합을 나가면 좋아질 것 같소? 호랑이에게 물려가더라도 정신을 채려야 한다고…… 안 돼요. 당장 돌아가쇼."

상진은 자신이 무슨 말을 하였다가는 생각도 없이 쏘아대기만 하였다. 씨름쟁이 영감이 나간 뒤, 상진은 벌떡 누워버렸다. 고향에 돌아온 뒤로 이렇게 화를 내여 큰소리치기는 처음이었다. 상진은 그것을 후회하자니 다시 화가 끓어오르기 시작하였다. 다시 일어났다.

상진은 입술을 지그시 물며 붉은 글자 우에 만년필로 축력을 확보할 기한을 적어 두었다.

'축력에 얽매지 말구, 계획을 제대로 세우자.'

상진은 계획서를 처음부터 다시 검토하였다. 검토할수록 깐직깐직한 영구의 치밀성에 새삼스럽게 놀랬다. 더구나, 상진이 육모판을 주장하자, 영구가 주장한 보리 이모작에 대한 야로비짜찌야*로부터 보리를 베여 그 논을 갈아엎고 모 이앙할 때까지의 기일까지 밝혀 있다. 모판에 대

---

* 야로비짜찌야: 야로비농법. 농작물에 춘화 처리春化處理를 하여 수확기를 바꾸거나 식물 발육에 변화를
  일으키어 증수增收를 꾀하는 따위의 재배 방법. 소련의 유전학자인 미추린의 학설에 따른 농법.

한 것이며, 종곡 소득에 필요한 날짜 계산이며 이앙 전까지 투입되는 노력의 공수며, 작답과 객토 작업을 짠 것이며, 심지어 퇴비 생산을 추가한 숫자며, ─이런 것들은 상진이 검토한다는 것보다도 배우는 것이었다. 상진은 수건으로 머리를 단단히 동이고 나니 눈은 열에 떠서 씹덕거렸지만* 정신은 차츰 안정되어 갔다.

이날 밤, 혜정은 화숙을 찾아갔다. 화숙은 신문지에 먹으로 구호를 쓰고 있는데 열한 살 된 아들은 벼루에 먹을 갈아주고 있었다.

화숙이 정성을 들여 쓰고 있는 구호는 '전체 농민들이여! 당신들의 논은 배고파 울고 있으니, 속히 퇴비를 주시오. 흙 속에 저축했던 양분은 모두 파먹고 이제는 아주 빈탕입니다. 논을 굶기면 가을에 가서 당신에게 선물할 곡식이 적을 것 아닙니까.' 이런 것이었다.

"웬 구호가 이렇게 길우?"

"어려운 말로 짧게 쓰는 것보다 쉰 말로 재미나게 써야 더 효과가 있을 것 같애."

"언니가 말두 만들었수?"

"책 보았지. 이걸 골목마다 몇 장씩 붙여줄래."

화숙은 본시 독서를 무던히 즐기어 그가 8·15 전에 소학교를 졸업한 실력과는 천양지판이었다. 혜정은 재미가 나서 구호를 두 번이나 읽어 보았다. 이미 써놓은 열여섯 장을 일일이 들추어 보는 혜정의 눈은 갑자기 또릿또릿 빛나며 얼굴은 미소에 흠썩 젖었다. 화숙의 처지에 대한 동정도 있지만, 화숙의 위신 있고도 사글사글한 인품이며, 자꾸 늘어가는 그의 실력이며, 이런 것 외에도 혜정은 여러 가지 점으로 화숙을 제일 좋아하였다. 조합이 조직되면서부터는 화숙이나 혜정이나 피차 친동기

| * 씹덕거렸지만: 욱신욱신하며 통증이 느껴졌지만.

간과 같은 정을 느꼈다.

혜정은 글씨가 그리 능숙하지는 못하나 또박또박 박아쓰기에 열중인 화숙을 보고 있으려니 화숙의 몸에서 고상한 향기라도 풍겨 옴을 느꼈다.

'어쩌면 조합일이라면 저렇게 열심일가 아마 애정까지 몽땅 바치고 있는가봐.'

혜정은 이렇게 감탄하였다. 화숙이 표어를 쓰는 동안 아들은 잠들었으며 화숙이 방을 훔치고 나자마자

"언니, 정 시집 안 갈라요?"

하고는 어려운 말을 불쑥 낸 것에 저도 우스워 혜정은 허리를 구부리며 킥킥거렸다.

"뭐야?"

하고 화숙은 '별 실없는 말을 다 하누나.' 하는 눈초리로 혜정을 흘기며 소리 없이 웃었다. 부락 사람들이 화숙에게 그런 말을 하는 것을 여러 번 보았어도 그때마다 혜정은 잠자코 있었다.

"내 정말 언니를 생각해서 이런 말을 안 할 수 없어."

"처녀가 과부 중매를 하려 들구……."

화숙은 불그레해진 얼굴을 한 채 농담같이 말하였다.

"처녀라두 이 말은 꼭 해야겠어. 저— 우리 관리위원장하구. 글쎄 혼자 속만 태우지 말구 결단을 내버려요."

상진에 대한 말은 화숙이 여러 사람한테서 들어왔건만, 혜정이 하는 말에는 어쩐지 가슴이 울렁거렸다. 화숙은 자기의 이른 심정에서 어떤 죄스러움을 느껴 이내 체경 우에 걸린 남편의 사진을 우러러보다가 고이 잠든 아들을 물끄러미 보았다.

사실, 화숙은 가끔 고적을 느끼거나 살림살이의 불편을 느낄 적에는

결혼 문제를 생각해보는 수도 있었으나, 워낙 행복했던 지난날의 가정생활을 생각하고, 또 철수가 무럭무럭 귀엽게 자라는 것을 생각하면 그런 의욕이 약해지곤 하였다.

그러나 가끔 화숙의 몸을 고독한 안개 속에로 처몰아주군 하는 야릇한 이유를 밝혀 놓고 싶은 충동을 느끼며, 또한 이런 충동을 회피하려 하지도 않았다.

이런 화숙에게 협동조합은 예상하지도 않았던 작용을 하였다. 협동조합의 조직 당시에는 해설 사업에 날마다 바삐 몰아치는 통에 고독을 느낄 새도 없었다. 그러다가 상진이 돌아온 뒤로 마음이 들뜨는 적도 있는 데다 부락 사람들은 이것을 더 부채질하였다.

"관리위원장 동무의 가정을 보든지 언니의 가정을 보든지 어떤 큰 것 하나가 빠진 것만 같아서 정말 안타깝대두 그래. 언니, 관리위원장 동무가 조합 일에 흠썩 빠져서 분주한 통에 엄벙덤벙 지내는 것 같지만, 속은 타구 있을 거야. 지금 몸이 아파 누워 있는데 오늘은 아주 고적한 모양이야. 언니의 사정도 꼭 그렇지 뭐유?"

하고 혜정은 다시 수다스런 말로 딱지를 떼려 들었다.

화숙은 한동안 눈을 아래로 깐 채 잠자코 있었다.

"난 그대루 살 테야."

작은 음성이나마 힘주어 말하고는 거두어 누었던 벼루를 꺼내어 다시 먹을 갈기 시작하였다.

"앞으로 긴긴 세상을 쓸쓸하게 지낼 게 뭐요?"

"고독할 수도 있지. 그렇지만 조합에 나가면 고독을 느낄 틈을 주지 않구, 그러니끼, 난 조합 일을 더 많이 만들어 놓구……. 저, 그런데 나두 서클에 참가하면 더 유쾌하게 지낼 수 있을 거야. 집에 오면 철수가 날 꼼짝 못하게 독차지하구……."

화숙은 웃기까지 하였다. 그러나 그의 어조에는 쓸쓸한 맛이 돌았다.

화숙은 먹을 죄다 간 다음, 반 간첩투쟁에 대한 구호를 쓰기 시작하였다.

혜정은 아직 가정생활의 진국을 알지 못하는 처녀의 몸으로 이런 화숙에게 무슨 말을 더 할 수 있는지 몰랐다. 다만 글자 한 자 한 자에 온갖 정성을 쏟고 있는 화숙을 어떤 신비스런 존재처럼 한동안 보고만 있다가 나왔다.

혜정은 화숙의 집을 나와 곧장 집으로 갈까 하였으나 멀리 보이는 선전실과 사무실의 전등불이 자기를 부르고 있는 것만 같아 그리고 발길을 돌리였다. 선전실에서는 소 영감과 몇 사람이 장기판을 둘러싸고 있으며, 장지문을 여니 상진이 혼자 책상 앞에 앉아 무엇을 바삐 쓰고 있었다.

"어찌 이렇게 나오셨어요?"

상진은 대답 대신, 고개만 살짝 들어 아직도 열을 띤 눈으로 혜정을 보는 것이었다.

"계획서를 동무들과 미리 토의하고 싶어서요."

"세포위원장 동무는 안 왔어요?"

"그 사람이 안 올 리 있습니까. 나보다도 더 안달하고 있는데. 어데 간 줄 알우?"

"어델가."

"민청 작업장에 갔수다."

하고 상진은 시선을 다시 계획서로 돌렸다.

상진은 집에서 계획서를 검토하던 중, 밭 8반 보—이것은 논에 인접한 밭이다—를 논으로 풀 것을 느꼈으며, 이 개답 작업을 보장하자면 4월 계획의 수로 굴설 작업을 2월 상순부터 착수하여 춘기 파종기 전에 끝내야 할 필요성을 느꼈다. 더 충분히 검토하고 몸이 회복된 다음에 여럿이 협의할까 했으나 당장 요정을 내고만 싶었다. 세포위원장 영구와 상의했더니

"민청에 맡겨보자구."

하며 영구는 그들의 의견을 들으러 나갔다. 한편으로는 부근에 사는 관리위원과 작업반장 몇을 오라 하였다.

"아직두 열이 많은 것 같은데요."

"그깐 놈의 것, 멜 하우?"

하고 상진은 산판을 놓기 시작하였다.

상진이 제대되어 오던 길로 사업에만 억척스럽게 달라붙어 지내는 것에, 혜정은 탄복해 왔으나, 이날은 그런 마음이 더하였다.

이윽고 2반, 3반의 작업반장과 관리위원 한 명이 오자, 상진은 선전실에서 장기를 두고 있는 사람들까지 불렀다.

상진은 혼자 의자에 앉은 것이 민망한 듯, 계획서, 책, 산판과 노트를 급히 주섬주섬 챙겨가지고 방바닥에 펄쩍 앉았다.

"영농 계획에 대해서 몇 가지 문제를 미리 상의 좀 합시다레."

한 다음, 상진은 계획서부터 펴놓았다.

"나와 세포위원장은 의견이 합치됐는데, 우선 20정보에 육모를 심자는 것이요. 자, 의견들을 기탄없이 말하구려."

방 안은 갑자기 더 조용하며 긴장되었다. 이 지대는 사질이 전혀 없고 찰떡같이 찰진 진흙이라 육상모판을 만들기 곤란하다는 것이었다. 이것은 상진도 알고 있다. 그렇다고 다수확의 길을 포기할 수는 없으며, 문제는 사고 방법을 변경시키자는 것이 상진의 주장이었다.

모인 사람들은 너무도 터무니없는 계획이라 잠자코 있는데, 2작업반장이 말을 떼었다.

"그게 될 탁 있나?"

하고 2작업반장은 상진이 알고 있는 이유를 들추었다.

"그런 건 나나 영구나 알구설랑 세운 것이오."

상진은 처음부터 반대 의견을 예상하였으며 그런 것에 조금도 상관하지 않고 많은 의견이 자유롭게 나올 수 있는 분위기를 만들어주기로 했었으나, 몸이 불편한 탓인지 단번 신경질을 내고는 얼굴을 찌푸렸다. 상진은 이내 낯빛을 펴고 음성을 낮추었다.

"동무들이 잠자코 있는 이유를 나두 잘 알고 있소. 지금까지 지녀왔던 우리의 사고 방법을 혁신하지 않고서는 이 계획이 공담으로 들릴 거요. 더군다나 2작업반장 동무는 안주에서 2년 동안이나 육상모 농사를 한 경험이 있지 않소?"

"육상모를 누가 반대하나? 이 지대의 형편을 봐서 그렇지."

2작업반장이 역시 자신 있게 말하였다.

"결국은 육상모 만들 밭이 없단 말이지?"

"그럼."

"사고 방법을 혁신하자는 말이 바로 그거란 말입니다. 하여튼 육상모가 물모보다 다수확을 내는 건 확실한 것 아닙니까.

요컨댄 우리는 문제 해결을 눈앞의 좁은 테두리에 국한하지 말잔 말요. 그렇게 한다면 우리 부락에서는 몇 해를 가도 육상모 농사는 못할 것이구 기계화하기도 어렵단 말여요. 우리 토지의 특성을 고려하여 우리는 육상모 해결의 방법을 훨씬 넓혀서, 즉 앞을 내다보면서 해결하자는데, 이걸 구체적으로 말하면 상팔리에는 육상모 만들 밭이 있으니 거기 가서 구하잔 말요. 그러구 언제까지나 남의 신세를 질 필요는 없지요. 앞으로 축력만 해결되면 삼사십 리 밖에 있는 모래를 날라다가 밭 토질을 사질 양토로 아주 변질시킨단 말요. 몇 년 뒤에는 달구지가 아니라 트럭으로 하거던. 그렇잖어?"

"십 리가 넘는 데를?"

소 영감이 눈을 둥그렇게 뜨며 물었다.

상진은 너무 답답하여 저도 모르게 짜증이 나는 것을 얼핏 참아버렸다.

"모판 관리 일꾼을 거기로 파견하면 되잖습니까."

"참 그렇군."

소 영감은 상진의 생각이 너무 신통하여 흐무지게 웃었다.

상진은 흥에 겨운 사람처럼 고개를 끄덕끄덕하며 만년필로 수첩에 무엇을 부산스레 적었다.

보기에는 상진의 얼굴은 확실히 열이 높았다. 얼굴의 흠집에 맺힌 땀이 불빛을 받아 번쩍이는 상진을 혜정은 정신없이 보았다.

'일에 들어서는 그저 멧돼지같이 검질기구 억세다니까. 저런 사람에게로 왜 화숙 언니는 가지 않을까. 아마 안해를 가지면 더 많은 일을 보람 있게 해낼 거야. 그런데 나는 왜 이렇게까지 관리위원장을 동경할까. 내가 관리위원장을……'

혜정은 여기까지 생각하다가 얼굴이 붉어지고 있는데, 상진이

"자, 내 의견에 찬성하는 동무는 없소?"

하고 물었다.

혜정은 이 질문을 기다리고 있었던 것처럼

"난 대찬성여요."

재치 있게 대답하고는 상진을 또 물끄러미 보았다. 이럴 적에 세포위원장이 흐무진 얼굴로 들어왔다.

"어떻게 됐어?"

상진은 산판알을 따르륵 그으면서 물었다.

"우리 조합에서도 민청원들이 핵심이야. 민청원들이 3월 20일까지 기한 전 완수를 할 테니끼 '민청수로'라구 이름을 붙이구, 그 근처 논에는 육상모를 심자는 조건부야."

"그런 요구야 이쪽에서 절을 해가면서 들어주어야지."

하고 상진은 마음을 턱 놓고 껄껄 웃었다. 민청원들 중에서도 유난히 기강을 부리며 찬성해 나섰으리라 생각되는 사람들의 슬기로운 얼굴들을 상진은 일일이 그려보았다.

"자, 보시구려. —상진은 저도 모르게 왼쪽 소매를 걷어올렸다.— 협동경리란 것이 벌써 새로운 방식이란 말요. 이런 새로운 테두리 안에서 낡은 눈으로는 새것을 볼 수 없단 말입니다. 그리고 새로운 것을 확실한 것, 결정적인 것 중에서만 찾으려면 발전이 굼뜨단 말요. 우리는 폐일언하구설랑, 가능성을 찾아내야 해요. 될 수 있다고 인정되는 일은 그것을 될 수 있도록 온갖 정성과 노력을 막 퍼붓잔 말입니다. 그다음부터는 가능성이 아니라 확실성이 되구, 그런 까타나* 우리는 확실성을 하나씩 둘씩 발견하게 됩니다."

상진은 열이 있는 데다 흥분을 하여 얼굴은 더 진하게 상기되었다.

"육상모는 어느 벌에 내노?"

소 영감이 묻는 말에 2작업반장이

"오리벌이 넓으니 거기다 내야죠."

하고 나섰다.

"왜, 오리벌에 한단 말요? —영구는 손부터 젓고 나섰다.— 육상모는 키가 작아서 물 우에 솟을가 말가 할 텐데, 그렇잖두 오리가 파리 떼 끓듯 하는 데구, 글쎄 그 미련한 오리란 것들이 모를 안 낸 논인 줄 알구,

311

하루에두 몇 번씩 앉을 테니, 글쎄 모가 무슨 꼴이 되겠소? 육상모는 부락에 가까운 벌에 냅시다."

"그렇다면 상동벌이군."

"그렇지."

"상동벌이 문제거던."

2작업반장이 불쑥 말하고는 잔기침을 하고 말을 이었다.

"육상모는 물을 대주구 떼주구 자유자재로 해야 하는데 그렇게 하자면 간선 수로에서 지선을 새로 내야 하구, 그런데 한중간에 호경 영감의 사천 평짜리가 길게 가로막혔으니 논 소유자의 승낙이 필요해."

2작업반장의 말에 혜정은 어리석은 걱정을 하고 있는 것을 비웃는 웃음을 지으며 곁달고 나섰다.

"논을 바꿔주죠."

"소유자 의견은 듣지두 않구?"

2작업반장은 말끝을 아주 고만하게 높였다. 지금까지 입을 다문 채 삿자리의 늘어진 눈을 죄여주고 있던 소 영감이

"임자는 호경 영감의 뱃속을 어찌 그리도 잘 알어?"

하고 면박을 주었다.

상진은 다급한 듯이 벌떡 일어나 의자에 앉아, 2작업반장을 아니꼽게 보더니 눈을 책상 우에 깔고 명지 손가락*으로 책상 모서리를 북북 닦고만 있었다.

사실, 이것 때문에 상진이와 영구는 속을 썩이었다. 영구가 박병두를 시켜보았으나, 호경 영감은 논이 좋다는 핑계로 거절해버렸었다.

상진이가 영구와 함께 조합의 논을 돌아볼 때, 물모를 심는다 해도

| * 명지 손가락: 무명지. 네 번째 손가락.

곁수로를 내야만 해마다 드는 숱한 노력이 절약될 것이며, 육상모에는 곁수로가 더욱 필요하였다.

호경 영감의 논을 피해서 수로를 내자면 깊이와 길이도 훨씬 늘어 배 이상의 공수가 들 것이었다. 그래도, 민청원들은 기일 안에 만들어놓겠다고 장담하였다.

상진은 한동안 노트를 보기에 골몰하더니, 계획서까지 모두 움켜잡듯 집어가지고는 의자에서 벌떡 일어났다.

"가겠는가?"

영구가 물었다.

"오늘밤 요정을 내보겠네. 외숙 집에 가서."

"자네 외숙이 상동벌과 무슨 상관이가?"

"거기 가면 호경 영감이 있겠지."

사실, 상진은 호경 영감과 단둘이 맞서는 것은 "당신 아들이 내 안해를 죽였으니 이만한 청이야 못 들어주겠소?" 하는 것 같아서 교섭하기 싫었다. 그러나 외숙의 집에 호경 영감이 있으면 적당한 계제에 이런 말을 자연스럽게 꺼낼 수도 있으며 안경하의 조언도 기대했던 것이다.

과연 호경 영감은 안경하의 문간방에 사오 명과 함께 있었다. 금방 술상을 물린 뒤인지 방 안에서는 매캐한 소주 냄새가 풍겼다.

'이 사람들이 무슨 꿍꿍이를 꾸미고 있는 거야.'

하는 생각이 들자, 상진은 말하기 좋은 기회를 기다리거나 만들고 싶지 않았다.

"축력은 해결되어 가나?"

호경 영감이 코를 킁킁거리더니 불쑥 물었다.

"네, 해결되겠지요. 그런데 상동벌 논을 바꾸시지 않겠어요?"

상진은 일부러 웃음을 띠워서 말하노라고 속으로 무던히 애를 썼다.

"그건 안 돼. 천 평에 벼 서른 개 내기는 어렵지 않은 논인데, 사실 그 논 까타나 조합에도 안 들었다면 그만 아니가."

하고 호경 영감은 상진을 피하기나 할 것처럼 자리를 훌쩍 옮겨앉았다가, 신의주에 갔다 오다 다친 허리가 시끈하여 오만상을 찌푸리면서 "아이구 허리야." 하였다.

"한 천 평 가량 더 많이 달라구 하면 되잖아요?"

안경하가 권하는 말에 따라 다른 사람들도 곁달아 권하였다.

"병두 가족이 조합에로 떨어져나갔겠다, 노력이 있어야 더 부치지. 5천 평도 힘든데."

호경 영감은 울화를 끊어버릴 것처럼 담배를 주먹에 쥐고 후― 후― 불었다.

"바쁠 때는 노력을 사면 될 것 아나?"

마을에서 안경하 다음쯤 가는 중농 중에도 솟는 사람이 말했다. 농사에 노력을 산다는 것을 예사로 여기는 것에 상진은 실뭇이 불쾌하였다.

"노력을 사서 농사하는 건 옛날 말이오."

상진의 말에 아무도 대꾸하지 않고 방 안은 갑자기 조용하였다. 호경 영감이 돌아가고, 얼마 있지 않아 상진이와 안경하만 남았다.

"조합에서 정미소가 필요하지?"

너무도 의외의 말에 상진은 처음에는 어리둥절하였다. 개인농 축에서는 조합이 한동안 복작거리기만 하다가 축력 문제와 또한 제가끔 제 욕심만 채우려 드는 통에 결국은 흐지부지 깨지고 말 것이라고 보는 사람도 있었다. 그러나 안경하는 상진이나 영구의 패기를 보아서나 조합원들의 억척스런 열성으로 보나 노상 실패한다고만은 믿지 않았다. 다만 요즘 축력 문제로 조합원들의 불안이 높아지는 것을 보아 그렇게 되는지도 모르지만, 만일 조합이 제대로 펴 가면 정미소를 경영하게 될는지도 의문이여서, 미리부터 대책이 필요하였다. 그래 우선 상진의 의견부터 떠보아서 약빠른 타산을 하자는 것이었다.

"필요하죠."

"그럼 내 걸 사지 그래."

"돈 있나요?"

"조합원들의 벼나 쌀을 모아서 사지."

안경하의 말에 상진은 배알이 단번 틀어올랐다. 안경하의 패거리가 '거랑이 조합'이라고 비웃는 것처럼 몇몇 중농도 들어왔지만 가난한 사람끼리 조직되었으며 남은 식량이라야 뻔한 것이었다. 이것을 모를 리 없는 그가 한번 비꼬아보자는 수작이라고 생각되었다.

"살 돈이 없으면 정미소에 조합 간판을 붙이구, 조합 사람들 것은 반 삯으로 찧어주구, 또 외숙과 생질 간에 꼬투리가 없어 그렇지, 그런 계제만 있다면 원조 못할 게 뭐 있겠나 말야. 조합 일에만 매달리지 말구 내 낭택도 채리란 말야. 나 같으면 조합 간판쯤 붙이는 건 어렵지 않을 것 같다만."

안경하는 말 한 마디 한 마디를 자유자재로 농간 부려서 상진에게 외숙의 '온정'을 보여주려 하였다. 안경하가 헐한 세금을 더 경감 받으려는 약빠른 수작을 부리는 것임을 아는 상진은 이에 대한 미움과 함께 자신이 정미소에서 생기는 어떤 미끼로 평가되는 그런 모욕감과 불쾌감으로 가뜩이나 열에 뜬 몸이 불덩이로 달아올랐다.

"먼저 국가와 상의하십시오. 그리구 내 낭택을 채우자니 조합을 잘 되게 해야죠."

상진은 열 때문에 자꾸 감기려는 눈에 힘을 모두 잘라서 말하고는 외면하였다.

"흥! 돌멩이 갖다 놓구 닭알 되기를 기다리는 셈이지 뭐야? 참 답답하군."

"돌맹이가 닭알두 되구 닭알이 황소로 뒤구 황소가 뜨락또르, 정미소로 되게 만들 테니 두구 보세요."

하고 상진은 일어섰다.

상기된 열과 흥분으로 상진은 집에 어떻게 왔는지도 몰랐다. 여느 때 하던 것처럼 방문 밖에서부터 아들을 불렀으나 대답도 없으며 뛰어나오지도 않는 것만은 어렴풋이 느끼면서 들어갔다. 방에는 영구와 혜정이 와서 기다리고 있었다.

"우리 외숙은 정신이 틀려먹었어."

이 말만 하면서 솜외투를 입은 채 펴놓은 이불 속에 묻혀버렸다. 아무리 이를 악물고 용을 써도 밀물처럼 치닫는 오한을 막아낼 수는 없었다.

"호경 영감이 영 말을 안 듣던가."

"외숙과 싸우셨어요?"

상진은 영구와 혜정이 무엇을 묻고 있는가를 어방치기*로 가늠채기만 하여

"정신이 틀렸어, 정신이."

똑같은 말을 들릴락말락한 음성으로 가끔 입버릇처럼 되풀이하며 신음소리까지 섞어서 하였다.

영구와 혜정이 몇 마디 걸어보았으나 상진은 신음소리만 연해 내였다. 모처럼 들은 잠을 깰 수 없어 그들은 함께 돌아갔다.

《조선문학》, 1956년 10월~11월

| * 어방치기: 어림짐작.

첫 수확 · 2

7

　벌판과 마음을 제 세상처럼 뒤덮으며 휩쓸던 겨울바람도 차츰 수그러져 갔다. 봄의 입김이 땅속 밑창으로부터 스며오르자, 돌덩이 같은 흙이 반지르르한 수분을 흘리면서 허분허분 풀어지고 저수 구덩이와 수통을 꽉 덮어버렸던 얼음장은 어느 결에 손바닥만 한 조각으로 부서지고, 이런 얼음 조각들은 산들바람에 천천히 맴돌다가 서로 슬쩍 부딪치기만 해도 여러 조각으로 깨어지곤 하였다.

　민청원들이 맡은 곁수로도 거의 완성되어가고 있다. 호경 영감이 종내 말을 듣지 않아 배 이상의 공수를 들이고도, 이제 곁수로는 활등 모양으로 굽어 뻗어나갔다.

　그런데, 이날은 한겨울처럼 갑자기 추워졌다. 더구나 각 작업반에서 5반보 쟁취 운동을 시작하여 저수 구덩이를 메우고, 논둑을 무너뜨리는 일에 총동원하여, 나이 든 사람도 거의 나왔다.

상진은 모닥불이라도 놓아 휴식 시간에 손과 발을 쬐게 하려고, 쓸모 없는 나무토막을 집집에서 모아 지게에 지고 나섰다.

마침 은행에 갔다 돌아오는 혜정이와 만났다. 머리로부터 턱밑까지 털목도리로 싸매고도 추위를 못 이겨 을씨년스런 꼴을 한 혜정을 보고

"그렇게 춥소? 눈물이 다 글썽글썽한데."

하고 웃었다.

"나무토막은 어데 쓰려구……."

혜정은 상진의 묻는 말보다도 나무토막이 궁금하였다.

"어데 쓸지 함께 가면 알죠."

하고, 상진이 상동벌 일대에서 작업하는 조합원들을 바라보자 이내 알아 채었다.

"나두 가죠."

혜정은 종종걸음으로 상진을 따르더니 옆에서 걸었다.

"수고들 합니다."

상진은 조합원을 보는 족족 인사말을 하노라면, 조합원들은

"수고랄 것 없수다."

하고는 으레 나무토막을 유심히 보았다. 이런 시선들이, "손이 시리 니 빨리 불을 놓아주구려." 하는 것만 같아, 상진은 제일 넓은 논둑에 이 르자 나무토막을 부리고 혜정에게 불을 놓게 한 다음 급히 작업장으로 갔다.

"불을 좀 쬐이구 하자요."

상진이 소리치듯 하였다. 그러나 호각을 단 줄을 목에 걸고 곡괭이질 을 하고 있는 민청위원장이

"휴식한 지 십 분밖에 안 됐어요."

할 뿐, 아무도 요구해 나서지 않는데, 질통을 지고 가던 일남 어머니가

"일을 덜 하는 사람은 춥구, 많이 하는 사람은 안 춘 걸 물루?"

하고 상진을 힐끗 보는 통에 웃음이 올랐다.

저수 구덩이의 물을 곁수로로 끌기 위하여 임시 수로를 파는 데로 상진은 갔다. 아직도 땅거죽은 곡괭이로 찍어야 삽이나 가래를 댈 수 있었다.

상진은 소 영감 며느리가 삽질하고 있는 모습을 유심히 보다가도, 몇 사람 건너서 곡괭이질을 하는 박병두를 보았다. 박병두는 곡괭이질이 느리게 보였다. 한동안은 그렇게 열성을 내는 것같이 보이던 박병두가 요즘은 모든 일에 굼떴다. 축력 부족에서 온 탓일까 생각하다가

'병두의 사상 의식에 무슨 변화가 생기는 건가?'

이런 의심이 불쑥 들었다.

곡괭이 소리는 연달아 나고, 채석장의 버력 같은 —뾰죽뾰죽 모가 선 흙덩이들이 사방에서 총알처럼 날렸다. 상진은 이런 속을 걸었다. 마침, 박병두의 옆을 지날 적에 그의 곡괭이 끝에서 높이 뛴 흙덩이가 상진의 관자놀이를 때렸다. 단번 골이 쨍 울렸다.

"괜치 않어?"

박병두는 무안하여 곡괭이를 짚고 상진을 보았다.

"일없어."

상진은 박병두 옆을 급히 지나쳤다. 감기로 사흘 동안 누워 있다가 이날 나온 사람이 땀을 뻘뻘 흘리면서 곡괭이질 하는 것을 상진은 기어이 교대하였다.

그러나 그 사람은 쉬지 않고 다른 여성 대신 질통을 졌다.

상진은 곡괭이로 힘껏 찍었다. 역시 봄의 입김을 받은 관계로, 땅거죽은 며칠 전보다는 부드러운 편이었다.

"꾹꾹 눌러 담어요."

혜정의 음성에 돌아다보니, 어느 결에 불을 놓고 왔는지 혜정은 흙이 제법 찬 질통을 삽질하는 씨름쟁이 영감 앞에서 허리를 꾸부정한 채 버티고 있었다.

"웬만치 하죠."

상진도 혜정에게 주의를 주었으나 혜정은 두 삽을 더 얻어 가지고야 떠났다.

상진의 힘이 팽긴 것을 눈치 채고 질통을 졌던 사람이 왔다.

"팽기면 질통과 교대하는 것이 좋아요."

그럴 상 싶어, 상진은 질통과 바꾸려고 몇 걸음 걸어나왔다. 민청원 공사장에서 갑자기 합창소리가 올랐다. 그 노랫소리에 끌리듯 다시 민청원들에게로 가는데, 일남의 작은 누이가 흙을 부리고 오는 중이었다.

"점심 먹었나?"

상진은 조용히 물었는데, 일남의 작은 누이는 얼굴을 더 붉히며

"네, 먹었어요."

하더니 쌩긋 웃었다.

일남의 집에서는 식량을 절약하노라고 할 수 있는 데까지 절약하려고 어제부터 저녁은 죽으로 때운다는 말을 들었었다. 조합원 중에는 진작부터 국가 대여곡을 바라고 허풍더풍 지내는 사람도 있는데, 본시 살림을 약빠르게 하는 일남 어머니가 점심까지 거르기로 했는지 상진은 걱정되었던 것이다.

일남의 논은 본시 낮아서 장마가 지면 물이 잘 빠지지 않는데, 전해에는 큰물이 져서 벼가 제대로 크지 못한데다가 이삭이 팰 무렵 심한 냉한으로 소출이 부쩍 줄었었다. 다른 집 농사도 모두 신통치 않았었다. 해마다 피학살자 가족—이 부락에는 유별나게 많았다.—이라 하여 폐를 끼치는 일도 미안한 일이어서, 일남 어머니는 모내기를 생각하여 식량을

헤어 가면서 먹자는 것이었다.

상진은 일남의 둘째 누이에게서 질통을 빼앗아 지고 막상 흙을 받으려니 힘껏 지고만 싶었다. 그도 흙 투정을 하였지만, 민청원들의 질통을 너무 크고 힘에 겹게만 보이였다.

"천천히 걸으라구. 흙도 적당히 지구."

그는 만나는 질통꾼에게 의례 이런 말을 하였다. 그러나 민청원들의 걸음에 떨어지고 싶지 않아 저절로 빨라졌다. 상진은 질통을 한동안 지고는 삽질을 하였다. 질통꾼들은 다리를 짝 벌리고 버틴 채 얼마든지 담으라는 듯이 서 있다가 "됐어" 하면 떠나곤 한다. 그중에는

"더 담어요. 잔뜩 져야 덜 춥지요."

하는 사람도 있지만, 어떤 민청원은 삽질이 채 끝나기도 전에 훌쩍 떠나버리곤 하였다. 여느 때 같으면, 상진이 큰 소리쯤 나오련만 이 날은 어느 민청원이나 그저 고맙고 슬기롭게만 보이였다. 이런 추위에 나와 언 땅을 다루는 일만으로도 상진의 가슴속은 뿌듯해 오를 뿐이었다.

"메꿔라, 메꿔라, 빨리빨리 메꿔라."

민청원들의 합창처럼 조화되지 않은, 각가지 음성이 서로 어긋나면서도 가슴팍에 와서 부닥치는 소리에, 상진이 그쪽을 보니, 모닥불 놓은 논둑 거죽을 벗겨내고 1작업반의 가래들이 마치 맨손을 놀리듯 가볍고 빨랐다. 저수 구덩이에서는 흙무더기가 떨어질 적마다 하얀 물줄기가 배꽃처럼 흩날렸다. 이런 것을 넋 없이 보다가 상진은 활활 타오르는 모닥불이 눈에 띠자 바로 민청위원장을 불렀다.

"휴식 신호를 해."

"아직 13분 남았어요."

"불이 사위면 쓰나? 어서 호각을 불라구."

그제야 민청위원장은 호각을 길게 불었다. 그래도 저수 구덩이를 메

우는 사람들은 "어이차, 어이차." 하며 소리를 먹였다.

"휴식하구 또 합시다."

상진이 소리쳐서야 그들은 가래를 놓고 한 사람 두 사람씩 이쪽으로 왔다. 사람들은 모닥불로 모여들었다. 장작을 새로 불 위에 올려놓았다. 와직와직 타는 소리와 함께 말소리들이 어울려졌다. 서로 어깨를 끼고 발을 쬐였다.

상진이 당도하니 비좁은 자리를 내노라고 서로 밀치락뒤치락 하였다.

"난 일없소."

상진은 그들 틈에 끼지 않고 뒤켠에 서서 민청원의 어깨 너머로 팔을 뻗쳐 쬐였다. 어느 결에 왔는지 혜정은 모닥불 앞에 쪼그리고 앉아 너무 더운지 두 손바닥으로 불길을 막고 있었다.

일남 어머니는 현장에서 질통을 고치노라고 맨 나중에야 왔다. 상진은 일남 어머니의 얼굴빛부터 살폈다.

"힘들지 않우?"

"힘 안 드는 일이 어데 있나?"

하며 웃고는 사람 틈을 뚫고 불앞에로 바싹 다가앉더니, 얼굴이 따갑다고 이내 나왔다.

"동무들, 우리 조합 논에 있는 저수 구뎅이가 몇이요?"

조합에서는 생산 계획은 물론 조합 사업에 대한 것을 일상 심투시켜 오는데, 상진은 한번 시험할 작정으로 물었다.

"스물 둘입니다."

"평남 관개 공사의 물을 받게 되면 저수 구뎅이가 모두 필요 없죠? 몇 개나 메꾸면 되겠습니까."

"열일곱을 메꾸구 그 면직이 9반보는 됩니다."

"옳습니다."

상진은 큰 입을 벌리며 웃어 보였다.

"각 작업반에서 5반보씩 늘쿠면 25반보구, 한 반보에 벼 일곱 개만 내두 백일흔다섯 개 아냐."

일남 어머니가 생각해 가면서 떠듬떠듬 말하였다. 상진은 우루루 달려들어 일남 어머니의 손을 잡고 왔다.

"동무들 봐요. 일남 어머니는 나이 사십이 넘었지만 이렇게 공부하거던. 그런데, 어떤 젊은 동무들은 이걸 잊어버리구설랑 머리를 긁적거리고, 또 어떤 사람은 내 눈과 마주치자 얼핏 피해버리구 ―박병두가 이렇게 하였다.― 이런 현상은 협동경리에 대해서 알구 싶어 하지 않는 데로부터 나온 것이구, 또 그것은 협동경리에 대해서 아직도 재미를 붙이지 않은 까닭이요. 하지만, 일남 어머니는 협동조합에 온갖 정성을 바치구 있단 말요."

하고 상진은 담배를 재치 있게 말아서는 빨갛게 달은 나무토막을 들고 따가운 탓에 눈을 반쯤 감은 채 얼굴을 찡그리면서 불을 붙였다. 그리고 담배를 연거푸 댓번 빨았다.

"앞으로 조합이 어떻게 장성할 것인지, 숫자를 똑똑히 기억하자요. 경지 면적을 얼마든 늘쿨 수 있는 협동 노력의 위력을 믿구……."

"늘쿠는 건 좋지만, 소가 그렇게 늘어야죠."

초급 중학을 나온 민청원이 상진의 말허리를 뚝 자르고 불쑥 말하였다.

"쟁기를 사람이 끌면 됐지."

"일남 어머니는 소를 낳겠다드니, 넌 아주 소가 될 참이가? 소가 끌 걸 사람이 끌구……."

민청원들은 웃고 떠들었다. 그러나 상진은 가슴이 찔끔하였다.

'젠장, 저 동무들을 시원하게 못해주나?'

상진은 속으로 이렇게 골몰하고 있는데, 신작로를 달려오던 자전거 한 대가 멎고, 탄 사람이 상진을 불렀다. 그는 리 서기장이였다. 서기장은 자전거를 길가에 세우고 급한 걸음으로 왔다.

"동무들, 기쁜 소식이 왔소. 정말로."

서기장은 미처 말을 계속하지 못하였다. 서기장이 큰 입을 벙글거리는 통에 사람들은 확실히 반가운 무엇이 왔다는 건만 직각하고 서기장의 입만 보았다.

"내각 지시 11호가 라디오로 발표됐는데, 그, 그것이 수매 예약 제도라는거구, 그, 그대로 하면 예약금을 미리 찾아서 영농 준비에 쓸 수 있게 됐수다. 말하자면 수매량을 미리 확정하여 농민들의 생산 의욕을 돋구고, 또 자금을 주어 편의를 보아주자는 거죠. 그렇지 않겠소?"

"됐어, 만사는 척척 풀려가는군."

민청위원장은 혼자 감탄하듯 말하였다. 혜정은 말을 못하고 두 발을 둥당거렸다. 그런데 일남 어머니가

"그 돈으로 소를 사야지요. 그렇잖어?"

하며 상진의 옆으로 급히 왔다.

"얼마나 준답데까."

일남 어머니는 서기장을 향해 물었다.

"그건, 잘 듣지 못했는걸요."

"그런 걸 똑똑히 들었다가 알려주야지."

일남 어머니는 혼잣말로 투덜댔다. 상진은 가슴이 벅차기만 하여 멍청하게 있는데, 여러 조합원들은 더 자상한 것을 알고 싶어 상진이와 서기장의 입만 지켜보았다.

"삽시다, 소를 몽땅 삽시다. 그런데 동무들, 당과 정부에서는 우리 조합이 지금 축력 까타나 아주 곤란 중에 있는 걸 알구, 정말 우리 조합인

걸 알구 이런 고마운 정책을 세운 거요. 바로 우리를 위해서 말요."

당과 정부에서 유독 이 조합을 두고 결정한 것이 아님을 모를 리 없
지만, 상진의 이글거리는 얼굴이며, 말마다마다 툭툭 튀는 것 같아 조합
원들로 하여금 자기 조합의 형편이 중앙에까지 알려진 것 같은 영예를
똑같이 느끼게 하였다. 분실 선동원을 겸한 민청위원장은 손을 돌멩이처
럼 굳게 주먹 쥐고 높이 쳐들었다.

"맹원 동무들, 당과 정부의 거듭되는 배려에 보답하기 위해서 이 곁
수로 공사를 이틀 더 단축하여 모레까지 완수합시다."

"좋소."

"하기요."

이런 말들이 넓은 상동벌에 퍼졌다.

"돈은 언제부터 찾을 수 있나요?"

혜정은 눈을 말뚱거리며 서기장을 보았다.

"그건 아직 모릅니다."

서기장이 대답하자, 상진이 재치 있게 나섰다.

"넘은 밤이 늦으리라구 그래. 3월 말까지만 찾아두 문제없소."

"일찌감치 나서 생소를 길들여야죠."

"일 없어, 생소라도 되게 잡두리하면 돼."

"잡두리하면 되나요, 순순히 길을 들여야지."

"그놈의 축력 까타나 무척 속 탔으니끼, 새끼 밴 암소만 한 20두 사
자구."

"송아지두 암컷으로만 낳구."

사람들이 이렇게 떠들고 있을 적에 모닥불만 들여다보고 있던 씨름
쟁이 영감이

"송아지로 논을 갈 작정인가? 축력이 당장 부치니끼 문제지. 예약금

바람에 소 값이 껑충껑충 뛰겠는걸."

하고 엉거주춤 일어났다.

바로 그 옆에서 신 끈을 고쳐 메고 있던 박병두가 고개를 옆에로 힐끗 돌렸다.

"소 값이 오른다 해두, 예약금만 제때에 나오면 되지만 꼭 그렇게 된다고 믿을 수 있을가."

"메라구? 믿을 수 없다구? 저놈의 골통은 항상 저따위 말만 지껄인다니끼."

잠자코 있던 일남 어머니가 박병두를 쏘아보면서 벌떡 일어났다.

무심코 한 말로 무안을 느낀 박병두가 얼굴을 붉힌 채 일남 어머니를 흘겨만 보고 있는데, 제대 군인인 서클원이 나무토막을 아끼노라고 큰 것을 골라 불을 끄다가 허리를 길게 펴면서 일어났다.

"시시한 걱정들은 그만두구, 자 축하 오락회나 해요, 들."

하고 제대 군인은 팔과 다리를 크게 놀려 사람들을 헤쳐가면서 춤을 추었다. 그가 흥겹게 모닥불 주위를 도는 통에 사람들은 논바닥으로 뛰어내리곤 하였다.

"예약금을 받어설랑 무엇에 쓸까, 누렁소, 검정소, 얼룩소, 50마리 사설랑은 골목골목 황소, 암소, 송아지가 주렁주렁, 젖통이 주렁주렁."

제멋대로 노래하며 춤을 추는 통에 박수와 웃음소리가 연송 높아 갔다.

상진은 가슴이 차츰 울렁거렸다. 축력 부족을 가지고 쑥덕거리는 말에 귀도 기울이지 않고 항상 앞날을 믿으면서 일에만 열중하는 이런 동무들의 속에 낀 자신이 무한히 행복함을 새록새록 느껴지는 것이었다.

민청위원장이 호각을 불었다. 민청원들은 세찬 바람 무더기를 몸으로 갈라 헤치며 작업장으로 부리나케 달려갔다.

8

상진은 이웃 상팔리의 농업협동조합을 몇 차례 다니더니 육상모판을 만들 밭 1정보를 얻었다. 모판을 한 작업반에서 6백 평씩 맡았는데, 밭이 한 곳에 연달아 있지도 않거니와 어떤 것은 집과 집 사이에 여러 뙈기로 흩어져 있고 어느 모판이나 바람을 잘 막게 하려고 높은 방풍장을 둘러 여러 개로 나누어 놓았다.

모판에는 35리 밖에서 모래를 실어다 깔고 퇴비와 비료를 품고, 할 수 있는 정성과 공력은 죄다 들였다. 종자로는 저항력이 강하며 중량이 많이 나가는 은구 9호로 하여 염수선을 거쳐서 포르말린 소독까지 하였으며, 이 지대에는 늦추위가 오래 계속되는 만큼 방 안에서 미리 싹눈을 틔워서 4월 12일에 낙종한데다가 햇볕을 흠뻑 받으라고 까만 구들재로 덮어주었다. 차츰 싹이 자라 솟구치는 통에 습기로 죽꺼풀*처럼 된 구들 재에 거미줄 같은 가는 틈새가 벌어지고 그리로부터 연록색의 모가 바늘 모양으로 뾰죽뾰죽 돋아났다. 허실 없이 발아되어 마치 비단천을 깔아놓은 것처럼 아름답고 탐스러웠다. 그렇게 불안하게 여겼던 육상모가 이렇게 되자, 조합원들은 상진의 예상대로 정당 평균 4톤 삼백을 거두는가 하여 마음이 흐뭇하였다. 그래 조합원들은 닷새마다 서는 장에 나오면 조합원들은 3리쯤 걸어서 모판에 다녀가곤 하였다.

3작업반에서는 모판 관리로 일남 어머니와 옥단 어머니가 나왔다. 처음 작업반 회의에서 모판 관리를 자원해 나서라고 작업반장이 말했는데 아무도 자원하지 않았었다. 이것은 두 달 가까이 타관살이를 해야 하는 불편과 노력 평가가 항상 백 프로로 한정된 관계였다. 일남 어머니도 이

| * 죽꺼풀: 죽이 식으면서 표면이 굳어진 부분.

것을 생각했었다. '하루 120프로는 벌 수 있는데, 거기까지 가서……?' 일남 어머니는 줄곧 이런 생각이 머릿속에 찰거머리처럼 붙어 있다가 바로 옆에 있는 화숙이가

"아무두 없으면 내가 갈래요."

하는 말에 가슴이 섬뜩하였다.

"철수 어만은 안 돼. 철수를 어떻게 하구? 분실장 일도 그렇지 뭐."

일남 어머니는 다급하게 나섰었다. 그러나, 그렇다면 누가 가야 한단 말인가— 이런 의문에 몸을 도사리다가 "개인의 이익을 전체의 이익에 복종시켜라." 하는, 일상 듣던 말이 일남 어머니의 머릿속에 일시로 꽉 들어찼었다.

"내 갈래요."

일남 어머니가 자원하는 말에, 사람들은 의외라는 듯이 모두 그를 보는데, 옥단 어머니가 또 자원해 나섰었다. 다섯 개 작업반 중에서 네 작업반은 반원들의 의사부터 물었었는데, 2작업반장만은 처음부터 지명을 하여 박병두 부처로 정했었다.

일부 조합원들은 박병두 부처를 육상모 관리로 파견하는 것에 처음 불안을 느꼈으나, 조합원 중에는 육상모에 대한 경험자가 없으며, 작업반장이 책임지겠다는 말에 그냥 묵과하였다. 2작업반장 박병두 부처를 지명한 데는 이유가 있었다. 2작업반장은 박병두 장인의 처남인데, 박병두의 처가가 바로 육상모판이 있는 마을에 있으며, 개인농으로 있는 처가의 농사를 도와줄 작정으로 미리부터 작업반장에게 부탁했었다.

일남 어머니가 맡은 모판과 박병두의 모판이 개인농 —박병두의 처가— 밭 한 필치를 사이에 두고 가까이 있어, 일남 어머니는 "놈의 꼴을 날마다 보다니" 하며 항상 마음에 걸려 왔다. 그러나 그전처럼 박병두에게 욕질하는 것은 피했다. 아예 될 수 있는 대로 말을 걸지를 않았다. 그

렇지만, 모판에 할 일을 제쳐놓고 처가의 일을 도울 적에는 몸이 화끈 달아오르며 그냥 있을 수 없어 막 쏘아주는 것이었다.

한번은 해가 거의 중천에까지 올라왔는데도, 박병두 부처는 모판 나래를 걷지 않고 처갓집 밭에 조 파종을 거들고 있었다.

"나래를 걷어주지 않겠어?"

일남 어머니는 순탄한 음성으로 말했었는데, 박병두는

"앞지락두 퍽 넓수다. 내 일 어련히 알아서 하리라구."

하고 거들떠보지도 않았었다.

일남 어머니는 그만 몸이 불덩이로 되여 박병두에게 달려들어 머리털을 홀라당 벗겨놓고 싶었다. 억지로 참노라고 숨이 헐떡거렸다.

"임자는 조합 일 하러 왔으면 일을 제대루 해야. 그래 육상모가 햇볕을 받지 못하게 훼방 놓을게 뭐야?"

일남 어머니는 이런 말로만 쏘아주었는데, 박병두는 "훼방 놓았다"는 말만 트집 잡고 상앗대질을 하며 나섰었다.

바로 이날 밤 박병두는 조합의 암모니아 비료 한 가마니를 처갓집의 질안 비료와 바꾸어주었는데, 공교롭게 일남 어머니가 훌쩍 지나갔었다. 일남 어머니는 눈치 채지 못했으나 박병두는 들킨 것만 같아 일남 어머니의 동정을 초조하게 살펴왔다. 4~5일이 지나도 그 험한 입을 그대로 다물고 있으니, 모르고 있는가 생각되다가도, 일남 어머니가 언제든지 되얄지게 몰아세울 작정으로 일부러 잠자코 있지 않을까, 항상 마음을 펴지 못했다.

하루는 상진이 일찍 모판에 왔다. 싸늘한 북풍이 얼굴에 부딪치자 상진은 또 추워질까 걱정되었다. 요 며칠 동안 이런 바람이 불어 기후가 여느 때보다 훨씬 추웠다. 이대로 북풍이 더 계속된다면 이제 가냘픈 육모가 얼어버리는지도 모른다.

'육상모가 죄다 얼어 죽으면……?'

상진은 이런 불길한 생각이 들자 머리를 설레설레 저으면서 3작업반의 모판에 가니, 일남 어머니와 옥단 어머니가 모판 나래를 걷어주고 있었다. 일남 어머니는 나래를 걷다가

"아이구나! 밤 동안에 퍽두 자랐네. 우리 조합이 아주 땡잡게 되는가봐."

호들갑스럽게 떠들고는 모 한 대를 골라서 뽑았다.

"이것 봐요."

일남 어머니는 손에 든 육상모 한 대를 상진의 코앞에 들여댔다. 상진은 이내 모를 받아서 흐뭇한 얼굴로 한참 동안이나 요모조모로 보았다.

"우리 모는 벌써 아지*가 두 개로 됐거던."

일남 어머니는 연송 싱글벙글했으며 상진을 따라온 다른 모판 일꾼들도 육상모를 함께 들여다보았으나, 박병두는 그저 심드렁하여 담배만 빨았다.

"수고했수다. 아무리 풀 한 대라도 찾어낼까 해도 전연 없군요."

하고도, 혹시 잔풀 한 대나 있을까 하여 상진은 다시 모판을 살폈다.

그러나, 다음 박병두의 모판에 당도하자마자, 상진은 모판 가장자리에서 한 치 가량 자란 바랭이, 신두리 풀을 거듭 네 포기나 뽑아 들었다. 상진은 풀을 든 채 아무 말 없이 모판을 손으로 헤쳐도 보며 죽— 훑어도 보며 그러는 동안 잔풀을 뽑아주었다. 아직 아지를 치지 않았다. 박병두는 저도 모르게 머리를 자주 긁적이며 상진의 눈과 마주치기를 될 수 있는 대로 피했다.

"비료는 무얼 주었나?"

| * 아지: 식물의 어린 줄기.

상진이 비료 바꾼 것을 알고서 묻는가 하여 박병두는 처음 어리둥절
하다가

"암모니아지, 뭐."

하고는 눈을 아래로 깔았다.

"지표대로 주었어?"

"거럼."

"그런데, 2작업반 모판보다 월등하게 다르단 말야? 이게 뭐야? —상
진은 한 주먹쯤 된 풀을 박병두의 눈앞에 들여댔다.— 두 부처가 뭘 했기
에 육모는 안 기르고 잡초 기르게 정성이난 말야? 처갓집 농사해주고 짬
이 생겨야 모판에로 어정거리구 행차하지? 임자네 개인 농사라면 이렇
게 해놓지 않았을 거야. 조합 일을 내 일로 알 만큼 돼야 진짜 조합원이
거던."

상진은 박병두를 쏘아보며 불꽃이 튀어나는 것처럼 호통쳤다. 박병
두에게 이토록 소리치기는 처음이었다. 상진은 모판이나 박병두의 낯짝
이나 똑같이 보기 싫다는 듯, 다른 작업반 모판에로 씨엉씨엉 가버렸다.

박병두는 일남 어머니가 모든 것을 상진에게 꼬아바쳤다고만 생각하
고, 상진이가 자기 모판을 떠나자마자 일남 어머니의 모판 쪽을 흘겨보
았다.

저녁때 박병두는 집으로 돌아 가다가 이상한 바람결에 머리를 갸웃
거렸다. 저녁을 먹을 적에는 북풍이 불고 얼마 뒤에는 동남간의 손사풍
이 불었다. 손사풍이 불면 갈바람이 세게 불어 닥치기가 일쑤며, 그동안
북풍이 계속했던 만큼 냉한이 지독할지 모른다.

박병두는 어찌 가슴이 설레었다. 호경 영감의 생일날 쓰려고 사두었
던 소주 한 되를 들고 4작업반의 남자들이 있는 데로 갔다.

그들이 술을 먹을 제, 바람 탓에 방문이 덜렁거렸다.

"지독한 추위가 올는지 모르겠는걸."

젊어서 고깃배를 부린 영감이 말하자

"그럼, 육상모가 얼어 죽게요?"

박병두가 일부러 걱정스런 어조로 물었다.

"얼구 말구. 나래끈을 단단히 비끄러맸지?"

"그럼요."

하고, 박병두는 술잔을 들어 올리다가

'나래만 벗겨지면 모가 온통 얼어 죽기 쉽다. 나래만 벗겨지면……'

문득 이런 생각이 들자 정신이 새맑아졌다.

술이 끝난 뒤, 4작업반의 두 사람은 술에 곯아 떨어져 잠들었다. 박병두도 그 자리에 누워버렸다. 바람소리가 방에까지 들려오며 방문 덜렁거리는 소리가 더 커졌다.

바람소리를 따라 병두의 가슴은 자꾸 뛰었다. 머릿속이 흐리멍텅하면서도 번갯불 같은 것이 무섭게 번뜩거렸다.

'백당놈의 것, 그놈의 에미네를 골탕먹일까.'

박병두는 일남 어머니와 옥단 어머니가 맡은 모판을 망쳐놓자고 생각하였다.

'된 말 안 된 말, 막 내깔리는 그놈의 주둥이가 묵사발 되구 말 거야, 요새 상진이 날 경계하는 것만 같아. 모두 그 놈의 에미네가 메주왈고수왈 꼬아바친 탓이거던.'

상진이 걸대한 몸집에, 흠집이 두드러진 얼굴을 무섭게 시물거리며 일남 어머니를 호통 칠 것이며, 일남 어머니는 입을 가지고도 변명할 수 없을 것이다. 박병두는 나래 벗겨진 모판을 눈에 그려보았다. 이내 얼어 죽은 모판도 눈에 떠올랐다.

그러나 모내기 때, 모가 모자라 아우성치는 조합원들의 성낸 얼굴들이 눈앞에서 회오리쳤다. 가슴이 섬뜩해지면서 술기운은 말끔히 걷혔다. 그리고 한 달쯤에, 처갓집에서 사촌 처남을 만났던 일이 온갖 환상을 깔아뭉개고 머릿속에 꽉 들어찼다.

그의 사촌 처남은 평양에서 은장방을 하고 있는데, 자작농 출신으로 일제 때에 군서기를 지냈었으며, 적의 일시적 강점 시기에는 고향 순천에서 치안대의 고문격 역할을 했었다. 그는 박병두와 단둘이 앉아 술을 마시면서 병두를 손아귀에 잡아넣고 막 흔들려 들었다.

"병두, 뭘 얻어먹겠다구, 협동조합 일에 기를 쓰고 나서나? 허리를 제대로 못 쓰는 아버지 혼자 농사는 어떻게 하란 말야. 축력 까타나 임자네 조합은 거덜나게 마련이야. 대관절, 농사짓는 사람은 너나없이 꼼꼼히 저축했다가 남보다 푼푼하게 살겠다는 맛으로 지내는데, 그래 모두 한 조합에 묶어 놓아두면 기껏했자 일 년 식량 버리는 거지 뭐겠나?"

"허긴, 조합이 꼭 잘되리라고 믿기는 어렵수다."

"그야 뻔—한 일 아닌가."

"그렇지만, 나온다는 것이 간단치는 않수다. 더군다나 상진의 눈이 항상 내 뒤통수에 붙어 다니는 것만 같구."

이때, 병두의 사촌 처남은 술잔을 든 채 껄껄 웃고 훌쩍 들이마시는 꼴이 몹시 자신만만하게 보였다.

"참, 미물이군, 상진이 어떻단 말이가? 국가에서 용서해준 걸 가지구. 사실 임자 소견은 바늘구멍만도 못해. 농사철에는 일하구, 짬만 나면 평양 나들이 하면서 장사나 하구, 그저 돈을 잡는 것이 장땡*이야."

박병두가 잠자코 있자, 그는 입심을 더욱 부려가면서 떠들었다. 그가 평양의 장사판에서 돈벌이하는 이야기를 박병두의 귀에 솔깃하도록 지

---

* 원문에는 '장땅'.

껄이며 나중에는 한 말을 되풀이하였다.

　바람은 더 극성을 부렸다. 박병두가 발을 옮길 겨를도 없이 바람은 몸뚱이를 연송 떠밀어주었다. 지붕과 울타리에서 날려오는 볏짚이며 수숫대 토막들이 몸에 부딪치기도 하였다.

　박병두가 일남 어머니의 모판에로 들어서려 할 적에, 바로 이웃에 있는 지붕에서 사람이 내려왔다. 지붕에 손질을 하고 내려온 사람은 이내 자기 집으로 들어갔으나, 박병두를 못 보았는지 기침도 않고 태연히 들어갔다. 그러나 박병두는 저도 모르게 발을 멈추었다. 단번 머리끝이 쭈뼛거렸다. 발을 돌이킬까 주저하다가

　'보긴 뭘 봐? 보았다 해두 누군 줄 아나? 더구나 이런 일을 한다는 것까지야……'

　하고, 박병두는 발 앞뿌리만 디디며 급히 걸었다. 이런 바람을 예상하고 짚나래를 여러 갈래로 비끄러맨 만큼 모판은 제대로 덮여 있었다.

　'쌍놈의 에미네. 경치게두 단단히 비끄러맸네.'

　박병두는 사위를 살피면서 짚나래 끈을 풀고 있으려니 가슴속에서 두 방망이질을 하며 손까지 떨렸다. 그는 급히 나오다가 말뚝에 걸려 되알지게 넘어지면서 두 손으로 모판을 힘껏 눌렀다.

　박병두는 처갓집 사랑채를 쓰고 있는 안해를 찾아갔다. 안해는 전등을 끄고 잠들어 있었다. 불을 켜려 했으나 왜 어쩐지 무서워지며 손이 스위치로 가지 않았다. 금방 일남 어머니가 악을 쓰면서 쫓아오는 것만 같았다. 이렇게 두어 시간을 갈팡질팡하다가 잠이 들었다. 그러나 처마에 댄 함석이 덜렁거리는 소리에 잠을 깨자 마치 도적놈의 발소리를 엿듣는 것처럼 귀를 쫑긋거렸다. 방 안의 공기가 단번 추워지며 한데 나온 것처럼 얼굴과 손등이 싸늘하였다. 바람은 갈수록 세어지며 방 안은 불맛을 통히 보지 못한 냉굴로 되었다. 옆에서 자는 안해는 여전히 코를 골았다.

'그놈의 에미네는 안심하구 잠만 자겠지.'

이렇게 생각하니, 이튿날 일남 어머니를 도적놈처럼 오금을 못 쓰게 잡도리할 일이 통쾌하였다.

이날 밤, 상진은 늦게 자다가 바람소리에 잠을 깨였다. 바람이 심상치 않아 그는 육모판이 걱정되어 마음이 자꾸만 뒤숭숭해졌다. 짚나래를 모두 비끄러맸겠지만 이런 바람에는 끈이 끊어질는지도 모른다. 그는 솜 외투를 급히 걸치고 밖으로 나왔다. 두시가 조금 지났다. 그믐달은 구름에 자주 덮이고, 구름 밖으로 헤엄쳐 나와도 달빛이 바람에 날려버려 사방은 어두워 지척도 분간하기 어렵다. 바람에 정전까지 되여 이 넓은 벌판에 불빛 한 점도 찾아볼 수 없다. 그제야 손전등이 생각나서 도로 집에로 갔다. 관리위원회 사무실 모퉁이를 지날 적에 앞에서 회뜩회뜩 움직이는 것이 있어 누구냐고 소리쳐보았다. 집에 다니려 왔던 5작업반 사람이 뛰어가는 것이었다.

"그새를 못 참구설랑 집에를 들랑거려? 육모판이 얼어버리면 어쩔 참요?"

하고 자기도 모르게 역정을 내였다.

상진은 그 사람이 바삐 걷는다 하지만 더딘 것 같아 그의 옆에 서서 긴 다리를 쭉쭉 뺀고 날쎄게 놀렸다. 바다 쪽에서 부는 바람이라 몸을 떠받쳐 밀어주었다. 그 사람은 바로 곧장 그가 맡은 모판으로 갔으며, 상진은 1작업반 모판부터 손전등으로 비치면서 돌아보았다. 나래끈이 모두 매여 있으며 짚나래도 고스란히 매여 있었다. 그러나 2작업반의 모판으로 갔을 적에 상진은 깜짝 놀랐다. 짚나래가 온통 걷히고 여기저기 한데 몰려서 어수선하게 쌓여 있었다. 상진은 일남 어머니가 거처하는 집으로 쏜살같이 뛰어갔다. 그는 방문을 열지 않고 흔들었다.

"잠만 자우?"

상진은 소리를 크게 쳤다. 옆집 개가 질겁해 짖었다.

"누구요?"

잠결에 하는 일남 어머니의 소리였다.

"모판 나래가 죄다 걷힌 걸 몰루?"

"뭐요?"

이번은 옥단 어머니가 외마디 소리를 질렀다. 이에 두 여자가 뛰어 나왔다. 이때는 상진이 벌써 앞장서서 걷기 시작한 뒤였다.

"아니, 무슨 말여?"

일남 어머니가 종종걸음을 치면서 물었으나, 상진은 손전등을 내저 으며 걷기만 하였다. 그는 자기의 성깔대로 두 여자에게 혼쌀을 줄까 생 각하는 것이었다. 사실, 피학살자 가족이나 군대 유가족에게는 말 한 마 디 거칠게 낼까보아 항상 주의해온 그였다. 그러나 이번만은 억제할 수 없도록 가슴이 뛰었다. 참으려고 애쓸수록 더하였다.

상진은 모판에 와서 손전등으로 모판을 비쳐주었다.

"이 꼴을 보구려, 들."

두 여자는 넋을 놓고 보기만 하였다. 상진은 손전등으로 이번은 나래 끈을 매는 말뚝을 비쳐 주었다.

"자 봐요. 나래끈을 한 군데나 맸소?"

상진의 말이 끝나자마자 옥단 어머니는

"아이구머니나."

우는 소리를 하면서 땅바닥에 주저앉아버렸다.

"안 맸다는게 뭐야?"

일남 어머니는 소리를 버럭 질렀다.

"말일랑 나중에 하고 나래를 어서 덮고 끈을 매요."

상진이도 큰 소리를 쳤다. 상진은 다른 작업반 사람들을 불러 나래를 펴주기에 서둘렀다.

옥단 어머니는 팔 다리에 힘이 탁 풀려 일을 하다가도 몇 번씩 엉거 주춤 앉았으며, 다시 억지로 기운을 차려 일어서곤 하였다. 그러나 일남 어머니는 워낙 엄청난 일이라 잘 나오던 눈물도 비치지 않고 불속에라도 뛰어들 것처럼 힘을 내어 나래를 펴가는데

"나래끈은 꼭 맸는데, 어떤 직살할 놈이 풀러놓았노."

하며 자주 떠들었다. 그래도 상진은 아무 대꾸도 않고 일만 서둘렀다.

박병두도 거들었다. 일부러 혼자 서두는 것처럼 날뛰면서도, 일남 어머니가 투덜대면 속으로

'잘 논다. 이제두 관리위원회에서 신임할까. 골탕을 실컷 먹어봐라.'

이렇게 고소하게 생각하는 것이었다.

일이 모두 끝난 뒤에야 상진은 억지로 누긋한 어조를 지어

"어떻게 된 셈요?"

하고 물었다.

"하필 엊저녁 때에야 말구, 나래끈을 비끄러매지 않구 됐으니 별수 있겠수? 그러구두 매두었다구만 뻗대거던."

박병두는 빈정거리다가 끝에 가서는 오금을 박아 말을 쏘아부쳤다. 일남 어머니는 와락 대들며 삿대질을 하였다.

"어쨌어? 내가 안 맸다구? 어떤 놈이 조합을 망쳐먹을려구 그런 거야."

하고 씨근덕거리었다.

일남 어머니는 상진의 앞으로 다가서며, 옥단 어머니는 숙소로 횡 가 버렸다.

"이적지, 꼭꼭 비끄러매던 것을 왜 안 했겠냐 말야. 우리 둘이 벌써 노망들었겠어? 이게 어떤 모판이라구 글쎄 우리가 함부로 할 거야? 그렇

다면 정말 생벼락을 맞어 죽어두 싸지. 그런 걸 가지구 이런 모함에 빠졌으니 참 기가 막혀……."

일남 어머니는 애원하듯 말하고는 혀를 쩍쩍 찼다.

"비끄러맸으면 왜 이렇게 모조리 날렸단 말요? 비끄러매는 일에 따로 프로를 달아 줘야만 하우?"

상진은 일남 어머니가 비끄러매지 않은 것으로 단정하였다. 일남 어머니는 상진의 매정스런 말에 너무 억울하여

"관리위원장두 날 그렇게 보우? 입을 두구두 말을 못하니 이걸 어째야 좋아? 귀신이 씌워댄 일이지 뭐야? 폭폭해 죽겠다니끼."

하더니 일남 어머니는 훌쩍훌쩍 울면서 천천히 걸었다. 바람이 불어 닥치면 일남 어머니는 돌아 서서 짚나래를 보았다. 그리고 돌아서서는 다시 훌쩍거렸다.

"여자란 말이 막히면 울음으로 때우니끼."

상진은 뒤를 따라 가다가 박병두가 빈정대는 것을 상진은

"임자는 잠자쿠 있어."

하고 면박을 주었다.

박병두는 찔끔하였다.

날이 밝으려면 서너 시간 남았다. 상진은 밝은 날에 모판을 다시 보려고 4작업반 사람들이 있는 방에로 갔다. 다른 사람들은 걱정하는 잡담으로 자지 않고 있는데, 상진은 담배 한 개 피고는 이내 잠들어버렸다.

이튿날 일찍이 영구와 혜정이, 관리위원 몇 명, 작업반장들이 왔다. 바람은 가뭇없이 자고 날씨도 따스하였다.

모판으로 나온 사람들은 초상집에 온 것처럼 누구나 흐린 얼굴을 하였다.

아직 해가 높지 않으니 짚나래는 거둘 수 없었다. 일남 어머니와 옥

단 어머니는 따로 떨어져서 잠든 아이가 쓴 이불을 고요히 떠들어 보는 것처럼 아주 조심스럽게 짚나래를 여기저기 살짝 걷어 보고는 곧 덮어주었다. 별다른 징조는 없건만 또 다른 데를 떠들어 보았다.

"이리 좀 빨리 와 봐요."

일남 어머니는 모판을 보고 다니는 간부들을 향하여 소리쳤다. 상진이와 영구가 돌아다보고만 있으니 손을 바삐 까붙이며 재촉하였다.

"글쎄 빨리 오라요. 육모판에 손바닥인지 발바닥인지 뚜렷하게 난 걸 와 봐요. 어떤 뒈질 놈의 반동이 모판을 짓밟구 끈을 풀어 놓은 거지 뭐요?"

간부들이 당도하자 일남 어머니는 기강을 내어 말했다. 박병두는 나래가 걷히지 않았지만 혹시 모가 얼었나 하여 안해와 함께 나래를 떠들고 보다가 일남 어머니를 힐끗 보았다.

"망할 놈의 에미네, 뭘 눈치 챘나? 내가 넘어졌을 때 난 손바닥 자국이지만 뭐 내 성명이 사겨 있진 않았겠지."

이렇게 중얼거리면서 시침을 따고 그리로 갔다. 일남 어머니가 가리킨 데는 과연 죽까풀 같은 재에 움푹한 손바닥 자국이 났으며 어린 육모가 짓눌린 채 있었다.

"이걸 보란 말요. 어떤 백당놈의 반동 녀석이 조합을 망쳐 먹을려구 이런 거야. 그 녀석이 내가 꼭꼭 비끄러맨 끈을 풀어 놓다가 제 발이 저려 넘어진 거지 뭐유? 그저 넘어진 채 엿가래 늘어붙듯 됐더드라면 그 녀석을 꼼작달싹 못하게시리 붙잡을 것 아닌가, 분해 죽겠다니끼."

일남 어머니가 얼굴에 핏대를 세우며 떠들었다. 상진이나 영구는 그 자국을 자상히 들여다보고 있는데 2작업반장이 그것을 얼핏 보고는 일남 어머니 쪽으로 고개를 돌렸다.

"일남 어만이 물을 주다 모르고 밟은 건지 누가 알우? 개가 제 똥 몰라보듯이."

"뭐라구? 개가 제 똥 몰라 본다구? 저놈의 두상이 나하구 전생에 무슨 원수기에 날 못 잡아먹어 지랄인구. 글쎄 이놈의 걸 누가 시원하게 좀 못 풀어주나?"

하며 일남 어머니는 2작업반장에게 대어들려고 하는데, 박병두가

"누가 일부러 그랬겠소? 아이들이 장난하다 그런지도 모르죠."

하였다.

"뭐이라구?"

일남 어머니는 박병두의 등짝을 두 주먹으로 방망이질하듯 하였다.

"독 같은 놈의 새끼라니끼."

일남 어머니가 워낙 악을 쓰며 덤비는 통에 박병두는 어깨를 만지면서 도망치고 말았다. 이렇게라도 하고 나니 일남 어머니는 직신이 다소 풀려 숨을 길게 내쉬었다.

모판에 난 발자국에 대해서도 상진이와 영구는 아무런 의견도 내지 않았으며, 모가 되어가는 품만 보기로 하였다.

일남 어머니와 옥단 어머니는 날마다 육모판에 온갖 정성을 들였다.

그러나 사흘째 되던 날에는 육모의 파란 빛깔이 가시고 흰 빛이 돌며 모의 잎끝이 노래졌다.

일남 어머니와 옥단 어머니는 무서운 것에 부딪친 것처럼

"아이구머니나!"

"이걸 어째?"

하며 뒤로 물러섰다.

설마하고 간절히 바랐던 것이 허사로 되고 말았다. 짚나래가 바람에 날려서 돌려 덮였던 자리의 모만 살고 걷힌 데는 모조리 얼었다.

죽지 않은 모판은 사십 평가량 되었는데, 박병두가 관리하기로 하고

일남 어머니와 옥단 어머니는 다른 일에 소환되었다.

그래도 두 여자는 소환 지시를 받고도 이내 떠나지 않았다. 그렇게 정성을 들여 가꾸던 모판에서 손을 떼기가 섭섭하며, 그런 누명을 벗지 못한 채 떠나는 것이 너무도 억울하였던 것이다.

그들은 떠날 적에도 남은 모판에 마지막으로 물을 주고 한참이나 보고 있었다.

일남 어머니와 옥단 어머니는 종자 네 가마니를 변상할 것과 노력일 열흘을 깎이는 책벌을 받았다. 이때 두 사람은 의외로 한 마디도 항변하지 않고, 상진이 "접수합니까." 하고 묻자,

"맘대루 하구려."

하고는 종내 고개를 수그린 채 아무 말도 안 했다. 그러나 이튿날부터 두 사람은 작업에 나오지 않았다. 낭패된 육모 대신 물모를 붓기는 했지만, 조합원들의 얼굴과 입담을 대하기가 민망하고 책벌 결정이 억울하여 작업에 나갈 용기가 없었다.

옥단 어머니는 점을 치고 싶었다. 8·15 전에는 부락마다 있던 점쟁이가 모조리 없어지고 사십 리를 가야만 하였다. 무당을 만나서는 대뜸 자기의 원통한 사정을 낱낱이 말해준 다음, 어느 방향에 살며 어느 성을 가진 사람의 소행이냐고 물었다. 머리가 파뿌리같이 된 노파 무당은 점돈 이백 원을 먼저 받아서 주머니에 집어넣은 다음 밥상을 앞에 놓고 옛날의 엽전을 두 손 그득하게 쥐고 알아들을 수 없는 말을 한참 동안 씨부렁대다가 "천지신명 하강하여 신통방통한 점괘를 내려 주옵소서." 하고 엽전을 상 위에 팽개치듯 헤쳐놓았다. 그리고는 한 쪽에서 엽전 몇 닢을 주섬주섬 주어 이리저리 옮겨놓기를 한동안 하더니 무엇을 골몰히 생각하는 체하였다. 이러는 동안 옥단 어머니는 속으로 '제발 신통하게 대주소서.' 하고 빌면서 숨을 죽이고 있었다.

"어느 성이 했겠수?"

무당 늙은이는 옥단 어머니를 빼꼼히 보더니

"안가 성이 했구려."

하고 벙그레 웃었다.

"안가요?"

옥단 어머니는 너무도 의아쩍어 무당을 물끄러미 보았다.

"안가는 그 근처나 조합에나 없다우. 신령께 다시 한 번 똑똑히 물어봐요."

무당은 또 빙그레 웃더니, 이번은 바깥에 나가 꽃망울 진 복숭아나무 가지를 꺾어 가지고 오더니 잔뜩 움켜잡고는 중얼거리다가 언성이 차츰 높아지면서 신대 잡은 손이 떨리기 시작하였다. 신대는 갈수록 어지럽게 떨었다. 그렇게 웅성대던 파리 떼가 얼씬도 못하였다.

"어서 빨리 물어봐요."

옥단 어머니의 재촉에, 무당은 더 큰 소리로 주문을 외웠다. 이윽고 무당은 옥단 어머니에게 눈짓을 하였다. 그제야 신령께 물어보라는 시늉임을 알고 물었다.

"누가 모판 나래끈을 풀어놓았는지 꼭 대줍시사."

옥단 어머니의 말에 무당은 신대를 더 억세게 흔들면서

"김가 성을 가진 사람이다."

하였다.

"김가요? 사내요? 나인이요?"

"김가 성을 가진 나인이다."

무당의 말이 끝나자마자, 옥단 어머니는 벌떡 일어나면서 상을 뒤집어엎고 신대를 빼앗아 와직와직 분질러버렸다. 그리고 방바닥에 흩어진 엽전을 집어 무당의 얼굴에 팽개쳤다.

"이 여우 같은 늙은이, 김가 성을 가진 나인은 나다, 나. 당장 돈을 도루 내라, 도적년 같으니."

옥단 어머니는 무당의 소매를 움켜잡았다.

"사람 죽이네— 사람 죽이네."

점쟁이는 이마가 터진 채 소리쳤다. 윗방에 있던 며느리가 달려와서 이런 꼴을 보고 옥단 어머니에게 덤볐다. 서로 엎치락뒤치락하는 동안 옥단 어머니의 이마, 볼, 콧등에는 숱한 상처가 나고 어느 것이나 피가 흐르기도 하며 비치기도 하였다.

이런 모습으로 마을에 돌아오니, 묻는 사람이 많아 점치러 갔던 말이 마을에 쫙 퍼졌다.

관리위원회 사무실에서 이 말을 들었을 적에 다른 사람들은 웃었으나 상진은 가슴이 선뜩함을 느꼈다. 상진은 혜정의 책상에서 세포 총회 회의록을 검토하고 있던 영구에게로 다가앉았다.

"여봐, 일이 잘못된 것 같아."

영구도 이런 것을 생각하고 있는 중이라

"글쎄."

하면서 고개만 끄덕이었다.

이 뒤로 상진은 일이 손에 잡히지 않았다. 모판의 나래가 걷힌 그 시각부터 해온 일남 어머니와 옥단 어머니의 말이나 행동을 일일이 검토해 볼수록 두 사람의 소행은 전혀 아니었다. 이제 생각하면 일남 어머니의 조합에 대한 열성을 보아서도 그런 엄중한 범죄—설령 과실이라 하여도—를 할 리가 없었다. 상진은 머리가 뒤숭숭하여 이날은 일찍 집으로 갔다. 누워서 곰곰이 생각할수록 두 사람에게 큰 죄를 진 것이었다.

'그러면 누구의 소행일가. 조합원일가. 외부 사람일가.'

앞머리가 무거워지며 관자놀이가 욱신거리도록 따져보아도 신통하지 않았다.

9

마두산 위에 햇발이 퍼져 오르기 전부터 조합의 종소리가 아침의 적막을 흔들어 놓으면 조합원들은 이앙 작업을 하러 꾸역꾸역 벌로 나 갔다.

호경 영감은 상동벌에 나와, 자기의 이앙한 논을 보는 것이 큰 재미 지만 패를 지어 일하는 조합원들이 그에게 무슨 핀잔이라도 들어부을 것 만 같아 피해 보곤 하였다. 그래 상동벌에 나와 보는 것은 언제나 이른 아침이었다.

이 날도 호경 영감은 상동벌로 일찍 나왔다. 그는 협동조합에서 모 이앙을 자기보다 엿새 전에 시작했지만, 그렇게 굉장히 떠벌리며 큰 수 나 생길 것처럼 믿어 오던 육상모를 낼 상동벌의 조합 논은 모가 모자라 발가벗은 채 있는 배미가 있으며, 뜨락또르로 기경한 논이 아직까지 축 력 부족으로 써레질을 못해 흙덩이가 물 우로 거뭇거뭇 드러나 보이는 데도 있었다. 그러나 상동벌 한복판에 있는 자기 논에는 탐스런 물모가 바다바람에 하늘거리고 있지 않은가, 이것을 보는 것이 호경 영감은 이 논을 협동조합을 이겨낸 표본으로 여기는 것이었다. 그러나 그 지독한 추위를 무릅쓰고 얼음장을 깨며 돌덩이같이 언 땅을 파 제껴서 의젓하게 만들어놓은 곁수로를 보면 얼굴이 찌푸려졌다. 조합원들의 그 그악스런 의지와 힘이 어떤 어려운 고비라도 넘기고야 마는 이제까지 농사꾼으로 서 해내지 못하던 거창한 일을 척척 해치울 것을 말해주는 듯하는 그 곁 수로며 저수지 구덩이의 메운 자리며 눈에 몹시 거슬렸다.

갑자기 들려오는 합창소리에 호경 영감은 눈을 사방으로 두리번거렸다. 신답벌로 나가는 조합원들이 민청 깃발과 오색기를 선두에 들고 이동 벽보판을 메고 줄지어 오는 것이었다. 그들의 거센 파동이 차츰 가슴팍으로 밀려닥쳐 숨이 막힐 상 싶다. 그는 조합 사람들과 마주치지 않으려고 간선 배수로를 힘껏 뛰다가 무릎까지 물속에 빠졌으며 고무신 한 짝이 어디론지 묻히고 말았다. 웬만치 나아가는 허리가 시끈하고 아팠다. 호경 영감은 한쪽만 신고 걷기가 조합원들에게 창피하여 그는 한 짝 고무신을 물 위에 던져버리고 아예 맨발로 나온 것처럼 걸었다.

물모를 실은 달구지 한 대가 뒤꽁무니에 따라오는 것을 보고 이제 금방 느꼈던 무안을 풀 수 있는 것이나 발견한 듯이 그는 피식 웃었다.

'소두 없는 것들이! 수매 예약금을 타러 갔다지만 그렇게 이어* 나오나? 오늘 내일루 안 나오면 써레질을 못하겠다. 또 뜨락또르를 대지 못할 데를 갈지는 못하겠다. 사람이 소로 둔갑하지는 못할 게고, 조합은 거덜난다, 거덜나. 육상모두 그렇지, 바람에 근 6백 평이 녹았고, 추가로 부은 물모는 너무 늦고.'

조합 사람들은 바로 맞은편을 걸어가고 있다. 그들의 우렁찬 노랫소리에 모든 생각이 흩날려 가버렸다.

"여보, 영감님, 아 수매 예약금으로 산 소가 육상모까지 싣고 오늘 막 몰려온다는구려. 황소 떼가 동네를 막 뒤덮을터니끼 영감님 울바자**나 튼튼히 해놓라우요."

팔굽 우까지 소매를 걷고 중간에서 활개를 치며 걷고 있는 화숙이가 아주 흥겹게 목청을 꺾어가며 말하였다. 조합원들의 웃음소리가 우박치듯 날려 왔다.

---

* 이어: 원문에는 '니여'.
** 울바자: 울타리.

'저건 별놈의 에미네야. 시집두 안 가구 조합에 미쳤다니끼.'

호경 영감은 속으로 욕질을 하다가, 화숙의 뒤에 일남 어머니가 묵묵히 옴을 보고

'저 왈패가 인제 풀끼가 없어졌거던.'

하고 빙그레 웃었다. 조합에 소가 생긴다 하여도 농사철에 늦을 것을 실망하여 일남 어머니도 이제 와서는 딴 궁리를 할지 모른다고 제멋대로 생각하였다. 그러나 호경 영감은 이앙 경쟁 도표와 속보가 붙어 있는 벽보판 앞을 지나다가 발이 땅에 붙기나 한 것처럼 우뚝 섰다.

'고귀한 선물' 이라는 큰 제목의 벽보가 호경 영감을 붙잡아 놓은 것이었다. '당과 정부에서는 수매 예약금으로 축우 열두 마리를 고귀한 선물로 우리 조합에 보내준다.' 이 대목까지 읽던 그는 '파장에 오면 소용 있나?' 하고 비웃다가 다음 구절에서 눈이 휘둥그레졌다. '그리고 남칠리 협동조합 주민들로부터 육상모 다섯 달구지를 또 하나의 고귀한 선물로 받게 되었다. 따뜻한 공화국의 한 품안에서 사는 우리 농민들은 이렇게 서로 돕고 있다.' 벽보를 읽고 난 호경 영감은 초급 중학에 다니는, 조합원의 아들이 지나가는 것을 붙잡고 물었다.

"조합 소가 언제 온다든?"

"오늘 온다구 해요. 열두 마리가 오는데 육모두 싣고 온답니다. 모를 뜨러 우리 아버지두 달구지 가지구 갔어요."

그 학생은 제 자랑을 하듯 벙글벙글 웃으며 말했다.

호경 영감은 "모를 뜨러 사람들을 데리구요" 이 말을 속으로 되뇌이면서 정신없이 걷다가 오른쪽 엄지발가락을 돌에 부딪치고 넘어졌다. 발가락에서는 피가 나왔다.

이른 아침의 논물은 차가왔다. 그래도 조합원들은 누구나 흐뭇한 얼

굴로 못단을 들고 성큼성큼 들어선다. 협조대들은 오리벌의 물모 이앙에 돌리고 조합의 네 작업반이 모두 상동벌에 붙었다. 반별로 구역을 나누어 경쟁적으로 써레질을 하며 논두렁을 치며 모를 꽂아 나간다.

뚝 우에 꽂힌 오색기와 플랭카드가 이날따라 순한 바람결에 고요히 펄렁이며 물 우로 보일듯 말듯 뾰죽이 나온 육상모들이 깜부기처럼 하늘하늘 놀며 어데서 몰려든 개구리떼인지 못단이 떨어질 적마다 놀래어 장단지에까지 뛰어 올랐다가 네 다리를 쭉쭉 뻗고 헤엄쳐 나가군 하였다.

상진은 아무리 몇 해를 쉬었다 해도 이내 될 줄 알았던 모 꽂기가 욕심과는 달라 옆에서 꽂는 일남 어머니를 따를 수 없었다. 모 쥔 손을 무릎에 대지 않고 꽂는 손과의 사이를 가까이 해야 하며 모 꽂는 손이 오기 전에 모를 두 대씩 미리 섬겨 놓아야 한다는 것은 알면서도 손이 듣지 않았다.

'원수들을 무찌르던 일이 더 쉬웠던 모양이군.'

상진은 이런 생각이 불쑥 나면서 화선 생활의 모습이 눈앞에 선하였다. 그는 85사, 1고지 전투 때 적 다섯 놈을 혼자 상대하여 창격전을 하던 일이 떠오르다가 못단이 등짝에 절컥 떨어지는 통에 흩어지고 말았다. 상진이 논둑 쪽을 돌아보자 화숙이 모를 들고 돌아서서 허리를 구부리고 웃으며, 사람들은 무슨 큰 사변을 당한 것처럼 떠들었다. 그중에도 혜정은

"언니! 일부러 맞추었지? 아주 우등 사격수야."

하고 큰소리로 외쳤다.

상진은 별스런 생각도 없이 화숙이 던진 못단을 집으려 하는데 일남 어머니가

"화숙이 던진 못단을 집어야만 맛이군."

하는 통에 전기에 닿았던 것처럼 손을 급히 돌이키려니 또 웃음이 짜

그르 올랐다.

'젠장 실속 없는 놀림만 받는다니까.'

상진은 다시 그 못단을 집어 들었다. 화숙은 못단을 던지다가 또 그런 일을 치룰까보아 논에로 들어섰다. 화숙이 혜정의 옆에 끼이자

"언니, 일부러 그랬지?"

하고 또 구슬리는 통에 화숙은 킥킥 웃고 말았다. 벌판은 웃음소리, 물장구 소리, 소 모는 소리로 온통 와글와글 법석거렸다.

점심 휴식 때였다. 상진은 연송 담배만 피우면서 이날 꽂은 육상모를 보기에 정신없었다. 이만큼이라도 해놓으니 감개무량하였다.

상진은 담배꽁초를 논에 던지려니 까만 물매미 한 마리가 모 사이를 누비질하고 다니어 물 우에는 잔무늬가 햇볕에 반짝이었다.

"육상모를 꽂아 놓으니 어떻소? 재미나지요?"

상진은 혼자 흡족하여, 말없이 옆에 앉아 있는 일남 어머니에게 물었다.

일남 어머니는 육상모 사건 이후 열하루나 무단결근을 하여 세포위원회에서 비판을 받았고, 다시 상진의 권유를 들은 뒤로 매일 출근하지만 그전처럼 기강을 부리지 않았다.

"일남 어만 왜 대답이 없수?"

상진은 고개를 돌리며 다시 물었다.

그제야 일남 어머니는 아랫도리를 툭툭 털고 일어나면서

"육상모 소릴랑 말아요. 육상모 땜에 종곡을 물었지, 노력 열 자루를 깎였지, 지긋지긋하다우. —이번은 상진을 힐끗 보고나서— 괜히 육상모를 심자구 하구설랑 날 이렇게 만들었다니끼."

하고 툭 쏘아부치더니 갑자기 픽 쓰러지듯 주저앉아 화숙의 등에 몸을 의지했는데, 얼굴이 단번 백지장처럼 하얘졌다. 사람들이 그를 흔들

고 물을 먹여서야 일남 어머니는 땀을 흘리면서 정신을 돌렸다.

'모판 사건으로 너무 걱정한 탓이 아닌가.'

일남 어머니의 빈혈증이 이런 데서 온 것이라고 상진은 생각하자, 일남 어머니와 가까이 있기가 민망스러웠다. 일남 어머니와 옥단 어머니의 마음을 후련하게 씻어줄 묘책은 없을까, 모판 사건 뒤로 영구와 함께 줄곧 고심해오는 일이지만 실마리를 잡아낼 재간이 없었다. 일남 어머니와 옥단 어머니의 책벌을 취소해주고 싶어도, 그렇게 주장할 뚜렷한 근거가 없었다.

오후 작업을 시작한 지 얼마 안 되어 바다 쪽에서 검은 구름덩이가 이쪽으로 뭉실뭉실 몰려 왔다. 소나기가 한줄기 내릴 듯하여 이마로 등 고래로 땀이 걷잡을 수 없이 흐르는 상진은 한 줄기 흠씬 맞았으면 하였다. 이윽고 굵직한 빗방울이 떨어지더니 이내 소나기로 변했으며 바다 쪽은 깊은 숲속처럼 어둠으로 첩첩하였다. 소나기처럼 시작한 비는 그칠 줄을 몰랐다. 누구나 입성이 살에 붙었으며 여자들은 살빛이 배어 올랐다.

"그만두자요."

한 여자가 말하자

"이왕 맞은 걸 쉴게 뭐야."

하는 소리가 여기저기서 맞받아 올랐다.

"그냥 하기요."

상진의 말에 기세가 갑자기 올랐다. 혜정이가 노래를 시작하자 화숙이 따라 불렀고 숱한 음성이 합창으로 어울려졌다. 노래 밑천이 끝나가자 일남의 누이가 강습에서 배워 온 노래를 독창으로 불렀다.

워낙 오랫동안 비를 맞으니 상진은 추운 기를 느끼며 음성도 잘 나오지 않았다. 빗방울이 물에서 어지럽게 튀는 통에 못줄의 나뱅이*가 보이

* 나뱅이: 못줄에 포기 사이를 가늠하기 위하여 만든 표시물.

지 않아 어방치기로 빨리 꽂기만 하였다. 비는 두 시간 동안이나 계속하였다. 전 같으면 논에 물이 많이 차서 모를 꽂지 못하련만 곁수로로 물이 날쌔게 빠지는 관계로 작업을 계속할 수 있었다.

"모가 물 우에 뜨지 않게 꽂아요."

작업반장은 이같이 말을 연해 외치면서 못단을 던져주며 물고를 살피고 다니며 말하였다.

비가 멎자 일남 어머니와 다른 여자들은 몸이 떨린다 하면서 나왔다. 작업반장의 승낙을 맡고 집을 향해 뛰어가듯 하더니 시멘트 다리까지 가다가 도로 돌아서 왔다. 오한기가 개었다고 하면서 다시 물속에로 들어왔다.

호경 영감은 발을 다친 채 자기 방에 와서 두 볼을 잔뜩 부어가지고 아픔과 울화를 참노라고 안간힘을 썼다.

이럴 적에 박병두가 못자를 얻으러 왔다. 전처럼 자주 드나들지 않고 여러 날 만에 온 것도 괘씸한데, 조합 논에 쓸 못자를 달라는 말에는 심술이 왈칵 오르고 말았다.

"이리 들어오너라."

호경 영감은 목침을 베고 눈 채 머리만 들었다가, 아들이 흙투성이의 발로 길마레에 엉거주춤 앉자 슬그머니 일어났다.

"너, 조합에서 하루 몇 프로나 버니?"

호경 영감은 늘정한* 어조로 딴말을 내었다.

"요즘은 평균 120프로쯤을 벌지요."

"하루 얼마 가량이나 분배될 작정이라든?"

"보통 농사만 되면 한 자루에 아홉 키로는 될 거래."

"그럼, 소두 한 말이 좀 넘는단 말이냐."

"그렇죠."

"이백 자루면 벼 마흔 가마니?"

호경 영감은 놀래는 어조로, 혼잣말처럼 하더니, 코를 쿵쿵거리면서 한동안 눈만 깜박이었다.

"그동안 왜 집에 안 왔니? 내년 농사부터는 우리끼리 않겠니?"

"조합이 자리만 잡히면 개인 농사보다 훨씬 이익일 것 같아요."

"흥, 조합에 소가 생긴다니 네 배짱이 변했구나."

전 같으면 죽일 놈같이 족쳐댈 것이련만, 호경 영감은 이 말만 하고 누워버렸다.

"못자 어데 됐어요?"

"윗방 처마에 달아매 두었다."

박병두가 나가자, 호경 영감은 허리만 일으켜 고개를 문밖에로 쑥 내밀고 소리쳤다.

"가져가지 말아. 조합에는 못자두 없다드냐."

그래도 박병두가 못자를 풀고 있자 이번은 오뚝 쭈그리고 앉아서 야단을 쳤다.

"이 자식아 그냥 둬."

"쓰구 곧 가져와요."

박병두는 못자를 들고 휭 가버렸다. 호경 영감은 아들이 사라진 대문만 멍청하니 바라보다가 얼굴을 찡그리면서 다시 누웠다. 누워 있으려니 속이 끓어 견딜 수 없었다. 상동벌 논을 보면 좀 풀릴 상 싶지만 조합 사람들의 꼴이 보기 싫었다.

'병두를 조합에 그냥 두구설랑 두 다리 걸구 지내? 그런데 병두가 요

즘 와선 더 기를 못 쓰니, 그놈의 꼴 보기두 싫구.'

호경 영감은 또 얼굴을 찌푸렸다. 육모판 사건 뒤부터, 박병두는 조합 일에 열성을 내면서도 머리털과 수염을 굴왕상같이 한 채 항상 시무룩해 지내였다. 이런 아들의 꼬락서니가 이날따라 호경 영감의 마음을 더 울적하게 하였다.

해가 넘어간 바로 뒤였다. 호경 영감이 감자밭 풀을 매고 있으려니 조합의 소가 온다 하여, 마침 논에서 돌아오는 조합 사람들과 동네 아이들이 동쪽을 향하여 떠들면서 연달아 몰려가고 있었다. 그 쪽을 보니 모실은 달구지 세 대가 앞에 서고 소들이 일렬로 오고 있다. 호경 영감은 어쩐지 가슴이 두근거리며 정신이 갑자기 몽롱해졌다. 호경 영감은 호미로 땅을 찍는 서슬에 허리를 펴며 일어났다. 그는 염치 여부를 따질 사이도 없이 신작로를 향해 갔다. 오고 있는 소들이 무슨 힘을 가지고 호경 영감을 끌어당기는 것 같았다.

소들은 먼 길을 걸은 탓인지 유달리 아그작거리며 앞에는 소 영감이 얼굴 전체가 함박꽃 같이 되여 벙글거렸다.

아이들이 달구지에 매달리자 소 영감은

"이 꼬맹이 조합원들아, 달구지에 매달리지 말어. 먼 길을 걸어왔단다."

훙청거리며 말하였다.

사람들은 소 영감을 둘러싸고 떠들썩거렸다. 소와 육상모의 해결에 어쩔 줄 모르는 그들은 서로 다투어 묻노라고 소란스럽기만 하여 소 영감은 아예 그 말에는 귀도 주지 않고 혼자 열을 내여 손짓 고갯짓을 해가면서 말을 계속하였다.

"인제 소 걱정은 없단 말어. 새끼 가진 암소가 여섯 마리나 되구 —그의 옆에 있는 소의 등매를 어루만지며— 이 소는 한 달 반 뒤면 송아지를 낳는다니끼 인제 걱정 없게 됐구, 제기 이렇게 되는 걸 괜히 속만 태웠거던. 글쎄 당과 정부의 배려가 어쩌면 그렇게두 제때에 내리냐 말야? 농민이 먹구 남을 식량을 국가에 파는 건 농민의 도리인데, 글쎄 돈을 미리 주어서 이렇게 우리 농사를 보장해준단 말야. 제기 이런 걸 괜히 걱정했단 말야."

하고 소 영감은 너무 신이 나서 히죽히죽 웃었다.

"그건 누가 모르나요? 그 육상모 생긴 이야기나 좀 하시라요. 그리고 세포위원장 동무는 안 오우?"

뒤미처 헐떡거리고 뛰어 온 일남 어머니가 소들을 흐무지게 보면서 물었다. 소 영감은 이런 질문을 기다렸다는 듯이 손바닥을 한번 절컥 친 다음 침을 꿀꺽 삼키고 말을 시작하였다.

"세포위원장은 군당에 들려 올 거구, 참, 사실은 육상모 얻은 것두 진짜 우리 세포위원장이 일은 본때 있게 잘 하거든."

하며 소가 가려고 하는 것을 코뚜레를 잡고

"이놈의 에미네. 잠간 있어. 그렇게 콩을 먹구두 배가 고프니?"

하는 것이었다.

수매 예약금 지불이 확실해지자 소 영감과 몇은 소를 미리 골라내기 위하여 먼저 떠나보내었고 영구는 혜정이와 함께 은행으로 갔었다. 은행 사무원이 이앙 준비 사업을 걱정하여주는 동안 남칠리 협동조합에 육상모의 여유가 있다는 말을 해주자 영구는 혜정에게 은행 일을 일임하고 군당에로 갔었다. 타군의 군당이지만 영구는 자기 조합의 실정을 말했더니 다른 곳 몇 조합에로 돌리게 된 육모 중에서 나누어 가지도록 하라 하면서 일부러 지도원을 그 조합에 파견해주었다. 그 협동조합에서는 기계로 건직파를 한 것이 이십여 정보인데 처음 일이라 혹시 실패할까 하여 예비 모판으로 육상모를 따로 부었던 것이다. 기계 파종한 것이 여니 것보다 더 탐스럽게 되여 예비모가 소용없게 되였다.

소영감은 이런 말을 신이 나게 하고 듣는 사람들은 너무 흡족하여 입을 헤— 벌리기도 하며 "그럴 거야." "고마운 일이지." "일을 더 많이 해야겠군." 이런 말들로 맞장구를 쳤다.

그러나 호경 영감은 누구의 말에나 귀를 기울이려 하지 않고 소를 한마리씩 뜯어보기에 바빴다. 어느 소나 살이 제법 붙었으며 목덜미가 굵직한데다 밋밋한 허리가 길며 발굽도 똥그랗다. 그런데 웬일일까, 맨 끝에 있는 소가 바로 그전 호경 영감의 것이었다.

호경 영감은 소코뚜레를 와락 움켜잡은 채, 소를 들고 오던 사람을 호되게 불렀다.

"이건, 우리 집 소야. 영락없이 우리 집 소야. 안경하 녀석이 조합에 팔아먹은 거야."

호경 영감은 눈도 팔지 않고 소리치듯 하니, 소를 몰고 오던 사람이 화를 벌컥 내며 다짜고짜로 코뚜레 잡은 호경 영감의 손을 채뜨렸다.

"영감 정신 나갔소? 조합에서 소 끌어갈 때는 언제구, 이건 손때두 안 묻은 새 돈을 주구 산 거야요."

호경 영감은 두 손으로 소를 다시 잡으려 하다가 머리로 받으려 하는 통에 비끼다가 뒤로 넘어졌다. 사람들은 삽시간에 모여들어 웃어대였다. 소 영감이 얼굴을 험상궂게 해가지고 달려왔다.

"임자, 도깨비 들렸어. 이 소 보구 물어보지? 소는 이렇게 말할 거거던, 나보다도 장사 밑천에 눈이 어두워 안경하에게 팔어먹구, 안경하는 고리대금을 해먹을 작정으로 동일리 사람에게 팔어먹구 그러니끼 박호경이나 안경하는 고향을 떠나게 한 나의 원수라고 할 것이고 우리 조합의 덕택으로 다시 고향에 오게 됐으니 나는 죽을 때까지 조합에서 일을 하겠노라고 이렇게 말할 거란 말여. 알았슴마?"

소 영감은 손짓을 하며 히죽히죽 웃으면서, 마치 호경 영감을 떡가루처럼 주무를 작정으로 말하고서는 껄껄 웃었다.

"대관절 어떻게 된 셈이야?"

"그건 안경하에게 묻지."

하고 소 영감은 뒤도 돌아보지 않고 손으로 소 등짝을 따득따득 가볍게 때리면서 걸어갔다.

안경하는 자기들의 마음에 드는 사람끼리 조합을 따로 만들면 소의 노력에 대한 분배를 예상하고, 또 설사 조합이 안 된다 하여도, 소를 미끼로 하여 개인농의 노력을 마음대로 끌 타산이었는데, 마침 호경 영감의 장사 욕심을 이용하여 소를 헐하게 살 수 있었다. 그러나 따로 조합을 만들자니 사람의 비난을 받을 것이며, 또 모두 제 밑천이 튼튼한 사람끼리 모인 만큼 제 밥상에만 좋은 것을 올려 놓으려 들 테니 일이 잘 될 상싶지 않았다. 그래 소 값을 톡톡히 치고, 우선 현금 1만 5천 원을 받고 나머지는 가을에 가서 벼로 받게 되었으니 안팎장사가 되는 셈이었다. 안경하의 집에서 소가 나가는 것을 호경 영감은 감쪽같이 모르고 며칠 뒤에야 알았다.

소 영감은 소를 데리고 오려고 세포위원장과 작별할 적에

"호경이 소를 사자구. 그놈이 심도 좋지만, 호경이가 조합에서 소를 끌어가던 그놈의 심보를 한번 들입다 찔러주면 내 맘이 시원하겠어."

하고 거듭 졸랐다. 마침 살 만한 소가 없어 소 값을 남겨가지고 오는 중일 뿐더러, 만일 살 수만 있다면 고리 대금의 본을 뜨는 안경하에게 한대 먹이는 셈이었다.

"살려면 사쇼. 소 값 잔금은 우리가 안경하께 현금으로 치릅시다. 안 받겠단 말은 입이 열이라도 못할 거요."

영구의 말에 기운을 얻어, 소 영감은 소 임자를 어떻게든지 삶아 대

려고 했었는데, 소 임자는 이앙을 끝낸 뒤인데다 가을에 벼로 물 일이 무척 아까웠던 판이라 직석에서 넘겨주었다.

호경 영감은 소의 행렬이 사람들에게 휩싸여 새로 지어 놓은 공동 축사를 향하여 가고 있음을 정신없이 바라보다가 갑자기 홱 돌아서서는 안경하를 만나러 급히 걸었다.

안경하는 사랑방에 혼자 앉아 있었다. 호경 영감의 소가 다시 조합에로 돌아온 것이 안경하에게도 저으기 불쾌한 일이였다.

그는 얼마 전 상진이가 얼굴을 붉혀가지고 면박을 주듯 하던 말―

"난, 외숙이 조합에 들어오시구, 그래 조합에 망라된 빈농민들이 외숙의 덕을 입게 하려는 욕심은 눈꼽만치도 없수다. 그 사람들은 몇 해 이내로 외숙보다 더 여유 있는 생활을 할 겁니다. 외숙의 지금 재산이 무척 아까울 테니 그거나 잘 지키되, 그런 재산을 준 우리 당과 정부의 배려에 고맙게 생각하시란 말여요. 그런 생각이 있다면, 치안대 해먹던 사람, 사상적으로 아주 낙후한 사람들이 외숙을 떠받쳐 가지구 딴 꿍꿍이속을 꾸미려는 걸, 왜 환영하시냐 말입니다. 그러구 일제시대 외숙이나 저나 그렇게 설움 받던 고리대금업자와 같은 착취를 하구, 글쎄 현재 소 값을 가을에 가서 벼로 받으려는 이유가 뭐냐 말여요. 봐요. 앞으로 달려가는 기차바퀴를 몇 사람이 뒤로 돌릴라야 될 택 있습니까, 사회는 항상 발전되어 갑니다. 그런 사상을 가진 사람은 기차 바퀴에 깔려 죽고 말어요."

상진이 속사포처럼 쏘아대는 말을 안경하는 듣고만 있다가

"그래 내가 그런 사상을 가졌단 말이냐."

하자, 상진은 더 언성을 높여서

"갖지 않았다는 걸 증명해보세요."

했었다. 그때, 안경하는 떳떳하게 내어 놓을 말을 찾지 못했었다.

이런 일을 회상하려니, 호경 영감의 소가 자기의 비행을 동네방네 떠

버리려고 온 것만 같아 마음이 조막거렸다.

그럴 적에 호경 영감이 코만 쿵쿵거리면서 문을 왈칵 열고 들어왔다. 호경 영감은 푸르락붉으락하는 얼굴로 안경하 앞에 주저앉아버렸다.

"경하, 내 소를 내어 놓게, 어서 당장."

하고 호경 영감은 몸을 잔뜩 도사렸다.

"소 값 받지 않았소?"

호경 영감은 말없이 안경하를 치떠 보기만 하였다. 그는 이제야 안경하에게 온 이유를 따져보았다.

"내게 소를 팔았소? 안 팔았소? 또 소 값은 받았소? 안 받았소?"

안경하는 소리를 버럭 질렀다.

"그렇다면 당장 나가요."

이제는 안경하를 쳐다볼 수도 없었다. 그는 도리어 후회하였다. 안경하의 비위를 건드려 놓으면 골탕 먹을 사람은 자기였다. 안경하가 자기에게 아쉬운 말을 할 일은 없지만, 자기는 언제 무슨 신세를 질지 몰랐다.

호경 영감은 안경하의 말에 순종하는 것처럼, 그러나 한 마디의 말도 없이 슬그머니 일어섰다. 그가 문고리를 잡으려 할 적에

"영감." 하고 불렀다.

'옳지, 늙은이에게 미안한 모양이구나.'

하는 생각에 호경 영감은 낯빛을 조금 펴면서 돌아섰다.

그러나 안경하는 무슨 말을 하려다가 입을 다물고 말았다. 안경하가 무엇을 숨기는 것만 같아 호경 영감은 무척 섭섭하여 "쳇" 하고 혀를 차면서 문을 덜컥 닫고 급히 나와버렸다. 생각할수록 안경하의 태도가 이상하였다.

10

상진이 조합에서 밤늦게 돌아와서 잠자고 있는 아들을 귀엽게 들여다보고 있으려니 영구가 급히 왔다. 이날 아침, 영구가 군당에 갔던 만큼 급한 지시가 있는가 했는데, 영구는 무턱대고 상진이보고 함께 나가자고 몰았다.

"무슨 일인가."

"아주 굉장한 일이야."

그들은 사무실로 왔다. 영구는 사무실에서 상진과 마주 대해 앉아, 큰 수가 난 것처럼 싱글벙글 하였다.

"육상모판 사건이 해결됐어."

"뭐이?"

상진은 저도 모르게 언성을 높였다.

"쉬—."

영구는 눈짓으로 주의를 시키고는 사무실 창문을 열고 바깥을 살폈다. 초가을 맞은 모기들이 들어와 전등 주위에서 날았다.

영구는 갑자기 얼굴에 긴장을 띠웠다. 입술을 지그시 다물고 작은 눈이 매섭게 빛났다.

"상진의 추측이 맞은 것 같애."

"그럼 병두란 녀석이?"

상진은 담뱃불을 켜려고 성냥을 꺼내들었다가 주먹에 힘을 주는 통에 빠가각 소리가 났다.

"확실한 건 앞으로 봐야지."

하고 영구는 담배를 꺼내 물었다. 상진이 성냥을 주려고 손을 펴보니 성냥갑은 바싹 오그라지고 말았다.

영구는 군당에 갔다 오는 길에 기차 속에서 육상모판 부근에 사는 사람을 만났었다. 그는 박병두와 한무렵에 치안대에 가담하여 회의 때에는 면에서 자주 만났었으며, 자수한 뒤로 농사에 전심하다가 그 마을에 협동조합이 되자 바로 가입했을 뿐 아니라 조합 일과 평남 관개 공사에서 모범을 보여 온 관계로 며칠 전에는 작업반 분조장이 되었다. 그는 기차에서 내려 영구와 함께 걸어오는 동안 무슨 말을 할 듯 말 듯하다가 신리 고개를 넘은지 한참 뒤에야 입을 여는데, 어쩐지 음성이 떨렸었다. 그것은 박병두가 모판의 볏짚 나래의 끈을 풀러 갈 적에 지붕에서 내려오다가 보았다는 것이었다. 몸의 태도며 걸음걸이며 언뜻 보아 박병두임을 알았으나 그때는 아무런 생각도 없었다는 것이다. 오랜 뒤에야 박병두의 소행이 아닌가 혼자 의심을 하면서도 박병두의 처지가 너무나 엄중하고 딱해서 일체 발설을 못했으며, 그러나 일남 어머니와 옥단 어머니가 그 일로 마음을 몹시 태운다는 것을 며칠 전에 알고 냉정히 생각해보았다는 것이었다. 두 여자의 누명을 벗겨주는 거나 박병두의 머릿속을 깨끗이 청소해주는 거나 모두 급히 해결할 문제라고 단정했었다. 물론 눈으로 본 것은 아니니 박병두의 소행이라고 단정할 수는 없으나, 신중히 조사할 만한 실마리는 된다는 것이었다.

"그 녀석 행동이 틀림없어. 내 지금 가서 추궁해보겠네."

상진은 두 다리를 급히 세우고 엉거주춤 앉았다.

"자넨 너무 덤비는 것이 큰 결함이야. 이 일은 내게 맡기게. 이 일이 생긴 데 대해선 우리 두 사람 책임도 컸구."

"무슨 책임?"

"박병두를 안착시킬 데 대해서 관심을 덜 돌렸거던. 일남 어머니와 옥단 어머니의 책벌도 너무 조급했구. 더군다나 박병두가 상진에게 친근하기보다 두려워하게 만든 것은 상진의 서툰 일이었구. 그런 데로부터

박병두는 조합의 곤란한 조건만 크게 생각되구 애착을 가지려던 마음이
차츰 식은 거야. 이 일에 대해서는 내게 맡기라구."

"허긴 그래. 그렇지만 속으론 미운 걸 어떻게 하나."

"보통 사람은 그래두, 간부 일꾼은 감정과 이성을 적당히 조절해야 해."

"그래, 그래, 전부 접수하네. 영구, 지금 가서 결단을 짓게나. 지금
말야."

"또 덤빈다."

"성질이 그런 걸 어떻게 하나? —상진은 껄껄 웃고 나서— 그러구
지금 재밤중에 가면 이 쪽에서 확실한 근거를 쥐고 있은 걸루 알 것 아
닌가."

상진은 영구의 손을 잡아 일으켰다. 상진의 의견이 그럴듯하여 영구
는 사무실에서 천천히 나갔다.

박병두는 안해가 흔들어 깨는 통에 마지못해 눈을 떴다가 영구가 왔
다는 말에 머리가 얼음에 단 것처럼 싸늘하였다.

전등을 켜면서 들어오라고 연송 재촉하였다. 영구가 문밖에 까딱없
이 선 채

"좀 상의할 일이 있으니 나오라구."

하고 일부러 부드러운 어조로 말했다.

박병두는 어둠 속에서 영구를 힐끗힐끗 살피며 조심스럽게 걸었다.
영구는 박병두와 나란히 서서 마을을 통과한 수로 둑을 걸었다.

"병두, 어때? 축력이 없어 곤란한 때를 생각하면 농사를 이렇게 지어
놓은 일이 진짜 신기하지?"

"그러구 말구, 사실 난 속으로 퍽두 걱정했드랬어."

"누구나 그랬지 뭐, 까놓구 말하면 조합에 든 걸 후회한 사람이 많았
을 거야."

"그 그렇구말구."

병두는 갑자기 당황하며 이번에는 음성이 목 안에로 기어드는 것 같았다.

영구와 병두는 마을을 빠져나와 수문의 시멘트 바닥에 앉았다. 아직도 그믐달은 보이지 않고 맑은 하늘에 별만 총총하였다.

무슨 말부터 낼지 몰라, 영구는 한동안 담배만 피웠다. 사방이 고요한 속에서 박병두의 숨결이 귀에까지 퍼져왔다. 영구에게 말한 사람의 의사대로 그의 성명을 밝혀 놓으면 박병두의 자백이 빠를 것 같지만, 박병두가 그 범죄를 어느 정도로 후회하는지, 혹은 당연한 일로 여기는지, 진정을 알기 위해서 그 성명을 밝히지 않기로 하였다.

"병두, 웬만한 일이면 재밤중에 이렇게 오진 않았겠지. 난 자네 입에서 제대로 말이 나올 것이라 믿고 왔네. 또 그런 근거가 오늘밤 갑자기 생겼었거던."

박병두는 무슨 영문인지 몰랐다.

"뭐이가?"

그의 음성은 크지도 못하고 떨리었다.

"그렇겠지. 그럼 내 까놓고 말할까."

영구는 잠시 말을 멈추었다. 갑자기 어디서인지 개 한 마리가 짖더니, 여러 집 개들이 울었다. 수효가 자꾸만 느는 것 같은 별들은 박병두의 검은 뱃속을 어서 활짝 까 제껴놓으라는 듯이 분주스럽게 빛났다. 박병두는 빨던 담배를 든 채 영구를 보기만 하였다.

"일남 어머니의 모판 나래를 걷히게 한 사건 말야."

박병두의 사그라져 가는 담뱃불이 가늘게 떨리더니 땅에 저절로 떨어졌다.

"왜 담배는 떨어트리나? 진정하구 우리 터놓구 말하세. 나나 상진이나 임자가 진정으로 조합 일에 나서기를 바라고 있는 것을 몰라? 우리는 과거 허물 있는 사람을 골라내는 것이 목적 아니라, 우리와 한통속이 되는 그런 사람으로 만들기가 목적이네."

영구는 언성이 높고 급해지는 것을 참노라고 군침을 자주 삼켰다.

"영구, 그, 그게 당치나 한 말이가?"

"그날 밤 왜 술은 먹었나? 임자 아버지 생일에 쓰려구 애써 구한 술을 죄다 먹어 치구."

영구는 이미 조사된 자료를 숨길 필요는 없었다.

"그날 일남 어만과 다투구 맘이 편치는 못했어. 그렇지만 그런 무서운 일을 할 수 있겠슴마."

영구는 일부러 웃었다.

"두말하겠슴마."

"술 먹구, 그 방에서 자다가 무엇 하러 나갔었나?"

"집에 가려구 그랬지."

"집에 갈 사람이 왜 도꾸리병은 두구 갔어."

"깜박 잊었지."

"병두가 자기 물건 잊은 적이 있었나? 담배꽁초가 조금만 큰 거면 꼭꼭 주먹 안에 넣거나 종이에 싸들구 가는 사람이."

"그날은 워낙 취했어." 박병두에게 담배가 떨어진 것 같아 영구는 한 개를 권했다.

"한 도꾸리를 셋이."

"셋이 모두 한 도꾸리씩은 게눈감추듯 할 사람이야. 더구나 두 홉쯤 남았었다는데, 술과 병을 두구 갈 병두는 아니거던."

영구는 말을 잠시 멈추었다. 박병두는 하늘만 쳐다보고 있었다.

"병두, 성칠이는 임자와 함께 원수들의 일을 해주었지만, 지금 와서 누구 한 사람 성칠을 의심하나? 성칠이가 모든 일에 정직하고 열성적인 걸 찬양하지, 그래 성칠을 조합 창고원으로 낼까 하는데, 창고장 일이 좀 소중하냐 말야. 저 상팔리 이만순—바람 부는 날, 박병두를 보았다는 사람—을 보지. 이만순은 분조장이 됐단 말일세. 병두두 그런 사람들같이만 하란 말야. 난들 상진인들, 전체 조합원들이 어떻게 대할 것인가는 뻔하지."

영구는 더 추궁하지 않았다. 다음은 농사 이야기만 하다가 함께 일어섰다.

박병두는 이날 밤, 집에 가던 길로 쭈그리고 앉아 담배만 연해 피웠다. 밤이 거의 밝도록 이렇게 하고 있는 꼴이 답답하여 안해가

"여보 무슨 일이 있었수?"

이렇게 묻자, 박병두는 안해 쪽에로 몸을 홱 돌이키었다.

"농사 질 노력이 부치면 땅을 국가에 바칠 일 아냐?"

밑도 끝도 없이 큰 소리로 쏘아부치는 말에 안해는 입을 벌린 채 남편을 보기만 하였다.

"느 본가집 농사만 아녔드면 육모판 일에 가지 않았을 것 아냐?"

"그까짓 몇 자루 품을 무던히도 자세하네."

안해가 혼잣말처럼 투덜대자, 박병두는 안해의 허벅다리를 걸어차고 밖으로 휭 나왔다. 그는 낫을 들고 지게를 걸머지고 나섰다. 풀을 베기도 하며, 상팔리에 사는 이만순을 만나 눈치를 떠보자는 것이었다. 모판의 짚나래끈을 풀러 갈 적에 이만순이 자기를 보았고, 이만순이 혹시 영구에게 말한 것이 아닌가. 그는 사실 대로 말해줄 것이었다. 그러나 얼마쯤 걸어 논 복판에 당도했을 적에 걸음이 멈추어졌다. 생각할수록 이만순의 입에서는

"내게 물을 게 뭐야? 깨끗이 자백하구, 남의 곱절 일이나 해서 자신

을 단련시킬 결의나 할 것이지."

이런 말이 총알처럼 튀여나올 상만 싶었다.

그믐달도 올라온 지 오래며 밤의 검은 장막이 희끄무레 걷히기 시작하였다. 박병두는 논둑에로 접어들고 풀을 베였다. 이슬이 손등을 적시는 것도 모르고 낫을 바삐 놀렸다. 이런 중에도 머릿속에서는 온갖 잡념이 제멋대로 놀아났다. 그러나

'내가 미친 놈야. 일남 어만은 의례 그런 사람으로 치면 되잖아? 상진이나 영구나 나를 다른 조합원들과 차별한 일이 있었는가? 내 처지로 불평할 건덕지가 뭐 있단 말인가? 조합을 믿지 못하고 두 다리 걸고 지낸 내가 큰 잘못이지.' 이런 생각만은 머릿속을 짓누르면서 연송 되풀이 되었다.

벼가을*을 며칠 앞둔 날, 박병두는 탄광에서 석탄을 싣고 오는 길이었다. 가없이 넓은 벌이 온통 누렇게 익은 황홀한 광경에 시선은 벌판을 정처 없이 헤매며, 소 발굽 소리나 달구지 바퀴 소리가 음악을 듣는 것처럼 귓속을 간지럽게 해주었다. 황홀한 분위기에 몸과 정신이 흠씬 빠졌다가도 육모판 일이 문득 생각되면 가슴이 선뜩해지곤 하였다.

"왜 나는 맘을 활짝 펴지 못하구 산단 말인가, 모두 내 탓이지 뭐이가."

박병두는 이렇게 중얼거리고는 달구지를 신작로 가에 세웠다. 그리고 길가의 길장구 풀을 깔고 펄썩 앉아버렸다. 다시 생각에 잠겼다가 탐스런 벼이삭들이 바닷바람에 우수수 소리를 내며 몸을 흔드는 통에 정신을 돌이키었다. 그는 닥치는 대로 이삭 하나를 꺾었다. 낟알을 세어보다가는 소가 벼를 먹는가 하여 힐끗 돌아다보곤 하였다.

---

* 벼가을: 익은 벼를 베어서 거두어들이는 일.

364

"낟알이 몇 개야?"

다정하게 묻는 상진의 말에 박병두는 소스라쳐 놀래었다. 탄광역에서 기차를 내려오던 상진은 먼빛으로 박병두임을 알고 급히 따라왔었다. 상진은 박병두 옆에 앉았다.

"낟알 수가 무척 많지?"

"지금 세는 중이야."

박병두는 세는 족족 낟알을 따서 한쪽 손에 쥐었다.

상진도 이삭을 하나 꺾어 들고 세어 보고 있는데, 박병두가

"백아흔두 개군."

하면서 일어났다.

"백아흔둘!"

상진은 마치 시 한 줄을 읊듯 하였다. 육모를 이앙한 이 논에서 며칠 전에 상진은 두 이삭을 세었는데 이백 여섯 개짜리와 백일흔 개짜리였다. 박병두가 세인 것까지 넣어 평균을 내면 한 이삭에 보통 백여든 다섯 개는 될 것이었다. 그리고 벼 한 포기가 열 대로부터 열세 대는 되었다.

상진은 수첩에 만년필로 계산하여보았다. 아주 적게 잡아서 한 이삭에 백육십 개, 한 포기에 열 대로 치고 풀어보았다.

"정당 7톤 이상은 문제없군. 7톤 이상."

상진은 저도 모르게 손을 한번 쳤다. 이렇게까지 될 줄이야 몰랐었다. 상진은 흡족하여 소리 없이 웃으며 박병두의 얼굴을 유심히 보았다. 박병두는 뻐드렁니를 살짝 드러내며 히죽이 웃었다. 사실, 박병두는 요즘 와서 조합이 되어 가는 품에 홀딱 빠지고 말았다. 그의 가늠대로 치면 3~4년 안에 조합은 천양지판으로 발전될 것이었다. 이해타산을 해보아도 두 노력에 아이 하나만 있는 그에게는, 바로 전날 밤 안해에게 말한

것처럼 "올 농사로 봐서 우린 땡잡았다."는 것이었다.

상진은 다시 말하기 전에 한동안 박병두를 옆으로 쏘아보았다.

"인제 조합의 앞길은 철로를 보는 것처럼 똑똑하지? 이앙 사업이 끝날 때까지는 '경칠 것, 조합을 그만두구 아버지와 개인농을 하자' 병두는 이런 생각을 했지? 그렇지만 지금은 그렇잖을 거야."

하고, 꾸뜰기*가 무릎에 날아와 앉는 것을 잡으려고 하는 동안, 박병두는

'어쩌면 저렇게 꿰뚫고 있을까.'

하며 저도 모르게 옆으로 더 물러앉았다.

상진은 헛손질을 몇 번 하다가 꾸뜰기를 기어이 잡아 두 다리를 잡고 까불까불 놀리었다.

"지금 와서 조합을 믿지 않는 사람은 한 명도 없을 거야. 있다면 머리통이 한쪽 무너난 사람이게."

"절대로 없어, 절대로."

박병두는 멋쩍을 정도로 다급하게 대꾸해 나섰다. 사실, 요즘의 박병두는 조합에 대해서 다른 불평은 없었다. 농사를 잘 지어 놓은 것보다도, 그가 영구의 추궁을 받은 이튿날부터 날마다 작업에 맨 먼저 나갔을 뿐더러 작업량을 엄청나게 높인 것을 화숙의 솜씨로 속보에 찬양해준 것이라든지, 또한 성칠이 영구의 말대로 창고원으로 되었다는** 것이라든지 박병두에게 큰 충격을 주어왔다.

박병두는 숨이 막힐 지경이었다. 그는 태연하게 보이려고 이삭 하나를 다시 꺾어 낟알을 세웠다. 그런데 그의 얼굴은 굳어지며 입술에 힘을 주느라고 아랫입술이 팽팽히 당겨졌다.

* 꾸뜰기: 메뚜기.
** 원문에는 '되였다는'.

상진은 박병두의 이런 모습을 똑똑히 보았다.

"병두."

박병두는 들었던 이삭을 팽개치고는

"상진이."

하며 달려들듯 하여 상진의 팔을 잡았다.

"내가 했어, 내가, 모판 나래를…… 한 번만 더 용서해주게나."

상진은 박병두의 말이 끝나기도 전에 뺨을 되알지게 한번 치고는 먹살을 잡았다.

"맘대루 해, 맘대루."

박병두는 고개를 시름없이 떨어뜨린 채 목 안의 소리를 하였다.

상진은 먹살 잡은 손을 스르르 놓고 박병두를 옆에 끌어앉히었다.

"그따윗 짓은 왜 했나? 그걸 말해."

"사, 사실 일남 어만이 미워 그랬지만 조합을 사랑하는 맘이 있다면 거 될 말인가. 이, 이밖에 더 할 말은 없어."

하더니 박병두는 고개를 푹 수그리고 울었다.

상진은 더 물을 말이 없고 가슴속이 화닥화닥 타올랐다.

상진이 관리위원회 사무실로 성큼 들어서니 영구와 화숙이와 혜정이 있었다.

"잘들 모였군. 중대 사건이 생겼어."

워낙 험상궂게 된 표정에, 상진이 이런 말을 하니, 방 안 사람들은 그의 입만 지켜보았다.

"병두가 자백을 했어, 자백을……."

화숙이와 혜정은 전혀 모르는 일이라 어리둥절했으나, 영구는 예상대로 된 것을 생각하여 빙그레 웃었다.

상진의 자상한 말을 듣고야 화숙이가 얼굴을 붉히다시피 하여 분개하였다.

"상진이, 병두에게 위협을 했지?"

"천만에, 제 입으로 술술 토해댔어."

"아니, 그 솥뚜껑 같은 손으로 한 번도 때리지 않았단 말여?"

"자백을 하기에, 하두 미워서 빰 한 번 쳤지."

하고, 상진은 큰 입을 벌려 소리 없고 웃고는 머리를 긁적거렸다.

"그 사람들을 위축시키지 말어야 해. 상진인, 그놈의 뚝심이 큰 병집 이라니끼."

"이놈의 돼지 배일 같은 걸 뚝뚝 잘라버려야겠는데. 자 그건 그거구 병두를 어떻게 한다?"

하고는 손수건으로 얼굴을 쓱쓱 닦더니 수첩을 펴들었다.

"문제는, 일남 어만에 대한 반감보다도, 협동조합이 우리 당과 정부 의 큰 정책이라는 것에 마뜩치 않은 탓이거던. 치안대 해먹던 그 꼴통에 서 의례 나올 수 있는 사상 의식이란 것이 문제란 말야. 그러니 이런 자 는 썩은 새 잘라버리듯 하자는 걸 제의합니다."

상진은 끝의 말에 힘을 주어 정중하게 하였다.

"나두 그래요."

혜정이 장부를 탁 덮어버리며 말했다. 그러나 샷날만 보고 있던 화숙 이가 고개를 번쩍 들며

"그래선 안 돼요. 조합의 테두리 안에 두고, 친절하게 인내성 있게 교 양 줘야 해요."

하고 상진을 얼른 보다가 영구에게로 시선을 돌렸다.

"제 버릇 개 안 주는 거요."

"주게 만들어야죠."

"나두 화숙 동무의 의견에 찬성입니다. 자백한 것만 해두, 병두의 양

심이 머리를 쳐든 거니, 우린 이런 기회를 놓치지 말구 교양 주자요."

상진은 영구의 말이 옳다고 생각되긴 하나 앞으로는 병두의 낯짝도 대하기 싫어졌다. 박병두의 문제는 조합원 총회에 걸기로 하고, 상진이 집에 가려 일어날 적에, 영구가 화숙의 어깨를 가볍게 치며

"화숙 동무가 상진을 맡기만 하면 완전무결한 관리위원장을 만들어 놓을 것 같수다."

하고 웃었다.

상진은 일어서던 몸을 돌이켜 화숙을 보며 피씩 웃었다.

"아새끼두."

상진은 영구를 웃음 띤 눈으로 흘기듯 하다가 반지문을 조용히 열고 나갔다.

상진은 바로 일남 어머니에게 알려서 빨리 마음을 풀어주고 싶었으나, 이것도 성급한 탓이랴 하여 그저 집에로 곧장 갔다.

상진이 허드레 입성으로 막 바꾸어 입었을 적에 일남 어머니가 얼굴을 험상궂게 잔뜩 부은 채 왔다.

"글쎄, 내 일상 메랬어?"

일남 어머니는 밑도 끝도 없이 대들 듯이 하였다.

"그런 놈을 그냥 조합에 두구설랑…… 오늘 밤이라도 총회를 열구 당장 내쫓자요."

일남 어머니는 이를 앙등그레 물고 주먹으로 삿자리를 두드렸다. 먼지 냄새가 단번 상진의 코를 쏘았다.

"일남 어만의 가슴이 인제 확 틔겠수다레."

일남 어머니는 눈을 찡긋하며 깔깔 웃었다.

"참, 기막혀. 그동안 내 얼마나 속을 썩인 줄 알우. 십년감수는 됐을 거야."

일남 어머니는 말을 더 하려다가, 옥단 어머니가 생각되어 휭 나가버렸다. 일남 어머니는 옥단 어머니에게 알려준 것만으로는 울화가 풀리지 않았다. 그래 옥단 어머니와 구역을 나누어 집집마다 다녔었다. 그런 흉물스럽고 수악한 혐의를 단 하룻밤 동안이라도 더 받고 있을 수 없었다. 그러고도 부족하여 나중에는 화숙에게 가서 벽보판에 써 붙이라고 졸라대었다.

"일남 어만 말만 듣구 그런 엄중한 사실을 조급하게 써 붙일 수 있수?"

화숙의 말에, 일남 어머니는 화를 파르르 내었다.

"그럼, 내 관리위원장이나 세포위원장을 데리고 올래."

하더니 부산나게 나갔다.

화숙은 설마 그런 일로 자기 집에 오지야 않겠지 하고 잠자리를 펴고 막 누워 있으려니, 일남 어머니가

"철수 어만 자나?"

하고는 기강스럽게 들어오기가 바쁘게 종이 한 장을 화숙의 무릎 우에 탁 놓았다.

"꼭 이대루 써 붙이래."

그것은 상진이와 영구가 상의해서 지었으며 혜경이 또박또박 쓴 것이었다.

일남 어머니는 먹을 급히 가노라고 먹물이 방바닥에 튀여 덜어지군 하였다.

화숙은 신문지에, 마치 박병두의 육중한 몸뚱이를 꾹꾹 쥐어박는 것처럼 붓에 힘을 주어 썼다.

"박병두는 무서운 죄악을 자백하였다."

일남 어머니는 성인 학교에서 국문을 깨친 만큼 띄엄띄엄* 읽을 수 있었다. 내용을 모두 읽더니

"철수 어만, 한 마디 더 써 넣어 달라구."

하고, 자기는 전혀 애매하게 그동안 조합원들의 의심을 받았다는 말을 받아쓰라는 것처럼 천천히 불러주었다.

화숙은 그 말을 듣지 않았다. 일남 어머니는 할 수 없이 화숙이와 함께 나왔다.

가을의 열나흘 달은 유난히 밝았다.

일남 어머니는 몸이 날을 것처럼 가뜬하며 상쾌하였다. 화숙에게 무슨 색다른 말이라도 걸고만 싶었다.

"철수 어만, 어쩔 테야?"

"뭘요?"

"난 인제 쭈구렁 박처럼 늙어 가지만, 철수 어만은 이제 한창 시절인데, 저 관리위원장과 어서 결판지라마."

일남 어머니는 앞서 가던 걸음을 멈추고 돌아보았다.

"밤이 대낮 같은데."

화숙이 거절하지 않고 딴말을 내는 데에 싹수가 있다 생각하고, 일남 어머니는 화숙의 옆에 바싹 붙어서 걸었다.

"그런 배필은 별로 없어. 관리위원장은 일에 바빠서 그저 있지만두, 철수 어만만 승낙하면 당장 쌍가마로 모셔갈 걸 가지구 그래."

"쌍놈의 모기."

화숙은 모기가 윙— 하며 볼에 앉는 것을 손으로 때려잡고는 잠자코 걷기만 하였다. 이런 말을 거듭 받으면서도 한마디로도 거절하지 않기는 이번이 처음이었다. 그토록 화숙은 마음이 설레었다.

벽보판 앞에 당도하자, 일남 어머니는 갑자기 표독한 음성으로

| * 원문에는 '띠엄띠엄'.

"망할 자식, 한번 혼쌀 맞어봐라."

하며 들었던 종이를 벽보판에 펴서 대고는 두 손으로 눌렀다.

"풀을 종이에 칠할까, 널빤지에 칠할까."

화숙이가 풀을 종이와 널빤지에 함부로 바르자

"둘러치나 메어치나 일반이군."

하며 손바닥으로 쓱쓱 문대여 붙였다.

그리고 벽보판 앞에 반듯이 서서 다시 보며, 달빛을 받아 똑똑히 보이는 제목을 속으로 읽어보았다.

"인제 가자요."

화숙의 말에 일남 어머니는 귀를 쫑긋하며 사방을 살폈다.

"저게 무슨 소릴까."

하고는 이내 벽보판 앞길 건너에 있는 논을 향해 누구냐고 소리쳤다. 일남의 집과 같이 식량에 곤란한 집을 위해서 논아 주려고, 1작업반에서 달밤을 이용하여 벼가을을 하는 것이었다.

화숙을 돌려보낸 뒤, 일남 어머니는 낫을 가지고 나와 논으로 바삐 들어갔다. 무릎 우에까지 이슬이 적시는 것도 상관하지 않고, 일남 어머니는 코를 은근히 자극하는 풋내 섞인 구수한 벼 냄새에만 취해 걸었다.

"여기들 있노라니 집에 가두 없었군그래."

일남 어머니의 말에 1작업반 사람들은 웬일이냐고 물었다.

"먹는 것도 급하지만, 글쎄 굉장한 일이 생긴 걸 몰루? 들, 병두란 놈이 내 육모판 나래를 풀어놓았다구 자백을 했대. 지금 벽보판에 붙이구 오는 길야 글쎄."

일남 어머니는 말을 몰아세우며 떠들었다.

몇 사람은 벽보판에로 우— 몰려갔다.

"그 녀석을 그냥."

"아직두 골통을 씻지 못했군."

사람들은 흥분한 어조로 떠드는 것을, 일남 어머니는

"그냥 둘게 뭐야? 냉큼 없애버려야지."

하는 말로 억누르고, 벼 포기를 질끈 휘어 잡고 베였다.

사방에서 벼 베는 낫소리는 삭삭 높아갔다. 일남 어머니는 옆사람보다 더 빨리 베려고 손을 빨리 놀렸다. 벼 포기를 잡을 적마다 두툼한 촉감과 묵직한 중량으로 하여 조합의 농사가 신통스럽게 잘된 것이 새삼스럽게 기뻤다.

달은 갈수록 더 밝아지는 것만 같다. 포근한 달빛이 명주실처럼 올올이 뭇 사람의 가슴을 감아주며, 사람들의 정신을 달나라로 온통 끌어올리는 상 싶다.

"심심한데 누가 노래나 하라마."

일남 어머니는 연송 낫질을 서둘면서 큰소리로 외쳤다.

11

박병두의 문제를 취급할 조합 총회가 있기로 된 날이었다.

이날, 안경하도 마음이 스산하였다. 정미소에서 유일한 기술자인 노동자가 전날 밤에 와서

"조합에 정미소가 확실히 되는 모양이니, 그렇게 되면 나두 조합 정미소로 가겠수다. 그러니 미리 기술자를 마련해두시오."

라고 했을 적에, 안경하는 별로 성을 내지도 않고 입을 굳게 다물었다.

"무슨 이유로."

한참 뒤에야 안경하는 시름없이 물었다.

"첫째는 조합 정미소와 대립해 지내기가 싫수다. 둘째는 내 처와 딸도 조합에서 제 몫 분배를 받을 텐데요."

노동자의 말에 안경하는 한숨을 쉬였다.

"주인님두 모두 조합에 팔아넘기구 조합에서 일하시는 것이 좋을 거외다."

안경하는 노동자를 물끄러미 치떠 보았다. 그런데 그의 눈에는 조금도 노기가 없으며 노동자에게 하소연하는 눈치였다.

안경하는 두 배미 논을 추수하여 탈곡해본 뒤로 밤마다 잠을 이루지 못하고 낮잠으로 때워왔다. 그동안 조합 사람들이 어려운 조건들을 극복하고 자기보다 다수확을 내었다는 사실만으로도 전혀 새 현실에 부닥친 것이었다. 더구나 조합에서 정미소를 차리면 더 골탕을 먹을 것이며, 앞으로 조합 사람들은 엄청난 일을 얼마든지 해낼 것으로만 믿어졌다. 호경 영감의 소 사건 이후로는 사람 하나 사 쓰기도 무서우니 큰 농사를 짓는 일도 어려우며 몇몇 개인농들은 제가끔 제 농사에만 눈을 붉히어 제때에 노력을 댈 수도 없었다. 결국, 안경하는 조합에 들을까 하는 문제에서 골을 앓고 있는데 노동자의 입에서 이런 말이 나올 줄이야 상상조차 못 했었다. 안경하는 노동자에게

"좋도록 하구려."

하고는 그냥 누워서 골을 앓기 시작하여 거의 뜬눈으로 밤을 밝혔다.

안경하는 마두산 머리 우의 하늘이 붉으레해지자 상진을 찾아갔다.

상진은 전날 밤, 세포 총회로 늦게야 눈을 붙이어 아직도 잠든 중이었다.

상진은 처음 눈이 잘 떨어지지 않았으나 외숙임을 알자 찬물을 끼얹은 것처럼 정신이 번쩍 들었다.

외숙이 이렇게 찾아온 것에는 특별한 사단이 있다고 생각되었던 것

이다.

"오늘부터라두 정미소를 조합에서 운영하겠으면 하려무나."

"대금을 모두 치루야지요."

상진은 안경하의 말을 어떻게 믿어야 할지 몰랐다. 정미소 대금 중에서 남은 삼분의 이를 마저 치룬 뒤에야 조합에서 완전히 운영하기로 계약되었던 것이다.

"어짜피 손 뗄 바에는 일찌감치 아귀 짓는 것이 피차 좋을 것 같애, 조합에서 내 돈 떼먹겠니?"

안경하는 혼자 웃기까지 하였으며, 그의 얼굴은 전에 없이 대단 명랑해 보였다.

"관리위원들과 토의해보지요."

상진은 이렇게 말했으나, 외숙이 상상 외로 너그럽게 나온 이유를 확실히 알고만 싶었다.

그런데 안경하는 담배를 태우려고 성냥을 그면서 혼잣말처럼

"나두 조합에 들란가부다."

하였다. 이렇게까지 변해가는 외숙이기에 그런 말이 나온 거라고 생각하니, 외숙이 그지없이 고마우며 반가웠다.

"애녀석이 공부도 시원치 않으니 결혼이나 시켜서 조합에 넣구. 그럼 나까지 다섯 노력이니 분배두 별랑 적진 않을 것 아닌가."

하며 이번은 소리 없이 웃었다.

"조합엔 언제나 들 수 있으니 뭘 그리 바쁘나요? 하여튼 동생 공부는 더 시켜야죠."

"그래두……"

이때 혜정이가 들어왔다. 은행에 나갈 일로 상진이와 상의하노라고 안경하와의 이야기는 중단되고 말았다.

상진이와 혜정이가 이야기하는 동안 안경하는 여전히 명랑한 안색을 한 채 돌아갔다.

"혜정 동무, 우리 외숙이 조합에 들겠대."

"정말여요? 당장 받아주죠."

혜정은 반가운 나머지 눈방울을 또릿또릿해가면서 상진을 보았다.

"동문 맥도 모르구 침통을 빼는 셈이야. 초중 다니는 아들을 결혼시켜서 노력자를 잔뜩 불려 가지구 들어오겠대. 그래야 분배를 많이 탄다구."

혜정은 뱃살을 쥐고 웃었다. 그러나 이내 웃음을 그치고는

"이해관계엔 여전하군요."

하며 입을 삐쭉하였다.

"우리 외숙을 그렇게 보는 것두 잘못이오. 조합에 가입하는 동기는 그렇다 해두, 협동경리의 우월성을 깨달아가는 것만은 사실 아뇨? 인제 두 발을 떼기 시작한 아이보고 뒤라 할 수야 없거던. 그러니 앞으로는 외숙에 대한 교양 사업의 수준을 한 계단 높일 필요가 있단 말요."

하고, 상진은 그렇지 않으냐는 듯이 혜정을 똑바로 보자, 혜정은 쌩긋 웃고 말았다.

상진은 외숙의 태도로 하여 아침의 첫 기분이 몹시 유쾌한데다가 혜정이 웃어주는 통에 한결 더 유쾌하였다.

그러나 안경하는 좋았던 기분이 헝클어져가기 시작하였다.

안경하는 협동조합에 대한 생각을 고치게 된 관계로 상진의 태도로부터 미리 떠보려고 가입 문제를 말했었는데, 상진은 기대했던 것처럼 반가워하지 않고 학교 이야기만 꺼내지 않았는가.

'상진이는 날 아주 미물로 여기구설랑 제 말만 한다니까.'

안경하는 걸어가면서 이렇게 투덜대었다. 그는 아랫사람한테 공연한

실수를 했다고 뉘우쳤다.

안경하는 집에 오던 길로 담배를 절반쯤 빨다가는 재떨이에 버리곤 하여 연거푸 다섯 개를 피우고, 그가 언제나 주머니에 넣고 다니는 정미소에 대한 계약서를 보고 있으려니 호경 영감의 코똥 뀌는 소리가 마당에서부터 들렸다.

호경 영감은 안경하를 찾으면서 방문을 열었다. 호경 영감은 얼굴을 찌푸리며 두 손으로 허리를 바쳐 "아이구구, 아이구구, 허리, 허리야." 하면서 앉았다.

"어제 밤을 뜬눈으로 새웠더니 허리가 몹시 아퍼서, 원……."

하고 호경 영감은 안경하의 안색을 살피었다.

"임자, 무슨 일이 생겼슴마."

"정미소를 오늘부터라두 조합에 넘기겠수다."

"정말? 잔금두 받기 전에?"

"영감님의 몫일랑 빼겠으면 빼구, 넣겠으면 넣구, 맘대로 하구레."

호경 영감은 금세 싱글벙글하며 안경하 앞으로 더 다가앉았다.

"그런 이야긴 뒤에 하자구. 그런데, 임자, 내 말 꼭 좀 들어주게나. 오늘밤, 병두를 조합 총회에서 취급한대. 임자가 상진에게 신신당부 좀 해 주면 어때? 이 늙은 것의 마지막 부탁인 줄 알구설랑."

안경하는 듣고 있던 수첩과 만년필을 방바닥에 탁 놓았다.

"제명시키지 말어달라구 말입니까."

"그, 그럼, 제발 그렇게만……."

"듣기 싫수다, 여보."

안경하는 툭 쏘아주었다.

"메라구?"

"그런 인간은 당장 제명해 치워야 합니다. 제 행세는 모르고, 조합 모판을 망쳐놓는 그런 분자를 그냥 둔단 말입니까. 한 번 용서는 몰라두, 두 번 용서야 될 말이요?"

호경 영감은 너무도 어이가 없어 코똥만 뀌며 안경하를 보고 있을 뿐이다.

"임자, 정말 못하겠단 말인가?"

"그렇수다, 그런 말할려면 어이 돌아가시오. 영감 같은 사람들이 내게로 모여드니까 나까지……."

호경 영감은 금세 백짓장 같은 얼굴을 하더니 입술을 바르르 떨면서 급히 일어섰다.

"임자 맘대로 정미소를 못 넘겨. 금쪽같은 내 돈이 들어갔는걸, 아직 잔금을 죄다 받지 않았으니끼 현미기는 내 소유란 말여. 내 승낙 없이는 손두 못대."

호경 영감은 침까지 튕기면서 쏘아부치고는 뒤도 돌아보지 않고 가버렸다.

이날 밤, 조합 총회로 조합원들이 한창 모여들 적에 호경 영감이 술이 곤드레만드레 취한 채 웨장을 치며 왔다.

"우리 병두가 어떻단 말인가. 괜한 사람을 감언이설루 꾀여가지구설랑, 자백했다구? 자백이 뭐냐 말야?"

호경 영감은 선전실에 들어오지 않고 마당 한복판에 버티고 서서 고래고래 소리쳤다.

"누구든지, 정미소 현미기에 손만 대봐라. 내 승낙 없이는 조합에 못 넣는단 말이다."

선전실에서 웃음소리가 까르르 몰려나오자 호경 영감은 부아통이 더 터졌다.

선전실의 한쪽 벽에 몸을 기대고 심난스레 있던 박병두가 우루루 나오더니 아버지를 들쳐 업었다.

"이 새끼, 이 새끼."

호경 영감은 업히지 않으려고 용쓰다가 할 수 없이 억지로 업히고 말자

"병두를 제명만 시켜봐라, 모두 없다 없어."

하고 소리를 꽥꽥 질렀다.

박병두가 아버지를 방 안에 가두다시피 하고 선전실에 돌아오니 회의는 시작되려는 참이었다.

먼저 박병두의 문제에 대한 보고를 영구가 하였다. 보고는, 관리위원회에서 토의된 대로, 조합이 곤란한 처지에 빠지자 박병두는 조합에 대한 애착이 약했고, 그런 까닭에 일남 어머니와의 충돌로 하여 복수할 마음에서 시작됐었다 하지만, 결국은 조합의 재산을 무시한 것이라고 하였다. 그리고 영구는 그가 자백하기까지의 정신적 고민에 대해서 자상히 말하면서 완전히 자발적으로 했다고 말하였다.

영구가 보고하는 동안 상진은 탁자 우에 두 손을 깍지 낀 채 일남 어머니와 옥단 어머니를 자주 보았다. 두 여자에게 박병두 일에 일체 개구하지 말라고 부탁했지만, 그중에도 일남 어머니는 분통스런 맘을 활활 풀지 못하여 비좁은 틈에서 안절부절하였다.

상진은 박병두의 일을 생각할수록 외숙의 태도가 그지없이 고마웠다. 여느 때 같으면 이렇게 된 박병두를 보기도 싫겠지만 아침부터 시작된 유쾌한 기분이 가시지 않아, 고개를 푹 수그리고 있는 박병두가 그저 심드렁하게 보일 뿐이었다. 그리고 박병두 옆으로 두 사람 건너서 앉은 채, 입을 지긋이 다물고 속눈썹이 짙은 새까만 눈을 똘망거리면서 보고자를 주목하고 있는 화숙은 그전보다 한결 젊고 애띠었다. 열사흗날 밤의 밝은 달빛이 전등불빛 속을 헤치고 화숙의 얼굴을 요모저모로 비쳐주

는 것 같다. 화숙을 보다가는, 지금 아들이 화숙의 아들과 놀고 있을 모습을 여러 가지로 그려보았다. 그럴수록 화숙이 머릿속으로는 상진을 생각하면서 시침을 떼노라고 시선을 보고자에게 주고 있다고 여겼다.

'오늘은 참 이상한데, 화숙의 생각이 왜 찰거머리처럼 붙어 다니노? 오늘밤, 화숙이와 요정을 내볼까, 젠장 어데까지나 이렇게 있을 필요는 없다.'

상진이 이렇게 생각하고 있을 적에, 그 옆에 있는 혜정이가 화숙에게 귓속말을 하고는 상진을 향해 쌩긋 웃었다.

'저것 보지, 화숙한테 내 말을 하는 모양이군.'

하고, 상진은 시선을 돌려 침착하게 말하고 있는 영구를 보았다. 그래도 화숙이와 혜정의 얼굴이 눈앞에서 하늘거리고 놀았다.

"그래두, 그놈의 감탕 속 같은 걸 알 수 있어야지."

혼잣말로 투덜대는 일남 어머니의 음성에 상진은 정신을 모두고 보니 영구의 보고는 끝났었다.

토론에 들어가자고 말하자, 창고원이 사람들의 어깨와 머리를 짚어가면서 부산하게 나왔다. 그는 토론대 앞에 서더니 눈을 흡뜨듯 하여 박병두를 노려보았다.

"나는 나의 결론부터 말하겠습니다. 박병두는 바로 이 자리에서 쫓아내야 합니다. 왜냐하면 박병두가 조합에 있는 동안 우리는 한시도 안심되지 않습니다. 나나 박병두나 조국과 인민 앞에 큰 죄를 진만큼, 나는 박병두에게, 우리를 관대하게 용서해줄 뿐 아니라 우리가 잘 살 수 있는 조건을 지어주는 조선 노동당과 공화국 정부에 보답하기 위해서도 우리는 식량 전선에서 남들의 배 이상 일을 하자고 여러 번 말했습니다. 그럴 때마다 박병두는 내 말을 찬성했었구, 한때는 조합 일에 열성적이었습니다. 그러나 이제 어떻게 됐는가? 박병두가 그동안 가면을 썼다는 것이 이번 일로 판명되었습니다. 그러니 이제 와서 박병두를 또 한번 믿어보자는 것은 아주 위험하니 차라리 조합에서 제명하자는 것을 제의합니다."

박병두는 고개를 그대로 수그리고 있으며 옆눈 한번 팔지 않았다.

창고원이 토론대에서 내려갈 때, 선전실 마당에서 호경 영감이

"병두야— 병두야—."

하고 소리치더니, 아주 혀 꼬부라진 소리로

"잘못 돼봐라. 없다 없어"

하고는 창문 한 짝 열린 데로 고개를 조금 들여밀었다.

선전실의 여기저기서 수군거리는 소리와 킥킥거리는 소리가 났다.

상진이와 영구는 호경 영감을 들어오라고 다정히 말하였다.

호경 영감은 아무 말 없이 선전실 문을 활짝 열고 들어와서는 앉으라는 말에는 귀도 주지 않고 문 앞에 서서 아들을 찾노라고 두리번거렸다. 워낙 취한 탓에 다리 힘이 풀려 상반신을 끄덕끄덕 비틀거리는 통에 웃음을 터뜨린 사람이 있었다.

"왜들 웃어? 내 얼굴에 똥 묻었니?"

호경 영감이 발근해 가지고 호통 치는 바람에 이번은 웃음들이 더 요란히 올랐다.

사회자가 토론대를 땅땅 쳐서야 장내는 조용해지고, 호경 영감은 옆 사람이 자리를 내주며 권하는 통에 마지못해 앉았다.

다음은 소 영감이

"내 토론해야겠소."

하면서 사람들 틈을 천천히 스쳐 걸어 나왔다.

소영감은 토론대를 공연히 한번 들었다가 자기 앞으로 조금 당겨 놓았다.

"박병두가 조합에 꼭 있고 싶으면 한 가지 방법이 있지."

소영감은 박병두와 단 둘이 마주 앉아 말하는 것처럼 시작하였다. 요즘 깎지 않고 기르는 그의 반백의 구레나룻은 가늘게 떨리었다.

"무슨 방법이냐 하문, 임자가 할 수만 있다면 한번 죽었다가 다시 이 세상에 태어나란 말야. 다시 태어나되, 호경이 집에는 태어나지 말란 말이구…… 글쎄 임자두 생각해보면 알 것 아닌가? 조합에 들었다가 소를 끌구 탈퇴하는 그런 두상의 아들로 태어나면 또 그따위 짓을 하게 마련이란 말이다."

장내가 웅성거리는 중에, 호경 영감은

"저건 날 못 먹어 왜 야단이야?"

하고 꽥 소리쳤다.

장내는 더 웅성거리다가 상진이

"조용해요."

하고 소리치는 통에 뚝 멎었다.

"토론을 더 하겠으면 말을 점잖게 하시오."

상진이 소 영감에게 주의를 주었다. 소 영감은 다시 토론을 계속하려고 생각하다가 고개를 번쩍 들더니

"내, 저놈의 두상이에게 혼쌀을 줘야만 속이 시원하겠는데, 그렇다면 차라리 그만두겠수다."

하고는 호경 영감을 연송 흘겨보면서 내려가고 웃음소리는 또 와그르 올랐다.

여맹 독보원이 맨 끝에서 조심스럽게 걸어나왔다. 호경 영감은 고개를 돌려 여맹 독보원을 줄곧 보고 있는데 입술이 바들바들 떨리었다. 호경 영감은 조합 살림이 상상 이외로 속히 발전하는 것을 보고, 자기도 조합에 들고 싶으나 그동안 한 것을 생각하여 그럴 염치가 없어 속을 태우

고 있는데, 아들까지 쫓겨날 지경이라 제정신이 아니었다. 소 영감의 그런 지독한 독설에 연달아 여맹 독보원의 입에서까지 그런 독설이 나올까 무서웠던 것이었다.

여맹 독보원은 박병두의 안해의 태만한 것까지 관련시켜 말하면서 박병두를 제명하자고 말하였다.

호경 영감은 한바탕 떠들어 장내를 묵사발 만들고 갈 작정으로 벌떡 일어섰는데, 화숙이가 작정하러 일어서는 것을 보고 우두커니 서 있었다. 뒷을 보고 앉으라고 모는 통에 호경 영감은 쿵쿵거리서 엉거주춤으로 모 그래도 보이지 않는다고 멋통이*를 하는 말에 그제야 펄쩍 주저앉았다.

화숙은 조합원들을 일일이 훑어보듯 하고야 침착하게 말을 내였다. 화숙은 처음 박병두 행동의 엄중한 것을 말하였다.

"이런 것만 생각한다면 당장 제명해야 합니다. 그러나 조합에서 제명한다면 어데로 갑니까. 더 엄중한 구렁창에 빠지기 쉽고 우리의 한 공민을 영영 버리게 됩니다."

하고 화숙은 박병두의 자백한 것을 자상히 강조하였다.

"이것은 바로 우리가 교양 주어 성과를 낼 수 있다는 것을 말해줍니다. 그러니끼, 우리는 박병두 조합원을 조합의 테두리 안에 두고 교양 줍시다. 이런 사람들을 몇이든지 붙잡아 놓고 교양 줄만큼 우리 조합은 든든하고 여유가 있습니다."

화숙의 말에 너무도 반가와, 호경 영감은 저도 모르게 슬며시 일어나서

"그렇게 해주면 좀 고마운가."

| * 멋통이: 면전에서 꾸짖거나 나무람, 면박.

하였다. 그리고 화숙이 이제까지보다 야무지고 급한 말씨로 호경 영감의 무엄스러운 주정뱅이 행동을 비판하자, 호경 영감은 자기의 더수기를 자근자근 두드리면서

"그놈의 도토리 술이 너무 독해설랑……."

하여 사람들을 또 웃기고 말았다.

화숙이 내려옴을 보고야 호경 영감은 안심된다는 듯이 비로소 곰방대를 허리춤에서 뽑아 담배를 꼭꼭 쟁였다.

다음에, 2작업반장이 박병두의 이번 행동에 대해서는 그들 부처를 모판으로 파견한 자기의 책임도 많다고 비판한 뒤, 한번만 용서해주자고 주장하였다. 봄에 제대하여 온 3작업반의 당 분조장도 제명을 반대하였다.

제명을 주장하였던 여맹 독보원이 답답하다는 듯이 다급하게

"일남 어만이 토론 좀 하구레."

하자, 일남 어머니는 기계적으로 엉덩이를 불쑥 들었다가 다시 구들장에 붙이고는

"난 그만둘래."

하였다.

다시 장내가 뒤숭숭해지려다가 박병두가 일어서자 일시에 조용해졌다.

박병두는 토론대 앞에 나섰으나 눈을 아래로 깐 채 말을 내지 못하였다. 누구보다도 호경 영감은 안타까워 보고만 있을 수 없이

"저런 미물 봐, 무얼 우물거리고 있니?"

하고나서 속으로 투덜거렸다.

"사실, 이 자리에 서 있을 염치가 없수다. 나는 말을 한 줄도 모르지만, 한다고 믿어달라고 할 수도 없수다. 그러니끼 앞으로 나를 두고 보아

달라는 것뿐입니다. 딴사람이 되게끔 죽자하구 노력할 테니끼 두고 보아 달란 말이외다. 그때도 만일 못 고치면 날 꼭꼭 묶어서 돼지우리에 처넣고 내 목숨이 끊어질 때까지 돼지들이 막 짓밟게 해주시오."

박병두는 너무 흥분되어 말을 자주 멈추곤 하였다.

조합 총회는 새로 두 시가 지나서야 끝났다. 상진은 화숙이와 일남 어머니와 함께 걸었다.

"내 오늘밤 참노라고 얼굴이 반쪽 됐을 거야. 글쎄, 그놈의 자식을 그냥……."

일남 어머니는 거의 씨근거리는 소리로 떠들었다. 상진이와 영구가 미리 당부해 두었기에 총회에서 다소곳이 있었지만 속은 더 탔다.

"병두를 조합에 두고 교양 주자는 조합원이 열다섯 명 많았소. 우린 다수 결정에 복종합시다. 나두 인제 병두에 대해서 딴생각은 절대 안 할 테니, 일남 어만도 조금도 미워하지 말구 당분간 두고 보자요."

상진은 유쾌한 기분이 아직도 가시지 않아 부드럽게 타일렀다.

"그러기에 나두 교양 주자는 편에 손들었지. 허지만 백년 갔자 내 눈에 곱게 뵐 수는 없구 이번에 사람 못 되면 즈 아번 말마따나 없지, 없어. 진짜 없다니끼."

"그럼요. 그때는 정말 용서 없지요."

상진은 맞장구를 쳤다.

그러나 화숙은 무슨 생각에 잠겼는지 잠자코 걸었다. 일남 어머니는 딴 골목에로 들어서고 상진이와 화숙이만 걸었다. 상진이 걸음을 잠시 늦추니 화숙이와 나란히 되었다. 그대로 걸었는데 화숙은 그냥 나란히 서서 걸었다.

상진은 화숙이와 결판을 내고 싶었다. 그러나 입이 납덩이처럼 매말

은 것처럼 도무지 열리지 않았다

화숙이와 갈라서야 할 곳에 당도하였다. 그래도 입은 그냥 무겁기만 하였다.

"편히 쉬십시오."

"조심히 가세요."

화숙의 걸음을 멈추고 아주 상냥하게 인사하고 슬며시 돌아섰다. 화숙의 어조로나 태도로나 이렇게 작별하기는 처음이었다.

상진은 갑자기 급한 일이 생긴 것처럼 뛰다시피 걸었다. 그는 마당에 들어서던 길로

"어머니, 광수 왔수?"

큰 소리로 물었다. 어머니는 상진이 방문을 열면서 다시 들어서야 잠을 깨였다.

"광수 왔수?"

"내 정신 봐라, 몸이 말째서* 그냥 뒀더니 철수랑 자는 모양이다. 그냥 뒤라, 요전처럼 잘 자겠지."

상진 어머니는 아직도 잠에 뜬 음성으로 말하고 있는데, 상진은 모두 듣기도 전에 팩 돌아서 껑충껑충 걸어나갔다. 사실은, 아들이 화숙의 집에서 잠자고 있기를 은근히 바랬었다.

'어떻게든지, 요정을 내구 말자. 말문이 이렇게 막히기는 평생 처음인데, 젠장.'

상진은 이제는 아무 생각도 없고 그저 급히 걷기만 하였다.

"철수 어머니."

상진의 음성에 화숙은 이내 방문을 열었다. 화숙은 아직 옷도 갈아입

| * 말째서: 불편하고 거북하여.

지 않고 있었다. 상진은 자기 집처럼 방에로 성큼 들어섰다.

광수와 철수는 의좋게 나란히 누워 잠들었는데, 화숙이가 금방 모포로 가지런히 덮어주었음이 확연하였다

"참, 고것들, 아주 그럴듯한데요."

상진이 선 채 허리를 꾸부정하고 아이들을 들여다볼 적에, 화숙이도 빙그레 웃었다.

상진은 두 아이의 머리를 쓰다듬어주고는 아들 옆에 앉았다. 화숙이도 앉기는 했으나 눈을 어디로 주어야 할지 몰라 다시 아이들을 보았다.

"우리 광수를 아주 맡으시오."

화숙은 단번 얼굴을 붉히며 웃어 보였다.

상진은 가슴이 몹시 뛰었다. 그는 마음을 안정시키려고 담배를 꺼내다가 손을 도로 빼었다.

"철수 어머니, 오늘밤만은 말을 해버려야 내 속이 풀리겠수다. 어떻게 하겠소? 나 혼자 언제까지나 기다려야 하겠소?"

상진은 숨을 내쉬며 그제야 담배를 꺼내었다. 화숙은 손조차 건사하기가 거북한지 옷고름을 만지작거리며 고개를 다소곳이 수그리고 있을 뿐이다.

"내 믿고 있어도 좋지요?"

그래도 대답이 없다.

'젠장, 어떻게 할 작정인고?'

상진은 이렇게 속으로 중얼대면서 성냥을 힘 있게 그었다. 그는 담배를 한 모금 길게 들이 마시고는

"달밤에 좀 걸읍시다."

하고 일어섰다.

상진이 재촉하는 눈초리로 앉아 있는 화숙을 내려다보자, 화숙은 시

선이 한번 마주친 순간 조용히 일어났다.

　상진은 단번 가슴이 확 트여 숨결도 가벼워졌다.

　"애들이 깨었다가 울지 않을까요?"

　하고, 상진은 철수가 걷어차버린 모포를 다시 덮어주었다.

　"이 애들도, 조합 총회에 단련돼서 일 없시오."

　화숙의 어조는 조금도 어색하지 않고

　"그러니끼 우리 둘이 회의 까타나 아모리 늦게 와도 이 애들은 잘 놀고 잘 잘 거야요."

　이렇게 속삭여주는 것만 같았다.

　그들이 밖으로 나오자 휘영청 밝은 달빛은 두 사람을 아늑하게 감싸주었다.

12

　선전실의 넓은 앞마당과 뒷마당은 공동 탈곡장으로 되었다. 산더미 같은 볏낱갈이 성을 이루듯 삥 둘러 있고, 벼는 달구지와 마등으로 연달아 운반되었다. 네 대의 모터 탈곡기와 발틀 탈곡기들이 24시간을 계속하여 부릉부릉 도는 데다 선풍기들은 윙윙 돌았다. 선풍기에서 나르는 벼 먼지가 바람처럼 몰려 닥치며 쫓기는 닭들이 여기저기서 소리치며 푸두둑 날곤 하였다.

　사람들은 얼굴과 몸뚱이가 온통 부옇게 되어가지고도* 각각으로 커가는 낟알더미 보는 맛에 언제나 흐뭇한 빛을 숨기지 못했다.

| * 원문에는 '되여가지고도'.

이 조합에서는 결산 분배를 연내로 끝낼 작정이었다. 거의 전부가 벼 농사인 이 지대에서 연내로 결산 분배를 하는 일은 거의 불가능하였다. 그러나 상진은 노력 조직을 교대제로 하여 기계들을 쉬게 하지 않았다.

이것은 상진이 강력히 주장하였다. 그가 리 서기장으로 있을 적에도 설날을 양력으로 실시하려고 애쓰고도 실패했었던 것을 생각하여 양력설을 쇠게 하자면 그런 분위기를 만들어주는 일이 필요했다. 숱한 고생 끝에 맞는 첫 분배의 기쁨과 명절의 기분이 한데 어우러질 것이며, 또한 큰 낭비를 막을 수 있었다. 탈곡장에는 빨간 천에 흰 글자로

'분배의 기쁨으로 유쾌한 설날을 맞이하기 위하여 탈곡 사업을 보장하자'라고 쓴 플래카드가 현물세 납부의 플래카드와 함께 바람에 나부끼었다.

상진은 가마니에 작석한 벼를 저울대에 다는 것을 보고 있다가

"담배 피지 말라요."

박병두가 볼품사납게 쏘아대는 말에 휙 돌아다보았다. 박병두는 조합 총회 뒤로 명랑하였고, 조합의 이익이라면 무슨 일에든지 나서며 서둘렀다.

"잘못됐습니다."

소 사료에 쓸 콩과 조합의 벼와 교환하러 온 개천군의 어느 협동조합 사람이 담뱃불을 발로 뭉개었다.

이때, 마등에 볏단을 싣고 오던 일남 어머니가 박병두를 향해

"철수 어만이 담배 피지 말라고 써 붙인 종이는 어데 갔을까."

하였고, 일남 어머니의 말이 끝나기 바쁘게, 박병두는 사방을 살펴보았다. 현물세에 낼 볏가마니를 쌓아올린 뒤에서 노루지에 붉은 페인트로 쓴 표어를 주어 전주에 붙일까 하다가 풀이 없음을 알고 볏가마니 맨 윗것의 새끼 끈에 찌른 다음 똑바로 펴놓았다.

"됐어, 저걸 보면 담배 피지 않겠지."

일남 어머니가 볏단을 부리면서 말하자, 박병두는 양손에 두 단씩을 마치 베개나 되는 듯이 아주 가볍게 들어갔다. 일남 어머니는 엄청나서 입을 벌리며 놀랬다.

"그저 억대 항우라니끼."

"이것쯤 가지구 그러쇼?"

"분다 분다 하니끼 맵겨 석 섬을 분다드니……."

하고 빈정거렸다.

조합 총회 이튿날, 박병두는 새벽같이 일남 어머니를 찾아가서 사과했었는데, 일남 어머니는 만나는 사람마다 "병두가 내게 빌러 왔드랬어, 그래 나두 인제 아주 잊어버리겠다구 했지, 뭐 뭐. 허지만 더 두구 봐야 해." 이런 말을 하였고, 사실 박병두를 흔연히 대해준다 해도 그전의 성깔을 고치려 하지 않았다.

"관리위원장님, 분배에 가서는 노력일 대로 않구 똑같이 나누어먹는다는 말이 사실이요? 똑 부러지게 말해주구래."

일남 어머니는 상진을 힐끗 보며 말하였다.

"누가 그럽데까."

"누구면 메라우? 대답이나 해주구레."

상진이 하도 기막혀 껄껄 웃으니, 일남 어머니는 소를 돌려세우고 몰았다.

'또 그런 말에 귀를 주었군.'

상진은 일남 어머니의 뒷모습을 보면서, 그가 전보다는 '프로병'을 많이 떼버렸다 하지만 그래도 이해관계를 너무 따지는 버릇만은 고치지 못한 것을 곰실곰실 생각하였다.

'그저, 저 병은 결산 분배를 치뤄야만 고칠란가 보지.'

상진은 결산 분배의 날을, 아이들 명절날 기다리듯 하였다. 조합원들 중에는 첫 수확의 풍성거림을 보고, 과연 노력일 대로 줄는지 생으로 걱정하는 사람이 있었다. 작업에 잘 나오지 않은 건달꾼들이나 비노력이 많은 데다 노력이 적은 사람들이나, 한살림을 하는 조합원인 만큼, 그다지 큰 차별 없이 분배할 것이라는 말이 떠돌았다. 조합 총회에서 이런 것을 해설한 뒤로 조금 뜸해지기는 했으나, 노력이 많은 사람들이 뒤에서 쑥덕거리는 모양이며, 이런 소심한 걱정으로 하여, 식량이 떨어졌느니, 겨울옷을 해야만 작업에 나올 수 있으니, 갖은 핑계를 끌어대어 벼 한 가마니라도 미리미리 더 갖다가 집 안에 쌓아놓으려 하였다.

일남 어머니도 그런 걱정은 하는 모양이었다. 그러나 벼를 더 달라는 말을 하지는 않았다. 식량이 곤란한 것을 생각하여 조합에서 올벼를 남보다 먼저 준만큼, 차마 거짓말이 나오지 않는 까닭이라 생각하였다.

그런데 하루는 일남 어머니가 식전에 상진을 찾아왔다.

"식량은 넉넉하죠?"

상진이 묻는 말에 일남 어머니는 싱글벙글하며 반색해 나섰다.

"엊저녁, 오늘 아침은 겨우 꾸어서 대먹었는데 정말 야단났구려. 손쉽게 꿀 데가 어데 있어야지. 세 가마니만 더 달라요."

"나보다 먼저 탔죠. 또 다섯 가마니를 가져가구, 그럴 죄다 없었단 말요?"

"그게 언제기에."

"우리 집도 한때 가져왔는데, 아직두 쌀로 한 가마니 반이나 남았는걸요."

"우리는 꾸어 먹은 걸 많이 갚었거던."

일남 어머니가 허겁을 떠는 통에 상진은 껄껄 웃었다.

"참 조화속이요. 누구든지, 꾸어 먹은 걸 갚었다구 하니, 도대체 쌀

꾸어주는 사람은 하늘에 살구 있나요?"

이럴 적에 일남 누이가 출근하러 지나가다가 어머니의 음성을 듣고 들어왔다. 일남 어머니는 마정스럽게 딸이 온 것을 속으로 걱정하고 있는데, 상진이 딸에게 몇 가마니가 남았냐고 묻자, 일남 어머니는 딸에게 눈짓을 하고 앞질러

"글쎄, 오늘 식량뿐이래두 그래."

하고 대답하였다.

"어머닌 괜히 항상 생걱정을 한다니끼, 벼로 두 가마나 남았어요."

딸의 대답에 일남 어머니는 주먹질을 하면서 눈을 흘겼다.

"제대 군인이네, 이주민이네, 벼를 막 주면서 정작 뼈 빠지게 일한 우리한테는 왜 그렇게 벌벌 떠는지 참 모를 일이라니끼"

일남 어머니는 무안한 마음을 이 말로 얼버무리었다.

"결산 분배 때 가서는 꼬박꼬박 쳐 줄 테니 걱정 말라요"

"진짜, 그렇겠지?"

아무래도 일남 어머니는 반신반의하는 눈치였다.

"일남 어만, 누구보다도 우리 당원은 사회주의를 튼튼히 믿구 있죠?"

"그럼, 장래에는 공산주의까지 나갈걸."

일남 어머니가 알고 있음을 자랑하려는 듯이 눈을 치떠 올리며 말하는 통에 상진은 껄껄 웃었다.

"사회주의 분배 원칙은 물론 알죠?"

"날 시험보려구 드네. 원칙은 그렇지만 혹시 아나."

"믿지 않는 사람이나, 원칙을 위반해서 분배하는 사람이나 옳은 당원이 아니죠."

"그럼, 내가 옳지 못한 당원이란 말야?"

일남 어머니가 펄쩍 뛸 것처럼 나서는 통에 일남의 누이는 입에 손을

대고 킥킥 웃었다.

일남 어머니가 무안하여 나가는 뒷모습을 보고 상진은 속으로 중얼 거렸다.

"당원의 영예는 끔찍하게도 간직할 사람이야."

상진은 세수하러 부엌에로 나왔다. 부뚜막에 놓인 함지에 벼이삭이 그득히 담겨 있는 것을 보고 상진은 놀래어, 아궁이에 볏짚을 몰아넣는 어머니에게 물었다.

"어머니, 그새 모은 이삭이 얼마나 됩니까."

"저것까지 세 되는 될까."

"볏짚 몇 단에서 나왔는데요?"

"마흔 단쯤 될 거다."

어머니는 역정을 내였다. 그러나 조합의 그 많은 볏단을 죄다 따져보면 굉장한 숫자였다. 이런 수량이 부엌 아궁이로 삼켜버려지거나 개인의 닭과 오리들의 뱃속에로 없어지는 것이 아닌가. 다만 도량이 작다는 말이 귀에 거슬린다하여 눈을 뜨고 뻔히 볼 수 있는 조합의 손해를 그대로 둘 수는 없었다.

"죄다 조합에 내시오."

"넌 별소릴 다 한다. 그까짓 얼마나 된다구 그래? 닭 모이로나 쓸 것인데. 조합 사람이 제가끔 가지는 건데 뭣하러 도루 내냔 말이다."

"그렇다면 노력 많이 한 사람이나 적게 한 사람이나 일반 아녀요?"

상진은 그 자리에서 부엌 안을 뒤져, 금이 나간 물동이 속에 있는 이삭까지 함지에 합뜨렸다. 상진은 이것을 직접 들고 나섰다. 탈곡장 사람들이 보더니 모두 이상하게 보았다. 마등으로 볏단을 실러 나가던 일남 어머니는

"아니, 그걸 죄다 가져오우? 우리 관리위원장님은 배짱이 큰 줄 알았

는데 아주 쩨쩨하군."

하고 농담을 걸었다.

"조합원들의 이익을 위해서 먼저 조합을 경제적으로 튼튼히 만들어 놓아야 합니다. 그러자면 매개 조합원이 벼 한 알을 가지고 벌벌 떠는 그런 인색한 사람이 돼야 합니다."

하고 상진은 이런 이삭을 모두 조합에 바치라는 말을 했으나 탈곡장에 있는 조합원들이 덤덤히 여기고 있는 것 같아 실뭇이 화가 났다.

상진은 화숙이와 옥단 어머니가 금방 훑어낸 볏짚을 자상히 뒤적거려 보고 있노라니 탈곡기에서 튀는 낟알이 얼굴을 막 때리곤 하였다.

상진은 볏짚에서, 낟알 이삼십 개 이상 됨직한 이삭을 일곱이나 골라내었다. 상진이 이삭을 높이 쳐들자 여러 시선이 집중되었다.

"이걸 보우, 이걸. 이런 벼가 조합의 현물대장에서 빠져 나간단 말요. 그래 가지구 어디로 가는 줄 알우? 조합원들의 가마 속으로두 못 가구, 더구나 국가의 양곡창고에두 못 가구, 그저 벽 아궁이 불속에로 들어가 타죽는단 말요. 얼마나 안타깝고 아까운 일입니까. 정신들을 바싹 차려요."

상진은 전에 없이 격한 어조로 외치듯 하였다.

화숙은 상진이가 자기를 빗대놓고 몰아대는 것만 같아 얼굴이 화끈 달아올랐다. 어떻게든 자기비판의 말을 하여 선전 사업이라도 해야겠으나 웬일인지 입이 열리지 않았다.

그러나 일남 어머니는

"이삭이 왼통 없게 하자면 금년 내로 분배하기는 틀려요. 어서 분배를 해야 한바탕 우쭐대지."

하고 그렇잖냐는 듯이 상진을 향해 눈을 찡긋하였다.

그만 상진은 피씩 웃고 말았다. 박병두의 자백이 있은 뒤로, 더구나 탈곡에 들어서면서부터 얼굴을 확 틔고 지내는 일남 어머니의 심정이 짐작되었던 것이다.

상진은 다음의 2작업반 탈곡기로 갔다. 훑어낸 볏짚을 뒤적이자 단번 통째로 있는 이삭이 눈에 띄었다. 다시 뒤적이니 낟알 몇 개씩 달린 이삭은 아까보다도 월등하게 많았다.

탈곡 경쟁 도표에서 2작업반의 성적이 늘상 앞서가는 이유를 비로소 깨달았다.

이쯤 되면 탈곡하는 사람들의 잘못만도 아니며 관리 일꾼들이 전혀 검열 사업을 등한히 한 것이었다.

상진은 우선 혜정을 불러내었다. 다섯 작업반장을 데리고 이삭의 평균 수량을 조사하여, 앞으로는 볏짚을 나누어줄 적마다 중량을 달고, 중량에 따라 이삭을 회수하라고 지시하였다.

"이삭을 안 바치면 어떻게 해요?"

혜정은 손에 든 채 나온 철필대로 오른쪽 볼을 살짝살짝 찌르면서 진담도 아니며 농담도 아닌 어조로 물었다.

"볏짚과 이삭과 반드시 교환해서 주게 하면 돼요."

명령하듯 하고 상진은 2작업반의 가마니 치는 데로 갔다. 아래 윗방에 가마니틀 한 대씩을 놓고 치는데, 그 집 부대 노력인 영감이 볏짚을 물에 축이며 망치로 두드려서 대주는 것이었다. 상진은 먼저 가마니틀 두 대에서 짜낸 가마니의 장수를 물어 이삭의 수량을 계산하여 보았다.

"영감님, 그동안 이삭을 두 말쯤 모았지요?"

갑작스레 묻는 말이 신통하게 들어맞은 통에 영감은 달리 둘러대지 못하고 사실 대로 말하였다.

"그걸 조합에 내십시다."

"그건 왜?"

"조합 것 아닙니까. 한데 모았다가 모두 논아 가지면 좋잖요? 우리 집도 오늘 죄다 바쳤습니다."

"이삭을 모은 노력은 공짜가 되잖나?"

영감은 실망한 나머지 이런 말로 때우려 했는데, 상진은 사실 그렇다는 생각에

"참 그렇군요. 노력에 대한 건 쳐 드립니다. 먼저 조합에 내십시오."

하고 나왔다.

작업반장 회의를 열고 이미 가져간 볏짚 수량에 따라 이삭을 의무적으로 내게 했는데 2작업반장은 종내 못마땅한 모양이었다.

"부엌 아궁이 속으로 들어간 것까지 물어낼 게 뭐이가?"

20마리가 넘는 2작업반장의 닭이 이런 이삭으로 살찌는 것을 알고 있는 상진은 사실대로 톡톡히 쏘아주려다가

"한 알의 벼알이라도 애끼구 더 생산하라는 상부의 말씀을 까먹었어요? 그러지 말구 더 해봅시다그려."

하고 상진은 종내 낯빛을 변하지 않았다.

2작업반장은 세포 총회에서 자비한 뒤로 조합 일에서는 반장 중에 제일 열성을 내며 작업 조직을 짜임새 있게* 해오고 있으나, 그놈의 재물에 대한 인색한 버릇은 좀처럼 떼버리지 못하였다.

"이런 병집은 상당한 시간이 드는 모양이지? 앞으로는 이런 개인 본위주의 사상과의 투쟁을 크게 내세우자."

어느 날엔가 영구가 이렇게 하던 말을 그대로 되씹어 중얼거렸다.

하여튼 볏짚에서 나오는 이삭은 모아졌다. 하루는 일남 어머니가 두 볼을 불룩 불어가지고 사무실로 들어 왔다.

| * 원문에는 '쩸새있게'.

"두 홉밖에 나지 않은 이삭을 여덟 홉이나 내라구 볏짚을 안 주니 밥은 해 먹지 말란 말요?"

하고, 자기 작업반장을 옆으로 힐끗힐끗 보면서 상진이 두둔해주기를 은근히 바라는 눈치였다.

"물론 내야죠."

"없는 걸 어떻게 내냔 말여요."

"일남이네 닭 보구 먹은걸 물어내라쇼."

"글쎄, 바가지에 담어둔 걸 그놈의 것들이 처먹구 헤치구 했군그래."

일남 어머니는 상진의 말꼬리에 붙잡혀 엉겁결에 사실을 실토하고는 계면쩍어 깔깔 웃고 말았다.

"진작 그렇게 말할 일이지."

일남 어머니는 뿌르르 나갔다. 그가 피학살자 가족인 관계도 있지만, 상진은 일남 어머니를 한 번도 밉게 본 적은 없었다. 과거의 곤란했던 생활로 하여 조합을 태산처럼 믿고 노력하는 대로 분배 받는다는 생각으로 일을 억척스럽게 하며 프로를 깐직스럽게 따지는 것이라 생각하였다.

볏짚에서 거둔 이삭이 열 가마니로 되였을 적에, 화숙의 제의대로 그것을 수매하여 꽹과리, 징, 장구, 북, 새납*을 평양에서 사왔다. 농악기가 도착되는 날 노력일 년간 계산표가 선전실에 붙여졌다. 이것을 보려고 조합원들은 연달아 모여들었다.

일남 어머니는 딸을 데리고 와서 계산표 앞에 섰다. 글자는 모르지만 계산표를 보다가는 딸을 옆눈질로 보곤 하였다.

"우리가 계산한 것과 맞니?"

"맞어요."

| * 새납: 태평소.

"똑똑히 보라. 그대로 적어 두구."

하고 노동 수첩을 꺼내어 자기의 노력일의 합계를 연필로 적으라고 딸에게 내밀었다.

"안 적어두 돼요."

"왜 그래? 노동 수첩이 저금통장이나 일반인데, 여기 적어야 할 것 아니냐."

하며 기어이 적게 하고야 말았다. 일남 어머니의 출근일이 262일인데다 노력일은 258이었다. 두 딸의 노력일까지 합하면 614이었다. 한 노력일 별 10킬로가 넘을 것이라는 것이 생각되어

"몇 가마니 타겠나 계산해봐라."

하고 물었다. 딸이 계산하노라고 꾸물거림을 기다리다 못하여 금방 들어온 상진에게 물었다.

"대강대강 쳐두 백오십 가마니는 넘겠수다."

일남 어머니는 상진의 말에 그만 눈물이 핑 돌았다. 노력 계산표까지 나붙었으니 똑같이 나누어 먹는다는 말에는 이제 아랑곳할 나위도 없으며 자기 집 식구들의 분배 몫에 아주 흡족하였다.

"너무 기뻐서 울우?"

상진의 말에 일남 어머니는 옷고름으로 눈물을 날째게 훔쳤다.

"그놈의 두상이 살었드라면 좀 좋아."

일남 어머니는 울음 머금은 음성으로 말하고는

"병두는 얼마 벌었니?"

하고 물었다.

"224자루여요."

"경칠 녀석, 많이두 벌었네."

옥단 어머니가 수건으로 벼 먼지를 부산스레 털면서 들어오더니 일

남의 누이에게 자기 것을 물었다. 145자루라는 말에 심난해 있는데, 일남 어머니가

"내 뭐라구 했어? 노력 공수를 벌지 못하면 벼두 못 번다구 입이 닳도록 일르잖었어? 박병두보다두 못 벌구설랑."

하고 쏘아부쳤다.

여느 때 같으면 옥단 어머니가 맞서련만 시무룩해 가지고 나가버렸다.

옥단 어머니와 엇갈려서 소 영감이 들어왔다. 그는 출입구에서부터 노력일 연간 계산표에만 눈을 준 채 천천히 걸으면서 헛기침을 하였다. 계산표 앞에 당도해서는 두 다리를 쩍 벌리고 자기의 성명을 찾았다. 워낙 많은 사람들의 성명이라 자기 성명을 이내 찾지 못하자

"그런데 우리 소들이 번 노력일은 써 붙이지 안했나?"

하고는 혼자 웃었다.

조합원들에게 계산표를 설명해주고 있던 상진이

"소 노력은 영감께 포함시켰수다."

하니, 소영 감은 손부터 내저었다.

"그렇다면 내가 노동력을 착취해 먹는, 말하자면 자본가 녀석들과 같으라구? 건 안 되지, 안 돼."

소 영감이 아주 시침을 따고 말하는 통에 거기 있던 사람들이 와그르 웃었다.

"내 보아드릴가요?"

하고 상진이 계산표를 죽 훑어보더니

"두 노력에 사백사십이니까 여든여덟 가마니는 됩니다. 군대 나간 아들 혼인 밑천두 너끈하군요."

"됐어, 됐어, 이렇게 좋은 협동조합을 가지구!"

소 영감은 고개를 끄덕이며 감탄하였다. 그리고 두 옆구리에 손을 짚은 채 허리를 뒤로 재키고는, 알아보는 것처럼 계산표를 유심히 보는 것이었다.

그는 며느리—군대에 나간 큰아들의 처—와 농사를 간고하게 짓노라고 무척 고생스러웠는데, 이제 네 식구가 지내기에는 썼다 벗었다 할 만한 벼를 벌게 된 셈이었다. 조합에서는 결산 분배 총회 때에 그에게 특별한 표창을 주자고 제의하자는 이야기가 돌 만큼, 그는 그 많은 소의 성질을 일일이 알아가지고 먹일 뿐 아니라 엉덩이에 흙 한 점 묻을세라 하고 솔로 일상 씻어주었다. 이앙이 끝날 때까지 소를 억세게 부렸건만 한 마리도 지쳐서 넘어진 일이 없었다.

소 영감은 큼직한 주머니에서 네 귀퉁이가 둥그렇게 달은 수첩을 꺼내어 연필로 자기 집의 노력일을 적어달라고 하려다가 만성에 나갔던 소가 돌아왔다는 말에 수첩을 탁 접어서 주머니에 넣었다. 그리고

"우리 소님들이 빨리 식사를 하셔야지."

하면서 급히 나갔다.

13

결산 분배 총회를 하기로 된 섣달 29일 이른 아침이었다.

상진은 오랜만에 면도질을 한 다음 머리를 빗노라고 거울 앞에 서 있는데,

"상진이 있나?"

하는 혀 꼬부라진 음성과 함께 방문이 덜컥 열리며, 호경 영감이 빨갛게 취한 얼굴을 한 채 비틀거리며 들어 왔다. 그는 상진의 옆에까지 비

실비실 와서는 뱁새눈을 가늘게 뜨면서 미소를 띄웠다. 도토리술 냄새가 상진의 코를 단번 쏘았다.

"임자, 참 오늘 좋겠네, 나도 이렇게 좋은걸. 요전 총회 때는 홧김에 술을 먹었었지만두 이번은 진짜 기뻐서 취했네. 있다가 임자두 한 잔 함께 먹세그려."

하고 호경 영감은 한바탕 흐무지게 웃었다.

"그런 술은 얼마든지 잡수십시오. 몸만 상하시지 않으면 됩니다."

"거럼, 사실 임자두 술은 좋아하지, 상진이, 그, 그런데 일남 어만이 아직까지두 병두를 눈에 가시처럼 보는 것 같아, 그럴 것 뭐 있겠슴마. 이젠 고린전같이 된 일을 가지구설랑."

이때, 마침 밖에서 일남 어머니의 음성이 들려오자, 호경 영감은 그냥 휭 나가버렸다.

상진이 솔질을 한 양복을 갈아입으면서 귀를 밖으로 기울이려니, 아무런 소리도 없다가 방문이 조용히 열렸다.

일남 어머니가 딸 아들 둘을 뒤에 딸리고 들어오는 것이었다. 조합에서 미리 현금 얼마씩을 조합원들에게 나눠주었는데, 일남의 식구들은 그것으로 옷을 장만하였다.

"방 안이 아주 환─한걸요."

사실, 상진은 일남의 가족이기에 한결 기뻤다.

"조합이 안 됐드라면 우린 큰일 날 뻔했는걸."

일남 어머니의 얼굴은 온통 웃음덩어리로 되었다. 그리고 소비조합에서 산 과자봉지를 상진의 아들에게 안겨주었다.

"광수 아버지, 오늘 총회 끝에 국가 수매를 배당한다지?"

'젠장 그만큼 벌고두 무슨 욕심이 나서 미리 걱정일가.'

상진은 일남 어머니가 수매를 적게 해달라고 이렇게 들린 것으로 알았다.

"배당이 아니라 각자가 쓰고 남을 것을 자유의사로 국가에 파는 거요."

"글쎄, 그걸 누가 모르나. 우리 다섯 식구가 일 년 먹을 것, 그러구, 일남 아버지 제사 때 명절 때 떡을 조곰씩은 해야겠구, 그러니까 벼 마흔 가마니만 남기구 죄다 수매할라요."

"죄다?"

"놀랠 게 뭐야?"

하며 일남 어머니는 호들갑스럽게 웃었다.

일남의 집에서 쓴 국가 대여곡, 종곡, 비료대를 몽땅 제하고도 백열두 가마니가 되는데, 70여 가마니를 조금도 아까워하지 않고 선뜻 내겠다는 것은 일남 어머니의 인색했던 것에 비해 아니 놀랠 수 없었다.

상진은 너무도 반가워서, 마치 어머니나 안해에게 하는 것처럼 일남 어머니의 손을 덥석 잡았다.

"자, 어서 갑시다. 시간이 되여가니끼."

하며 잡은 손을 그대로 끌듯 하였다.

상진은 마을 복판의 큰길에 나오자, 화숙이가 선동원들을 데리고 어느 결에 했는지, 각색 플랭카드를 늘이고 오색기를 세운 것에 놀래었다. 큰길이건 작은 길이건 새 옷 입은 사람들이 오고 가고 하여 완연한 명절 날이었다

넓죽넓죽한 눈이 떨어지기 시작하였다.

"광수 아버지, 분배 달구지가 우리 집에 올 때 꼭 따라와요. 내 한턱 낼 테니끼."

상진은 일남 어머니의 말을 어슴푸레 듣기는 했으나, 분배할 벼 가마니가 덮개를 벗은 채 여러 무더기로 높이 쌓여 있는 데만 정신을 파노라고 대답을 않고 걸으려니

"촌 처녀처럼 꼬집어야 아는가."

하고 일남 어머니는 정말 상진의 오른팔을 꼬집었다.

"아이구구, 가죠, 가."

상진은 급히 대답하고는 옆길로 들어섰다. 화숙의 집에 들렀더니 철수를 데리고 조합에 나간 지 오래였다.

상진은 외숙 집에로 갔다. 안경하는 아직도 자고 있었다.

"오늘 결산 분배 총회에 구경 나오세요."

상진은 어린애처럼 아양을 약간 섞어서 말하였다. 안경하는 전번의 일로 시무룩해 있다가 얼굴을 활짝 피었다.

"몇 시부턴데?"

"시작은 열한 시나 가서 될 것입니다. 꼭 오셔요."

상진은 바쁘다는 말을 하고 이내 나왔다.

선전실 앞에 당도하니 신사복을 말쑥하게 입은 젊은 사람이 소 영감과 담화하면서 수첩에 부지런히 무엇을 적고 있었다.

마침 장부를 옆에 끼고 잔뜩 긴장된 얼굴로 바삐 다니던 혜정이가 상진을 보자, 그 사람을 소개하였다.

그는 신문기자였다. 공화국 북반부에서 문덕군이 벼를 제일 많이 생산하며, 문덕군 중에서도 동림리가 우두머리인데다가 이 조합의 분배 성적이 좋다 하여 온 것이었다.

그는 일남 어머니를 만나고저 하였다. 회의실에 있는 일남 어머니를 상진이 불러 젊은 신문기자에게 소개하니

"내가 메랬나요? 소를 못 쓰게 만들기까지 했는걸."

하고 자기의 노력 성과를 굳이 말하지 않았다.

상진이와 혜정이 재촉해서야

"말을 꼭 하자면, 협동조합에 들기 까타나, 우리 집은 아무 걱정 없

구, 그래 일만 부즈런히 하면, 먹을 것, 입을 것, 모두 우리 집 청간에 둔 거나 일반이란 말이외다."

하였다.

"그런 고생스럽던 이야기를 해주시죠."

일남 어머니는 신문기자의 이 말이 그중 귀에 솔깃하였다.

"가자요, 조용한 데 가서 죄다 이야기하게."

하고는, 성큼 앞장서서 선전실 이웃에 있는 옥단 어머니 집을 향해 걸었다.

결산 분배 총회에는 개인농들을 손님으로 청했더니 예상보다 많이 왔다. 조합에 들기로 작정한 일곱 집은 죄다 왔으며, 안경하를 내세워 조합을 따로 만들려고 했던 사람들 중에서도 세 명이나 왔다.

함박눈은 고요히 내리었다. 분배 줄 볏가마니 더미에 쌓인 눈은, 이런 고귀한 것을 알뜰히 간직해주려고 이날따라 일부러 온 것 같았다.

"눈, 잘 오누나."

"또 풍년이 오겠어."

"풍년이 안 올 탁 있슴마? 내년 봄이면 대동강이 이 벌판으로 흘러 올 판인데."

"인제 하느님에게 애걸복걸할 필요가 없대두 그래."

사람들의 이야기는 눈에서부터 평남 관개 공사에까지 이르렀다. 제 가끔 한마디씩 하노라고 선전실 밖이나 안이나 떠들썩하였다.

회의실은 오색 테이프와 여러 나라 국기들로 장식되었다.

회의가 시작될 쯤 하여 안경하가 평양에 갈 적에나 입는 밤색 양복을 차리고 왔다. 그는 확 튄 얼굴로 사람들과 말을 주고받곤 하였다.

상진은 주석단 자리에서 보고서를 속으로 읽고 있다가 안경하를 보고는 그에게 미소를 던져주면서

'내년 요때는 우리 외숙도 한 조합원으로 이 자리에 앉아 있겠지. 꼭 그렇게 되도록, 아니 그보다도 훌륭한 조합원이 되도록 미리 교양을 줘 두어야 해, 그건 내 책임이야.'

이런 것을 생각하였다.

총회는 시작되고, 상진은 긴 보고서를 읽었다. 조합원들은 그저 덤덤한 표정으로 듣고만 있었다.

서클 지도원이 일남의 집이 일제시대부터 걸어온 사실을 시로 만들어 낭송할 때에도 조합원들은 역시 심드렁한 모양이었으나 차츰 가면서 눈물을 훔치는 사람들이 늘어갔다.

총회가 끝났을 적에 일남 어머니와 옥단 어머니는 눈물 자국이 아직도 남아 있었다. 일남 어머니가 분배장으로 갈 적에 상진이

"왜 울었소?"

하고 묻자, 일남 어머니는

"영감 생각이 나서 그랬지."

하고는 무색한지 뿌르르 앞서 간다.

조합에서는 분배 벼를 일남의 집 것을 맨 먼저 싣기로 하였다. 수매에 내겠다는 벼까지 일단 실어 보내기로 하였다. 그래 개인농의 달구지까지 동원하여 열다섯 대를 쭉 세웠다.

두 번째로 실어가게 된 소 영감은, 일남의 벼를 실으려 하자

"내 올라가지."

하더니 볏가마니 더미로 올라갔다. 산골에서 농사할 적보다 한 배 반은 더 벌었다고 하는 이주민 한 사람이 또 올라갔다.

볏가마니 더미 우에서 소 영감은 그 아래에 비좁게 모아 선 사람들을 벙글벙글한 얼굴로 내려다보다가 민청원들이 농악을 치기 시작하자 춤을 추었다. 이주민도 함께 추었으며 눈은 바람에 휘날리기 시작하였다.

어찌나 흥겹게 추는지 상진의 어깨도 저절로 들먹거렸다. 소영감은 팔을 획획 저어가면서 껑충껑충 뛰다가 발이 헛놓여 떨어지는 것을 아랫사람들이 달려들어 다치지 않았다. 그만 웃음들이 와작 올랐다.

일남 어머니는 자기 집 벼를 싣기 시작하자 상진을 찔벅하며

"꼭 와요, 세포위원장과 함께."

하고는 큰딸과 함께 부산하게 갔다.

세포위원장은 다른 일로 갈 수 없고 상진은 신문기자와 함께 달구지 뒤를 따랐다. 달구지에는 오색기를 꽂고 맨 앞 달구지에는 '농민들의 생활 향상을 위하여 항상 뜨거운 배려를 베푸는 당과 정부에 감사를 드리자.'라고 쓴 플래카드를 둘렀다. 그리고 선두에는 농악대가 섰는데, 제대 군인이 상수잡이로 꽹과리를 자지러지게 쳤으며 달구지 행렬의 양쪽에는 동네 아이들과 큰 사람들이 따랐다. 맨 앞 달구지 소를 씨름쟁이 영감이 끌었다. 한때는 조합을 나가겠다고 했던 씨름쟁이 영감이 아침부터 기분이 좋아 줄곧 떠들어댔다.

세차게 불어오는 바람을 거슬러 가지만 소도 이런 사정을 아는 듯 시원시원히 잘 끌었다.

일남의 집 통방에는 돗자리를 깔고 그 우에 깨끗이 닦은 상을 놓았는데, 상 위에는 소두 한 말쯤 되는 백설탕 같은 하얀 쌀을 산봉우리 모양으로 보기 좋게 놓았으며, 쌀 봉우리의 맨 꼭대기에는 백 원짜리 석 장을 개여 바람에 날리지 않도록 새빨간 사과로 눌러놓았다.

"이건 누구 가지란 거요?"

"분배 받는 집마다 추넘해설랑 작업반끼리 한바탕 놀기로 한 걸 몰루? 명절놀이 겸해서 말야. 이런 건 낭비라고 할 수 없지, 뭐요."

하고, 일남 어머니는 신문기자에게 누추한 집에 온 것을 고맙다 하더니

"사실 그새는 먹기가 급하니끼 별수 없었지만 인제 수매한 돈으로 집을 깨끗이 꾸리겠수다."

하였다. 그리고 벼 달구지가 꾸역꾸역 들어오는 것을 보고

"저걸 모두 어데 두나? 수매할 걸 아예 덜어놓았으면 되는걸."

맨처음에 온 볏가마니를 머리에 이여 달라고만 고집하여 이고는 윗방에 아주 가뜬한 걸음걸이로 들어갔다.

벼 부리는 것은 딸에게 맡기고 일남 어머니는 사양하는 상진이와 신문기자와 반장들을 억지로 끌다시피 하여 방에 안내하였다.

술상도 그럴듯하였다. 닭과 돼지고기와 생선 등 갖출 것은 거의 놓여 있다. 일남 어머니는 일일이 술잔을 남실남실 채워 외수없이 차례로 권하였다. 달구지가 비는 족족 달구지꾼이 안내되어 들어오는 통에 방 안이 비좁았다. 일남 어머니가 워낙 억척스럽게 권하여 그 많은 사람들이 거나해졌다. 일남 어머니의 얼굴은 홍당무 빛깔로 되었다.

"자, 인제 술값을 해야죠, 들."

하더니, 일남 어머니는 농악을 치며 춤을 한바탕 추고 가달라는 부탁이었다.

민청원들은 마당에서 춤을 추고, 일남 어머니의 작업반장이 선참으로 춤을 추자 모두 어울러졌다.

상진은 술기운으로보다도 일남 어머니의 만족을 위하여 무엇이든지 해 주고 싶었다. 상진이 군대에서 배운 춤을 추자 일남 어머니는 더 신이 났다.

그들은 농악의 뒤를 따라 선전실로 가는데, 일남 어머니는 활개를 치며 걷다가는 춤을 추고 다시 걷곤 하였다.

선전실에 당도하니 웃음과 박수 소리가 요란하였다. 주석단을 만들었던 것은 말끔히 치워졌고 무대에서는 사람들이 제멋대로 춤을 추고 있

었는데, 머리에 명주 수건을 감은 2작업반장 어머니와 옥단 어머니의 시어머니와 소 영감의 안해가 젊은이 속에 끼여서 춤을 추었다.

일남 어머니는 쏜살처럼 무대로 뛰어 올라갔다. 농악이 들어온 통에 흥은 더 높아졌다.

분배를 많이 탄 사람이나 적게 탄 사람이나 협동조합을 이제는 속속들이 알게 된 그런 기쁨을 저마다 간직한 것이었다.

일남 어머니는 숨이 차서 춤을 멈추고 어깨를 들먹거리고만 있다가 구경꾼 중에 화숙이 있는 것을 보고는 뛰어내려 와서 끌고 올라갔다. 화숙이 손을 빼려 했으나 원체 흥분한 일남 어머니의 힘을 당하지 못하였다.

화숙이 상진이 있음을 알면서도, 일남 어머니가 졸라대는 통에 춤추기 시작한 것이 그만 흥에 빠지고 말았다.

상진은 저도 모르게 발돋움을 하여 화숙의 춤추는 모습을 보기에 정신없었다. 상진이와의 결혼을 결정한 기쁨을 못 이겨 추는 것인가 생각하니 상진은 가슴 속이 야릇해졌다.

일정한 박자나 율동에 맞추지 않고 제멋대로 뛰며 어깨를 으쓱거리며 팔을 놀려도, 화숙의 춤에서는 어떤 조화를 볼 수 있고 세련된 편이었다.

"저 사람들처럼 천대와 착취를 받은 사람이 어데 있을까. 지금은 아주 딴 세상에 살고 있는 것을 춤추고 있는 것 아닌가. 우리의 앞날은 맑은 창공과 같다. 얼마든지 추라. 밤이 되고 밤이 다시 밝도록 추라. 무대가 부서져도 좋다. 땅만 풀리면 넓은 선전실을 새로 짓겠다."

상진은 속으로 이렇게 외치면서 그대로 무대 우의 춤추는 화숙을 향하여 미소를 보내주었다.

1956년 6월

《조선문학》, 1956년 11월

농촌 사회의 천착과
공동체 윤리의 모색

— 이근영 소설의 현재성

_유임하

1.

    작가 이근영(호는 우관牛觀, 1909년~?)은 1930년대에 등장한 '신세대 작가'의 한 사람이다. 그가 작가로 활동한 기간은 1930년대 중반부터 1970년대 초반에 이른다. 그러나 약 40년에 걸친 작가로서의 그의 이력은 그리 간단치가 않다. 그는 식민지 후반기 조선의 현실을 거쳐 해방기에는 남한에서 활동하였고, 전쟁 이후에는 북한 체제에 소속되는 다층적인 면모를 가지고 있기 때문이다.

    전북 옥구군 임피면에서 출생한 그는, 고향 인근 함라면에 소재한 소학교를 마치고 나서 상경했다. 중동중학을 거쳐 보성전문 법과에 입학했던 그는, 1934년 보성전문을 졸업하면서 동아일보사에 입사한다. 일제가 《동아일보》를 폐간 조치하는 1941년까지 사회부 기자로 근무하면서, 그는 입사 이듬해였던 1935년 10월 《신가정》에 신여성의 물신주의를 포착한 단편 「금송아지」를 발표하며 작가의 길로 들어섰다.

그는 전쟁 시기에 월북하기 전까지 장편 2편(미완 장편 1편 포함)과 17편의 중단편을 발표했다. 그는 전쟁 발발 직후인 1950년에 가족을 데리고 월북했다. 이런 까닭에 작품 이외에는 그의 문학을 접할 기회가 상대적으로 적을 수밖에 없었던 '잊혀진 작가'이다.

그의 문학은 월북문인 해금조치(1989년) 이후, '해금작가'의 한 사람으로서 본격적인 논의가 시작되었다. 그간 이근영의 문학에 대한 관심과 평가가 활발하지 않았던 것은 그리 많지 않은 작품 편수 때문만은 아니다. 그는 작품 발표 외에는 문인사회와 별로 교섭하지 않았고 문단의 논쟁에 가담하거나 문학에 대한 주장을 피력하는 경우가 거의 없었기 때문으로 보인다. 그렇다고 해서 이근영의 소설이 당대에 전혀 거론되지 아니한 것만은 아니다. 그는 해방 후 '1930년대 중반에 등장한 신세대 작가'의 한 사람으로 거론되면서 후한 평가를 받은 바 있다.* 하지만 이근영은 월북 후 농민소설에 대한 관심을 지속하면서 농업협동화 문제를 다룬 중편 『첫 수확』(1956년)으로 명망을 얻으면서 그의 1930년대 소설까지도 인정받은 드문 사례에 속하는 작가이다.**

2.

이근영의 해방 이전 소설은 도시 소시민의 일상을 소재로 삼은 것이

---

* 백철은 이근영의 소설을 농촌물과 도시 소시민을 취재한 작품을 발표했으나 작가적 역량이 확증된 것은 농민을 소재로 취재한 작품이라고 보는 입장으로, "경향적인 데까지 나아가지는 않았으나 농민의 실생활을 이해하고 농민의 감정을 진실하게 파악해서 견실한 작품을 보였다."라고 총평하고 있다. 백철, 『조선신문학사조사 ─ 현대편』, 백양당, 1947년, 306쪽.
** 김헌순, 「리근영 작품집 『첫 수확』에 대하여」, 《조선문학》, 1958년 6월, 이선영·김병민·김재용 공편, 『현대문학비평자료집』 8권, 태학사, 1994년.

든 농민들의 삶을 다룬 것이든 간에, 그 저변에는 부정적 세태에 대한 도덕적 양심에 대한 긍정에 바탕을 둔 사실주의적 기법이 흐르고 있다는 것을 발견하게 된다. 데뷔작 「금송아지」는 이근영 소설의 출발점으로서 그의 소설세계가 어디에 연원을 두고 있는지를 시사해주는 사례이다. 작품에서는 물신적 세태와 양심을 대립의 구도로 내세우지만 그 대립의 구도를 갈등으로 도식화하는 소박한 방식을 취하지 않는다. 작품에서 드러나는 이근영 소설의 특징으로는 맹목에 가까운 물신의 세태를 비난하기보다는 긍정적인 인물의 양심과 따스한 인간애를 대비시킴으로써 그 부정성에 맞서는 윤리적 거점을 확보하고 있는 점을 꼽을 수 있다. 이러한 점은 작품에서 후처인 '장미 부인' '선히'와 전처 소생의 딸 '양숙'의 대조되는 성격에서도 잘 드러난다. '선히'는 경품으로 내건 '금송아지'에 눈먼 물신적 세태를 보여주는 부정적인 신여성의 상을 가지고 있다. 그녀는 허락도 없이 남편의 회중시계를 전당포에 저당 잡혀 '금송아지'를 경품으로 받으려고 집착한다. 하지만 '금송아지'가 행랑아범에게 돌아가자 이를 돌려달라고 억지를 부리다가 조건 없이 양도하려는 양숙과 집안사람들에게 무안당한다.

「금송아지」가 제기하는 물신적 세태와 욕망과 길항하는 긍정적인 인물의 양심 문제는 1930년대 중반부터 해방 이전에 발표된 그의 작품세계에서 주요한 모티프 하나를 이룬다. 작품집에는 수록되지 않았지만, 초기작인 「과자상자」「반벙어리」「일요일」 등이 그러하다. 특히 「과자상자」는 유진오의 「김 강사와 T교수」를 연상시킬 만큼 양심과 나날이 전락하는 지식인의 부정적인 세태와 맞물려 있다. 이 작품에서는 병으로 휴직한 지리교사 일문의 시선으로 교장에게 아부하고 향응과 접대로 교사로 취업하려는 지식인들의 허위의식과 부정적 행태가 포착된다. 「말하는 벙어리」는 사상 문제로 저촉되어 거의 반벙어리가 되다시피 한 웅변가가 다시 연설에 나섰지만 지난날의 열정을 온데간데없이 공소한 연설 내용으로 조롱받는다는 내용으로 지식인의 무각성과 변해버린 시대현실을 우회적으로 그려낸 경우이다. 또한 「일요일」은 학교 내부의 혼탁한 현실에서 고학생에게 옳다고 믿는 것을 관철시키라는 권고를 들려주는 교사의 하루를 그린 경우이다. 그러나 신여성의 맹목적인 물신주의나 지식인의 윤리적 타락에도 불구하고 이들 작품에는 「금송아지」의 '양숙' 이나 「일요일」의 '일문' 처럼 양심과 신념을 포기하지 않는 긍정적인 인물이 등장하고 있다. 이들에게서는 양심에 바탕을 둔 윤리적 감각과 미래세대에 대한 신뢰와 긍정의 태도가 발견된다.

이근영의 소설이 형성하고 있는 또 다른 흐름 하나는 농민소설로서, 그가 '농민작가' 로 불리우며 작가적 개성을 발휘하는 부분이기도 하다. 「농우」(1936년), 「당산제」(1938년), 「최고집 선생」(1940년), 「고향 사람들」(1940년) 등이 바로 그러한 사례들이다. 이들 작품에서 작중 현실은 공동체의 결속이 무너지고 가난과 궁핍에 내몰린 채 피폐해져 가는 식민지 조선의 황량한 농촌이 하나의 풍경을 이룬다. 식민지배 속에 지주 계층의 의식에는 시대착오적이라고 할 만큼 낡은 봉건적 양반의식과 온존해 있는 반면, 거듭되는 흉년으로 공동체적 결속이 와해되고 있는 현실이 눈앞에 펼쳐진다. 이러한 상황에서 작인들은 가난과 전락의 상황에 내몰리며 절망과 비애로 고통받는다.

「농우」는 양반의식에 젖어 있는 마을 지주에게 끊임없이 괴로움을 당하면서도 자존심을 지키려는 서 생원의 꿋꿋함을 대비시킨 작품이다. 소를 자식처럼 애지중지하는 서 생원은 전형적인 농민이다. 고리타분한 봉건의식을 갖고 있는 지주 윤 진사는 서생원이 자기네 논일을 먼저 봐주지 않았다고 트집을 잡으며 그를 볼기치기의 사형私刑으로 응징하려 한다. 서 생원은 개명된 시대에 사사로운 형벌을 가하려는 지주에게 반감을 갖고 있으나 소작 지을 땅을 잃을까봐 불안해하며 마지못해 처벌에 응한다. 결국 윤 진사 집에 스스로 찾아들어간 서 생원은 태형 당할 순간, 이를 부당하게 여긴 마을 청년들의 난입亂入으로 위기를 모면한다. 이 작품은 지주와 작인의 계급적 대립을 문제 삼고 있으나 이를 이념성과 관련된 문제로 풀어가지 않는다. 대신 작품은 봉건 유습이 잔존하는 낙후한 농촌상을 부각시키면서 청년들의 공분과 작인들의 계급적 유대를 온건하게 활용한다. 바로 이 점이야말로 신세대 작가의 한 사람으로서 이근영의 농민소설이 가진 특색이자 프로문학이 지향한 이념적 정론성과 크게 변별되는 점이다.

「당산제」는 '동신제洞神祭' 풍속을 전면에 배치하여 농촌의 궁핍화를 다룬 작품이다. 매년 열리는 당산제에서 농민들은 풍년과 행운을 염원하지만, 그런 기원과는 달리 농민들은 매년 흉작으로 신음하며 가난의 핍절함으로 내몰린다. 소작료와 세금을 내고 나면 일용할 양식마저 남지 않는 절망만이 팽배한 현실은 주인공 덕봉이네 집도 마찬가지이다. 유능한 농사꾼인 덕봉이네는 아버지와 동생이 힘을 합쳐 근면하게 농사를 짓고 가마니를 엮지만 해마다 장리를 빌려야만 겨우 연명할 수 있는 처지이다. 덕봉이는 자신과 정혼한 순님이네가 가뭄으로 수확이 크게 줄자 가산을 차압당하고, 그 빚을 탕감하려면 순님이를 술집에 팔아넘겨야 할 상황으로 몰린다. 상심한 덕봉이는 순님이를 구하기 위해 도박판에 뛰어들지만 자신의 일확천금의 꿈을 좌절당한 채 순님이는 팔려가고 만다. 날로 빈궁해지는 생활 속에 촌민들의 인심은 핍절해지고 급기야 당산제에 대한 속신마저 사라지고 만다. 작품은 절대적인 궁핍의 나락으로 빠져드는 식민지 농촌의 현실을 '당산제'로 상징되는 전통적 결속과 유대의 상실과 결부시키고 있는 셈이다.

「최고집 선생」은 핍절해지는 농촌 현실에서 농촌 원로 '최하원'이라는 인물을 내세우고 있다. '최고집'이라는 별명처럼, 주인공은 청빈의 자기 가치로 지탱하지만 가난과 아들의 타락 때문에 고향땅을 떠나고 만다는 시대의 우울한 삽화를 담아낸 작품이다. 가난 속에 야반도주하는 농민의 삶을 제세로 삼은 이 작품에서, 각박해지는 인정물태에 대응하였던 '최고집'의 면모가 퇴색하는 것은 더 이상 인고할 수 없을 정도로 황폐해진 농촌의 현실과 관련이 깊다. 그는 마을 면장이나 구장 자리도 마다한 채 농업을 본업으로 알고 살아가는 전통적인 지식인이지만, 큰손자의 학비도 마련하지 못한 채 큰아들이 지주의 첩과 바람나자 비난과 양심의 가책 때문에 만주 땅으로 이주할 결심을 하게 된다. '최고집'의 이주 결심은 지식인의 신념과 양심이 농업을 본업으로 살아가는 자들이 지탱할 최소한의 여력조차 상실하고 말았다는 것을 뜻한다.

　「고향 사람들」 또한 「당산제」나 「최고집 선생」처럼 나날이 궁핍해지는 농촌 현실을 사실적으로 다룬 작품이다. 작품에서는 식민제국 일본이 노동인력을 충당하기 위해서 시행한 탄광 노무자를 모집하는 현실을 배경으로 삼고 있다. 장년층의 농민들은 가업으로 계승해온 농업에 대한 자긍심이나 미래에 대한 어떠한 소망도 갖지 못한 채 식민 정책의 이면에 감추어진 의도를 통찰하지 못하고 노무자를 자원하고 나선다. 이들은 색주가로 팔려간 연인을 되찾기 위해서 돈을 벌고자 하고, 신작로가 열리면서 인력거를 끌 수 없게 되자 일본행을 결심하는 모습을 보여준다. 농민들의 극한적인 가난과 일본행의 결행이 의미하는 바는, 이농의 원인이 식민체제의 노동인력 보충과 연계되어 있다는 것을 시사해주고도 남는다. 이들은 미구에 닥칠 시련을 생각할 여유조차 갖지 못한 채 식민체제의 거대한 시스템 안에 흡인당하고 있는 것이다. 「고향 사람들」은 몰락하는 농촌에서 자행되는 토지 수탈과 이농의 사회경제적 차원을 중립적으로 기술하는 한편 그나마 서로의 미래를 염려하는 농민들의 인정세태를 담아냄으로써 비극적인 현실의 깊이를 더하고 있는 작품이다.

이근영의 농민소설이 프로소설과 변별되는 특징의 하나로 양심 때문에 고뇌하는 인물의 모습을 거론할 만하다. 「당산제」의 주인공 덕봉은 약혼녀인 순님의 오빠 석만이가 가난을 이기지 못해 도둑질에 나섰다가 잡히자 그것이 마치 자신의 과오인 양 괴로워한다. 또한 그는 자신이 상급으로 받은 쌀을 순님네 집으로 보낼 뿐만 아니라 순님을 위해서라면 자신의 몸을 파는 것도 마다하지 않겠다는 마음을 갖는다. 덕봉의 양심과 이타적 심리처럼, 「고향 사람들」에서 마을사람들은 교만에 빠진 석만이를 따돌리다가도 그 역시 자신들과 같은 처지에 있음을 깨닫고 동정한다. 「농우」에서 서 생원이 볼기를 맞게 되자 마을 청년들이 지주 윤 진사의 집에 난입하여 그를 구출해낸다. 「밤이 새거든」에서도 출막出幕을 결행한 권수에게 마을사람들의 따스한 인정을 발휘하고, 뒤늦게 나타난 아내의 회심을 받아들이며 재생의 의욕을 되찾는 것도 그러하다.

이러한 인정과 의리, 양심과 고뇌는 이근영의 농민소설에서 엿볼 수 있는 따스한 인간의 면모이다. 그 인간애는 전락과 상실을 거듭하는 식민지 조선의 불행하고 어두운 현실을 축약하는 것이면서도 공동체의식으로 무장한 순박한 농민들의 세계가 부정될 수 없는 힘이자 부정적인 시대현실에서 지탱하는 윤리의식의 거처임을 말해준다. 그 증거들로는 추한 외모를 가진 은행 추심원의 간교한 인간성을 불편하게 바라보는 신 변사를 소재로 삼은 「적임자」(1939년), 지주의 아들과 바람난 아내의 자살 때문에 실의에 빠진 이발사의 독백을 경청하는 「이발사」(1939년), 미모의 과부 간병인을 소재로 도시 하층민의 기구한 운명을 따스한 눈길로 바라보는 「고독의 변」(1940년) 등을 꼽을 수 있다. 이들 작품은 주변 인물을 소재로 삼아 특별한 사건이나 갈등이 등장하지 않는다. 하지만 여기에는 부정적인 인물에 대한 관찰과 서술자 내면의 섬세한 묘사와 서술적 긴장이 유지되면서, 인간에 대한 이해를 발휘하는 작가의 윤리의식이 크게 돋보인다.

이근영의 소설은 소위 '전형기'의 현실에서 급격하게 퇴락하는 지식인의 윤리감각을 비판하며 자존감에 바탕을 둔 양심을 기반으로 비도덕적인 행태가 범람하는 부정적인 현실을 절감하며 고뇌하지만 곧바로 절망으로 전락하지 않는다는 점에 주목해볼 가치가 충분하다. 가난한 환경에서도 자신의 양심과 타협하지 않는 면모는 앞서 거론한 「최고집 선생」에서 잘 확인된다.

그러나 「소년」(1942년)은 독특하게도 농민의 몰락과 지식인의 윤리적 타락을 다루는 대신 예술적 천재성과 예술가적 양심을 문제 삼은 작품이다. 바이올린의 천재성을 가진 소년 '나'는 인력거 행상으로 연명하는 가난 속에 제약회사 직공으로 있으면서도 예술적 성취에 대한 꿈을 버리지 않는다. 더구나 '나'는 예술적 천재성을 회사가 상업적으로 이용하기 위해 회유하지만 그에 굴하지 않는 단호함을 보여준다. 이 인상적인 장면은 예술과 상업성을 병치시킴으로써 전락을 강요하는 식민지 후반기 현실에 대한 작가의 윤리의식의 일단을 보여준다.

이처럼, 해방 이전 이근영의 농민소설은 당대의 핍절한 농촌 현실을 사실적으로 취급하면서도 농촌공동체 성원들의 자존감과 순박한 인정에 주목하였다. 이로 미루어보면, 그의 농민소설은 계급적인 차원에서가 아니라 사실적인 묘사의 정신을 바탕으로 농민들의 순박하고 견고한 인간됨을 부정적인 현실과 대결하는 근대적 시선으로 포착해낸 것이라고 보아도 좋다.

3.

해방 후 이근영은 조선문학가동맹에 가담하면서 현실의 문제에 주목하기 시작했다. 해방 이전까지 그가 즐겨 다루었던 지식인의 양심과 고뇌, 황폐해져가는 농촌과 농민들의 인정물태人情物態를 천착하는 방식에서 벗어나 식민체제에서 해방된 민족의 성원들이 새나라 건설을 둘러싸고 비등했던 당대의 이념적 현실적 문제로 관심이 이행하는 특징을 보여준다. 월북 직전까지 이근영은 「추억」(1946년), 「장날」(1946년), 「고구마」(1946년), 「안노인」(1948년), 「탁류 속을 가는 박 교수」(1948년) 등을 발표했다. 작품집에서는 「탁류 속을 가는 박 교수」 외에 모두 누락되었으나 이들 작품 또한 해방기에 변모한 작가의 현실 인식과 관련해서 주목해보아야 할 사례들이다.

「추억」은 민족 반역자들을 등장시켜 일제 권력에 야합하고 내선일체를 이루려 했던 친일분자들의 신념을 비판적으로 그려낸 작품으로, 완성도에서는 떨어지지만 혁명가 소담을 등장시켜 민족 반역자와 대립구도를 취하지만 대지주 최원상에 대한 윤리적 단죄를 시도하기보다 재산 보전에 골몰하며 권력에 줄서기에 급급한 최원상의 일그러진 자화상을 시대의 축도로 그려낸 경우이다. 「장날」은 징용 나갔던 판술이 탄광 노무자로 일하다가 술집에서 일하던 화술과 함께 귀향하는 전형적인 귀환 서사이다. 판술은 해방의 기쁨과 새로운 삶을 계획하고 실천하려는 의지와 기대를 보여줄 뿐만 아니라 장터 거리에서 징용 나간 사람들을 위해 생계 모금사업에 진력하는 데 앞장선다. 이 같은 인물의 형상에서는 해방 이후 새나라 건설로 향하는 작가의 기대와 행동의 방향을 짐작할 수 있도록 해준다. 하지만, 이근영의 소설이 친일부역 문제나 해방의 기쁨 같은 민족 국가의 거대담론에만 도취해 있었던 것만은 아니다. 「장날」의

판술처럼 일제의 엄혹함을 인간적인 면모로 이겨내고 화술을 감화시키거나 장터 거리에서 징용귀환자들을 위해 모금사업을 벌이는 열정만큼이나, 「고구마」와 「안노인」 등의 작중 현실에서 접하게 되는 농촌의 혼란상은 예리하고 또한 비판적이다. 이들 작품에서 농민들은 미군의 진주와 함께 급변하는 정세에 민감하게 반응하면서도 본능적인 지혜를 발휘하는 민중의 판단력을 보여준다. 두 작품은 공출을 일삼던 일제만큼이나 포악하게 억압하던 지주와 관리들이 채근하는 소작료와 공출에 맞서는 소작농민들의 의식을 통해 식민지배의 질서가 사라진 뒤 다시 발호하는 부정적인 세태에 맞서는 지점을 가지고 있다. 「고구마」의 박노인은 자신들에게 없는 토지를 한탄하면서도 자꾸 떨어지는 고구마 시세를 염려하며 밭에서 고구마를 캐어 시장에 내다 판다. 이를 두고 안달하던 지주 강 주사가 소작 밭을 물리겠다는 위협을 가하나 이에 굴하지 않고 연설회에 참가하며 미래에 대한 희망을 품는다. 「안노인」은 소품이긴 하지만, 일제당국의 과도한 공출에 맞서 살아온 더욱 심해진 공출에 맞서서 구금당하는 현실에서도 자신의 경험과 상식을 신뢰하며 당당하게 발언하는 '안노인'의 비판적 의식을 보여주고 있다. 「장날」과 「고구마」, 「안노인」에서 드러나는 해방기 이근영 소설의 가치는 해방 전후 농민들의 집단심성을 잘 포착한 세태소설로 읽어도 그리 틀리지 않을 만큼 생생한 현장성을 담고 있다. 이들 작품은 농촌사회에 불어온 해방의 기쁨과 함께 미군정과 함께 발호하는 권력자들의 부정적 행태를 겪으면서 새로운 식민지적 질서로 이행하는 현실을 담담하게 감내하는 시선을 담고 있다. 이처럼, 해방 전후를 배경으로 한 이근영의 농민소설에서는 현실정치에 대한 관심이 고조되는 모습을 보여준다.

　이근영의 해방기 소설의 개략을 알고 나면, 「탁류 속을 가는 박 교수」가 현실로서의 농촌사회 성원들의 면면을 보여주는 방식에서 벗어나 해방 후 좌우익의 극한 대립과정에 놓인 지식인의 고뇌를 반영하고자 한 이유를 이해할 수 있다. 영문학자인 박 교수는 현실과는 동떨어진 작품을 창작하던 중에 동료 교수에게 면박을 당할 만큼 백면서생이지만, 미국인과 결탁해서 돈 벌 궁리를 일삼는 동료 교수에게서 정신보다 물신숭배에 빠진 점을 확인하고 차츰 부정적인 현실을 깨닫는다. '박 교수'의 사회적 각성은 학교 당국이 좌익 정치성향을 가진 김 교수를 권고 사직시키려는 음모를 접하는 상황이나 김의 후임으로 윤의 집에서 만난 사업가 행세를 하던 장이 교수로 취임하는 현실, 김 교수에게 동조 동료 학생들을 퇴학 조치하는 대학 당국의 잘못된 처사 등을 접하면서 이에 대한 공분과 지식인의 양심이 결부된 내적 윤리의 차원이기도 하다. 정양을 떠난 박 교수가 '김'과 동행한 여행에서, 그는 김의 고향인 아늑한 농촌의 분위기가 일순간에 백색테러로 아수라장이 되어버리는 현실과 마주하게 된의. 그는 '이런 사태가 조선의 현실인가'하며 개탄하면서 사회 현실에 대한 비판적인 인식에 도달한다. 그의 현실 인식은 '탁류'라는 제목의 단편 하나를 구상하는 것으로 발현된다. '액자'의 방식을 차용한 작품의 묘미는 폭력이 난무하고 부정적인 현실이 범람하는 해방기의 착잡함을 지식인의 눈으로 포착한 데 있다. 작품은 해방 이후 작가 자신이 '거대한 탁류의 현실'에서 모색하는 행로를 시사해주고도 남는다.

해방 이후 이근영의 소설에서 작중 현실은 농민과 농촌의 현실로만 귀결되지 않는 다양한 요소들을 구비하고 있다. 그의 소설에는 해방과 함께 새로이 등장한 순수지향의 문학적 관점과는 엄연히 다른 방향성 하나가 있다. 그것은 해방 이후에도 소멸하지 않고 비등하는 봉건적인 식민 잔재와 반역사적 '탁류'에 대한 비판적 의식이다. 새나라 건설이라는 과제를 전망하지만 미군의 진주와 함께 새롭게 부상한 일제 부역세력들이 창궐하는 부정적인 현실 앞에 고뇌하는 지식인의 시선으로 변주되기도 하지만, 기본적으로는 소작 농민들의 순박한 심성으로 나타나는 이 같은 의식의 지점이다. 해방에 대한 농민들의 기쁨이 주마등처럼 사라지고 지주의 횡포와 미군과 결탁한 세력들의 전횡과 마주 선 세계가 펼쳐지는 것도 이와 무관하지 않다. 월북하기 전 발표된 마지막 작품인 「탁류 속을 가는 박교수」는 그러한 점에서 지식인으로서 현실정치에 고심하는 작가의 내면을 담아낸 자전적인 요소를 가지고 있다.

4.

6·25전쟁 중에 가족을 데리고 월북한 이근영의 내적 계기에 관해서는 상세하게 알려져 있지 않다. 다만, 1945년 9월에 창간된 《해방일보》의 기자로 일했다는 점이나, 이 신문이 남로당의 입장을 대변하는 기관지로서 미군정에 의해 1946년 5월 발행 정지를 당했다는 점, 조선문학가동맹에 가담하여 농민문학위원회 사무장을 맡았던 점 등을 감안할 때, 그가 남로당과 사상적으로 연계되었으리라는 점을 추론할 수 있다.[*]

월북 후 이근영은 1951년부터 1975년까지 꾸준히 활동하며 소설과 평론, 수필 등을 꾸준히 발표했다. 장편으로는 『청천강』(제1부, 1960년), 『청산리 사람들』(1961년), 『청천강』(제2부, 1963년), 『별이 빛나는 곳』(1966년) 등 모두 3편을 발표하였고, 중편 『빛나는 수확』(1956년), 단편 「고향」(1951년), 「그들은 굴하지 않았다」(1955년), 「해거름」(1959년), 「소원」(1975년) 등 4편, 오체르크 「어느 공훈탄부의 념원」(1956년), 「아름다운 하루」(1957년), 「고마워라」(1957년), 「전야로 달리는 마음」(1960

| * 이에 관해서는 최성윤, 「이근영 연구」, 고려대 석사논문, 1999년 참조.

년) 등 4편이 있다. 또한 그는 평론과 수필, 중국 기행문도 다수 발표하였다.

북한에서 이근영은, 식민지 시기와 같이 기자의 본업에 충실하고 창작에만 전념하는 방식에서 벗어나 작가로서 활발하게 활동하고 있다는 점이 두드러진다. 그의 주된 활동은 50년대와 60년대에 집중되고 있다. 성과작의 대부분이 이 시기에 집중되고 있기 때문이다. 이 점을 주목할 필요가 있는데, 남로당 계열에 속한 월북 문인이 정치적 박해 속에 거세되는 1950년 말까지 이어진 숙청의 소용돌이에서 비껴나 꾸준히 창작활동을 지속했기 때문이다. 그의 문학적 전성기가 50년대와 60년대에 걸쳐 있다는 것은 농촌과 농민을 소재로 한 그의 문학이 그 진가를 인정받았기 때문이다. 그의 소설이 북한문학의 전통으로 안착하는 것은 단순히 한 작가의 문제로만 볼 것이 아니라, 이기영을 비롯한 1930년대 농민문학의 전통이 북한사회의 사회주의 기획과 접목되어 분화되어 간 증거로 일반화시켜 보아도 크게 무리가 아니다.*

북한문학사에서 거론되는 이근영의 평판작으로는 평화로운 농촌 마을에 군사기지를 조성하려는 미군 및 국군 당국의 기도에 맞서 싸우는 농민들의 활동상을 그린 「우리는 굴하지 않았다」(1955년), 1950년대에 실시된 농업협동화 정책을 소재로 한 중편 「첫 수확」(1956년)이 꼽힌다. 두 작품은, 월북 후 이근영이 남북한의 농촌 현실과 농민들을 주인물로 내세우는 일관된 흐름을 보여준다는 점에서 매우 흥미롭다. 특히, 「우리는 굴하지 않았다」는 해방 직후 발표한 「고구마」, 「안노인」 등에서 보여

---

* 1950년대 중반부터 사회과학원에서 연구사로서 문화어 보급과 문법 연구에 몰두한 언어학자는 남한의 연구자들에게는 같은 인물로 서술되고 있으나 동명이인同名異人인 것으로 확인되었다. 언어학자 이근영은 『조선어리론문법(형태론)』(평양, 과학백과사전출판사, 1985년) 등을 비롯해서 1990년대 초반까지 어학관련 연구 성과를 지속적으로 발표하였으며 2000년대 초반에 사망한 것으로 알려지고 있다. 언어학자 이근영에 관해서는 김민수 편, 『북한의 조선어 연구사』, 녹진, 1991년 참조.

준 미군정 하의 남한 현실에 대한 비판적 태도를 견지한 작품으로, 농촌 사람들이 마을 인근에 미군 비행장을 건설하려는 기도를 분쇄하는 것을 소재로 삼은 경우이다. 미군정에 대한 비판적인 관점을 농촌사람들의 지역 공동체를 사수하는 문제로 소재의 방향을 전환시킨 것은 작가가 해방기에 가졌던 반 외세의식의 일단을 보여준다. 이와 관련해서 작가의 월북은 충동적인 것이 아니라 신념에 따른 체제 선택의 결행이었음을 시사하고 남는다. 하지만, 그의 소설 또한 북한체제 내부에 들어서면서 반식민, 반외세의 정치성을 반영하면서 '무기로서의 문학'이 가진 선전선동성을 강조하는 면모를 보인다. 이러한 특징은 체제문학으로서의 북한문학 일반의 속성을 전제로 할 때 그리 낯선 것은 아니다.

중편 「첫 수확」은 전후 북한사회에서 시행된 농업협동화 과정을 소재로 한 작품이다. 농업협동화 과정은 해방 직후 실시된 토지개혁 이후 '농업생산의 사회주의적 개조와 실현'을 위한 조치로서 많은 반발도 있었으나 성공적으로 마무리된다. 이 작품은 전후 농촌의 피폐한 상황을 협동농장을 통해 사회주의 경제로 이행하는 과정을 보여주는데 개인의 이기주의와 배타주의를 극복하고 농민들의 자발적인 노력과 노동력의 조직화를 통해서 첫해 농사를 성공적으로 수확하는 '농업협동화사업의 성공 드라마'를 다루고 있다. 하지만 이 작품의 미덕은, 농업협동화의 당위성을 어설피 제시하는 도식주의에 함몰되지 않고 지주계층의 반발과 방해, 농민들의 소유욕과 이기심, 협동조합에 대한 농민들의 불신 등 문제를 현실감 있게 다루고 있다는 점에서 찾아진다. 사상과 현실 개조의 주인공은 제대군인 상진으로, 그는 치안대에 협력하여 아내의 죽음을 초래했던 박병두를 감싸 안으며 자작농으로 안주하며 협동농장과는 거리를 둔 채 사사건건 훼방하는 외숙 안경하, 호경 영감 같은 구세대의 반발과 저항을 극복하는 새 시대의 주역으로 등장한다. 여기에는 협동농장 일에 앞장서는 영구와 소 영감, 전사자 가족인 일남 어머니, 재봉틀을 내놓는 화숙 등과 같은 열성분자들의 결속을 통해서 협동농장의 성과를 만들어내는 사회주의 경제를 주도하는 새로운 노동계급의 인상적인 일화 하나가 등장한다. 그 일화는 일관되게 자발적인 참여와 노력이 중요하다는 점을 부각시킨다.* 다른 한편으로, 상진이 주도하는 농업협동화의 정치적 풍경은 토지개혁으로 풍요로웠으나 전쟁으로 파괴된 농촌을 평등의 원칙에 근거한 생산주의적 사회주의식 경제를 안착시키는 데 있다고 해도 과히 틀리지 않는다.

> "저 사람들처럼 천대와 착취를 받은 사람이 어데 있을까. 지금은 아주 딴 세상에 살고 있는 것을 춤추고 있는 것 아닌가. 우리의 앞날은 맑은 창공과 같다. 얼마든지 추라. 밤이 되고 밤이 다시 밝도록 추라. 무대가 부서져도 좋다. 땅만 풀리면 넓은 선전실을 새로 짓겠다."

여기에는 자작농들의 농토에 대한 애착과 냉소, 반발이 엄연한 현실적 난관이기 때문이다. 이 같은 난관을 헤쳐 나가며 단합된 힘으로 빛나는 수확을 얻음으로써 농촌의 집단조직화는 뿌리내릴 수 있었다. 때문에 농업협동화의 면모가 훗날 '천리마운동'이라는 동원체제의 전조로 읽혀지는 여지도 충분하다. '간부 일군의 덕성'과 개인적 이해관계가 난마처럼 뒤얽힌 현실에서 농업협동화는 사회주의로 단일화하는 과정이기도 했다. 인내와 솔선수범, 교양과 감화를 통해서 상진은, 마침내 식민지 시대에 천대받아온 노농계급이 '사회주의 경제'에서 풍요를 구가하는 새

---

* 「첫 수확」에 대한 북한의 평가로는 김헌순, 「리근영 작품집 『첫 수확』에 대하여」(《조선문학》, 1958년 6월, 이선영·김병민·김재용 공편, 『현대문학비평자료집』 8권, 태학사, 1994년, 198−207쪽)을 참조할 수 있다.

로운 시대의 주역이 된다.

작품의 후반에서 '첫 수확'의 정경은 의구심으로 인해 분열되었던 장애와 난관을 극복한 세계, 희망과 기쁨으로 가득한 모습으로 나타나는 것이다.

이근영 소설이 다른 월북 작가들과 달리 북한문학에서 활발하게 활동할 수 있었던 것은 그의 문학이 가진 장점에서 해명의 단서를 찾아보는 것이 훨씬 이해가 빠를 듯하다. 「첫 수확」과 결부시켜 말한다면, 그의 소설은 현실에 실재하는 난관들, 예컨대 농민들의 의구심과 배타적인 이기심을 대비시켜 낙관적인 태도로 가시적인 성과를 만들어가며 시대를 주도하는 인물의 긍정적인 측면을 부각시키는 방식을 보여준다. 또한 이는 인물들 간의 갈등과 특별한 사건보다도 세부 정경을 통해 문제들을 해결해나가는 사상성과 추진력이 평범한 일상의 정경으로 포착되고 있다는 점, 그리고 이러한 세부 묘사가 개성적인 인물들의 내면을 섬세하게 부조해내는 특징을 가지고 있다는 점이다. 이같은 작가 특유의 개성과 역량은, 그가 농민소설에서 즐겨 다루어온 점을 감안할 때, 그의 사실주의 작풍과 함께 북한문학의 병폐로 지적되어온 도식주의를 극복한 주요한 선례가 되기에 족했던 것이다.

5.

지금까지 살펴본 바와 같이 이근영의 소설은 1930년대 중반 이후 소위 '전형기'와 식민지 말기 조선의 현실에서 출발하여 미군정과 격렬한 좌우대립으로 비등하는 해방기 남한사회를 거쳐 1950년대와 60년대 북한사회를 시공간으로 삼아 분화되는 근대문학의 한 사례라고 말할 수 있다. 그의 소설은 폭압적인 일제 파시즘의 현실에서 도시 지식인의 물신 숭배와 도덕적 전락상과 함께 붕괴되는 농촌 공동체의 비극적 실상을 제시하고자 했다. 또한 해방기의 농민 소설에서는 미군 진주와 함께 친일 부역자들이 새로이 발호하는 부정적 현실을 목도하면서 현실로 점차 관심이 이행되어 갔고, 전쟁이 발발하자 월북했다. 그러나 그는 북한에서도 정치적 선동성을 표면에 내세우면서도 남북한의 농촌 현실과 농민들에 주목하는 일관된 태도를 견지했다.

허나 좀 더 중요한 것은 해방 이전이든 해방 이후이든, 월북 후이든 간에 이근영의 소설이 고른 평판을 얻고 있다는 점이다. 그가 문학 논쟁이나 문단사회에 가담하지 않은 점 때문에 후대에 뒤늦은 평가를 받게 된 것은 아쉬운 일이지만, 1930년대 농민문학의 계보를 이으면서도 시대 현실에 대한 안목, 대의와 양심에 고뇌하는 지식인의 내면을 다루었다는 점에서 30년대 후반에 등장한 신세대 작가의 한 사람으로 조명 받을 자격은 충분해 보인다. 피폐해지는 농촌사회와 소위 '전형기'의 현실에서 전망을 상실한 지식인의 문제를 통해서 그의 소설은 인간과 사회에 대한 관심과 애정을 심화시키면서 현실의 부정성을 감내하거나 극복하는 긍정적인 주인공을 내세웠다. 그의 소설이 가진 면면은 1930년대 후반에 등장한 '신세대 작가'의 한 사람으로서 20~30년대 사실주의적 경향에서 분화된 한 사례이자 근대소설이 식민지 말기에 이룬 중요한 진전에 해당한다는 점을 말해준다. 또한 해방과 분단으로 북한체제를 선택했던 그는, 사상과 이념과 체제의 분립 속에서도 농민소설의 틀을 견지함으로써 북한소설에서 근대문학의 전통과 연결고리가 되는 사례가 되기도 했다.

1909년 5월 10일 전북 옥구군 임피면에서 농업에 종사하던 이집찬의 2남 2녀 중 막내로 태어남. 부친을 일찍 여의고 어려운 가정형편 속에 인근 함라면에 있는 소학교를 다님.

1925~1930년 교육열이 남달랐던 모친은 이근영이 소학교를 마치자 자식교육을 위해 상경을 단행함. 모친은 장남을 큰댁에 양자로 입적시키는 한편, 이근영의 학업을 위해 친척집에서 침모노릇과 다름없는 일을 하며 자식을 뒷바라지함. 이근영 역시 그 집의 가정교사 노릇을 하며 중동중학을 다님.

1931년 보성전문 법학부 입학. 재학 중에 숙명여전을 다니던 두 살 연하의 김창열과 만나 결혼함. 당시 김창열과의 만남에서 연애, 결혼에 이르기까지 숱한 일화를 남길 만큼 장안에 널리 알려짐.

1934년 보성전문 졸업. 동아일보사에 근무. 「전쟁에 관한 조약」을 《동아일보》(6월 13일~, 총12회에 걸쳐 발표함.)

1935년 「금송아지」를 《신가정》(10월)에 발표하면서 창작활동을 시작.

1936년 「과자 상자」를 《비판》(10월)에 「농우」를 《신동아》(6월)에 발표함. 「말하는 벙어리」를 《조선문학》(11월 속간호)에 발표.

1937년 「일요일」을 《동아일보》(일자 불명)에 연재 발표.

1938년 중편 「제3노예」를 《동아일보》(1938년 2월 15일~6월 26일)에 96회 연재.

1939년 「당산제」를 《비판》(1월)에 발표하고 「이발사」를 《문장》(임시증간호, 7월)에 발표함.

1940년 「나의 잡기첩雜記帖」을 《동아일보》(3월 3일~5일, 8일, 9일, 10일, 6회)에 연재함. 「일요일」을 수정 개작한 중편 「탐구의 일일」을 《동아일보》(4월 9일~5월 7일, 17회)에 연재함. 「나의 병상기」를 《동아일보》(5월 19일, 21일, 23일, 6월 14일, 4회)에 연재함. 「최고집 선생」을 《인문평론》(6월)에 발표하고 「고독의 변」을 《문장》(10월)에 발표.

1941년 《동아일보》 폐간과 함께 1944년까지 잡지 《춘추》의 편집동인으로 활동함. 「고향 사람들」을 《문장》(2월)에 발표하고 「밤이 새거든」을 《춘추》(9월)에 발표함.

1942년 「소년」을 《춘추》(10월)에 발표.

1943년 장편 「흙의 풍속」을 《춘추》에 연재하지만 미완에 그침. 작품집 『고향 사람들』(영창서관)을 간행함.

1945년 「추억」을 《예술》(12월)에 발표. 조선공산당 중앙위원회에서 9월에 창간한 《해방일보》에서 일함. 이 신문은 남로당 정파의 입장을 대변하다가 미군정에 의해 1946년 5월 발행 정지를 당함.

1946년 조선문학가동맹에 가담하여 농민문학위원회 사무장을 맡음. 「장날」을 《인민평론》(3월)에 발표하고 「고구마」를 《신문학》(6월)에 발표.

1948년 「안노인」을 《신세대》(5월)에 발표하고 「탁류 속을 가는 박 교수」를 《신천지》(6월)에 발표.

1949년 소설집 『제3노예』를 아문각에서 간행. 「향가 곧 사뇌가의 형식」을 《한글》(105호, 1월)에 발표함.

1950년 6·25전쟁 중에 《해방일보》 기자로 활동하다가 가족과 함께 월북함.

1951년 「고향」을 《문학예술》(4권 8호)에 발표.

1954년 5월 작가동맹 상무위원이 됨.

1955년 3월 작가 대표로 중국과 소련을 방문함. 「그들은 굴하지 않았다」를 《조선문학》(8월)에 발표.

1956년 오체르크 「어느 공훈탄부의 넋원」을 《조선문학》(9월)에 발표함. 중편 「첫 수확」을 《조선문학》(10~11월)에 발표. 작품집 『첫 수확』(작가동맹출판사, 「농우」 「말하는 벙어리」 「최고집전」 「소년」 등이 함께 수록되어 있음)을 발간함.

1957년 현지 보도 「봄과 함께 있는 사람들」을 《문학신문》(2월 28일)에 발표함. 오체르크 「아름다운 하루」를 《조선문학》(4월)에 발표. 수필 「풍년을 만드는 사람들」을 《문학신문》(10월 31일)에, 오체르크 「고마워라」를 《문학신문》(12월 5일)에 발표. 『장화홍련전』을 국립출판사에서 간행.

1958년 수필 「농촌의 기적에 대하여」를 《조선문학》(10월)에 발표. 동화 「쪽제비」를 《아동문학》(11월)에 발표함.

1959년 장편 『청천강』 집필 시작. 단편 「해거름」을 《조선문학》(11월)에 발표.

1960년 장편 『청천강』(1부)을 조선작가동맹출판사에서 간행.

1961년 장편 『청산리 사람들』을 간행(출판사 불명). 중국 기행문 「북경사람들」(《문학신문》, 2월 17일), 「근로자의 락원」(《문학신문》, 2월 21일), 「대약진 속의 한 로동자를 만나고」(2월 25일), 「세상은 달라졌다」(《문학신문》, 2월 28일), 「그들의 노래」(《조선문학》, 3월), 「영원한 불씨―중국공산당 창건 40주년을 맞이하여」(《문학신문》, 6월 30일)을 기고함. 장편 『청산리 사람들』의 일부인 「희열」을 《문학신문》(12월 8일)에 부분 게재함.

1962년 평론 「소설문학에 대한 단상―개성화의 매력」(《조선문학》, 7월), 평론 「주제, 형상―재일 조선작가들의 작품을 읽고」(《조선문학》, 8월), 「고마운 주권」(《조선문학》, 9월)을 발표. 수필 「천리마기수의 다양한 풍모」를 《문학신문》(10월 5일)에 기고하고 월평 「겨울을 느끼는 마음」을 《문학신문》(11월 13일)에 기고.

1963년 수필 「현지에서 만난 새 주인공들」을 《문학신문》(1월 18일)에 발표. 평론 「다부작과 흥미」를 《문학신문》(2월 22일)에 발표.

1964년 『조선의 민속놀이―윷놀이』를 군중문화출판사에서 간행. 평론 「문학평론과 언어」를 《문학신문》(8월 4일)에 발표함. 12월 작가동맹 상무위원으로 복귀함.

1966년 장편 『별이 빛나는 곳』을 평양학생소년출판사에서 간행함.

1967년 6월 직업총동맹 평남위원회 부위원장으로 재임.

1973년 단편 「소원」을 《조선문학》(3월)에 발표.

이후 행적이 드러나지 않음. 1990년대 중반에 사망한 것으로 알려짐.

※ 연보 작성은 전홍남(1992년), 최성윤(1999년), 이은진(2007년) 등의 논문 내용과 《조선문학》 및 《문학신문》 등을 참조하여 새로 작성하였음.

■ 단편소설

1935년	「금송아지」,《신가정》, 10월
1936년	「과자상자」,《신가정》, 3월
	「농우」,《신동아》, 6월
	「말하는 벙어리」,《조선문단》 속간호, 11월
1937년	「일요일」,《동아일보》(일자 불명)
1939년	「당산제」,《비판》, 1월
	「이발사」,《문장》 임시증간호, 7월
1940년	「최고집 선생」,《인문평론》, 6월
	「고독의 변」,《문장》, 10월
1941년	「고향 사람들」,《문장》, 2월
	「밤이 새거든」,《춘추》, 9월
1942년	「소년」,《춘추》, 10월
1945년	「추억」,《예술》, 12월
1946년	「장날」,《인민평론》, 3월
	「고구마」,《신문학》, 6월
1948년	「안노인」,《신세대》, 5월
	「탁류 속을 가는 박 교수」,《신천지》, 6월
1951년	「고향」,《문학예술》 4권 8호, 8월
1955년	「그들은 굴하지 않았다」,《조선문학》, 8월
1959년	「해거름」,《조선문학》, 11월
1975년	「소원」,《조선문학》, 3월

■ 중편소설

1940년	「탐구의 일일」,《동아일보》, 4월 9일~5월 7일(「일요일」을 보완 개작)
1956년	「첫 수확」,《조선문학》, 10월~11월

■ 장편소설

1938년 『제3노예』, 《동아일보》, 2월 15일~6월 26일

1943년 『흙의 풍속』, 《춘추》, 5월~9월(미완)

■ 오체르크

1956년 「어느 공훈탄부의 념원」, 《조선문학》, 9월

1957년 「아름다운 하루」, 《조선문학》, 4월

「고마워라」, 《문학신문》, 12월 5일

1960년 「전야로 달리는 마음」, 《조선문학》, 1월

■ 수필

1940년 「나의 잡기첩雜記帖」, 《동아일보》, 3월 3일~5일, 8일, 9일, 10일

「나의 병상기」, 《동아일보》, 5월 19일 21일 23일, 6월 14일

1957년 「작가수첩-먼저 인물을」, 《문학신문》, 4월 18일

「이 영예! 가슴마다에」, 《문학신문》, 8월 8일

「풍년을 만드는 사람들」, 《문학신문》, 10월 31일

1958년 「농촌의 기적에 대하여」, 《조선문학》, 6월

「농촌의 기적에 대하여」, 《조선문학》, 10월

1959년 「현실 탐구와 정열-장편소설 '청천강' 집필과 관련하여」, 《문학신문》, 1월 14일

1960년 「민주주의적 자유를 위해 오직 한 길로」, 《문학신문》, 5월 3일

1962년 「천리마기수의 다양한 풍모」, 《문학신문》, 10월 5일

1963년 「현지에서 만난 새 주인공들」, 《문학신문》, 1월 18일

「숭고한 동포애」, 《문학신문》, 7월 2일

「중국의 벗을 생각하며」, 《문학신문》, 9월 20일

1964년 「항상 총을 든 마음으로」, 《문학신문》, 11월 27일

「혁명의 또 한 해를 보내면서」, 《조선문학》, 12월

1966년 「조국통일의 념원을 안고―장편「별이 빛나는 곳」을 쓰고」, 《문학신문》, 9월 20일

1968년 「그날을 두고」, 《조국》, 1월

■ 작품집

1956년　『첫 수확』, 작가동맹출판사

1957년　『장화홍련전』, 국립출판사

1960년　『청천강 1부』, 조선작가동맹출판사

1961년　『청산리 사람들』, 출판사 불명

1964년　『조선의 민속놀이 ―윷놀이』, 군중문화출판사

1966년　『별이 빛나는 곳』(장편 소설집), 평양학생소년출판사

■ 기행문

1961년　「북경사람들 1」, 《문학신문》, 2월 17일

　　　　「근로자의 락원 2」, 《문학신문》, 2월 21일

　　　　「대약진 속의 한 로동자를 만나고」, 《문학신문》, 2월 25일

　　　　「세상은 달라졌다」, 《문학신문》, 2월 28일

　　　　「그들의 노래」, 《조선문학》, 3월

　　　　「영원한 불씨 ―중국공산당 창건 40주년을 맞이하여」, 《문학신문》, 6월 30일

1964년　「내가 만난 사람들」, 《문학신문》, 2월 11일

■ 동화

1958년　「쪽제비」, 《아동문학》, 11월

■ 평론

1962년　「소설문학에 대한 단상 ―개성화의 매력」, 《조선문학》, 7월

　　　　「주제, 형상 ―재일 조선 작가들의 작품을 읽고」, 《조선문학》, 8월

　　　　「고마운 주권」, 《조선문학》, 9월

1964년　「문학평론과 언어」, 《문학신문》, 8월 4일

■ 현지보도 · 토론 · 결의문 · 콩트

1957년　현지보도 「봄과 함께 있는 사람들」(현지보도), 《문학신문》, 2월 28일

　　　　「생활에의 적극적인 참가자가 되자」(토론), 《문학신문》, 11월 14일

　　　　「항상 새것 속에」(결의문), 《문학신문》, 12월

1958년	「만초 로인」(콩트), 《문학신문》, 5월 15일
1959년	「정열의 불길 속에서」(새해 결의), 《조선문학》, 1월
1961년	「회열―장편소설 '청산리 사람들' 중에서」(장편 발췌), 《문학신문》, 12월 8일
1962년	「엽서문답」(박팔양 · 리근영), 《문학신문》, 6월 29일
	「겨울을 느끼는 마음」(월평), 《문학신문》, 11월 13일
1963년	「다부작과 흥미」, 《문학신문》, 2월 22일
	「'청천강' 2부 창작소감―생활의 다양성, 성격의 다양성」, 《문학신문》, 4월 9일
1967년	「볼수록 감동을 주는 화폭」, 《문학신문》, 2월 28일

※ 소재를 확인하지 못한 해방기 작품으로는 「추억」이 있고, 북한에서 발표되었으나 출처가 분명하지 않은 단편 「들메나무」「별난 세상」, 희곡 「연을 띄우며」 등을 확인하지 못했다.

|연구자료|

■ 국내논저

강진호,「지식인의 자괴감과 문학적 고뇌」, 한국소설문학대계 25권, 동아출판사,
　　　1995년

_____,「탈이념과 신세대소설의 분화과정」,『민족문학사연구』 4호, 창비, 1993년

공종구,「이근영 농민소설의 이야기 구조 분석: '당산제'」,『한국언어문학』 37집, 한
　　　국언어문학회, 1996년

백　철,『신문학사조사―현대편』, 백양당, 1947년

신형기 · 오성호,『북한문학사』, 신구문화사, 2000년

오양호,「농민소설 텍스트의 상호전이 문제 연구」,《어문학》 59호, 1996년

유임하,「해방기 남북한소설의 토지개혁 형상화 문제」,『동악어문논집』 35집, 동악
　　　어문학회, 1999년

_____,「전후 북한소설의 양상」,『한국문학연구』 23집, 동국대 한국문학연구소,
　　　2000년

_____,「천리마 운동과 국가주의 신화」,『동악어문논집』, 동악어문학회, 2000년

_____,「1950년대 북한문학과 전쟁서사」,『돈암어문학』 20집, 돈암어문학회, 2007년

윤홍로,「이선희, 현경준, 이근영의 문학사적 의미」,『한국해금문학전집』 10권, 삼성
　　　출판사, 1988년

이정숙,「일제시대 일본행 노동자소설연구」,『이두현교수정년퇴임기념문집』, 1989년

임헌영,『변혁운동과 문학』, 범우사, 1989년

전흥남,「이근영의 문학적 변모와 삶」,『문학의 논리』 2호, 태학사, 1992년

_____,「이근영의 작품 세계와 문학적 의미」,『현대문학이론연구』 13집, 현대문학
　　　이론학회, 2000년

정태용,「현금 창작단의 동향」,《신천지》, 1949년 1월

하인숙,「이근영 소설의 인물 연구―'과자상자菓子箱子', '당산제堂山祭'를 중심으로」,
　　　우리어문연구 33권, 우리어문학회, 2009년

■ 북한자료

김헌순, 「리근영 작품집 '첫 수확'에 대하여」, 《조선문학》, 1958년 6월; 이선영·김
　　　　병민·김재용 공편, 『현대문학비평자료집』 8권, 태학사, 1994년

렴희태, 「남조선 청년학도들의 불굴의 투쟁 모습」, 《문학신문》, 1966년 9월 20일

리호윤, 「문학 장르 오-체르크에 관하여 ― 창작방법을 중심으로」, 《문학예술》, 1952
　　　　년 12월

박태민, 「갈등과 성격 창조」, 《조선문학》, 1966년 5월

사회과학원 문학연구소, 『조선문학사(1945년~1958년)』, 과학백과사전출판사,
　　　　1978년

사회과학원 문학연구소, 『조선문학통사(현대편)』, 인동, 1988년

엄호석, 「문학발전의 새로운 징조」, 《문학예술》, 1952년 11월

윤세평, 「전후복구건설시기의 조선문학」, 『해방후 10년간의 조선문학』, 조선작가동
　　　　맹출판사, 1955년

■ 학위논문

강진호, 「1930년대 후반기 신세대작가 연구」, 고려대 박사논문, 1995년

김성렬, 「광복 직후 좌우대립기의 문학연구」, 고려대 박사논문, 1989년

나병철, 「1930년대 후반기 도시소설 연구」, 연세대 박사논문, 1990년

문수임, 「이근영 소설 연구: 해방 전 작품을 중심으로」, 성균관대 석사논문, 1995년

이병순, 「해방기 소설의 이념지향성 연구」, 숙명여대 박사논문, 1996년

이연주, 「이근영 소설 연구」, 연세대 석사논문, 1993년

이은진, 「이근영 연구 ― 월북 후를 중심으로」, 전북대 석사논문, 2006년

이주미, 「북한의 농민소설연구 ― 해방 직후부터 1960년대 초까지를 중심으로」,
　　　　동덕여대 박사논문, 2000년

임정지, 「이근영 소설 연구」, 숙명여대 석사논문, 1994년

전흥남, 「해방기 소설의 정신사적 연구」, 전북대 박사논문, 1995년

정상이, 「이근영 소설 연구」, 경상대 석사논문, 2007년

조남철, 「일제하 한국농민소설 연구」, 연세대 박사논문, 1985년

조정래, 「1940년대 초기 한국농민소설 연구」, 연세대 박사논문, 1987년

최성윤, 「이근영 연구」, 고려대 석사논문, 1999년

한국문학의 재발견-작고문인선집

이근영 중·단편 선집

지은이 | 이근영
엮은이 | 유임하
기 획 | 한국문화예술위원회
펴낸이 | 양숙진

초판 1쇄 펴낸날 | 2009년 11월 5일

펴낸곳 | ㈜현대문학
등록번호 | 제1-452호
주소 | 137-905 서울시 서초구 잠원동 41-10
전화 | 516-3770
팩스 | 516-5433
홈페이지 www.hdmh.co.kr

값 12,000원

ISBN 978-89-7275-526-5 04810
ISBN 978-89-7275-513-5 (세트)